영혼의 자서전

συρτός κυλάει σε χορό, διαρκώντας η νοσταλγία, τόσο που ωσού
ρίξω να σε." Σαν ένα κρατίο που δοάει, εραπώντας οτι ντη
πυρά, χρειαωμέσα οτι γαγάτη τε νηχαλιχ νάρε όχι τη Γης να
ραίχτι." Τα λόγια ότια που έχαρα κάποτε για το Βγέλα, τα νιόθ
Ραβήχατα ; με σόνο. Εγώ είμαι η Γης κι' η συρχ η ντεμιτιχ κι ο νά
ο χαγίνας. Δεν έχω καμιάν ελπίδα, καμια χαρα, καμια χίμαιρ

Ξέρω, όχι ότιο το δαμάσιο σαιχτίδι που κάνδι η ρμα ; το χ
κοάτε στα χέρματα, όχι εκίνες οι δημμη apparitions:—άνδχ
γυναίκες, θάλασα, εντομα, ιδέες, είναι κάποιοι εχήμεροι που
ανεβαίνστε μέσα κοο το σταβρόδρομι των αίντε-μας αιοήσεί
Κι όμως χαίρμαι, αγανιν ωπάχερα όχι εκίνοτ της γέμιστ, δίν
το αίμαμα για να ξανακατηγορή ; για να ; έδστε μέσαμο κιλίτια
σε μια στιρμη, για να σωδον από την αδίστητα, του ξεσέβρο τ
το βάνατο. Κράμζο σιηχρο ότιο καταμβέλο το πραγίσμε, το ζέρ
δα συτρίβη ; τα εχτα κύματτα του συγχιωει δα σεβάσστ
κιοσκάντο να το αδιάστοτ. Μάχαμαι να ;ω τη ματαιότητα
κάδε κροσσάι , στοάρμα των κινιότητα κάδε στιγμης.

Αh, Jenossim κοσότες λήχες είναι σε ώρες στα λέντα! Ακ' ούτε
δα μπόσέω να ;ηδω σάχι μαξίδαμ-για να μη σε ενεχαρέσε
κα ούτε για τη δικισωχ ή για το λόγιακχ, για να μποράσεω
να ; έστε τη σχιγίες ; να ; τη χαχέσαμη πρασατε ή σηχα, χιστ
μέσα σα ριάλαμ, σα μια στκαίρα αρατέξλιστ, σαν ένα να- Φρεχμη

Ξέρω, όχι ότιο το δαμάσιο σαιχτίδι που κάνδι η ρμα ; το χι
κοάτε στα χέρματα, όχι εκίνες οι δημμη apparitions:—άνδχ

영혼의 자서전

❶

니코스 카잔차키스 자서전 | 안정효 옮김

일러두기

1. 번역은 모두 영어판을 대본으로 했다. 번역 대본의 서지 사항은 각 권의 〈옮긴이의 말〉에 밝혀 두었다.

2. 그리스 여성의 성(姓)은 남성과 어미가 다르다. 엘레니가 결혼 후 취득한 성 〈카잔차키〉는 〈카잔차키스〉 집안의 여인임을 뜻한다. 〈알렉시우〉나 〈사미우〉도 마찬가지로, 〈알렉시오스〉와 〈사미오스〉 집안에 속함을 뜻하는 것이다. 외국 독자들을 배려하여 여성의 성을 남성과 일치시키는 관례는 영어판에서 흔히 찾아볼 수 있으나 여기서는 그리스식에 따랐다.

3. 그리스어의 로마자 표기와 우리말 표기는 그리스어 발음대로 적되 관용적으로 굳어진 일부 용어는 예외를 두었다. 고대 그리스, 신화상의 인명 및 지명 표기는 열린책들의 『그리스·로마 신화 사전』을 따랐다.

이 책은 실로 꿰매어 제본하는 정통적인 사철 방식으로 만들어졌습니다.
사철 방식으로 제본된 책은 오랫동안 보관해도 손상되지 않습니다.

작가 노트	7
프롤로그	11
조상들	21
아버지	31
어머니	36
아들	48
초등학교	62
외할아버지의 죽음	77
크레타와 터키	83
성인의 전설	89
도피하려는 열망	95
대학살	109
낙소스	119
해방	135
사춘기의 어려운 문제들	142

167 에이레 아가씨
174 아테네
186 크레타로 돌아오다 —— 크노소스
206 그리스 순례
237 이탈리아
253 나의 벗 시인 —— 아토스 산
321 예루살렘

작가 노트

『영혼의 자서전』은 자서전이 아니다. 나 한 개인의 삶은 오직 나에게만 지극히 상대적인 약간의 가치를 지닌다. 그 삶에서 내가 인정하는 가치라고는 그것이 지닌 힘과 끈질긴 인내심에 의존하여, 내 나름대로 〈크레타의 경지(境地)〉라고 이름지은 가장 높은 정상에 다다르기 위해 한 걸음 한 걸음 나아가려는 노력이다.

그러므로 독자여, 그대는 이 지면에서 내 핏방울들이 남긴 붉은 자취를, 인간과 정열과 사상을 찾아다닌 내 여로의 자취를 찾게 될 것이다. 인간의 아들이라고 불릴 자격이 있는 모든 인간은 십자가를 지고 그의 골고타를 오른다. 수많은 사람들, 대부분의 사람들은 한두 걸음 나아가다가 여로의 중간에서 숨을 몰아쉬며 쓰러지기 때문에 골고타의 정상에, 그러니까 의무의 정상에 이르러 십자가에 못 박히고 부활하여 다른 자들의 영혼을 구원하지 못한다. 십자가의 처형이 두려워 그들은 마음이 약해지고, 부활에로의 길이 십자가뿐임을 모른다. 다른 길은 없다.

내가 오르는 길의 결정적인 단계는 넷이었고, 그 단계는 저마다 성스러운 이름을 지닌 인물들의 영향을 받은 시기였다. 이제 날이 저물기 시작했으니, 나는 이 위대한 영혼들을 하나씩 거치는 피의 여로를 — 거칠고, 쉴 곳도 없는 운명의 산을 참고 견디며 오르는 인간의 여로를 — 이 여행기에 남기려고 노력할 터이다. 내 영혼 전체는 외침이요, 내 모든 작품은 그 외침에 대한 설명이다.

내 생애에 항상 나를 괴롭히고 채찍질을 한 단어는 언제나 〈오름〉 하나뿐이었다. 여기에서 진실과 환상을 섞어 가며 나는 산을 오르느라고 남긴 붉은 발자국과 함께 이 오름을 기록하고 싶다. 대지에서 내가 지나가며 남긴 자취는 그 핏자국뿐이므로, 〈검은 투구〉를 쓰고 흙으로 되돌아가기 전에, 나는 어서 마무리를 지으려고 마음이 초조하다. 내가 글로 썼거나 실제로 한 행동들은 무엇이든 다 물에다 쓰고 행하였으므로 벌써 사라졌다.

나는 기억하기 위해 내 기억력을 더듬었고, 허공에서 내 삶을 엮었으며, 장군 앞의 병사와 같은 자세로 그리스인에게 이 말을 한다. 그 까닭은 그리스인은 나와 같은 흙으로 빚어졌고, 과거나 현재의 어떤 투쟁자보다도 나를 더 잘 이해할 터이기 때문이다. 그는 바위에 똑같은 붉은 자취를 남기지 않았던가?

세 가지의 영혼, 세 가지의 기도

첫째, 나는 당신이 손에 쥔 활이올시다, 주님이여. 내가 썩지 않도록 나를 당기소서.

둘째, 나를 너무 세게 당기지 마소서, 주님이여. 나는 부러질지도 모릅니다.

셋째, 나를 힘껏 당겨 주소서, 주님이여. 내가 부러진들 무슨 상관이겠나이까?

프롤로그

　시각, 후각, 촉각, 미각, 청각, 지성 — 나는 내 연장들을 거둔다. 밤이 되었고, 하루의 일은 끝났다. 나는 두더지처럼 내 집으로, 땅으로 돌아간다. 지쳤거나 일을 할 수 없기 때문은 아니다. 나는 피곤하지 않다. 하지만 날이 저물었다.

　해는 졌고 언덕들은 희미하다. 내 마음의 산맥에는 아직 산꼭대기에 빛이 조금 남았지만 성스러운 밤이 감돌고 있으니, 밤은 대지로부터 솟아 나오고, 하늘로부터 내려온다. 빛은 항복하지 않겠다고 다짐했지만, 구원이 없음을 안다. 빛은 항복하지 않겠지만, 숨을 거두어야 하리라.

　나는 마지막으로 주변을 둘러본다. 누구에게 작별을 고해야 하는가? 산과, 바다와, 발코니 위로 포도가 무겁게 얹힌 격자 울타리에게? 미덕에게? 죄악에게? 신선한 물에게? ······덧없도다! 이 모두가 나와 더불어 무덤으로 내려가리라.

　누구에게 나는 내 기쁨과 슬픔을 — 젊은 시절의 엉뚱하고 신비한 그리움을, 그다음에 벌어진 신과 인간과의 처절한 싸움을, 그리고 결국은 불에 탈지언정 죽을 때까지 재가 되기를 거부하는 노인의 야수적인 긍지를 털어놓아야 하는가? 신을 향해 거칠고 쉴 곳도 없는 산을 기어오르다가 지쳐 미끄러지고 쓰러지기 얼마였으며, 피투성이가 되어 일어나 다시 오르기 시작한 것이 또 몇 번이었는지를 누구에게 나는 얘기하겠는가? 어디에서 나는 나처럼 수많은 상처를 입은 불굴의 영혼을, 내 고백을 들어 줄 영혼을 찾아내겠는가?

정열적으로, 조용히, 나는 크레타의 흙을 한 줌 꼭 쥔다. 나는 이 흙을 방황의 시절에 항상 몸에 지니고 다니면서, 벅찬 고뇌의 순간에는 손으로 그 흙을 꼭 쥐며, 마치 아주 다정한 친구의 손이라도 잡은 듯 힘을, 큰 힘을 얻었다. 그러나 이제 날은 저물었고 하루의 일이 끝났으니, 그 힘으로 나는 무엇을 하려나? 이제 나는 그 흙이 필요 없다. 나는 마치 내가 사랑했다가 헤어져 작별을 고하는 여인의 젖가슴을 만지듯, 크레타의 흙을 형언할 수 없는 기쁨과 부드러움과 고마움을 느끼며 꼭 쥔다. 나는 영원히 이 흙이었고, 나는 영원히 이 흙이리라. 오 가혹한 크레타의 흙이여, 그대를 짓이겨 투쟁의 인간으로 창조하던 순간은 어느새 흘러가 버렸구나.

한 줌의 그 흙 속에는 어떤 투쟁이, 어떤 고뇌가, 인간을 잡아먹는 보이지 않는 짐승을 쫓는 어떤 추구가, 악마적이면서도 거룩한 어떤 힘들이 있었던가! 그것은 피와 땀과 눈물로 빚었으며, 그것은 진흙이 되고 인간이 되어, 어디엔가 다다르기 위해 오르기 시작했는데 ― 어디에 다다르기 위해서였던가? 그것은 숨을 헐떡이며 신의 시커먼 몸집을 타고 기어올라 팔을 뻗어 허우적거리고, 신의 얼굴을 찾으려고 더듬었다.

그리고 생애에서 마지막 남은 몇 년 동안에 이 사람은 그 시커먼 몸집에 얼굴이 없음을 깨닫고 절망한 다음, 아무도 손을 대지 않은 정상(頂上)을 깎아 얼굴을, 자신의 얼굴을 주기 위해 온갖 공포와 오만 속에서 어떤 새로운 투쟁을 벌였던가!

그러나 이제 하루의 일이 끝났으니, 나는 연장들을 거두어들인다. 다른 흙덩이들이 와서 투쟁을 계속하게 하라. 죽음을 면하지 못할 우리 인간은 불멸한 존재를 위한 일꾼의 무리일 따름이다. 우리들의 피는 산호여서, 심연의 위에다 섬을 만든다.

신은 우리들이 깎아 낸다. 신에게 견고함을 부여하여 무너지지 않도록, 그리하여 내가 무너지지 않게끔 신이 견고함을 부여하도록, 나 또한 작고 붉은 벽돌을, 피 한 방울을 내놓았다. 나는 내 임무를 다했다.

잘 있거라!

손을 내밀어 문을 열고 떠나기 위해 나는 이 땅의 빗장을 찾지만, 빛이 찬란한 문간에서 잠깐 동안 머뭇거린다. 세상의 돌멩이와 풀밭과 헤어지려니 내 눈과 귀와 마음은 어려움을, 무척 심한 어려움을 느낀다. 우리는 만족했으니 마음이 평화롭다고 생각할 수도 있으며, 더 이상 바랄 것이 없고 의무를 완수했으므로 당장 떠날 준비가 되었다고 말할 수도 있다. 그러나 마음은 저항한다. 돌멩이와 풀을 움켜잡으며 마음은 애원한다. 〈잠시만 더 머물게 하라!〉

나는 마음을 설득하여, 서슴없이 〈그러마〉라고 양보하도록 타이른다. 우리들은 매를 맞고 눈물을 흘리는 노예가 아니라, 배불리 먹고 마셔서 이제는 아쉬운 바가 없는 왕처럼 이 땅을 떠나야 한다. 그러나 마음은 아직도 가슴속에서 발버둥을 치며 소리지른다. 〈잠시만 더 머물게 하라!〉

남아서 나는 마지막으로 빛을 언뜻 쳐다보는데, 그 빛 또한 인간의 마음처럼 저항하고 발버둥친다. 구름이 하늘을 뒤덮었고, 따뜻한 가랑비가 내 입술을 적시며, 대지는 향기롭다. 감미롭게 유

혹하는 목소리가 흙에서 솟아 나온다. 〈어서 오라…… 오라…… 오라…….〉

부슬비가 굵어졌다. 밤의 첫 새가 한숨을 짓는데, 그 새의 고통은 축축한 대기 속에서 밤이 깃든 숲으로부터 한없이 다정하게 흘러나온다. 평화, 그 위대한 감미로움. 집에는 아무도 없고…… 밖에는 목마른 들판이 고마움과 조용한 안락을 느끼며 가을의 첫 비를 마신다. 대지는 어린 아기처럼 젖을 빨려고 하늘을 향해 몸을 일으킨다.

나는 항상 그렇듯이 크레타의 흙을 한 움큼 쥐고 눈을 감고는 잠이 들었다. 그리고 꿈을 꾸었다. 동이 터오는 듯싶었다. 샛별이 하늘에서 깜박였고, 그 별이 틀림없이 내 머리 위로 떨어지리라는 생각에 나는 떨며 도망쳐서, 황막하고 쓸쓸한 산들 사이로 혼자 달려갔다. 멀리 동쪽에서 태양이 나타났다. 그것은 태양이 아니라 활활 타오르는 숯이 가득 담겨 이글거리는 청동 쟁반이었다. 대기가 끓어오르기 시작했다. 때때로 잿빛 메추라기가 바위 턱에서 튀어나와 날개를 치고는 나를 비웃듯 깍깍거렸다. 까마귀 한 마리가 나를 보자마자 산비탈을 날아 올라왔다. 그 새는 틀림없이 나를 기다리던 터여서, 내 뒤를 쫓아오며 웃음을 터뜨렸다. 화가 난 나는 몸을 굽혀 까마귀에게 던질 돌멩이를 집어 들었다. 그러나 까마귀는 어느새 작고 늙은 남자로 변하여 나에게 미소를 지었다.

겁에 질린 나는 다시 뛰기 시작했다. 산들이 소용돌이를 쳤고 나도 그 속에서 소용돌이를 쳤으며, 회오리는 점점 더 오므라들었다. 현기증이 나를 사로잡았다. 산들이 내 주변에서 활개를 치고 돌아다녔는데, 나는 갑자기 그들은 산이 아니라 대홍수 이전의 뇌(腦)가 화석으로 남은 것이라는 생각이 들었고, 오른쪽의 높고 커다란 바위에는 괴이한 청동 뱀을 못 박은 거대한 십자가가 새겨졌다.

번갯불이 내 머릿속에서 튀어 나가 주변의 산들을 환히 비추었다. 나는 수천 년 전에 부유하고 흥청거리는 파라오의 땅으로부터 여호와를 앞세우고 히브리 사람들이 도망쳐 온 무섭고 굽이진 골짜기로 들어갔다. 이 골짜기는 이스라엘 백성이 굶주리고, 목마르고, 욕설을 퍼부으며 내쫓겼던 불타는 대장간이었다.

나는 공포에, 공포와 굉장한 기쁨에 휩싸였다. 마음속의 소용돌이가 가라앉게끔 커다란 바위에 기대면서 나는 눈을 감았다. 순식간에 내 주변의 모든 것이 사라졌고, 짙은 남청색 바다와, 빨갛고 뾰죽뾰죽한 바위들과, 그 바위들 사이에서 입을 벌린 시커먼 동굴의 입구가, 그리고 나지막한 그리스의 해안이 내 앞에 펼쳐졌다. 하늘에서 손이 하나 튀어나와서 내 주먹에 횃불을 쥐어 주었다. 나는 그 명령을 이해했다. 십자가를 긋고 나는 동굴 안으로 들어갔다.

나는 얼어붙은 시커먼 물을 철버덕거리며 방황하고 또 방황했다. 파란 종유석들이 머리 위에 축축하게 매달렸고, 거대한 돌로 이루어진 음경들이 땅에서 솟아 횃불의 빛을 받아 번쩍이며 웃어 대었다. 이 동굴은 몇백 년에 걸쳐서 흐르던 거대한 강이 길을 바꾸느라고 버려서 말라붙은 껍질이었다.

청동의 뱀이 화가 나서 식식거렸다. 나는 눈을 뜨고 산과, 골짜기와, 절벽들을 다시 보았다. 현기증은 가라앉았다. 모든 것이 멈추었고, 빛이 가득했다. 나는 나를 둘러싼 불타는 지역에서 여호와가 똑같은 길로 뚫고 나갔음을 알았다. 나는 신의 무서운 집에 들어왔고, 신의 발자취를 따르고 있음을 알았다.

「이것이 길이다.」 나는 꿈속에서 외쳤다. 「이것이 인간의 길이다. 하나밖에 없는 길이다!」

그리고 이런 교만한 말들이 내 입에서 흘러 나가는 사이에 회오리바람이 나를 에워쌌고, 힘찬 날개들이 나를 들어올려 갑자기 나는 신이 밟았던 시나이 정상에 섰다. 대기에서는 유황 냄새가 났고, 눈에 보이지 않는 수많은 불꽃이 튀는 듯 나는 입술이 따가웠다. 나는 눈을 떴다. 내 눈과 마음은 물도 없고, 나무도 없고, 인간도 없고, 희망도 없었으니 ─ 그토록 잔인하게 비인간적이고 내 마음과 완전히 조화를 이루는 광경을 여태껏 본 적이 없었다. 자랑스럽거나 절망하는 인간의 영혼은 이곳에서 궁극적인 환희를 발견하리라.

나는 내가 딛고 선 커다란 바위를 힐끗 쳐다보았다. 화강암에는 두 개의 깊은 홈이 패었는데, 그것은 틀림없이 굶주린 사자가 나타나기를 기다리는 선지자의 발자국이었으리라. 신은 선지자더러 이곳 시나이 산꼭대기에서 기다리라고 명령하지 않았던가? 그래서 그는 기다렸다.

나도 역시 기다렸다. 절벽 위로 몸을 내밀고 나는 열심히 귀를 기울였다. 나는 갑자기 먼 곳에서, 저 멀리서 둔탁하게 울리는 발자국 소리를 들었다. 누군가 가까이 오고 있었으며, 산들이 울렸다. 내 콧구멍은 벌름거리기 시작했다. 대기는 온통 무리를 이끄는 우두머리 염소의 냄새로 가득했다. 「신께서 오신다, 신께서 오신다.」 단단히 허리를 여미면서 나는 중얼거렸다. 나는 싸울 준비를 갖추었다.

아, 천국의 밀림에 사는 몹시 굶주린 야수와 맞설 순간을 ─ 뻔뻔스러운 세상에 휘말려 길을 잃어 헤매지 않으며 신과 정면으로 맞설 순간을 나는 얼마나 그리워했던가! 자신이 낳은 아이들을 잡아먹어서 입술과 수염과 손톱에서 핏방울이 뚝뚝 떨어지며,

보이지도 않고 만족할 줄도 모르며, 마음이 단순한 아버지와 맞설 순간을.

나는 대담하게 신과 얘기를 나누고, 인간의 괴로움과, 새와 나무와 바위의 괴로움을 신에게 말하리라. 우리들은 모두 죽지 않으려는 욕망이 강렬하다. 나는 모든 나무와 새와 짐승과 인간들이 서명한 탄원서를 손에 들고 있다.「아버지시여, 당신이 잡아먹기를 우리는 원하지 아니합니다!」나는 신에게 탄원서를 주고, 두려워하지 않으리라.

허리춤을 여미고 떨면서 나는 그렇게 말하고 애원했다.

내가 기다리는 동안에 돌멩이들이 움직이는 것 같았다. 나는 큰 숨소리를 들었다.

「신을 보아라!」나는 중얼거렸다.「신께서 오셨도다!」

나는 떨면서 돌아섰다. 그러나 그는 여호와가 아니었다. 그는 신이 아니라, 할아버지시여, 사랑하는 크레타의 흙에서 솟아난 당신이었도다. 눈처럼 하얗고 작은 턱수염에 메마른 입술을 꽉 다물고, 황홀한 눈길은 불꽃과 날개로 가득 찬 모습으로, 근엄한 귀족인 당신이 내 앞에 섰다. 그리고 당신의 머리카락에는 백리향(百里香)의 뿌리들이 뒤엉켰다.

당신은 나를 쳐다보았고, 당신이 쳐다보는 동안에 나는 이 세상이 천둥과 바람을 머금은 구름이요, 인간의 영혼도 천둥과 바람을 머금은 구름이요, 신은 그 위에서 입김을 내뿜으니, 구원은 존재하지 않음을 알게 되었다.

눈을 들어 나는 당신을 보았다. 나는 할아버지시여,〈구원이란 정말로 존재하지 않나이까?〉라고 물으려 했다. 그러나 혀가 굳어 버렸다. 당신에게 가까이 가려고 했지만, 무릎이 후들후들 떨렸다.

그러자 그 순간에 당신은 마치 물에 빠져 죽으려는 나를 구해 주려는 듯 손을 내밀었다.

나는 그 손에 악착같이 매달렸다. 그 손은 여러 빛깔의 물감으로 얼룩이 졌다. 당신은 여태껏 그림을 그리고 있었던 듯싶었다. 손이 활활 타올랐다. 나는 그 손이 닿자 힘과 자극을 얻었고, 입을 열 힘이 솟았다.

「사랑하는 할아버지시여, 제게 명령을 내리소서.」

미소를 지으며 당신은 내 머리에 손을 얹었다. 그것은 손이 아니라 여러 빛깔의 불이었다. 불은 내 마음속을 속속들이 충일하게 했다.

「애야, 손이 닿는 것을 잡아라.」

당신의 목소리는 지구의 깊은 후두에서 울려 나오는 듯 엄숙하고 어두웠다.

그것은 내 가슴 깊숙이 이르렀지만, 내 마음은 조금도 흔들리지 않았다.

「할아버지시여.」 나는 이제 더 큰 목소리로 외쳤다. 「더 어렵고, 더 크레타적인 명령을 내려 주소서.」

내가 미처 얘기를 끝내기도 전에 지글거리는 불길이 순식간에 대기를 갈랐다. 머리카락이 백리향 뿌리로 뒤엉킨 불굴의 조상이 내 시야에서 사라졌고, 명령이 가득 찬 꿋꿋한 외침이 시나이 산 꼭대기에 남았으며, 대기는 떨렸다.

「손이 닿지 않는 것을 잡아라!」

나는 깜짝 놀라 잠이 깨었다. 어느새 하루가 시작되었다. 나는 자리에서 일어나 문으로 가서 포도 넝쿨이 무겁게 얹힌 격자 울타리로 나아갔다. 이제 비는 멎었고, 돌멩이들은 반짝이며 웃었고, 나무 잎사귀들은 눈물을 묵직하게 머금었다.

「손이 닿지 않는 것을 잡아라!」

그것은 당신의 목소리였다. 이 세상에서는 만족할 줄 모르던 할아버지, 당신 이외에는 어느 누구도 그토록 남성적인 명령을 내릴 수 없으리라! 당신은 호전적인 우리 종족에서 결사적이고, 굽힐 줄 모르는 장군이 아니었던가? 우리들은 당신이 이끄는 대로, 경계선을 공격해서 쳐부수기 위해 풍요함과 안정을 버린 굶주리고 상처받은 바보들과 멍청이들이 아니었던가?

신은 절망의 가장 찬연한 얼굴이요, 희망의 가장 찬연한 얼굴이다. 할아버지시여, 당신은 해묵은 경계선을 넘어, 희망과 절망 너머로 나를 밀어낸다. 어디로? 나는 주위를 둘러보고, 내면을 살펴본다. 미덕은 미쳐 버렸고, 수학과 물체도 미쳐 버렸다. 법을 창조하는 이성이 다시 와서 새로운 법을, 새로운 질서를 이룩해야 한다. 세상은 보다 풍요한 조화를 이루어야 한다.

이것은 당신이 원하는 바이고, 이것이 항상, 그리고 지금, 나에게 당신이 요구하는 목적이다. 나는 당신의 명령을 밤낮으로 들었다. 나는 이룰 수 없는 것을 이루려고 최선을 다해서 싸웠다. 나는 이것을 내 의무로 삼았다. 내가 성공했는지 못 했는지는 당신이 판단해야 한다. 나는 당신 앞에 꼿꼿이 서서 기다린다.

장군이여, 전투가 끝나 가니 나는 보고서를 작성한다. 나는 여기서 이렇게 싸웠노라. 나는 부상을 당해 쓰러졌고, 용기를 잃었지만 싸움터를 버리지는 않았다. 비록 겁이 나서 이빨이 덜덜 떨리기는 했지만, 나는 피를 감추기 위해 빨간 수건을 이마에 질끈 동여매고는 공격을 하러 달려갔다.

나는 피와 땀과 눈물로 빚은 작은 한 덩이 흙만 남을 때까지 내 갈까마귀 영혼의 소중한 깃털을 하나씩 하나씩 뽑으리라. 나는 짐을 벗기 위해 당신에게 내 투쟁의 이야기를 하겠노라. 나는 짐을 벗기 위해 미덕과 수치와 진실을 던져 버리겠다. 내 영혼은 당신의 작품인 〈폭풍 같은 톨레도 칼〉을 닮아서, 노란 번갯불과 위압적인 검은 구름을 허리에 차고, 빛과 어둠에 대항해서 필사적으로 물러설 줄 모르는 싸움을 벌인다. 당신은 내 영혼을 보고, 칼날 같은 눈으로 살펴보고, 심판을 내리리라. 〈실패한 곳으로 돌아가고, 성공한 곳은 떠나라〉는 엄숙한 크레타의 격언을 당신은 아는가? 만일 실패했다면, 나는 목숨이 단 1시간밖에 남지 않았더라도 공격을 하러 돌아가리라. 성공을 거두었다면, 나는 땅을 갈라 열어서 당신에게로 가 그 옆에 누우리라.

그러니 장군이여, 내 말을 듣고 심판하라. 내 삶의 얘기를 듣고, 할아버지시여, 만일 내가 당신과 함께 싸웠으며, 만일 내가 다쳐 쓰러졌으며, 남들이 내 고통을 알지 못하게 숨겼으며, 만일 적으로부터 내가 한 번도 도망친 적이 없음을 알겠다면…….

나에게 축복을 내리소서!

조상들

 나 자신을 굽어보고 나는 전율한다. 아버지 쪽의 내 조상들은 바다에서는 피에 굶주린 해적들이었고, 땅에서는 투사들이어서 신도 두려워하지 않고, 인간도 두려워하지 않았으며, 어머니 쪽은 하루 종일 흙 위에 몸을 굽혀 씨 뿌리고, 태양과 비를 편안한 마음으로 기다리며, 추수를 하고, 저녁이면 집 앞 돌로 만든 긴 의자에 앉아 팔짱을 끼고 신께 희망을 걸었던 초라하고 선량한 농민들이었다.

 불과 흙. 이 두 가지 투쟁적인 조상을 내가 몸속에서 어떻게 조화를 이룰 수 있었던가?

 나는 타협이 불가능한 요소를 타협시키고, 허리춤에서 조상의 짙은 어둠을 끌어내어 내 능력이 닿는 한 최선을 다해 빛으로 변형시키는 것이 내 의무, 하나뿐인 내 의무라고 느꼈다.

 신의 방법도 똑같지 않은가? 우리들은 신의 발자취를 따라 이 방법을 답습할 의무를 지니지 않았는가? 우리의 일생이란 짧막한 섬광이지만, 그로써 충분하다.

 의식하지도 못하면서 우주 전체는 이 방법을 따른다. 생명을 지닌 만물은 신이 숨어서 흙을 짓이겨 변형시키는 일터이다. 그렇기 때문에 나무의 꽃은 열매를 맺고, 동물은 새끼를 치고, 원숭이는 숙명을 초월하여 두 발로 선다. 이제, 세상이 창조된 이후 처음으로, 인간은 신의 일터로 들어가 함께 일하게 되었다. 육체로 사랑과 용맹과 자유의 성스러운 변화를 일으킴으로써 인간은 진실로 신의 아들이 된다.

그것은 벅차고 끝없는 의무이다. 나는 평생, 그리고 지금까지도 투쟁하지만, 어둠의 침전물은 언제나 마음속에 남아서 싸움은 항상 다시 시작된다. 역사 깊은 아버지 쪽 조상들은 내 몸에 깊이 뿌리박혀 굽이쳐서, 한없이 깊은 어둠 속에서 그들의 얼굴을 하나하나 분간하기가 매우 어렵다. 개인, 국적, 인종 따위 내 영혼의 두터운 켜들을 꿰뚫고 무서운 첫 조상을 찾으려고 하면 할수록, 나는 거룩한 공포에 더욱 사로잡힌다. 처음에는 그 얼굴들이 형이나 아버지처럼 보이지만, 뿌리에 가까워질수록 굶주리고, 목마르고, 고함을 지르고, 두 눈에 피가 가득 고이고, 턱이 무거운 털북숭이 선조가 내 사타구니에서 튀어나온다. 이 조상은 내가 인간으로 변형시키고, 나에게 배당된 시간 동안에 가능한 일이라면 인간보다도 더 높은 존재로 키우도록 나에게 주어진, 덩치가 크고 길들지 않은 짐승이다. 원숭이에서 인간으로, 인간에서 신으로의 상승은 얼마나 무서운 과정이더냐!

어느 날 밤 나는 친구와 함께 눈 덮인 높은 산을 걸었다. 우리들은 길을 잃고 어둠을 만났다. 하늘에는 구름 한 조각 없고 침묵하는 보름달이 머리 위에 걸렸으며, 우리들이 길을 가던 산등성이로부터 저 아래 평원에 이르기까지 백설이 새파랗게 반짝였다. 침묵이 불안하게 굳어 버려 참을 수가 없었다. 영겁에 걸쳐 달빛에 씻긴 밤들은 항상 이러했을 터여서, 신도 그런 침묵을 견디다 못해 흙을 집어 인간을 빚었다.

마음은 이상한 현기증에 둘러싸여, 나는 친구보다 몇 발자국 앞장서서 걸었다. 나는 술 취한 사람처럼 고꾸라지며 나아갔는데, 달이나 인간이 나타나기 전 오랜 세월 동안 사람이 살지는 않았지만, 무척이나 낯익은 땅을 걷는 듯한 느낌이었다. 어느 지역을 돌다가 나는 갑자기 아주 멀리서, 골짜기 밑바닥 근처에서 파리하게 반짝이는 작은 불빛을 몇 개 보았다. 그것은 아직도 사람들이 깨어 있는 자그마한 마을임에 틀림없었다. 그때 나에게 놀라운 일이 벌어졌다. 그 생각을 하면 나는 지금도 소름이 끼친다. 나는 마을을 향해 주먹을 휘두르고는 격노해서 소리쳤다. 「난 너희들을 모두 죽이겠다!」

그것은 내 소리가 아닌 쉰 목소리였다! 이 목소리를 듣자마자 나는 겁에 질려 온몸이 떨리기 시작했다. 내 친구는 나에게로 달려오더니 걱정스럽게 팔을 잡았다.

「자네 왜 그러나?」 그가 물었다. 「누굴 모두 죽이겠다는 거야?」

나는 다리에서 힘이 빠졌고, 갑자기 형언하기 어려운 피로감을 느꼈다. 그러나 앞에 있는 친구를 보자 정신이 들었다.

「그건 내가 아니었어, 그건 내가 아니었어.」 나는 나지막한 목소리로 말했다. 「어떤 다른 사람이었어.」

그것은 다른 사람이었다. 누구였을까? 내 뱃속이 그토록 깊고 계시적으로 노출된 적은 없었다. 그날 밤 이후로 나는 마침내 여러 해 전부터 추측하던 바를 확신하게 되었으니, 우리들의 몸속에는 쉰 목소리들이, 굶주린 털북숭이 짐승들이 — 어둠이 겹겹이 숨어 있었다. 그렇다면 아무것도 죽지 않는다는 말인가? 원시의 배고픔과, 목마름과, 고난과, 인간이 태어나기 이전의 모든 밤과 달은 우리들이 살아 있는 한 우리들과 함께 살고 배고파하며, 우리들과 함께 목말라하고 고통을 받으리라. 나는 창자 속에 담

조상들 23

고 다니던 무거운 짐이 고함을 지르기 시작하는 소리를 듣고 겁에 질렸다. 나는 절대로 구원을 받지 못할 것인가? 내 뱃속은 영원히 깨끗해질 수 없을 것인가?

가끔 한 번씩 내 마음의 한가운데서 다정한 목소리가 들려온다. 〈두려워하지 말지어다. 나는 법을 만들고 질서를 이룩할지니. 나는 신이니라. 신념을 가지거라.〉 하지만 우렁찬 고함이 내 아랫배에서 울려 나오면 다정한 목소리가 침묵한다. 〈잘난 체하지 마라! 내가 네 법을 없애고, 네 질서를 파괴하고, 너를 멸하리라. 나는 혼돈이니라!〉

어린 소녀가 부르는 노래에 귀를 기울이기 위해서 가끔 태양은 궤도를 돌다가 멈추기도 한다고 사람들은 말한다. 그것이 정말이라면 얼마나 좋으랴! 저 아래 땅에서 여자가 부르는 노래에 매혹되어 필연성이 그 궤도를 바꿀 수만 있다면. 흐느껴 울고, 웃고, 노래를 부름으로써 만일 우리들이 혼란의 위에 질서를 이룩하는 별을 만들 수만 있다면 얼마나 좋으랴! 우리 마음속의 다정한 목소리가 고함 소리를 덮어 버릴 수만 있다면!

내가 심하게 취하거나, 격분하거나, 사랑하는 여인을 어루만지거나, 또는 불의가 내 목을 조르고 내가 신이나 악마, 아니면 지상에서 신이나 악마를 대변하는 자에게 반항하기 위해 손을 들 때, 나는 이 괴물들이 내 몸속에서 아우성을 치고, 닫힌 문을 부수고 빛으로 솟아올라 다시 한 번 무기를 들기 위해 공격하는 소리를 듣는다. 어쨌든 나는 가장 사랑받는 막내로 태어난 자손이니, 내가 아니라면 그들에게는 희망이나 도피처가 없다. 조금이라도 복수하고 즐기고 괴로워하려면, 그것은 나를 통해서만 가능하다. 만일 내가 죽는다면 그들은 나와 더불어 죽는다. 내가 무덤 속으로 떨어지면, 털북숭이 괴물과 학대받는 사람들 한 무리도 나와 더불어 무덤에 떨어진다. 아마도 그렇기 때문에 그들은 나를 그토록 괴롭히고 그토록 재촉하며, 아마도 그렇기 때문에 내 젊은 시절은 그토록 초조하고, 순종할 줄 모르고, 초라했는지도 모른다.

그들은 자신이나 남의 영혼을 존경하지 않으면서 죽이거나, 죽음을 당했다. 그들은 똑같이 지나친 교만함을 보이며 삶을 사랑하고 죽음을 비웃었다. 그들은 전쟁에 나가야 할 때가 되면 실컷 먹고, 잔뜩 마시고, 여인들로 몸을 더럽히지 않았다. 그들은 여름이면 몸을 벌거숭이로 드러냈고, 겨울에는 양가죽을 걸쳤다. 여름이나 겨울이나 그들에게서는 발정한 짐승 냄새가 났다.

나는 증조부가 아직도 내 피 속에 생동하여, 조상 가운데 내 혈관 속에서 그가 가장 맹렬하게 살아간다고 믿는다. 그는 머리카락을 이마 위로는 빡빡 깎아 버렸고 뒤로는 길게 땋아 내렸다. 그는 알제리아의 해적들과 친했으며 대양을 누볐다. 그들은 크레타 서쪽 끝 그라부사의 무인도에 은신처를 마련했다. 그곳에서 검은 돛을 올리고 지나가는 배들을 쳤다. 어떤 배들은 이슬람 순례자들의 화물을 싣고 메카로 항해하고, 어떤 배들은 성지 참배를 마친 기독교인들을 태우고 예수의 성묘를 향하던 중이었다. 함성을 지르며 갈고리를 던진 해적들은 손에 갈퀴를 들고 갑판으로 뛰어올랐다. 기독교인이나 이슬람교도 어느 쪽에게도 호의를 보이지 않았던 그들은 늙은 남자들을 잡아 죽이고, 젊은이들을 노예로 삼고, 여자들을 때려눕히고는, 수염은 피와 여자들이 뿜어낸 숨결로 범벅이 되어, 다시 그라부사로 들어가 처박힌다. 때때로 그들은 돈과 향료를 잔뜩 싣고 동쪽에서 나타난 범선들을 덮친다. 머리를 땋아 내린 나의 조상이 향료를 가득 실은 배를 약탈했기 때문에 크레타 섬 전체가 한때는 계피와 육두구 냄새를 풍겼다는 얘기를 노인들은 지금까지도 기억하리라. 달리 어떻게 처분할 방법을 몰랐던 터라 그는 크레타의 모든 마을에 사는 대자들과 대녀들에게 그 향료를 보냈다.

별로 오래전 일은 아니지만 몇 해 전 이 사건에 대하여 백 살이 넘은 어느 크레타 사람에게서 얘기를 듣고 나는 무척 당황했었는데, 그 까닭은 내가 여행을 다닐 때 그리고 이유도 모르면서 항상 책상에 계피 한 조각과 육두구를 간직했기 때문이다.

내면의 비밀스러운 목소리를 들음으로써 (곧 헉헉거리고 숨을 몰아쉬며 멈추는) 이성이 아니라 피를 따르는 데 성공하기만 한다면, 나는 신비로운 확신을 가지고 가장 오랜 조상에 다다르게 된다. 나중에 때가 되면, 이 신비한 확신은 일상생활의 구체적인 계시들로부터 더욱 힘을 얻는다. 비록 처음에는 이 계시들을 우발적이라고 생각해서 신경을 쓰지 않았지만, 결국 눈에 보이는 세계의 목소리와 비밀스러운 내면의 목소리들을 혼합시킴으로써, 이성의 밑바닥에 깔린 원시의 암흑을 뚫고 닫힌 문을 열어서 속을 들여다볼 수 있었다.

그리고 속을 보게 된 순간부터 내 영혼은 굳어지기 시작했다. 그것은 물처럼 계속해서 굽이치지 않았고, 광채를 발산하는 중심 둘레에서 어느 얼굴이, 내 영혼의 얼굴이 엉겨 짙어지기 시작했다. 어떤 짐승으로부터 내가 피를 물려받았는지 알아내기 위해서 항상 변하는 길을 따라 왼쪽으로 그러고는 오른쪽으로 가는 대신, 나는 나의 참된 얼굴과 하나뿐인 의무를 알고 있었으므로 자신 있게 나아갔으니, 그 의무란 가능한 한 모든 인내심과 사랑과 기술을 동원해서 이 얼굴로 일을 한다는 것이었다. 〈일을 한다〉고? 그것은 무엇을 의미하는가? 그것은 얼굴을 불꽃으로 바꿔 놓고, 죽음이 오기 전에 시간이 있다면 이 불꽃을 빛으로 바꾸어서 카론[1]이 나에게서 빼앗아 갈 것이 하나도 없게 함을 뜻했다. 죽음이 가져갈 것이라고는 몇 개의 뼈 이외에 아무것도 남겨 놓지 않으려는 것이 내 가장 큰 야망이었다.

이 확실성에 이르도록 무엇보다도 더 나를 도와준 것은 아버지 쪽의 조상들이 태어나고 자란 땅의 흙이었다. 아버지 집안은 메갈로카스트로[2]에서 2시간 거리인 바르바리라는 마을에서 비롯되었다. 비잔티움의 황제 니키포로스 포카스는 10세기에 아랍인들로부터 크레타를 다시 빼앗은 다음 몇 개의 마을에서 학살로부터 생존한 아랍인들을 따로 한곳에 몰아 놓고 그 마을을 바르바리라 일컬었다. 아버지 쪽 조상들이 뿌리를 박은 곳은 그런 마을이었다. 그들은 모두 아랍인의 기질을 지녔다. 자부심이 강하고, 고집스럽고, 모질고, 검약하고, 비사교적이다. 분노와 사랑을 가슴속에 몇 년 동안이나 간직하면서 전혀 한마디 말도 없다가 갑자기 악마에게 씌우면 발작적인 감정을 터뜨린다. 그들에게 가장 숭고한 혜택은 삶이 아니라 정열이다. 그들은 선하지도 않고 다루기 쉽지도 않으며, 그들이 곁에 있으면 참지 못할 만큼 압박감을 느낀다. 내면의 악마가 그들의 목을 조른다. 숨이 막히면 그들은 피를 흘리고 안도감을 찾기 위해 멍한 혼란 상태에서 스스로 팔뚝을 칼로 찌르거나 해적이 된다. 그런가 하면 사랑하는 여인에게 노예가 되지 않기 위해 그녀를 죽이기도 한다. 아니면 줏대 없는 자손인 나 같은 사람은 어두운 짐을 영혼으로 바꿔 놓기 위해 땀흘려 일한다. 야만적인 조상들을 영혼으로 바꾸다니, 그것은 무엇을 의미하는가? 그것은 가장 숭고한 시련을 거치게 함으로써 그들을 말살시켜 버림을 뜻한다.

1 저승에 있는 강의 나루지기.
2 카잔차키스의 출생지인 이라클리온을 말한다. 카스트로라고도 하며, 옛날 이름은 카스트리아이다.

또 다른 목소리들이 조상들에게로 가는 길의 이정표 노릇을 했다. 나는 대추야자나무를 마주칠 때마다 기쁨으로 가슴이 두근거린다. 칼칼한 먼지투성이인 고향 땅 베두인 마을로 돌아가는 길에서는 귀중한 장식품이 대추야자나무뿐이라는 생각이 들지도 모른다. 그리고 일단 아라비아 사막에 들어서서 낙타 등에 올라앉아, 노랗고 빨갛다가 저녁이 되면 암갈색으로 바뀌고 인적이라고는 보이지도 않는, 눈앞에 펼쳐진 한없고 희망 없는 모래 언덕들을 둘러보며, 나는 묘한 심취감을 느꼈다. 내 마음은 오래전에, 수천 년 전에 버렸던 둥지로 돌아가는 암독수리처럼 소리쳤다.

그런가 하면 이것도 있다. 언젠가 나는 그리스의 어느 마을 근처 외딴 오두막에서 비잔티움의 고행자가 자주 말했듯이 〈바람을 돌보며〉, 다시 말하면 시를 쓰면서 살았다. 이 자그마한 움막은 올리브나무와 소나무들 가운데 파묻혔고, 저 아래 나뭇가지들 사이로 짙푸르고 가없는 에게 해가 보였다. 수염이 노랗고 때에 찌들었지만 소박한 양치기인 플로로스 이외에는 아무도 지나다니지 않았다. 그는 아침마다 양 떼를 데리고 와서 나에게 우유 한 병과, 삶은 달걀 여덟 개와, 빵을 주고 갔다. 원고지 위로 몸을 숙이고 글을 쓰는 나를 보면 그는 항상 머리를 저었다. 「하느님 맙소사! 그렇게 글을 많이 써서 무얼 하겠다는 거예요? 싫증도 나지 않나요?」 다음에는 웃음소리가 뒤따른다. 어느 날 아침 그는 인사도 못 할 정도로 화가 나고 뚱한 표정으로 굉장히 서두르며 지나갔다. 「왜 그래요, 플로로스?」 나는 그에게 소리를 질렀다. 그는 커다란 주먹을 흔들어 보였다. 「나한테 공연히 말 붙이지 말아요. 난 어젯밤 한숨도 못 잤으니까요. 한데, 당신은 못 들었단 말예요? 귀는 어디다 갖다 두었길래요? 저 산 위의 그 염병할 놈의 양치기 얘기를 못 들었어요? 그 사람이 양 떼의 종을 조율하는 일을 잊어버리지 않았겠어요? 그러니 내가 어떻게 잡니까? ……내가 가보겠어요!」

「어디로요, 플로로스?」

「물론 종소리를 조율하러 가죠. 그래야 내 마음이 진정되니까요.」

어느 날 저녁 식사 때 달걀에 뿌리려고 찬장으로 소금 그릇을 가지러 갔다가 나는 마룻바닥에 소금을 조금 엎질렀다. 나는 심장이 멎는 것 같았다. 허둥지둥 엎드려 소금을 한 알 한 알 줍던 나는 갑자기 내가 무엇을 하고 있는지 의식하고 겁이 났다. 소금이 땅에 조금 쏟아졌다고 해서 왜 이렇게 분하게 여기는가? 그것이 무슨 가치가 있다는 말인가? 아무런 가치도 없다.

나중에 사막에서 나는 그냥 따라가기만 하면 조상에 이를 수 있는 또 다른 흔적들을 뒤져 찾아내었다. 그것은 불과 물이었다.

나는 쓸데없이 타고 있는 불만 눈에 띄면 항상 걱정이 되어 벌떡 일어나고는 하는데, 그것은 불이 꺼지는 것을 보고 싶지 않아서이고, 채울 항아리나 마시는 사람도 없고 정원에 뿌릴 일도 없는데 물을 틀어 놓은 것을 보면 당장 달려가 수도꼭지를 잠근다.

나는 이 모든 이상한 일들을 경험했지만, 거기에서 신비한 어떤 통일성을 발견하기 위해 그것들을 마음속에서 분명하게 정리해 본 적이 없었다. 물이나 불이나 소금이 낭비되면 마음이 편치 않았고, 대추야자나무를 보기만 하면 환희를 느꼈으며, 사막에 들어서면 떠나고 싶지가 않았지만 — 내 마음은 더 이상 깨달음을 얻지 못했다. 이런 일은 여러 해 동안 계속되었다. 그러나 마음속 컴컴한 일터에서는 걱정이 남몰래 계속 태동하고 있음이 분명했다. 그런 모든 설명되지 않는 일들이 내 마음속에서 은밀하게 서로 어울렸다. 나란히 줄지어 서게 되면서 그들은 조금씩 조금씩 의미를 지니게 되었고, 어느 날 아무 생각 없이 한 커다란 도시에서 한가하게 거닐다가 나는 불현듯 그 의미를 깨달았다. 소금과, 불과, 물은 모두 사막에서 귀중한 것들이었다! 따라서 분명히 그것은 내가 몸속에 지닌 어느 조상이었고, 소금과 불과 물이 낭비되면 어서 그것을 건져 내려고 벌떡 일어나 달려가던 베두인이었다.

커다란 도시에는 그날 부드럽게 비가 내렸다. 나는 문간 차일 밑에서 몸을 피하는 어린 소녀를 보았던 기억이 난다. 그녀는 물에 흠뻑 젖은 제비꽃으로 꽃다발을 만들어 팔았다. 나는 걸음을 멈추고 그녀를 쳐다보았지만, 이때쯤에는 차분해지고 지극히 행복했던 내 마음은 멀리 어느 사막에서 방황을 하던 중이었다.

이 모두가 환상이나 자기 암시이고, 먼 곳의 낯선 것들에 대한 낭만적 그리움일지도 모르며, 내가 열거한 모든 이상한 사건들은 전혀 이상하지 않거나, 내가 부여한 의미를 지니지 않았는지도 모른다. 그렇다, 이것은 가능한 일이다. 그렇지만 이렇게 체계적이고 잘 다듬어진 기만의 영향과, (그것이 착각인지는 모르겠지만) 어머니의 그리스인 피와 아버지의 아랍인 피가 내 혈관 속에서 나란히 두 줄로 흐른다는 착각의 영향은 긍정적인 보람을 주어서, 나에게 힘과 기쁨과 풍요함을 베풀었다. 이 두 가지 상반된 충동으로부터 종합을 이루려는 투쟁은 내 삶에 목적과 통일성을 부여했다. 내 마음속의 애매한 예감이 확실성으로 변하는 순간 주변의 가시적(可視的) 세계는 질서를 찾고, 나의 내적이거나 외적인 삶은 두 선조의 뿌리를 찾아 서로 조화를 이룬다. 그리하여 여러 해가 지난 다음, 아버지에 대한 나의 비밀스러운 증오는 그가 죽은 후에 사랑으로 바뀌게 되었다.

아버지

아버지는 말이 별로 없었고, 웃거나 싸움에 끼어드는 적도 절대 없었다. 아버지는 이를 갈거나 주먹을 불끈 쥐기만 할 따름이었고, 마침 껍질이 단단한 아몬드를 쥐고 있었다면 그것은 부스러져 가루가 되었다. 언젠가 어느 터키 고관이 기독교인에게 당나귀처럼 안장을 얹고 짐을 잔뜩 싣는 광경을 보고는 어찌나 격분했던지 아버지가 터키인에게 덤벼들기도 했었다. 아버지는 욕을 퍼붓기만 할 생각이었으나, 그만 입술이 비틀어져 버리고 말았다. 그래서 사람의 소리를 낼 수 없게 된 아버지는 말처럼 식식거리기 시작했다. 내가 아직 어릴 적의 일이었다. 나는 겁이 나서 벌벌 떨며 구경만 했다. 그리고 어느 날 오후 저녁을 먹으러 집으로 가느라고 좁은 골목길을 따라 걷다가 아버지는 여자들의 비명 소리와 문이 쾅쾅 닫히는 소리를 들었다. 덩치가 굉장히 큰 술 취한 터키인이 긴 야타간[1]을 휘두르며 기독교인들을 쫓아다녔다. 그는 아버지를 보자마자 덤벼들었다. 더위로 숨이 막히는 데다 일을 해서 지친 아버지는 싸움을 벌일 기분이 아니었다. 아무도

---

1 S자로 휜 이슬람교도의 긴 칼.

보는 사람이 없었으므로 아버지는 다른 골목으로 도망을 칠까 하는 생각이 잠깐 들었던 모양이다. 그러나 그것은 수치스러운 일이었다. 입고 있던 앞치마를 풀어 주먹에 감더니, 거인 터키인이 머리 위로 야타간을 치켜들자, 아버지가 그의 배를 쳐서 땅바닥에 때려눕혔다. 몸을 굽혀 야타간을 상대방의 주먹에서 비틀어 빼앗은 아버지는 뚜벅뚜벅 집으로 걸어갔다. 땀에 흠뻑 젖은 아버지에게 입히려고 어머니는 깨끗한 셔츠를 가져왔고, (나이가 세 살쯤 되었던) 나는 긴 의자에 앉아 아버지를 물끄러미 쳐다보았다. 털이 잔뜩 난 아버지의 가슴에서는 김이 무럭무럭 피어올랐다. 옷을 갈아입고 기분이 가라앉자 아버지는 야타간을 내 옆 긴 의자에 놓았다. 그러더니 아버지는 어머니에게로 돌아섰다.

「아들이 커서 학교에 들어가면 이걸로 연필을 깎으라고 주도록 해요.」 아버지가 말했다.

언젠가 혁명 동안 낙소스에서 살던 때 이외에 나는 아버지에게서 부드러운 말을 들어 본 적이 한 번도 없었다. 나는 가톨릭 신부들이 운영하는 프랑스 학교에 다녔는데, 시험을 잘 본 상으로 금박을 입힌 커다란 책을 많이 받았다. 그 책을 나 혼자서는 모두 들 수 없었으므로 아버지가 반을 들어 주셨다. 집으로 오는 동안 줄곧 아버지는 침묵을 지켰는데, 아들 때문에 부끄러움을 느끼지 않아도 된다는 기쁨을 감추려고 애를 쓰는 눈치였다. 집에 들어선 다음에야 아버지는 입을 열었다.

「넌 크레타에 수치를 가져오지는 않았어.」 아버지는 나를 쳐다보지 않으면서, 다정함 비슷한 분위기를 풍기며 말했다.

그러나 이런 감정의 표현이 자신을 배반하는 셈이라고 생각했는지 아버지는 당장 화를 냈다. 아버지는 저녁 내내 뚱한 표정으로 내 눈길을 피했다.

아버지는 엄격했고, 괴로워할 줄을 몰랐다. 어쩌다 집으로 찾아온 친척이나 이웃들이 잡담을 나누며 웃어 대다가도 불쑥 문이 열리고 아버지가 들어서면, 대화와 웃음은 당장 끊기고 무거운 그림자가 방안을 엄습했다. 아버지는 건성으로 인사를 하고, 마당 쪽 창문 옆 소파 한쪽 구석의 항상 앉는 자리에 앉아서 눈을 내리깔고, 담배쌈지를 열어 아무 말도 없이 궐련을 말았다. 손님들은 거북하게 목청을 가다듬고, 서로 불안하게 은근히 눈짓을 주고받고는 점잖게 얼마쯤 기다렸다가 일어서서 발돋움을 하고 문으로 갔다.

아버지는 성직자들을 싫어했다. 어쩌다가 길거리에서 한 사람이라도 만나면 재수 없는 만남을 몰아내기 위해 성호를 긋고는, 혹시 겁이 난 사제가 「안녕하세요, 미할리스 대장[2]님」이라고 인사라도 하면, 아버지는 「나에게 저주를 내리시오!」라고 대답했다. 아버지는 성직자들을 피하기 위해 성찬식에는 절대로 참석하지 않았다. 그러나 일요일마다 예배가 끝나고 모든 사람들이 가버린 다음에 아버지는 교회로 들어가 기적을 베푸는 성자 미나스의 성상 앞에 촛불을 밝혔다. 그는 메갈로카스트로의 대장이었던 성 미나스를 그리스도나 성모 마리아보다 훨씬 더 숭배했다.

아버지의 무거운 마음은 걷힐 줄을 몰랐다. 왜 그랬을까? 아버지는 건강했고, 일도 잘 풀려 나갔으며, 아내와 자식들에 대해서도 불만이 없었다. 사람들은 아버지를 존경했다. 지극히 신분이 낮은 어떤 사람들은 아버지가 지나가면 자리에서 일어나 절을 하고, 가슴에 손을 얹으며 〈미할리스 대장님〉이라고 불렀다. 부활절이면 대주교 교구에서는 도시의 다른 유지들과 더불어 아버지를

---

2 〈대장〉은 크레타 사람들 사이에서 쓰이는 호칭이다.

성공회당으로 초청해서 커피와 빨간 달걀을 곁들인 부활제 케이크를 대접했다. 11월 11일 성 미나스의 날이면 아버지는 집 앞에 나가 서서 행렬이 지나가는 동안 기도를 드렸다.

그러나 아버지의 마음은 가벼워질 날이 없었다. 어느 날 메사라에서 온 엘리아스 대장이 용기를 내어 아버지에게 물었다. 「어째서 당신 입가에는 미소가 떠오르는 적이 없나요, 미할리스 대장?」 씹던 담배꽁초를 뱉으며 아버지가 대답했다. 「까마귀는 왜 검은가요, 엘리아스 대장?」 또 어떤 날 성 미나스의 성당 안내인에게 아버지가 이런 얘기를 하는 것도 나는 들었다. 「우리 아버지를, 내가 아니라 우리 아버지를 봐야 해요. 그분은 진짜 귀신 같은 사람이죠. 그분에 비하면 난 뭔가요? 피라미죠!」 1878년 혁명 때, 비록 무척 늙고 거의 눈이 멀었어도 할아버지는 무기를 들었다. 할아버지는 싸우러 산으로 갔지만, 터키인들에게 포위를 당해 적이 던지는 밧줄에 잡혀서는 사바티아나 수도원 밖에서 죽음을 당했다. 수사들이 할아버지의 유골을 성역 안에다 보관했다. 어느 날 나는 작은 창문을 통해서 그 두개골을 보았는데, 칼에 맞아 깊은 흠집이 있었고, 성스러운 기름을 발라 윤이 났다.

「할아버지는 어떤 분이었나요?」 나는 어머니에게 물었다.

「아버지하고 똑같았어. 얼굴이 훨씬 더 검었지만.」

「직업이 무엇이었죠?」

「전쟁.」

「평화로운 시절에는 무얼 하셨나요?」

「기다란 담뱃대를 물고 산을 물끄러미 쳐다보셨지.」

어릴 적에는 신앙이 깊었던 내가 다시 물었다. 「교회에는 다니셨어요?」

「아니. 하지만 매달 초하루에 성직자를 집으로 데려다가 크레타로 하여금 다시 무기를 들게끔 기도를 시켰단다. 물론 할 일이 없을 때면 할아버지는 조바심을 하셨지. 당신이 스스로 무장을 하시던 날 내가 물었단다. 〈죽는 것이 두렵지 않으세요, 아버님?〉 하지만 당신은 대답도 않고, 나를 쳐다보지조차 않으셨어.」

나이를 더 먹은 후에 나는 어머니에게 할아버지가 여인을 사랑했던 적이 있었는지를 묻고 싶었다. 그러나 나는 겸연쩍은 생각이 들어 끝까지 물어보지 못했다. 그러나 할아버지가 죽음을 당해 식구들이 그의 귀중품 상자를 열었을 때, 검거나 갈색인 머리다발을 채워 넣은 방석 하나가 발견되었던 사실로 미루어 보아, 틀림없이 할아버지는 많은 여인을 사랑했던 모양이다.

어머니

어머니는 성자 같은 여인이었다. 50년 동안 곁에서 사자의 강렬한 숨결과 탄식을 느끼면서도 상심해서 괴로워하지 않았던 까닭은 무엇인가? 어머니는 대지의 다정함과, 끈기와, 인내를 지녔다. 어머니 쪽의 조상은 모두 땅 위에 엎드리고, 흙에 달라붙고, 손과 발과 마음이 흙으로 가득한 농민들이었다. 그들은 땅을 사랑했고, 모든 희망을 거기에 걸었으며, 여러 세대에 걸쳐 흙과 한 덩어리가 되었다. 한발(旱魃)이 닥치면 흙과 마찬가지로 그들은 목말라 병들어서 점점 시커멓게 되었다. 가을의 첫 비가 퍼붓기 시작하면 그들은 갈대처럼 뼈가 우적거리며 살이 올랐다. 그리고 보습의 날로 땅의 자궁 속에다 깊은 고랑을 파헤치노라면 가슴과 허벅지에서 그들은 아내와의 첫날밤을 다시 경험했다.

1년에 두 번, 부활절과 성탄절에 외할아버지는 딸과 손자들을 보기 위해 멀리 떨어진 마을에서 메갈로카스트로를 찾아왔다. 항상 용의주도하게 계산을 한 외할아버지는 난폭한 짐승 같은 사위가 분명히 집에 없을 시간을 골라 찾아와서 문을 두드렸다. 외할아버지는 활기차고 정력적인 노인으로, 흰 머리카락은 다듬지 않았고, 푸른 눈에는 웃음을 머금었으며, 커다랗고 묵직한 손에는 굳은살이 박혀 나를 껴안으면 내 피부가 벗겨질 지경이었다. 외할아버지는 항상 검은 장화를 신고, 짙은 쪽빛의 헐렁헐렁한 외출용 바지에 파란 얼룩무늬의 하얀 목도리를 둘렀다. 그리고 손에는 항상 똑같은 선물인 솥에다 구워 레몬 잎사귀로 싼 젖먹이 돼지를 들고 왔다. 웃으면서 외할아버지가 꾸러미를 벗기면 온 집안이 향기로 가득했다. 외할아버지는 구운 돼지와 레몬 잎사귀와 완전히 하나여서, 그때부터 구운 돼지고기 냄새를 맡거나 레몬 과수원에 들어서기만 하면 내 머릿속에는 항상 생전의 유쾌한 외할아버지가 구운 새끼 돼지를 손에 들고 들어서는 모습이 떠올랐다. 그리고 세상에서 어느 누구도 외할아버지를 기억하지 못하더라도, 내가 살아 있는 한 내 몸속에서 외할아버지가 살아갈 터이기에 나는 기쁘다. 우리들은 함께 죽으리라. 내 속의 죽은 자가 죽지 않도록, 나로 하여금 처음으로 죽지 않기를 바라게 한 사람은 이 외할아버지였다. 그 후로 떠나가 버린 수많은 사랑하는 사람들은 무덤이 아니라 내 기억 속에 묻혔으니, 내가 죽지 않는 한 그들도 계속해서 살아가리라는 사실을 나는 안다.

외할아버지 생각을 하면 내 마음은 죽음의 정복이 가능하다는 의식으로 힘을 얻는다. 그토록 등잔불처럼 상냥하고 고요한 광채가 얼굴을 감싼 사람을 나는 평생 본 적이 없었다. 외할아버지가 집으로 들어서는 모습을 처음 보았을 때 나는 소리를 질렀다. 헐렁헐렁한 바지에 넓고 빨간 허리띠를 두르고, 빛나는 둥근 얼굴에 유쾌한 외할아버지의 모습은 방금 축축한 풀 냄새를 풍기며 과수원에서 튀어나온 흙의 혼령이나 물의 요정 같았다.

셔츠 밑에서 쌈지를 꺼낸 외할아버지는 담배를 말고, 부싯돌과 부싯깃을 집어 불을 붙인 다음 담배를 피우며, 딸과 손자들과 집을 만족스럽게 둘러보았다. 가끔 입을 열어 외할아버지는 새끼를 낳은 암말이나, 비와 우박, 그리고 야채 밭을 절단낼 만큼 번식력이 강한 토끼들 얘기를 했다. 무릎에 쪼그리고 올라앉은 나는 한쪽 팔로 외할아버지의 목을 감고 귀를 기울였다. 들판과 비와 토끼들 — 미지의 세계가 나의 머릿속에서 펼쳐졌고, 나 또한 토끼가 되어 할아버지의 밭으로 몰려 기어 들어가서 배추를 마구 먹어 치웠다.

마을에 사는 이런 사람 저런 사람들이 어떻게 지내고, 누구누구는 아직 죽지 않았느냐는 따위를 어머니가 물었고, 외할아버지는 그들이 살았으며, 아이를 낳고 잘 산다는 대답도 하고, 때로는 죽었다며 탄식도 했다. 외할아버지는 출생이나 마찬가지로 죽음에 대해서도 차분하게 — 채소와 토끼 얘기를 할 때와 똑같은 목소리로 — 얘기했다.「애야, 그 사람도 갔단다.」외할아버지가 말했다.「우리 손으로 묻어 주었지. 그리고 카론에게 줄 오렌지와 먼저 하데스로 간 친척들에게 전할 편지도 손에다 쥐어 주었고, 모두 격식에 맞춰 했단다.」그러고는 계속해서 담배를 뻐끔거리고, 콧구멍으로 연기를 뿜어내며 미소를 지었다.

당신의 아내도 여러 해 전에 돌아가셨다. 집으로 찾아올 때마다 외할아버지는 외할머니 얘기를 하며 눈물을 글썽거렸다. 외할아버지는 외할머니를 밭과 암말보다도 더 사랑했다. 그리고 외할아버지는 외할머니를 존경하기도 했다. 결혼 시절에 가난하기는 했어도 외할아버지는 인내하며 살았다.「훌륭한 아내만 곁에 있다면 가난과 헐벗음은 아무것도 아냐.」외할아버지가 가끔 말하곤 했다. 그 시절 크레타 마을에서는 저녁에 밭에서 돌아오는 남편을 위해 아내가 따뜻한 물을 준비해서, 허리를 굽혀 발을 씻겨 주는 것이 오래전부터 전해 내려오던 풍습이었다. 어느 날 저녁에 외할아버지는 잔뜩 지친 몸으로 일터에서 돌아왔다. 외할아버지는 마당 한편에 앉았고, 외할머니는 따뜻한 물을 담은 대야를 가지고 남편의 앞으로 와서 무릎을 꿇고 앉아 흙투성이 발을 씻으려고 손을 내밀었다. 다정한 눈으로 외할머니를 쳐다보던 외할아버지는 아내가 날마다 집안일을 하느라 두 손에 못이 박히고, 머리가 희끗희끗해졌음을 알았다. 가엾은 사람, 이젠 당신도 늙었구려, 나하고 사느라고 이렇게 머리가 희어져, 외할아버지는 마음속으로 생각했다. 아내를 불쌍히 여기게 된 외할아버지는 발을 들어 대야를 차서 엎어 버렸다.「여보, 오늘부터는 내 발을 씻지 말아요.」외할아버지가 말했다.「누가 뭐라고 해도 당신은 내 노예가 아니라 내 아내이고, 체통 있는 여자이니까.」

어느 날 나는 외할아버지가 하는 얘기를 들었다.「아내는 나를 실망시킨 적이 없어…… 꼭 한 번 말고는. 아내의 혼에 신의 보살핌이 함께하기를.」

한숨을 짓고 외할아버지는 잠잠해졌다. 하지만 잠시 후에 ―「물론 저녁마다 아내는 문간에 서서 내가 밭에서 돌아오기를 기다려 주었지. 아내가 쪼르르 달려와서 내 어깨에 멘 연장을 받아주고 나면, 우린 함께 집 안으로 들어갔어. 한데 어느 날 저녁에 아내가 깜빡 잊었어. 아내가 달려오지 않아서 난 상심을 했지.」

외할아버지는 성호를 그었다.

「신은 위대하지.」외할아버지가 나지막이 말했다.「나는 신에게 희망을 걸어. 하느님께서 아내를 용서하실 거야.」

다시 두 눈을 반짝이며 외할아버지는 어머니에게 미소를 지었다.

또 언제인가 나는 외할아버지에게 물었다.

「할아버지, 어린 돼지를 잡아야 하거나, 우리들이 그걸 먹으면 기분이 언짢아지지 않나요?」

「하느님께 맹세컨대, 난 정말 마음이 아프지.」 외할아버지는 웃음을 터뜨리며 대답했다. 「하지만 그 어린것들이 너무나 맛이 좋아서 말이야!」

뺨이 발그레한 이 늙은 농부를 회상할 때마다 흙과 흙에서 하는 인간의 노동에 대한 나의 믿음은 더욱 깊어진다. 외할아버지는 세상이 떨어지지 않도록 어깨에 올려놓고 버티는 기둥들 가운데 하나였다.

외할아버지를 좋아하지 않던 사람이라고는 아버지뿐이었다. 아버지는 외할아버지가 들어와 나에게 얘기를 하면 내 피가 더럽혀지기라도 한다는 듯 불쾌하게 생각했다. 그리고 성탄절과 부활절에 진수성찬을 늘어놓고 나면, 아버지는 구운 새끼 돼지에 손도 대지 않았다. 그 냄새에 구역질이 나서 아버지는 될 수 있는 대로 빨리 식탁에서 자리를 떠 악취를 쫓으려고 담배를 피우기 시작했다. 아버지는 얘기를 하는 적이 없었지만, 한번은 할아버지가 나간 다음에 이맛살을 찌푸리며 비웃듯 중얼거렸다. 「쳇, 눈이 파랗더니 별수 없군!」

나중에 알고 보니 아버지는 세상에서 파란 눈을 그 무엇보다도 더 경멸했다.

「악마는 눈이 파랗고 머리카락이 빨간 빛깔이야.」 아버지는 가끔 말했다.

아버지가 집에 없을 때는 얼마나 평온했던가! 울타리를 두른 마당 안의 작은 정원에서 얼마나 즐겁게, 얼마나 빨리 시간이 흘러갔던가. 우물 위로 넝쿨을 얹은 정자, 우뚝하고 향기로운 한쪽 구석의 아카시아, 가장자리에는 화분에 담아 놓은 박하나무, 금잔화, 아라비아 재스민…… 어머니는 창 앞에 앉아 양말을 꿰매고, 야채를 씻고, 꼬마 여동생의 머리를 빗기거나 걸음마를 가르쳐 주었고, 나는 동글 의자에 쪼그리고 앉아서 그것을 구경했다. 닫힌 문 바깥에서 사람들이 지나다니는 소리를 듣고, 재스민과 젖은 흙의 향기를 맡는 사이에 내 몸으로 스며드는 세계를 받아들이기 위해 머리뼈가 찌걱거리며 활짝 열렸다.

내가 어머니와 함께 보낸 시간들은 신비로 가득했다. 어머니는 창가 의자에, 나는 동글 의자에 마주 보고 앉았고, 마치 우리들 사이를 가득 채운 젖을 내가 빨기라도 하는 듯, 나는 조용한 만족감으로 마음이 넘치는 기분을 느꼈다.

머리 위로는 아카시아가 솟았는데, 꽃이 피면 마당에는 향기가 가득했다. 향기롭고 노란 그 꽃을 나는 얼마나 좋아했던가! 어머니는 궤짝과 속옷과 홑이불을 온통 아카시아꽃으로 수놓았다. 내 어린 시절은 온통 아카시아 냄새뿐이었다.

우리들은 자주 조용한 대화를 나누었다. 때때로 어머니는 고향과 외할아버지 얘기를 했고, 가끔 나는 상상력을 발휘해 가며, 책에서 읽었던 성자들의 생애에 대한 얘기를 해주었다. 나는 순교자들의 시련만으로는 만족하지 못했다. 나는 어머니가 흐느껴 울 때까지 내 멋대로 새로운 얘기를 덧붙였다. 그런 다음에는 어머니가 가엾어져서, 나는 무릎을 꿇고 앉아 어머니의 머리를 쓰다듬으며 위로해 주었다.

「그들은 천국으로 갔어요, 어머니. 슬퍼하지 마세요. 지금 그들은 꽃이 만발한 나무 밑을 거닐고, 천사들과 얘기를 나누며, 고통은 모두 잊어버렸어요. 그리고 일요일이면 금으로 만든 옷에, 빨간 모자에, 방울 술 장식으로 잔뜩 모양을 내고 하느님을 뵈러 찾아가죠.」

어머니는 눈물을 닦고는 그것이 정말이냐고 묻는 듯 미소를 지으며 나를 쳐다보았다. 그리고 새장의 카나리아는 우리들이 하는 얘기를 듣고, 목을 길게 내뽑고는 마치 인간의 마음을 기쁘게 하기 위해서 몇 분 전에 성자들과 헤어져 천국으로부터 내려오기라도 한 듯 흐뭇함에 취해 지저귀었다.

어머니와, 아카시아와, 카나리아는 내 머릿속에서 영원히 떼어 놓을 수 없을 만큼 한 덩어리가 되었다. 나는 아카시아의 냄새를 맡거나 카나리아의 소리를 듣기만 하면 어머니가 무덤에서, 내 심장에서 솟아올라 그 향기와 카나리아의 노래와 한 덩어리로 합쳐지는 기분을 느낀다.

나는 어머니가 웃는 소리를 들은 적이 없는데, 어머니는 그저 미소만 지으며 참을성과 인자함이 가득한 깊은 눈으로 모든 사람을 둘러볼 따름이었다. 어머니는 일상적인 일들의 필요성을 선량하게 다스리는 어떤 마술적이고 인정 많은 힘을 두 손에 지니기라도 한 듯, 소리 없이 힘도 들이지 않고 우리들이 원하는 바를 미리 베풀어 주는 착한 요정처럼 집 안에서 돌아다녔다. 조용히 앉아 지켜보면서 나는 어머니가 동화에 나오는 바다의 요정이라는 생각이 들었고, 내 어린 상상력 속에서는 아버지가 어느 날 밤 강을 지나가다 달빛 속에서 춤추는 어머니를 보게 된다. 아버지는 와락 덤벼들어 어머니의 머릿수건을 낚아채어 집으로 끌고 가서 아내로 삼았다. 이제 어머니는 머릿수건을 찾아 머리에 쓰고 다시 요정이 되어 떠나려고 하루 종일 집 안에서 돌아다닌다. 나는 어머니가 오락가락하면서 옷장과 궤짝을 열고, 항아리들을 뒤지고, 몸을 굽혀 침대 밑을 들여다보는 동안, 혹시 마술의 머릿수건을 찾아내어 모습을 감출까 봐 무서워서 몸을 떨었다. 이 두려움은 여러 해 동안 계속되었고, 새로 태어난 내 영혼에 깊은 상처를 주었다. 까닭 모를 그 두려움은 오늘날까지도 내 머릿속에 남아 있다. 내가 사랑하는 생각이나 사람들은 모두 떠나려고 머릿수건을 찾고 있음을 아는 까닭에, 나는 고뇌를 느끼며 그들을 살펴본다.

내가 기억하기로는 꼭 한 번, 어머니는 신비한 빛으로 두 눈을 빛내면서 약혼 시절이나 결혼을 하지 않아 자유로웠던 무렵처럼 웃고 즐거워했다. 그날은 아버지가 영세받을 아이의 대부 노릇을 하기로 되어 있던 5월 1일이었고, 우리들은 물과 오렌지 과수원이 많은 포델레 마을로 갔다. 그런데 갑자기 심한 폭우가 퍼부었다. 하늘은 온통 물로 바뀌어 땅으로 쏟아져 내렸고, 대지는 기분이 좋아서 웃으며 남자의 물을 가슴 깊숙이 받아들였다. 마을 유지들은 아내와 딸을 데리고 대자의 집 커다란 방에 모였다. 창문과 문틈으로 비와 번갯불이 스며들었고, 바람은 오렌지와 흙 냄새를 풍겼다. 첫 음식과, 포도주와, 라키[1]와, 메제데[2] 그릇들이 들락날락했다. 날이 어두워지자 등불을 밝혔고, 남자들은 흥겨워했으며, 여자들은 평상시와 달리 내리깔던 눈을 들고 메추라기들처럼 떠들기 시작했다. 집 밖에서는 신이 아직도 고함을 질렀다. 천둥이 더 심해졌고, 마을의 좁은 골목들은 강이 되었으며, 돌멩이들이 마구 웃어 대면서 굴러 내렸다. 신은 격류가 되어 대지를 껴안고, 물을 주고, 비옥하게 했다.

아버지가 어머니에게로 돌아섰다. 아버지가 어머니를 다정하게 쳐다보고, 목소리가 부드러웠던 때는 그날 밤이 처음이었다.

「마르기, 노래를 불러.」 아버지가 어머니에게 말했다.

아버지는 다른 남자들이 모두 함께 있는 자리에서 어머니에게 노래를 부르라고 허락했다. 이유도 없이 나는 화가 났다. 나는 어머니를 보호하려는 듯 잔뜩 화가 나서 어머니에게로 왈칵 달려가

---

[1] 터키의 과일주.
[2] 술에 취하지 않도록 먹는 안주.

려고 했지만, 아버지가 손가락으로 어깨를 눌러 나를 자리에 앉혔다. 어머니는 온통 비와 번갯불에 에워싸인 듯 얼굴이 반짝여서 누구인지 알아볼 수조차 없을 정도였다. 어머니는 머리를 뒤로 젖혔다. 길고 까마귀처럼 검은 머리가 갑자기 풀어져 어깨 너머로 엉덩이까지 치렁치렁 늘어지던 장면을 나는 기억한다. 어머니는 노래를 시작했다…… 깊고, 감미롭고, 정열이 가득해서 목이 멘 기막힌 소리였다. 반쯤 감은 눈으로 아버지를 돌아다보면서, 어머니는 내가 영원히 잊지 못할 사랑의 노래를 불렀다. 그 노래를 왜, 누구를 위해서 불렀는지 그때 나는 알지 못했다. 나중에 자라서야 나는 어머니를 이해했다. 어머니는 아버지를 쳐다보면서 벅찬 정열로 가득 찬 달콤한 목소리로 노래했다.

그대가 걷는 길거리에 꽃이 만발하고,
그대는 날개가 황금인 독수리랍니다.

나는 아버지나 어머니와 시선이 마주치지 않으려고 머리를 돌렸다. 창가로 가서 유리창에 이마를 대고 나는 쏟아져 내려 흙을 파먹는 빗발을 응시했다.

폭우는 하루 종일 계속되었다. 밤이 찾아왔고, 바깥은 어두워져서 하늘과 대지는 하나가 되어 흙탕물로 바뀌었다. 등불을 더 많이 밝혔다. 모두들 벽 쪽으로 자리를 옮겼다. 자리를 넓히려고 식탁과 의자는 옆으로 치워 버렸고, 젊은이와 늙은이가 다 함께 춤을 추었다. 방 한가운데 동글 의자에 자리를 잡은 악사는 칼처럼 활을 쥐고는 수염 난 입으로 가사를 부르며 삼현 악기를 켜기 시작했다. 발을 구르고, 몸을 흔들면서, 남자들과 여자들은 서로를 쳐다보며 벌떡 일어섰다. 가장 먼저 나선 사람은 얼굴이 희고 날씬한 여인이었는데, 마흔 살쯤으로 호두나무 잎사귀를 문질러 입술은 오렌지 빛이고, 새까만 머리카락은 월계수 기름을 발라 매끄럽게 반짝였다. 눈을 돌려 그녀를 본 나는 겁이 났는데, 그녀는 두 눈에 음산하고 푸른 동그라미를 그렸으며, 검디검은 눈동자 깊숙한 곳에서는 빛이 났으므로…… 아니, 빛나는 것이 아니라 불타올랐다. 나는 언뜻 그녀가 나를 보았다는 생각이 들었다. 나는 이 여자가 나를 붙잡아 끌고 가려 한다는 생각에, 어머니의 앞치마에 매달렸다.

「좋아, 수르멜리나!」 턱수염을 기른 건장하고 나이 많은 남자가 소리쳤다. 그녀 앞으로 뛰어나오면서 그는 검은 머릿수건을 벗어 한쪽 귀퉁이를 여인에게 내주고, 다른 쪽은 자기가 잡았다. 두 사람은 머리를 높이 치켜들고, 몸은 촛대처럼 곧고 날씬하게 춤을 추어 나갔다.

나무 신발을 신은 여인이 마룻바닥에 힘차게 발을 구르니 온 집 안이 울렸다. 그녀가 하얀 두건을 풀자 목을 장식한 금화가 드러났다. 그녀는 콧구멍을 발름거리며 킁킁거렸고, 그녀 주변에는 남자들이 내뿜는 정기가 이글거렸다. 그녀는 무릎을 굽힌 채 한 바퀴 돌고는 앞에 있는 남자에게로 쓰러지는 듯싶더니 어느새 엉덩이를 휘둘러 도망쳤다. 나이 많은 춤꾼은 말처럼 힝힝거리며 공중에서 그녀를 낚아채어 꼭 껴안았지만, 그녀는 또다시 빠져나갔다. 그들은 흥겨웠고, 서로 쫓아다녔으며, 천둥과 비는 사라졌고, 세상은 가라앉아 없어졌으며, 심연의 위에는 춤추는 이 여인 수르멜리나뿐 아무것도 남지 않았다. 더 이상 동글 의자에 가만히 앉아 있을 수가 없었던지, 악사가 벌떡 일어섰다. 활줄은 고분고분히 말을 듣지 못하겠다는 듯, 제멋대로 수르멜리나의 발을 따라 인간처럼 고함을 치고 한숨을 지었다.

노인의 얼굴이 야수처럼 변했다. 시뻘게진 얼굴로 그는 입술을 씰룩거리며 여인에게 눈짓했다. 나는 그가 당장 그녀에게 달려들어 갈기갈기 찢어 놓을 듯한 기분이 들었다. 악사도 똑같은 불길한 예감이 들었던지 갑자기 활을 멈추었다. 무도회가 중단되었고, 두 춤꾼은 한쪽 다리를 치켜든 채로 땀을 뻘뻘 흘리며 꼼짝도 하지 않았다. 남자들은 늙은 춤꾼에게로 달려가 한쪽으로 끌고 가서 라키를 건넨 후 그를 마사지해 주었고, 여자들은 남자들이 보지 못하게 수르멜리나를 둘러쌌다. 나는 아직 어른이 아니어서 말리는 사람이 없었기 때문에 그들 틈으로 파고 들어갔다. 여자들은 수르멜리나의 조끼를 풀어헤치더니 목과, 겨드랑이와, 관자놀이에 오렌지꽃 물을 뿌렸다. 그녀는 눈을 감고 미소를 지었다.

그러자 춤과 수르멜리나와 두려움이 — 춤과 여인과 죽음이 — 내 마음속에서 뒤엉켜 하나가 되었다. 40년이 지난 다음, 티빌리시의 오리엔트 호텔 높직한 테라스에서, 어느 날 원주민 여인이 춤을 추려고 몸을 일으켰다. 그녀의 머리 위에서는 별들이 빛났다. 지붕에는 불을 켜지 않았고, 그녀의 둘레에는 남자들이 몇십 명 서 있었지만, 작고 빨간 담뱃불 이외에는 아무것도 보이지 않았다. 팔찌와 보석, 귀고리, 황금 발목 장식을 몸에 잔뜩 걸친 여인은 심연의 가장자리나 신의 곁에서, 또는 신과 함께 율동하듯 신비한 두려움을 느끼며 천천히 춤을 추었다. 그녀는 쓰러지지 않으려고 머리끝부터 발끝까지 떨면서, 신에게 다가섰다가는 다시 물러서며 약을 올렸다. 때때로 그녀는 몸을 꼼짝도 않으면서 한 팔로 다른 팔을 두 마리의 뱀처럼 감았다 폈다 했고, 공중에서 선정적으로 교미를 시켰다. 작고 빨간 불빛들이 꺼졌고, 춤추는 여자와 그녀 머리 위에 떠오른 별들 이외에는 광활한 밤에 아무것도 남지 않았다. 꼼짝도 않으면서 그들 또한 춤을 추었다. 우리들은 모두 숨을 죽였다. 갑자기 나는 공포에 사로잡혔다. 이 여인은 심연의 가장자리에서 춤을 추었는가? 아니다. 그것은 죽음에게 아양을 떨며 함께 희롱하는 우리들의 영혼, 바로 그것이었다.

아들

 어릴 적 내 마음에 각인된 인상은 모두가 어찌나 깊은 흔적을 남기고 흡수력이 강했던지, 나이가 들고 늙은 지금에 와서도 그 시절을 회상하는 데 싫증을 느끼지 않는다. 나는 바다와, 불과, 여자와, 세상 냄새와의 첫 접촉을 뚜렷하게 기억한다.

 내 삶에서 가장 처음으로 생각나는 것은 이렇다. 아직 일어설 수도 없었던 나는 엉금엉금 기어서 문턱으로 갔고, 두려움과 갈망을 느끼며 마당의 바람 속으로 내 자그마한 머리를 내밀었다. 그때까지 나는 유리창을 통해서 바깥을 내다보았지만, 아무것도 보지 못했었다. 이제 나는 세상을 처음으로 보게 되었다. 얼마나 놀라운 광경이었던가! 우리 집 작은 마당이 가없어 보였다. 눈에 보이지 않는 수천 마리의 벌이 붕붕거렸고, 취하게 만드는 향기에, 따스한 태양은 꿀처럼 짙었다. 공기는 칼날처럼 번득였고, 그 광채들 사이로 움직이지 않는 날개가 달린 천사 같은 온갖 빛깔의 곤충들이 나에게로 거침없이 곧장 달려왔다. 나는 겁이 나서 소리를 질렀고, 눈물이 가득 고여 세계가 사라졌다.

 또 어느 날 수염이 꺼칠꺼칠한 남자가 나를 안고 부둣가로 데려갔던 일도 생각난다. 우리들이 가까이 가자 상처를 입었거나 위협을 하듯 으르렁거리고 한숨을 짓는 난폭한 짐승의 소리가 들려왔다. 겁이 난 나는 달아나고 싶어서 그의 품 안에서 벌떡 일어나 새처럼 소리를 질렀다. 갑자기 쥐엄나무와 타르와 썩은 불수감(佛手柑)의 독한 냄새. 내 뱃속은 그것을 받아들이기 위해 억지로 열렸다. 나는 털북숭이 품 안에서 자꾸만 보채었으며, 마침내 어느 길거리를 돌아서니 ─ 짙은 쪽빛이 이글거리고 온갖 냄새와 소음이 ─ 정말 벅차고, 정말 새롭고, 정말 광활한 음향이! ─ 바다가 부글거리며 내 앞에 활짝 펼쳐졌다. 내 작은 머릿속은 웃음과, 소금과, 두려움으로 가득 찼다.

다음으로 내가 기억하는 것은 갓 결혼해서 이웃에 살다가 얼마 전에 아이를 낳은 건강하고, 피부가 하얗고, 금발 머리카락이 치렁치렁하고, 눈이 큰 여인 안니카이다. 그날 저녁에 나는 마당에서 놀았는데, 아마 세 살 때였으리라. 작은 마당에서는 여름 냄새가 났다. 여인은 허리를 굽혀 나를 무릎에 앉히고는 껴안았다. 눈을 감으면서 나는 풀어헤친 그녀의 가슴에 기대어 몸에서 뿜어 나오는 따스함과, 짙은 향수와, 젖과 땀의 시큼한 체취를 맡았다. 갓 결혼한 육체는 열기를 뿜었다. 그녀의 불룩한 젖가슴에 매달린 나는 색정적인 도취감에 빠져 그 열기를 들이마셨다. 갑자기 나는 현기증에 휘말려 기절하고 말았다. 얼굴이 새빨개지면서 겁이 난 이웃 여인은 나를 박하나무 화분들 사이에 내려놓았다. 그 후로 그녀는 나를 다시는 무릎에 올려놓지 않았다. 그녀는 무척 다정하게 나를 쳐다보며 그냥 미소만 지었다.

어느 여름날 밤에 나는 다시 마당에 나가 작은 동글 의자에 앉았다. 나는 눈을 들어 처음으로 별을 보았던 일이 기억난다. 벌떡 일어나며 나는 겁이 나서 소리쳤다. 「불이야! 불이야!」 하늘에는 엄청나게 큰 불이 난 것 같았고, 내 몸에도 불이 붙었다.

대지와, 바다와, 여인과, 별이 가득한 하늘과 내가 가졌던 첫 접촉은 그러했다. 내 삶에서의 가장 심오한 순간인 지금까지도 나는 어릴 적과 똑같은 열정으로 이 네 가지 벅찬 요소를 겪고 있다. 어렸을 때와 똑같은 놀라움과, 두려움과, 기쁨을 느끼며 새롭게 경험하게 될 때만 나는 오늘날에도 이 네 가지를 육체와 영혼으로 깊이 탐닉한다. 내 영혼을 채우던 이런 힘들은 내면에서 분리시키지 못할 만큼 서로 뒤섞여 하나가 되었다. 그것들은 자꾸만 가면을 바꿔 쓰는 하나의 얼굴과 마찬가지이다. 별이 총총한 하늘을 보며 나는 그것을 꽃이 만발한 정원이고, 때로는 어둡고 위험한 바다이며, 또 때로는 눈물로 범벅된 과묵한 얼굴이라고 상상한다.

내 모든 감정은, 그리고 지극히 추상적인 것에 이르기까지 내 모든 사상은, 이 네 가지 기본적인 요소로 이루어졌다. 내 머릿속에서는 가장 형이상학적인 문제까지도 바다와, 흙과, 인간의 땀 냄새가 나는 따스한 실체의 형태를 취한다. 개념이 나에게 이르려면 따뜻한 육체가 되어야 한다. 냄새 맡고, 보고, 만질 때 — 그때가 되어야 나는 이해한다.

이 네 가지 첫 접촉 이외에도 내 영혼은 또한 어떤 뜻밖의 사건으로부터 깊은 영향을 받았다. 뜻밖이라고? 무슨 엉뚱한 소리를 해서 위엄을 손상시킬까 봐 조바심하는 겁 많은 마음이, 신중하고 사내답지 못한 마음이, 해석할 수 없는 요소들을 그렇게 일컫는다. 내가 네 살 때였으리라. 신년이 되자 아버지는 이른바 크레타에서 〈마수걸이〉라고 부르는 새해 선물로 카나리아와 회전하는 지구본을 나에게 주었다. 방문과 창문을 닫고 나는 자주 새장을 열어 카나리아를 풀어 주었다. 새는 지구본의 꼭대기에 앉아 내가 숨을 죽이고 귀를 기울이는 동안 몇 시간씩이고 노래를 부르는 버릇이 생겼다.

 이 지극히 단순한 사건이 — 내가 믿기에는 — 나중에 내가 읽은 모든 책들과 알게 된 모든 사람들보다 나에게 훨씬 더 많은 영향을 끼쳤다. 만족할 줄 모르며 대지를 가로질러 여러 해 동안 방황하고, 모든 것을 만나고 헤어지면서, 나는 내 머리가 지구본이며, 카나리아가 내 마음의 꼭대기에 올라앉아 노래를 부른다고 느꼈다.

 어린 시절을 이렇게 세세히 회고하는 까닭은 가장 오래된 추억이 그토록 굉장한 매혹을 불러일으켜서가 아니라, 이 시기에는 꿈에서처럼 언뜻 보기에 하찮은 사건이 나중에 어느 정신 분석가보다도 더 영혼의 참되고 꾸밈없는 얼굴을 잘 드러내기 때문이다. 어린 시절의 표현 방법이나 꿈이란 무척 단순해서, 지극히 복합적인 내면의 풍요함까지도 모든 피상적인 요소로부터 해방이 되는 까닭에, 오직 본질만이 남는다.

 어린아이의 두뇌는 부드럽고, 살은 매끄럽다. 태양, 달, 비, 바람, 그리고 침묵이 모두 그의 위에 내린다. 그는 뭉클뭉클한 반죽이나 마찬가지여서 마음대로 빚어진다. 아이는 탐욕스럽게 세계를 삼켜 뱃속에 받아 넣고 동화를 시켜 자신의 한 부분으로 만든다.

 나는 태양이 이글거리고, 바람이 불타고, 이웃의 큰 집에서 사람들이 포도를 발로 짓뭉개고, 세상이 포도 액 냄새로 향기로울 때 자주 문간에 나가 앉았던 일을 기억한다. 기분이 좋아서 눈을 감으며 나는 손을 내밀고 기다리곤 했다. 어렸을 때는 절대로 나를 속이지 않던 신이 항상 찾아왔으니, 나하고 똑같은 신이 항상 찾아와서는 그의 장난감인 태양과, 달과, 바람을 내 손에 쥐어 주었다. 「선물이란다.」 그가 말했다. 「선물이야. 가지고 놀아라. 난 또 많이 있어.」 나는 눈을 뜬다. 신은 사라지지만 장난감은 내 손에 그냥 남는다.

(경험을 하는 중이었기에) 비록 의식하지는 못했지만, 나는 주님의 전능함을 지녀서 내가 원하는 대로 세상을 창조할 능력을 소유했었다. 나는 말랑말랑한 밀가루 반죽이었고, 세상도 그러했다. 내 기억으로는, 어렸을 적에 나는 어떤 과일보다도 버찌를 좋아했다. 나는 우물에서 물통을 가득 채운 다음 아삭아삭할 만큼 단단하고 빨갛거나 까만 버찌를 넣고는, 물에 들어가는 순간 그것들이 부풀어 오르는 광경을 굽어보며 감탄하곤 했다. 그러나 꺼내는 순간, 나는 그것들이 다시 오므라드는 것을 보고 굉장히 실망했다. 그래서 나는 쪼그라드는 꼴을 보지 않으려고 두 눈을 감고는 아직도 괴이할 만큼 커다랗다고 상상되는 버찌를 입 안에 쑤셔 넣었다.

이 하찮은 사건은 이렇게 늙어 버린 지금까지도 내가 현실을 맞는 자세를 완전하게 보여 준다. 나는 더 밝고, 훌륭하고, 내 목적에 알맞게끔 세상을 재창조한다. 이성은 외치고, 설명하고, 전시하고, 항의하지만, 마음속에서는 어느 목소리가 솟구쳐 고함친다. 〈이성이여, 조용하라. 우리 마음의 소리에 귀를 기울이자.〉 어떤 감정인가? 광증, 삶의 본질. 그러면 마음은 노래를 부르기 시작한다.

내가 좋아하는 어느 비잔티움 신비주의자가 말했다.「현실은 바꿀 수가 없을 터이니 현실을 보는 눈을 바꾸자.」 어렸을 때 나는 그랬고, 지금도 삶에서 가장 창조적인 순간들에는 마찬가지로 그렇게 한다.

아이의 마음과, 눈과, 귀는 기적이다. 그것들은 만족할 줄 모르고 세상을 집어삼켜 한없는 욕구를 채운다. 세계는 빨강, 초록,

노랑 깃털이 달린 새이다. 아이는 이 새를 찾아내어 잡으려고 무척이나 헤맨다.

아이의 눈보다 더 신의 눈을 닮은 것은 없으니, 아이는 처음 세상을 볼 때 그의 세상을 창조한다. 그 전에는 세상이 혼돈이었다. 짐승과, 나무와, 인간과, 돌맹이와 모든 것, 형태, 빛깔, 소리, 냄새, 번갯불, 이 모든 피조물은 아무런 설명도 없이 아이의 눈앞에서 (아니, 앞이 아니라 속에서) 줄지어 지나가고, 그는 그것들을 붙잡아 매거나 거기에서 질서를 엮어 내지 못한다. 아이의 세계는 진흙으로 만들어 굳어 버린 것이 아니라, 구름으로 이루어졌다. 시원한 바람이 이마를 스치면 세계는 압축되고, 엷어지고, 사라진다. 천지 창조 이전에 혼돈은 신의 눈앞을 그렇게 지나갔으리라.

어렸을 때 나는 하늘, 벌레, 바다, 바람 — 내가 만지거나 보는 모든 대상과 하나가 되었다. 그때 바람은 젖가슴이 달렸고, 손이 있어 나를 쓰다듬었다. 때때로 바람은 화가 나서 나를 못마땅히 여겨 걷지 못하게 했다. 때때로 바람이 나를 때려 쓰러뜨렸던 일이 생각난다. 바람은 포도 넝쿨에서 잎사귀를 뜯어 버리고, 어머니가 정성껏 빗겨 준 내 머리카락을 헝클고, 이웃에 사는 디미트로스 아저씨의 머릿수건을 벗기고, 그의 아내 페넬로페의 치마를 펄럭이게 했다.

세계와 나는 아직 떨어지지 않았었다. 그러나 조금씩 조금씩 나는 그 품에서 벗어났다. 세계가 한쪽에, 그리고 나는 다른 쪽에 섰고, 싸움이 시작되었다.

세계의 혼탁하고 더러운 빗발을 문간에 앉아 맞으면서 아이는 어느 날 갑자기 깨닫는다. 다섯 가지 감각이 튼튼히 자랐다. 저마다 제 길을 닦아 세계라는 왕국에서 몫을 차지했다. 나에게서는 취각이 가장 먼저 자랐음을 나는 기억한다. 그것이 처음으로 혼돈에서 질서를 이끌어 냈다.

내가 두세 살 때 모든 사람은 뚜렷한 냄새를 지니고 살았다. 눈을 들어 보기도 전에 나는 그가 발산하는 냄새로 누구인지를 알았다. 어머니와 아버지는 냄새가 달랐고, 이웃 여자들과 마찬가지로 숙부들도 저마다의 냄새가 있었다. 누가 나를 안으면 냄새 때문에 나는 그를 사랑했거나 발버둥을 치기 시작했다. 시간이 지남에 따라 이 힘이 사라졌다. 온갖 냄새들이 뒤섞였고, 모두가 땀과, 담배와, 벤젠의 똑같은 체취에 휩싸였다.

무엇보다도 나는 기독교인과 터키인의 냄새를 뚜렷하게 구별했다. 마음씨 좋은 터키인 가족이 우리 집 길 건너에서 살았다. 부인이 집으로 찾아오면 그녀가 풍기는 악취에 구역질이 나서 나는 박하나무를 꺾어 냄새를 맡거나 아카시아꽃을 양쪽 콧구멍에 끼웠다. 그런데 파토메라는 이 터키 여자에게는 터키인도 아니요 그리스인도 아닌, 무척 기분 좋은 이상한 냄새가 나는 네 살쯤 된 어린 딸이 있었다. (나는 세 살이었나 보다.) 에미네는 하얗고 통통했으며, 손바닥과 발바닥에는 기나나무로 물을 들였고, 머리카락은 작디작게 땋아 악귀를 쫓으려고 조가비나 작고 파란 돌멩이를 가닥마다 매달았다. 그녀에게서는 육두구 냄새가 났다.

나는 그녀의 어머니가 집을 비우는 시간을 알았다. 그 시간이 되면 나는 길 쪽으로 난 문으로 가서 길 건넛집 문간에 앉아 껌을 씹는 에미네를 쳐다보았다. 나는 그쪽으로 가겠다고 그녀에게 손짓을 했다. 그러나 그 집 문에는 엄청나게 높아 보이던 계단이 셋 있었다. 그 계단을 어떻게 오른단 말인가? 나는 땀을 흘리며 낑낑대었고, 한참 애를 쓴 다음 첫 계단을 기어올랐다. 다음에는 두 번째 계단을 오르는 새로운 투쟁이었다. 숨을 돌리려고 잠깐 멈취 선 나는 눈을 들어 그녀를 보았다. 문턱에 앉은 그녀는 지극히 무관심한 태도였다. 도와주려고 손을 내미는 대신 그녀는 그냥 구경만 하며 꼼짝도 않고 기다렸다. 그녀는 만일 장애물을 정복하기만 한다면 내가 뜻하는 대로 다 이루어질 거라고 말하는 듯싶었다. 나한테까지 오면 우리 같이 놀자. 못 하겠으면 돌아가! 그러나 나는 한참 기를 쓴 다음 드디어 장애물을 정복하고, 그녀가 앉아 있는 문턱에 다다랐다. 그러면 그녀가 일어서서 내 손을 잡아 안으로 이끌고 들어갔다. 청소부로 일하던 그녀의 어머니는 하루 종일 집을 비웠다. 조금도 지체하지 않고 우리들은 양말을 벗고 누워서 발바닥을 서로 꼭 대었다. 우리들은 한마디도 말하지 않았다. 눈을 감으면 나는 에미네의 따스함이 내 발바닥으로 전해지고, 다음에는 조금씩 조금씩 무릎과 배와 가슴으로 올라와 온몸을 가득 채우는 기분을 느꼈다. 내가 경험한 기쁨은 어찌나 강했던지, 기절할 지경이었다. 평생 동안 그토록 엄청난 즐거움을 나에게 주었던 여자는 다시 없었으며, 여자의 몸이 지닌 따스함의 신비를 내가 그토록 깊이 느꼈던 적도 없었다. 70년이 지난 지금까지도 나는 눈을 감으면 에미네의 따스함이 발바닥으로부터 올라와 온몸에, 영혼 전체에 퍼지는 감촉을 느낀다.

서서히 나는 걷고 기어오르는 데 대한 두려움이 없어졌다. 근처의 집들을 들어가 나는 이웃 아이들과 놀았다. 세계는 점점 넓어졌다.

나는 다섯 살 때 칠판에다 *i*와 *koulouría*[1] 따위를 어떻게 그리는지 배우기 위해, 선생이라고 하기도 어려운 어느 여자를 찾아갔다. 더 자라면 글자를 쓸 수 있게끔 손을 훈련시키기 위한 준비

---

[1] 도넛처럼 생긴 깨를 입힌 빵.

였다. 그녀는 소박한 농민 타입으로 키가 작고 뚱뚱했으며, 등이 좀 굽었고, 턱의 오른쪽에 사마귀가 있었다. 그녀의 이름은 아레테 부인이었다. (입에서 커피 냄새가 나던) 그녀는 어떻게 분필을 잡고 손가락을 놀려야 하는지 설명하면서 내 손을 이끌었다.

처음에 나는 그녀에게 아무런 관심도 없었다. 나는 그녀의 입에서 나는 냄새와 구부정한 등을 모두 좋아하지 않았다. 그러나 나중에 — 이유는 모르겠지만 — 그녀는 내 눈앞에서 조금씩 변신을 시작해서 사마귀가 사라지고, 굽은 등이 펴지고, 뚱뚱한 몸이 날씬하고 아름다워졌으며, 몇 주일이 지나자 마지막에는 새하얀 튜닉을 입고 커다란 청동 나팔을 든 멋진 천사가 되었다. 나는 이 천사를 성 미나스 교회의 어떤 성상에서 보았던 것 같다. 또다시 어린 시절의 눈은 기적을 향해서, 천사와 여선생은 하나가 되었다.

여러 해가 흘렀다. 나는 외국을 여행했고, 다시 크레타로 돌아갔다. 나는 선생의 집으로 찾아갔다. 문 앞 층계에서 어느 늙고 작은 여자가 햇볕을 쬐고 있었다. 나는 턱에 난 사마귀를 보고 그녀가 누구인지 알았다. 내가 가까이 가서 이름을 알려 주자, 그녀는 기뻐서 울기 시작했다. 나는 커피와, 설탕과, 과자 한 상자를 선물로 가져갔다. 나는 물어보기가 창피해서 얼마 동안 주저했지만, 나팔을 든 천사의 모습이 너무나 깊이 머릿속에 새겨진 터라 그냥 넘어갈 수가 없었다.

「아레테 부인, 혹시 하얀 튜닉을 입고 커다란 청동 나팔을 손에 들었던 적이 있나요?」

「원 세상에!」 초라한 노부인은 성호를 그으며 소리쳤다. 「내가 흰옷에 나팔을 들어? 맙소사! 내가 딴따라라니!」

그리고 그녀의 눈에서 눈물이 흘렀다.

끊임없이 끓어오르는 내 어린 마음속에서는 모든 것이 마술처럼 새로 빚어져서 타당성을 넘어 광기에 가까웠다. 하지만 이 광기는 훌륭한 의식이 썩지 않게 해주는 자극이었다. 나는 모든 순간에 내가 지어낸 동화 속에서 살고, 얘기하고, 돌아다니며 내가 나아갈 길을 마련해 놓았다. 나는 똑같은 것을 두 번 본 적이 없으니, 매번 새로운 양상을 부여해서 알아볼 수가 없었기 때문이다. 그리하여 세상의 처녀성은 모든 순간에 저절로 새로워졌다.

어떤 특정한 과일들에 대해서 나는 형언하기 어려울 만큼 각별한 매혹을 느꼈는데, 버찌와 무화과가 특히 그러했다. 무화과는 열매 자체뿐 아니라, 잎사귀와 향기도 마찬가지였다. 나는 가끔 눈을 감고 그 냄새를 맡으며 무서운 육체적 만족감으로 파랗게 질려 버리곤 했다. 아니 만족감이 아니라, 마치 캄캄하고 위험한 숲으로 들어갈 때처럼 불안과, 공포와, 전율이었다.

어느 날 어머니는 여자들이 수영을 다니는 메갈로카스트로 시외의 한적한 바닷가로 나를 데리고 갔다. 내 머릿속은 부글거리는 광활한 바다로 가득 찼다. 바다의 불타는 남청(藍靑) 빛깔에서는 이상하게도 병들어 보이는 연약하고 무척 하얀 몸들이 튀어나왔다. 그들은 날카로운 소리를 지르며 서로 물을 마구 끼얹었다. 그들은 허리 아래쪽이 물에 잠겨서, 대부분 상반신밖에 보이지 않았다. 나는 그들의 하반신은 물고기라고 단정해서, 사람들이 얘기하는 인어일 것이라고 생각했다. 나는 알렉산드로스 대왕의 여동생인 인어에 대해서 할머니가 이야기해 준 동화를 기억하고 있었다. 오빠를 찾아 바다를 헤매던 그녀는 배가 지나갈 때마다 물었다. 「알렉산드로스 왕이 살아 있나요?」 선장이 뱃전에서 몸을 내밀고 소리친다. 「살아 있어요, 아가씨, 편히 지내고 있어요!」 어쩌다가 왕이 죽었다고 선장이 말하면, 그녀는 꼬리로 바다를 치고 태풍을 일으켜 모든 배들을 산산조각으로 부숴 버렸다.

그런 인어 한 마리가 내 앞 파도에서 솟아 나와 손짓을 했다. 그녀가 뭐라고 소리쳤지만 너무나 시끄러운 바다의 소음 때문에 나는 알아듣지 못했다. 그러나 나는 어느새 동화의 세계에 접어들었고, 그녀가 오빠에 대해 묻는다는 생각이 나서 겁에 질려 소리쳤다. 「살아 있어요, 편히 지내고 있어요!」 갑자기 모든 인어들이 마구 웃어 대었다. 창피하고 화가 나서 나는 도망쳤다. 「맙소사, 그들은 인어가 아니라 여자들이야.」 나는 중얼거리며 완전히 모욕을 당한 기분으로 바다로 등을 돌리고 작은 바위에 앉았다.

나는 어릴 적의 이 생생한 환상이 아직도 내 머릿속에 빛깔과 소리를 그대로 간직한 채 살아 있음을 신께 감사한다. 내 마음이 황폐하지 않고, 시들거나 마르지 않게 지켜 주는 것은 이것이다. 그것은 내가 죽지 않게 지켜 주는 성스러운 불멸의 물 한 방울이다. 글을 쓰다가 바다나 여인이나 신에 대한 얘기를 하고 싶으면, 나는 가슴속을 들여다보며 내 속의 아이가 하는 얘기에 열심히 귀를 기울인다. 그는 나에게 받아쓰라고 글을 불러 주는데, 어쩌다가 어휘를 사용해서 바다와, 여인과, 신의 위대한 힘을 비슷하게나마 묘사하는 데 성공한다면, 그것은 아직도 내 속에 살아 있는 아이의 덕분이다. 나는 티 없는 눈으로 세계를 항상 새롭게 보기 위해서 또다시 아이가 된다.

한 사람은 격렬하고 뻣뻣하고 침울하며, 다른 한 사람은 부드럽고 친절하고 성녀 같은 부모……. 두 사람 다 내 피 속에서 흐른다. 나는 항상 그들을 지니고 다녔으며, 두 사람 다 죽지 않았다. 내가 살아 있는 한 그들 또한 내 속에서 살아가며 내 생각과 행동을 지배하려고 그들 나름대로 다른 방법으로 투쟁한다. 한 사람에게서는 힘을 얻고 다른 사람에게서는 부드러움을 받으려고 나는 그들을 융화시키기 위해, 끊임없이 내 속에서 발생하는 그들 사이의 분열을 아들의 마음속에서 조화로 이끌기 위해 평생 노력했다.

또 한 가지 믿어지지 않는 사실이지만, 부모 두 사람의 존재는 내 손에서도 확실히 나타난다. 오른쪽 손은 무척 튼튼하고, 민감성이 전혀 없으며, 완전히 남성적이다. 왼쪽은 지나칠 만큼 병적으로 민감하다. 사랑했던 여인의 젖가슴을 회상할 때마다 나는 왼쪽 손바닥이 약간 저리는 통증을 느낀다. 당장이라도 실제로 상처가 나타날 듯 손바닥은 시커멓게 변한다. 홀로 앉아 하늘로 솟아오르는 새를 지켜보노라면 왼쪽 손바닥에서는 그 새의 따스한 배가 느껴진다. 아버지는 오른쪽, 어머니는 왼쪽, 이렇게 부모가 서로 상대방을 버리고 따로 차지한 것은 내 손, 오직 내 손뿐이었다.

여기에서 나는 내 삶에 깊은 영향력을 준 사건을 덧붙이고 싶다. 그것은 내가 처음으로 받은 정신적 상처였다. 늙어 버린 지금까지도 그 상처는 아직 아물지 않았다.

아마 내가 네 살 때였으리라. 어느 숙부의 손을 잡고 나는 도시 성곽 안쪽에 위치한 성 마태오의 작은 묘지로 아는 사람을 만나러 갔었다.

봄이어서 카밀레가 무덤들을 둘러쌌고, 한쪽 구석의 장미 덤불에는 작은 4월의 꽃들이 만발했다. 한낮이었던지 태양에 땅이 뜨겁게 달아올랐고, 풀은 향기로웠다. 성당 문은 열려 있었다. 신부는 향로에 향을 넣고 제의를 입었다. 문을 나와 그는 묘지로 향했다.

「저 신부님이 왜 향로를 흔드나요?」 향과 흙 냄새를 깊이 들이마시면서 나는 숙부에게 물었다.

그 냄새는 후텁지근하고 좀 역겨웠다. 그것은 지난 토요일에 어머니와 갔던 터키 목욕탕 냄새를 연상시켰다.

「저 신부님이 왜 향로를 흔드나요?」 말없이 무덤 사이로 계속해서 걸어가는 숙부에게 나는 다시 한 번 물었다.

「조용히 해. 곧 알게 될 테니까. 따라오거라.」

성당 뒤로 돌아가자 우리들은 얘기하는 소리를 들었다. 상복을 입은 대여섯 명의 여자들이 무덤가에 둘러섰다. 두 남자가 비석을 들어 올리더니 그중 한 사람이 무덤으로 내려가 흙을 파기 시작했다. 우리들은 구덩이에 가까이 가서 섰다.

「무엇을 하는 거예요?」 내가 물었다.

「뼈를 다시 파내고 있단다.」

「무슨 뼈요?」

「곧 알게 돼.」

신부는 무덤의 머리 쪽에 서더니 향로를 아래위로 흔들면서 코막힌 소리로 웅얼웅얼 기도를 드렸다. 나는 새로 파낸 흙 위로 넘어다보았다. 곰팡이, 부패함 — 나는 코를 막았다. 구역질이 나기는 했지만 나는 자리를 뜨지 않았다. 나는 기다렸다. 뼈라고? 무슨 뼈일까? 나는 자꾸만 궁금해져서 기다렸다. 허리를 굽히고 땅을 파던 남자가 갑자기 일어섰다. 그의 상반신이 구덩이 밖으로 나왔다. 그는 두 손으로 해골을 집어 올렸다. 그는 해골에서 흙을 털고 손가락을 넣어 두 눈구멍에서 진흙을 밀어낸 다음 무덤가에 놓더니 다시 몸을 굽혀 땅을 파기 시작했다.

「저게 뭐예요?」 무서워 떨면서 나는 숙부에게 물었다.

「보면 모르니? 죽은 사람의 머리란다. 해골이야.」

「누구 해골요?」

「그 여자 모르니? 우리 이웃에 살던 안니카 말이다.」

「안니카라뇨!」

나는 울음을 터뜨리며 소리를 지르기 시작했다.

「안니카라니! 안니카!」 나는 소리쳤다. 땅에 몸을 던진 나는 닥치는 대로 돌을 집어 무덤을 파는 사람에게 던졌다.

울다가 한숨을 지으며 나는 그녀가 얼마나 아름다웠는지, 그녀의 냄새가 얼마나 향기로웠는지에 대해 떠들어 대었다. 그녀는 자주 우리 집으로 와서 나를 무릎에 앉히고 자기 머리에서 빗을 뽑아내 머리카락을 빗겨 주었다. 그녀는 걸핏하면 내 겨드랑이를 간지럼 태웠는데, 나는 킬킬거렸고, 새처럼 빽빽거렸다.

숙부는 나를 안고 조금 끌고 가더니 화를 내며 말했다. 「너 왜 우냐? 그럼 어떨 줄 알았니? 그 여잔 죽었어. 우린 누구나 다 죽는 거야.」

그러나 나는 그녀의 금발과, 커다란 두 눈과, 나에게 키스를 해주던 빨간 입술을 생각했다. 그런데 지금은······.

「그리고 머리카락요.」 나는 소리를 질렀다. 「입술하고 눈은요?」

「없어졌지, 없어졌어. 흙이 삼켜 버렸단다.」

「왜요, 왜요? 난 사람들이 죽기를 바라지 않아요!」

숙부는 머리를 저었다. 「너도 나이를 먹으면 왜 죽어야만 하는지 이해하게 될 거야.」

나는 영원히 이해하지 못했다. 나는 자랐고, 나이를 먹었지만, 끝내 이해하지 못했다.

초등학교

눈에 보이는 모든 것이 마술처럼 신기하고, 머릿속은 윙윙거리는 벌로 가득 찬 듯하며, 기쁘기도 하고 얼이 빠지기도 한 기분으로, 머리에는 빨간 털모자를 쓰고, 발에는 빨간 방울 술이 달린 샌들을 신고, 나는 어느 날 아침 집을 나섰다. 아버지는 내 손을 잡았고, 어머니는 냄새를 맡아 용기를 얻으라며 박하나무 잔가지를 주고 내 목에다 황금 세례 십자가를 걸었다.

「하느님의 축복을 받고, 내 축복도 받거라.」 자랑스럽게 나를 쳐다보며 어머니가 나지막한 목소리로 말했다.

나는 장식품으로 뒤덮인 제물로 바칠 작은 짐승 같았다. 마음속으로 나는 의기양양하면서도 두려움을 느꼈지만, 아버지가 내 손을 꽉 움켜쥐자 남자다운 용기를 얻었다. 우리들은 좁다란 골목들을 나아가고 또 나아갔으며, 성 미나스 성당에 이르러 방향을 바꿔서 마당이 널따란 낡은 건물로 들어갔다. 커다란 방 네 개가 이 구석 저 구석에 위치했고, 한가운데에는 먼지가 덮인 플라타너스가 있었다. 나는 겁이 나서 머뭇거렸으며, 내 손은 아버지의 큼직하고 따뜻한 손에 잡힌 채 떨리기 시작했다.

허리를 굽혀 아버지는 내 머리를 쓰다듬었다. 아버지가 나를 쓰다듬어 주기는 이때가 처음이었으므로 나는 깜짝 놀랐다. 나는 두려워서 아버지를 올려다보았다. 아버지는 내가 무서워하는 것을 알고 손을 치웠다.

「넌 남자가 되기 위해 여기서 글쓰기와 읽기를 배우게 된단다.」 아버지가 말했다. 「성호를 그어라.」

문간에 선생이 나타났다. 기다란 회초리를 손에 든 그는 내 눈에 야만인처럼, 송곳니가 커다란 야만인처럼 보였다. 나는 혹시 뿔이 나지는 않았는지 그의 머리 꼭대기를 살펴보았다. 하지만 선생이 모자를 썼으므로 보이지 않았다.

「제 아들 녀석입니다.」 아버지가 말했다.

움켜쥐고 있던 손을 놓고 아버지는 나를 선생에게 넘겨주었다.

「이 애의 뼈는 내 것이지만 살은 선생님의 것입니다. 불쌍하다고 생각하지 마세요. 매질을 해서 남자로 만들어 주십시오.」

「걱정 마세요, 미할리스 대장님.」 회초리를 가리키면서 선생이 말했다. 「남자를 만드는 도구가 바로 여기 있으니까요.」

초등학교 시절에 대해서 내가 기억하는 것들 가운데에는 해골들처럼 옹기종기 모인 아이들의 머리가 있다. 지금쯤 그들은 대부분 진짜로 해골이 되었을 것이다. 하지만 그 머리들 이외에 내 기억 속에서 죽지 않고 남은 네 명의 선생도 있다.

1학년 때 담임이던 파테로풀로스는 키가 아주 작고, 눈이 무섭고, 콧수염이 늘어지고, 항상 손에 회초리를 들고 다니던 늙은 남자였다. 마치 잡아다가 시장에 내다 팔 오리들이라는 듯 그는 우리들을 붙잡아 모으고, 나란히 줄지어 세웠다. 「이 애의 뼈는 내 것이지만 살은 선생님의 것입니다.」 아버지들은 풀밭에서 멋대로 자란 염소 같은 아들을 그에게 넘겨주며 하나같이 말했다. 「매질

초등학교 63

을 하세요. 남자가 될 때까지 매질을 하세요.」 그리고 그는 우리들에게 무자비할 정도로 매질을 했다. 선생이나 학생들이나 다같이 누구나 이 무수한 매질이 우리들을 남자로 바꿔 놓을 날이 오기를 기다렸다. 나이가 더 들어 박애주의적 이론에 마음이 오도되기 시작했을 때 나는 이 방법을 야만적이라고 규정지었다. 그러나 인간의 본성을 보다 잘 알게 되자 나는 파테로풀로스의 회초리를 찬양했고, 그 생각은 지금도 변함이 없다. 짐승으로부터 인간으로의 오름길을 따라가려면 고통이 가장 위대한 길잡이임을 우리들에게 가르쳐 준 것은 바로 그 회초리였다.

별명이 〈어쩐 치즈〉라는 뜻인 티티로스는 2학년 담당이었는데, 가엾게도 그는 군림하면서도 다스리지는 못했다. 그는 얼굴이 파리하고, 안경을 쓰고, 셔츠는 빳빳하게 풀을 먹이고, 뒷굽이 낮은 에나멜 가죽 구두를 신고, 커다란 콧구멍에는 털이 숭숭하고, 가느다란 손가락은 담뱃진으로 노란 빛깔이었다. 진짜 이름은 어쩐 치즈가 아니라 파파다키스였다. 어느 날 교외의 마을에서 목사로 일하는 그의 아버지가 커다란 치즈 한 토막을 선물로 가지고 찾아왔다. 「이게 어쩐 치즌가요, 아버지?」 그는 〈무슨〉이 아니라 〈어쩐〉이라는 멋진 단어를 써가면서 말했다. 마침 이웃 사람이 하나 집에 와 있었다. 그녀는 이 말을 언뜻 듣고 얘기를 퍼뜨렸으며, 가엾은 선생은 실컷 웃음거리가 된 다음 별명이 붙었다. 어쩐 치즈는 매질이 아니라 애원을 했다. 그는 단어를 하나하나 설명하며 『로빈슨 크루소』를 읽어 주고는 했다. 그런 다음에 이해하기를 빌면서 다정함과 고뇌에 찬 눈으로 우리들을 물끄러미 쳐다보았다. 그러나 우리들은 책장을 넘겨 가며 열대림과, 잎이 큼직하고 두툼한 나무들과, 사방에 황량한 바다가 둘러싸인 가운데 챙이 널따란 밀짚모자를 쓴 로빈슨을 서투른 솜씨로 그린 그림들을 멍청하게 구경했다. 가엾은 어쩐 치즈는 쌈지를 꺼내 휴식 시간에 담배를 말아 피우며 애타게 우리들을 쳐다보면서 기다렸다.

어느 날 성경 공부를 하다가 우리들은 팥죽 한 그릇 때문에 야곱에게 장자 상속권을 팔아 버린 에사오[1] 얘기를 읽게 되었다. 집으로 간 나는 저녁 식탁에서 장자 상속권이 무슨 뜻이냐고 아버지에게 물었다. 「니콜라키 외삼촌한테 가서 물어봐.」 머리를 긁적이고 헛기침을 하면서 아버지가 말했다.

외삼촌은 초등학교를 나왔기 때문에 집안에서는 가장 유식한 사람이었다. 그는 어머니의 남동생으로 몽땅하고 작달막한 키에 대머리가 벗겨지고, 겁이 많아 눈은 커다랗고, 어마어마하게 큰 손은 털로 잔뜩 덮였다. 외삼촌은 자기보다 잘난 여자와 결혼했는데, 빙퉁그러지고 독살스러운 아내는 남편에게 경멸밖에는 아무것도 느끼는 것이 없었다. 외숙모는 질투심도 강했다. 밤마다 외숙모는 남편이 밤중에 일어나 아래층에서 자고 있는 통통하고 젖가슴이 큼직한 하녀에게로 가지 못하도록 외삼촌의 발을 침대 다리에다 밧줄로 묶어 두었다. 가엾은 우리 외삼촌은 이런 곤욕을 5년 동안이나 치렀지만, (사람들 말마따나 선량하기 짝이 없는) 하느님께서는 이 독부가 죽어야겠다고 마음을 먹게 되었고, 그래서 이번에는 착실하고 마음씨가 곱고 욕을 잘하는 농촌 여자와 재혼했는데, 그녀는 외삼촌을 묶어 두려고 하지 않았다. 외삼촌은 잔뜩 의기양양해져서 집으로 어머니를 찾아오곤 했다.

「새 아내하고는 사이가 어때, 니콜라키?」 어머니가 물었다.

「마르기, 내가 얼마나 행복한지는 물어볼 필요도 없어. 아내는

---

[1] 「창세기」 25장 참조.

날 묶어 놓지 않으니까.」

아버지를 무서워했던 외삼촌은 눈을 들어 마주 쳐다보지 못하고, 털북숭이 손을 비벼 가면서 길 쪽으로 난 문만 자꾸 힐끗거렸다. 이날 외삼촌은 미할리스 대장이 찾는다는 얘기를 듣자마자, 음식을 입에 가득 문 채 허겁지겁 우리 집으로 달려왔다.

이 귀신이 이제는 또 무엇 때문에 나를 찾을까? 외삼촌은 음식을 꿀꺽 삼키며 화가 나서 혼자 생각했다. 불쌍한 누이는 그를 어떻게 견디어 낼까? 첫 번째 아내를 회상하며 외삼촌은 만족스러운 미소를 짓고 중얼거렸다. 「적어도 나는 구원을 받았지. 주님, 감사하나이다!」

「이것 보게.」 외삼촌을 보자마자 아버지가 말했다. 「자넨 학교를 다녔어. 그러니 이걸 설명해 봐.」

두 사람은 책 위로 몸을 숙이고는 궁리를 했다.

「장자 상속권이란 사냥할 때 입는 옷인가 봐.」 한참 생각해 본 다음에 아버지가 말했다.

외삼촌은 머리를 저었다.

「내 생각엔 총을 두고 한 말 같아요.」 외삼촌이 반박했다. 하지만 목소리는 떨렸다.

「사냥 옷이야.」 아버지가 고함을 쳤다. 아버지는 이맛살을 찌푸렸고 외삼촌은 기가 죽었다.

이튿날 선생님이 물었다. 「장자 상속권이 무슨 뜻인가?」

나는 벌떡 일어섰다. 「사냥 옷요.」

「한심한 소리! 어떤 무식한 바보가 너한테 그런 소리를 하든?」

「아버지요.」

선생님은 움찔했다. 모든 사람들과 마찬가지로 아버지를 두려워했던 그가 어찌 아버지의 얘기에 감히 반박을 하겠는가?

「그래.」 그는 침을 꿀꺽 삼키고는 말했다. 「그래, 물론 극히 드문 경우이기는 하지만 사냥 옷이라는 의미도 있어. 하지만 여기에서는……」

성경 공부는 내가 좋아하던 과목이었다. 그것은 말하는 뱀과, 홍수와 무지개와, 도둑질과 살인에 대한 이상하고 복잡하고 음산한 동화였다. 형이 아우를 죽이고, 아버지는 하나뿐인 아들의 목숨을 끊으려 하고, 사람들은 발을 적시지 않고도 바다를 건넜다.

우리들은 이해하지 못했다. 우리들이 질문을 하면 선생님은 헛기침을 하고 화를 내며 회초리를 번쩍 치켜들고는 소리쳤다. 「돼먹지 않은 소리는 그만 해! 떠들지 말라니까 ─ 몇 번이나 얘기를 해야 알아듣겠어!」

「하지만 우린 이해를 못 해요, 선생님.」 우리들이 징징거렸다.

「그런 것들은 다 하느님이 알아서 하시는 일이야.」 선생님이 대답했다. 「우린 이해를 못 해야 마땅하지. 이해를 한다면 죄악이니까.」

죄악! 우리들은 그 무시무시한 말에 겁이 나서 몸을 움츠렸다. 그것은 말이 아니라 뱀, 이브를 속인 바로 그 뱀이었으며, 지금은 선생님이 서 있던 교단에서 내려와 그 뱀이 우리들을 잡아먹으려고 입을 벌렸다. 우리들은 잔뜩 움츠리고 앉아 끽소리도 못했다.

처음 들었을 때 나에게 공포감을 준 또 다른 말은 〈아브라함〉이었다. 두 개의 〈ㅏ〉 소리는 머릿속에서 진동했고, 무슨 깊은 잠이나 컴컴하고 위험한 우물처럼 먼 곳에서 들려오는 듯싶었다. 나는 혼자서 남몰래 〈아브라함, 아브라함〉 하면서 속삭였고, 신발을 신지 않은 큼직한 발로 누가 뒤쫓아 오면서 숨을 헐떡이는 소리가 들려왔다. 언젠가 그가 아들을 죽이기 위해 데리고 나갔었다는 사실을 알게 된 다음 나는 겁에 질렸다. 의심할 나위도 없이 그는 어린아이들을 잡아 죽이는 자였으므로, 나는 그에게 들켜 끌려가지 않으려고 책상 뒤에 숨었다. 신의 계명을 따르는 자라면 누구나 다 아브라함의 품에 안기리라는 얘기를 선생님이 한 다음부터, 나는 그 품을 벗어나기 위해 모든 계명을 어기겠다고 속으로 다짐했다.

나는 성경 공부에서 〈하바꾹〉이라는 말을 처음 들었을 때도 똑같은 불안감을 느꼈다. 이 어휘도 나에게는 지극히 암담해 보였다. 하바꾹은 어둠이 깔리기만 하면 마당으로 찾아와 어슬렁거리는 요괴 인간이었다. (나는 그가 웅크리고 숨어 있는 장소가 우물 뒤라는 사실을 알았다.) 언젠가 밤에 용기를 내어 혼자 마당으로 나갔더니 그는 우물 뒤에서 불쑥 튀어나와 손을 뻗으며 나에게 소리쳤다. 「하바꾹!」 그것은 〈서라! 내가 널 잡아먹겠다!〉는 뜻이었다.

어떤 말들의 소리는 나를 무척 흥분시켰는데 — 내가 가장 자주 느낀 감정은 기쁨이 아니라 두려움이었다. 특히 히브리 말이 그랬는데, 나는 예수의 수난일에 유대인들이 기독교인의 아이들을 잡아다가 꼬챙이를 빙 둘러 박은 구유에 던져 넣고는 피를 짜서 마셨다는 얘기를 할머니에게서 들어 알고 있었다. 구약에 나오는 말들, 특히 여호와라는 단어를 들으면 누군가 나를 잡아넣고 싶어 하는 여물통과 같다는 생각이 자주 들었다.

3학년 때는 페리안데르 크라사키스가 우리들을 가르쳤다. 목에 생긴 연주창(連珠瘡)을 가리려고 높직한 옷깃에 풀을 빳빳하게 먹이고, 다리는 메뚜기처럼 앙상하며, 금방 숨이라도 넘어갈 듯 끊임없이 침을 뱉느라 입에서 손수건을 떼지 않는 이 병적인 남자에게 어느 무정한 대부가 코린토스의 야만적인 폭군의 이름을 붙여 주었을까? 그는 결벽증 환자였다. 날마다 그는 우리의 손과 귀와, 코와, 이와, 손톱 발톱을 검사했다. 그는 매질도 애원도 하지 않았으며, 뾰루지투성이에 비정상적으로 커다란 머리를 저으며 우리들에게 소리쳤다.

「짐승들 같으니라고! 돼지들! 비누로 날마다 몸을 씻지 않으면 너희들은 절대로, 절대로 남자가 되지 못해. 남자가 된다는 게 무슨 뜻인지 아니? 그건 비누로 씻는다는 의미야. 머리만 좋다고 남자가 되지는 못한다구, 이 형편없는 녀석들아. 비누도 필요해. 이런 손으로 어떻게 하느님 앞에 나타나겠다는 거냐? 마당으로 나가서 씻어.」

그는 장모음이 무엇이고 단모음이 무엇이며, 양음(揚音) 부호와 곡절 음부(曲折音符) 가운데 어느 쪽을 사용해야 옳은지 우리들이 기진맥진할 때까지 몇 시간씩이나 얘기를 했고, 그러는 동안 우리들은 길거리에서 들려오는 야채 장수와, 빵을 파는 아이들과, 힝힝거리는 당나귀와, 여자들의 웃음소리에 정신을 팔며 종이 울려 도망가게 될 시간만 기다렸다. 학생들이 잊지 않게끔 선생이 책상에서 애를 쓰며 문법을 자꾸만 되풀이해서 따지는 동안 우리들은 그를 지켜보았다. 그러나 우리들은 햇빛이 밝은 바깥을, 돌싸움을 생각했다. 우리들은 돌싸움을 좋아해서 자주 머리가 깨진 채 학교로 가곤 했다.

어느 화창한 봄날, 창문들이 열려 있었다. 길 건너의 귤나무에는 꽃이 만발해서 그 향기가 교실에까지 이르렀다. 우리들의 마음은 저마다 귤나무의 꽃이 되었고, 양음 부호와 곡절 음부에 대한 얘기는 지겹기만 했다. 바로 그때 새 한 마리가 날아와서 운동장의 플라타너스에 앉아 노래를 부르기 시작했다. 그러자 그해에 시골에서 온 얼굴이 창백하고 머리카락이 붉은 학생 니콜리오스는 더 이상 참지 못했다. 그는 손가락을 들어 보였다.

「조용히 하세요, 선생님.」 그가 소리를 질렀다. 「조용히 하셔야 새소리를 듣죠.」

 가엾은 페리안데르 크라사키스! 어느 날 우리들은 그를 묻었다. 그는 책상에 조용히 머리를 얹고는 물고기처럼 잠깐 경련을 일으킨 다음 죽었다. 바로 눈앞에서 벌어진 죽음의 장면을 보고 공포에 사로잡힌 우리들은 소리를 지르며 운동장으로 뛰쳐나갔다. 이튿날 우리들은 일요일 외출복을 입고, (그때만큼은 조금이라도 그의 뜻을 거역하고 싶지가 않아서) 손을 깨끗이 씻고는 그를 바닷가 공동묘지로 옮겨 갔다. 봄철이었고, 하늘은 맘껏 웃었으며, 흙에서는 카밀레 냄새가 났다. 관은 뚜껑이 열린 채였다. 죽은 남자의 얼굴은 찐득찐득한 뽀루지투성이였고, 푸르뎅뎅하게 변하기 시작했다. 그리고 학생들이 한 명씩 작별의 키스를 하려고 몸을 숙이자, 봄은 카밀레가 아니라 이제는 썩어 가는 살 냄새가 났다.

 4학년 때에는 군림도 하고 다스리기도 하는 교장이 우리들을 맡았다. 그는 키가 작고 항아리처럼 땅딸막했으며, 수염은 뾰족하고, 회색 눈은 항상 화가 난 듯했고, 안짱다리였다. 「세상에, 저 다리 좀 보라고.」 우리들은 그가 듣지 못하게 숨죽인 목소리로 수군거렸다. 「서로 비비 꼬이는군. 거기다가 저 기침 소리는 어떻고. 아무래도 크레타 사람이 아냐!」 그는 학교를 갓 졸업하고 아테네에서 왔는데, 틀림없이 신(新)교수법을 소개하리라고 소문이 났다. (그리스어에서는 〈신〉이 젊은 여자라는 뜻도 되기 때문에) 우리들은 이름이 교수법이라는 젊은 여자를 데려다 소개라도 할 모양이라고 생각했지만, 처음 우리들을 만났을 때 그는 혼자였다. 집에 두고 왔는지 어쨌는지 모르겠지만, 교수법은 데려오지 않았다. 그는 쇠가죽을 꼬아 만든 작은 회초리를 들고 다녔다.

그는 우리들을 한 줄로 세우더니 훈계를 시작했다. 우리들은 모든 대상을 실제로 보거나 만져 가면서, 또는 점을 잔뜩 찍어 놓은 종이에 그림을 그려 가면서 배워야 한다고 했다. 그리고 우리들은 말끔해야 했다. 그는 휴식 시간에 웃거나 소리를 지르는 따위의 한심한 짓은 용납하지 않겠다고 했다. 우리들은 길거리에서 성직자를 만나면 항상 팔을 엇갈려 가슴에 대고 기다리다가 그의 손에 키스를 해야 했다. 「말끔하게 하고 다니지 않았다가는……이거 보이지?」 그는 가죽 끈을 가리켰다. 「말로만 이러는 줄 알았다가는 너희들 크게 혼날 줄 알아!」 그리고 그 말은 진짜였다. 우리들이 말을 안 듣거나 그가 기분이 나쁠 때면, 그는 우리들의 옷에서 단추를 풀고, 속옷을 내리고, 맨살을 가죽 끈으로 마구 때렸다. 그리고 단추를 풀기도 귀찮을 때면, 피가 철철 흐를 때까지 귓전을 채찍으로 그냥 갈겨 댔다.

어느 날 나는 용기를 내어 손을 들고 물어보았다. 「선생님, 신교수법은 어디 계신가요? 그분은 왜 학교에 오시지 않나요?」

그는 의자에서 벌떡 일어서더니 벽의 걸이에서 채찍을 꺼냈다. 「이리 와, 이 건방진 녀석.」 그가 소리쳤다. 「바지를 벗어!」

그는 귀찮아서 스스로 아이들의 바지를 벗기지는 않았다.

「좀 맞아 봐라, 맞아 봐!」 그는 때리면서 고함을 쳤다. 땀이 날 때가 되어서야 그는 멈추었다.

「신교수법은 이거란다.」 그가 말했다. 「이젠 시끄럽게 굴지 마!」

그리고 신교수법의 남편인 그는 약아빠지고 모질기도 했다. 어느 날 그는 우리들에게 말했다. 「내일은 크리스토퍼 콜럼버스와, 그가 어떻게 아메리카를 발견했는지에 대해서 얘기하겠다. 한데 너희들이 더 잘 이해하게끔 해야 하니까, 모두 달걀을 하나씩 가져오고, 집에 달걀이 없으면 버터를 가지고 오도록 해.」

그에게는 혼기를 맞은 테르프시코레라는 딸이 있었는데, 키는 작았지만 아주 기분 좋은 여자였다. 쫓아다니는 남자들이 많았어도 그는 딸이 결혼하기를 바라지 않았다. 「내 집에서는 그런 추악한 꼴을 보고 싶지 않아.」 그는 자주 말했다. 그리고 1월이 되어 수고양이들이 나와 돌아다니다가 지붕에서 야옹거리기 시작하면, 그는 사다리를 놓고 올라가 쫓아 버렸다. 「본능이란 더러워.」 그가 중얼거렸다. 「도덕을 모르니까.」

예수의 수난일에 그는 십자가에 못 박힌 이에게 경배를 드리라고 우리들을 교회로 데리고 갔다. 나중에 학교로 돌아오자 그는 우리들이 무엇을 보았으며, 누구를 경배했고, 십자가에 못 박혔음이 뜻하는 바가 무엇인지를 설명하라고 했다. 그날 먹은 음식이라고는 그리스도의 고통을 맛보기 위해 먹었던 시큼한 레몬뿐이며, 식초 이외에는 아무것도 마시지 못했기 때문에 지치고 속이 울렁울렁한 우리들은 줄을 지어 자리에 앉았다. 그러자 신교 수법의 남편은 굵고 엄숙한 목소리로 하느님이 땅으로 내려와서 그리스도가 되어 고통을 받고 우리들을 죄악에서 구하기 위해 십자가에 못 박혔다는 내용을 설명하기 시작했다. 그 죄악이 무엇인지 확실히 알아듣지는 못했지만 우리들은 그에게 열두 제자가 있었으며, 그중 하나인 유다가 예수를 배반했다는 사실만큼은 분명히 이해했다.

「그리고 유다는 그러니까…… 누구하고 같았는고 하니…….」

선생은 교단에서 내려와, 천천히 무시무시하게 이 책상에서 저 책상으로 옮겨 가며, 우리들을 한 사람씩 살펴보았다.

「그러니까 유다는…… 누구와 같았는고 하니…….」

그는 검지를 앞으로 뻗어 내밀고는 어느 학생이 유다와 같은지 찾아내려고 이 사람 저 사람을 짚어 나갔다. 우리들은 모두 그 무서운 손가락의 지적을 받지 않으려고 몸을 도사리며 벌벌 떨었다. 갑자기 선생은 소리를 질렀고, 그의 손가락은 얼굴이 파랗게 질리고, 옷차림이 초라하며, 머리카락이 불그레한 금발인 아이를 가리켰다. 그는 3학년 때 〈조용히 하세요, 선생님. 조용히 하셔야 새소리를 듣죠〉라고 말했던 바로 그 니콜리오스였다.

「그래, 니콜리오스 같았어!」 선생이 외쳤다. 「똑같아! 혈색도 마찬가지로 하얗고, 옷도 똑같고. 그리고 유다는 머리카락이 붉은 빛깔이었지. 지옥의 불꽃처럼 새빨간 빛깔이었어!」

이 말을 듣자 가엾은 니콜리오스가 울음을 터뜨렸다. 위험에서 벗어난 우리들은 증오에 찬 무서운 눈길을 니콜리오스에게 보냈고, 공부가 끝나기만 하면 그리스도를 배반한 그를 흠씬 두들겨 패자는 말이 몰래 이 책상에서 저 책상으로 전해졌다.

신교수법을 성공적으로 실천했으며, 유다가 누구와 같은지를 구체적으로 우리들에게 알려 주어 만족한 선생은 수업을 끝냈다. 우리들은 거리에 다다르자마자 니콜리오스를 둘러싸고는 침을 뱉고 때리기 시작했다. 니콜리오스가 울면서 달아났지만, 우리들은 돌맹이를 던지며 쫓아가서 「유다! 유다!」라고 놀렸으며, 그는 집에 다다르자 안으로 들어가 숨어 버렸다.

니콜리오스는 교실에 다시는 모습을 나타내지 않았고, 학교에도 다시 발을 들여놓지 않았다. 30년 후 유럽에서 지내다가 다시 크레타로 돌아온 어느 날, 누가 우리 집 문을 두드리는 소리가 들렸다. 그날은 예수의 수난일이었다. 아버지는 부활절에 신도록 우리들에게 모두 구두를 맞춰 주었는데, 수염과 머리가 붉고, 얼굴이 창백하고, 연약한 남자가 문간에 서 있었다. 그는 물들인 헝겊으로 말끔히 포장한 구두를 배달하러 온 사람이었다. 그는 수줍어하며 문간에 서서 나를 보더니 머리를 저었다.

「나 모르겠어?」 그가 말했다. 「나를 기억하지 못하겠어?」
그 말을 듣자 나는 그를 알아보았다.
「너 니콜리오스로구나!」 그를 껴안으면서 나는 소리쳤다.
「유다였지.」 그는 씁쓸하게 미소를 지으며 말했다.

 나는 이웃에 살던 남자와 여자들을 회상할 때 자주 공포를 느낀다. 그들은 대부분 괴팍하고 반쯤 미친 사람들이어서, 나는 겁이 나기 때문에 그들의 집 앞을 서둘러 빨리 지나간다. 그들의 머리가 이상해졌던 까닭은 터키인들을 두려워하고, 날마다 위태로운 생명과 명예와 재산에 대한 걱정에 파묻혀 스스로 집 안에 갇혀서 지냈기 때문이었으므로, 모두 다 자업자득이었는지도 모른다. 그들은 학살과 전쟁에 대해서, 기독교인들의 시련에 대해서 노인들이 하는 얘기를 들으면 정말로 머리가 쭈뼛해졌다. 혹시 누가 그들의 집 앞에서 걸음을 멈추면 그들은 겁에 질려 벌떡 일어섰다. 그러니 밤에 그들이 어찌 마음을 놓고 잠을 잤겠는가? 휘둥그레진 눈으로, 귀를 쫑긋 세우고, 그들은 틀림없이 언젠가는 찾아올 불길한 시간을 기다렸을 것이다.

 이웃에 살던 사람들을 회상하면 나는 자주 공포를 느낀다. 몇 집 아래 살던 빅토리아 부인은 때때로 종잡을 수 없는 다정한 얘기로 친근하게 맞아 주기도 했지만, 때로는 문을 쾅 닫아 버리며 욕설을 퍼붓기도 했다.

 그 맞은편 집에는 페넬로페 부인이 살았다. 뚱뚱하고, 지저분하고, 해가 갈수록 점점 심하게 늙어 가던 그녀는 입 냄새를 없애려고 정향을 씹었다. 그녀는 누가 간지럼이라도 태우는지 쉴 새 없이 웃었다. 그녀의 남편 디미트로스는 과묵하고 우울증이 심한 남자였는데, 걸핏하면 우산을 들고 산으로 갔다. 두세 달이 지나면 그는 굶어 죽을 지경이 되어 누더기 옷에 바지가 헐렁헐렁해져서 돌아왔다. 우산을 펼쳐 들고 멀리서 그가 나타나는 것을 보면 페넬로페 부인은 웃음을 터뜨렸다. 「바지를 다시 살로 채우려고 나타나시는구먼.」 그녀가 소리를 지르면 이웃 사람들은 허리가 부러져라 웃었다.

길거리를 더 내려가면 돈은 많아도 머리가 약간 이상한 장사꾼인 마누소스 아저씨가 살았다. 아침에 집을 나설 때마다 그는 분필로 문에다 십자가를 그렸고, 한낮에 점심을 먹으러 오면 항상 똑같은 시간에 틀림없이 여동생에게 매질을 했다. 그녀가 비명을 지르는 소리를 들으면 우리들은 저녁 식사 때가 되었음을 알고 식탁으로 갔다. 마누소스는 절대로 인사를 하는 법이 없었고, 두려움과 야만성이 뒤섞인 눈을 부라리기만 했다.

길거리 위쪽 우리 집보다 조금 위에 위치한 큰 집에는 별명이 〈더듬이〉인 안드레아스 아저씨가 살았다. 돈 많고 곰보인 그는 납작코에 콧구멍이 널찍해서 송아지처럼 생겼다. 문을 닫고 나면 그는 항상, 혹시 문을 열어 놓지 않았나 확인하려고 1시간 동안이나 손으로 만져 보며 서서 도둑과, 불과, 병을 쫓는 주문을 계속 읊었다. 마지막으로 성호를 세 번 긋고는 자꾸만 힐끗힐끗 뒤돌아보며 그는 일을 보러 갔다. 이웃에 사는 아이들은 그가 항상 똑같은 돌멩이만 골라 밟고 다니는 것을 알아내고는 약을 올리려고 진흙과 말똥을 그 돌에다 얹어 놓았다. 그러나 그는 막대기로 그것을 밀쳐 버리고는 전과 마찬가지로 같은 돌만 골라 밟고 다녔다.

우리 이웃집에는 동네의 자랑거리인 훌륭한 페리클레스 박사도 살았다. 그는 파리에서 공부를 하고 갓 도착한 의사였다. 금발에 미남인 그는 금테 안경과 높은 모자를 쓰고, 메갈로카스트로를 찾아온 첫 〈멋쟁이〉였는데, (그의 말로는) 평발이어서 실내화를 신고 왕진을 다녔다. 그의 실내화에는 그를 공부시키기 위해서 지참금을 다 써버린 노처녀 누이가 수를 놓았다. 그는 우리 집 주치의였다. 나는 초록빛 잎사귀들에 둘러싸인 비단 장미꽃들을 수놓은 실내화를 몸을 굽혀 보면서 자주 감탄하곤 했다. 언젠가 내 몸에 열이 나서 그가 찾아왔을 때, 나는 그에게 내 병이 낫기를 바란다면 실내화를 줘야 한다고 부탁했다. 그는 섣불리 웃지도 않으면서 지극히 점잖게 실내화가 맞는지 보려고 내 발에 신겨 주었다. 그러나 실내화는 너무 컸다. 스스로 위안을 얻으려고 나는 혹시 냄새라도 맡아 볼까 해서 수놓은 장미에 코를 대었다. 냄새는 났지만 장미 냄새가 아니었다.

이웃에 살던 사람들을 회상하면 나는 눈물어린 웃음을 터뜨리지 않을 수 없다. 그 시절에는 사람들이 모두 판에 박은 듯 똑같지가 않았다. 그들은 저마다 나름대로의 독특한 세계를 가지고 살아갔다. 그들은 이웃 사람과 웃음도 달랐고, 말투도 달랐다. 집안에 틀어박혀서 그들은 부끄러움이나 두려움 때문에 지극히 은밀한 욕망을 몰래 간직했고, 이런 욕망이 인간의 내면에서 풍성해지거나 목을 졸랐다. 그러나 그들은 아무 얘기도 하지 않았고, 그들의 삶은 비극적 진지함을 지니게 되었다. 그런가 하면 가난도 있었으며, 그것도 모자란다는 듯 이 가난을 아무도 알면 안 된다는 자존심도 있었다. 사람들은 누덕누덕 꿰맨 옷을 남에게 보이기 싫어서 빵과 올리브와 갓 줄기만 먹었다. 언젠가 나는 어느 이웃 사람이 하는 얘기를 들었다.「가난을 두려워하는 사람이 가난뱅이야. 나는 가난을 두려워하지 않아.」

외할아버지의 죽음

아직 내가 초등학교에 다닐 때, 마지막 숨을 거두려는 외할아버지에게 나를 데려가려고 양치기 한 사람이 마을에서 달려왔다. 외할아버지가 축복을 내리기 위해 나를 찾는다고 했다. 그때가 내 기억으로는 8월이었다. 무더운 날이었다. 나는 당나귀를 탔고, 양치기는 끝에 못을 박은 막대기를 들고 따라왔다. 그가 자꾸만 막대기로 찔러 피가 나자 고통스러워진 당나귀는 발길질을 하며 뛰기 시작했다. 나는 그를 자꾸 뒤돌아보았다.

「그러지 마세요!」 나는 그에게 애원했다. 「이 짐승이 가엾지도 않아요? 그러면 아플 거예요.」

「고통은 인간만이 느끼지.」 그가 대답했다. 「당나귀는 당나귀야.」

그러나 나는 포도원과 올리브 숲에 다다르자마자 당나귀의 고통을 잊어버렸다. 여자들이 건포도를 만들려고 헝겊을 깐 자리에다 포도알을 따서 말리려고 널어놓았다. 세상은 향기로웠고, 메뚜기들은 시끄러웠다. 포도 알을 따던 한 여자가 우리들을 보고 웃었다.

「저 여자가 왜 웃나요, 키리아코스?」 나는 당나귀몰이에게 물었다. (이때쯤 나는 그의 이름을 알게 되었다.)

「간지럼을 타서 웃는 거야.」

그는 침을 뱉었다.

「간지럼을 타다뇨? 누가 간지럼을 태우는데요, 키리아코스?」

「악마들이 그러지.」

나는 이해가 되지 않았지만 무서웠다. 악마를 보지 않으려고 눈을 감고서 나는 빨리 가라고 당나귀를 주먹으로 때렸다.

우리들이 지나가야 했던 어느 마을에서는 털북숭이 거인들이 포도를 밟았다. 그들은 허리까지 벌거벗고 포도주를 짜는 통 속에서 춤을 추며 농담을 하고는 배를 잡고 웃어 대었다. 땅에서는 새로 짜낸 포도주 냄새가 났다. 여자들은 가마에서 갓 구운 빵을 꺼냈고, 개들이 짖어 댔고, 벌과 장수말벌들이 붕붕거렸고, 서녘으로 지는 해는 완전히 취해서 사람들과 함께 포도라도 밟느라고 힘이 드는 듯 뻘게진 얼굴로 기울었다. 나는 웃음을 터뜨렸다. 휘파람을 불면서 나는 양치기에게서 뾰족한 막대기를 받아 당나귀의 궁둥이를 못이 깊이 박히도록 때리기 시작했다.

외할아버지의 집에 이르렀을 때쯤 나는 피로와, 태양과, 메뚜기 때문에 어지러웠다. 자식들과 손자들에게 둘러싸여 마당 한가운데 누워 있는 외할아버지를 보자 나는 마음이 놓였다. 이미 날은 저물었고, 더위는 가라앉았으며, 외할아버지는 내가 온 줄도 모르고 눈을 감은 채 누워 있었기 때문이다. 그래서 나는 만지는 곳마다 내 살갗이 시뻘게지는 커다란 손을 피하게 되었다.

「난 피곤해요.」 나를 안아 당나귀에서 내려 주는 여자에게 말했다.

「참아야 한단다.」 그녀가 대답했다. 「할아버지는 언제 돌아가실지 몰라. 할아버지의 첫 축복을 받도록 가까이에서 기다려야 해.」

그토록 먼 거리를 와서 받게 된 이 축복은 무슨 기적의 선물이나 값비싼 장난감처럼 생각되었다. 동화에 나오는 용의 털 — 아마 그것인가 보다! 그 털을 부적처럼 몸에 지니고 다니다가 심한 곤경에 처했을 때 태우면 용이 구해 주러 달려온다. 그래서 나는 외할아버지가 눈을 뜨고 용의 털을 주기를 기다렸다.

바로 그 순간에 외할아버지가 고함을 치더니, 깔고 누운 양가죽 위에서 몸을 새우처럼 움츠렸다.

「천사를 보셨구나!」 어느 늙은 여자가 말했다. 「이제 곧 돌아가시겠어.」

성호를 긋고 그녀는 밀랍 한 조각을 집어 들더니 입김을 불어 녹여서 손가락으로 짓이겼다. 그녀는 죽은 사람의 입을 봉하려고 그것으로 십자가를 만들었다.

아들 한 사람이 일어섰다. 그는 새까만 수염이 덥수룩했다. 안으로 들어가더니 그는 석류를 가지고 나와서 아버지가 하데스로 가지고 가도록 손에 쥐어 주었다.

우리들은 모두 가까이 가서 외할아버지를 물끄러미 쳐다보았다. 한 여자가 만가를 읊기 시작했지만, 수염이 덥수룩한 아들이 손으로 그녀의 입을 막았다.

「조용히 해!」

그러자 외할아버지가 눈을 뜨고는 손짓했다. 모두들 더 가까이 갔는데, 아들들이 첫 줄에, 손자들이 그 뒤에, 그리고 다음에는 딸들과 며느리들이 줄지어 섰다. 임종하는 외할아버지가 손을 내밀었다. 늙은 여자가 외할아버지의 목을 베개로 받쳐 주었다. 우리들은 외할아버지의 목소리를 들었다.

「젊은이들아, 잘 있거라.」 외할아버지가 말했다. 「나는 내 몫의 빵을 다 먹었으니 이제는 가겠다. 나는 마당 가득히 자식과 손자

외할아버지의 죽음

들을 두었고, 항아리 가득히 기름과 꿀을 채웠으며, 술통은 포도주로 가득 채웠으니 아무 불평도 없구나. 잘들 있거라!」

외할아버지는 작별을 고하느라 손을 움직였다. 천천히 얼굴을 돌려 외할아버지는 우리들을 한 사람씩 둘러보았다. 나는 축복에 대해서는 까맣게 잊어버렸다. 사촌 두어 명이 앞을 가려서, 외할아버지는 나를 보지 못했다. 아무도 얘기를 하지 않았다. 노인이 다시 입을 열었다.

「귀를 기울여 내 마지막 지시를 들어라, 애들아. 소와, 양과, 당나귀 — 짐승들을 잘 돌보거라. 짐승들도 인간이고, 우리들처럼 영혼을 가지고 있지만, 가죽을 쓰고 말을 못 할 뿐이니까 어리석은 판단을 하지 마라. 그들도 옛날에는 인간들이었으니까 배불리 먹이거라. 그리고 올리브와 포도나무를 잘 돌보아라. 열매를 얻고 싶으면 거름과 물을 주고 가꾸어야 하느니라. 나무들도 옛날에는 인간이었는데, 너무 오래전이라 그런 줄 모르고 살아갈 뿐이란다. 하지만 인간은 기억을 하니, 그래서 인간이 아니겠느냐······ 얘기는 듣고 있냐? 아니면 내가 귀머거리와 벙어리들을 모아 놓고 얘기를 하는 거냐?」

「듣고 있어요.」「듣고 있습니다.」 몇 사람이 말했다.

노인은 큼직한 손을 내밀고는 장남을 불렀다. 「애야, 너 — 코스탄디스야!」

허옇게 수염을 기르고 눈초리가 우둔한 곱슬머리 거인 코스탄디스가 그의 아버지의 손을 잡았다.

「저 여기 있습니다. 하실 말씀이 있으면 하세요.」

「내가 작은 항아리에 품종이 좋은 밀을 좀 담아 두었다. 내 장례식에서 제물로 쓰려고 오랫동안 간직해 왔지. 아흐레 되는 날 끓이는데, (하느님 덕분에 집 안에 넉넉히 가지고 있으니까) 아몬드를 많이 넣고, 다른 때처럼 설탕을 빼지는 말아라. 알겠느냐? 넌 구두쇠라서 믿을 수가 없구나.」

「아버님 뜻을 받들겠습니다.」 머리를 끄덕이며 장남이 말했다. 「그래요, 뜻대로 해드리겠습니다만, 비용은 여럿이 나눠야 되겠어요. 장례식 제물은 장난이 아니라 돈이 드는 일이에요. 그런가 하면 촛대도 들고, 사제에게도 돈을 줘야 하고, 또 장례 상에 놓을 음식과 안주와 포도주에다, 여자들이 마실 커피도 필요합니다. 그건 돈이 드는 일이에요. 우린 모두 경비를 분담해야 합니다.」

그는 양쪽에 선 동생들을 둘러보았다.

「알겠어? 우린 각자 제 몫을 해야지. 그걸 분명히 해두자고.」

아들들은 이를 꽉 물고 투덜거렸다. 그중 한 사람이 말을 꺼냈다. 「좋아요, 형, 좋아요. 그 문제로 싸우지는 맙시다.」

나는 첫째 줄로 비집고 나갔다. 이미 얘기했듯이, 죽음이란 항상 나를 유혹하는 이상한 신비였다. 나는 외할아버지가 죽음을 맞이하는 모습을 가까이서 보고 싶었다.

외할아버지가 나를 보았다.

「애야, 잘 왔다. 카스트로의 꼬마야, 잘 왔구나. 내가 축복을 내려 줄 테니까 머리를 숙여라.」

밀랍을 짓이기던 늙은 여자가 내 머리를 잡아 숙였다. 나는 외할아버지의 커다랗고 묵직한 손이 머리 전체를 덮는 감촉을 느꼈다.

「카스트로의 손자에게 축복을 내리노라.」 외할아버지가 말했다. 「언젠가는 남자가 되기를 바란다.」

외할아버지는 무슨 얘기를 하려고 입술을 움직였지만, 이제는 기진맥진해서 눈을 감았다.

「해가 어느 쪽으로 지느냐?」 외할아버지가 숨넘어가는 목소리로 물었다. 「내 몸을 그쪽으로 돌려 다오.」

두 아들이 외할아버지를 잡아 서쪽으로 돌려 눕혔다.

「잘 있거라.」 외할아버지가 나지막이 말했다. 「나는 간다.」

깊은 한숨을 쉬더니, 외할아버지의 다리가 뻣뻣해졌다. 외할아버지의 머리가 베개에서 굴러 내려 마당의 돌멩이에 부딪쳤다.

「할아버지 돌아가셨니?」 나는 어린 사촌에게 물었다.

「흥, 이젠 끝이로구나!」 그가 말했다. 「가서 무엇 좀 먹자.」

크레타와 터키

 그러나 학교와 선생들보다 훨씬 더, 세상을 처음 보았을 때 내가 느꼈던 기쁨과 두려움보다도 더 깊이, 내 인생에 막대한 영향을 준 것은 정말로 독특한 면에서 내 마음을 움직였던 크레타와 터키 사이의 투쟁이었다.

 이 투쟁이 아니었더라면 내 인생은 틀림없이 다른 길을 갔을 것이며, 신은 다른 모습을 취했으리라.

 태어난 바로 그날부터 나는 숨 쉬는 대기 속에서 보이거나 보이지 않는 이 무서운 투쟁을 느꼈다. 나는 기독교인들과 터키인들이 증오에 찬 눈초리를 주고받으며 격분해서 수염을 꼬는 광경을 보았고, 총으로 무장한 점령군이 길거리를 순찰하면 욕을 하며 문에다 바리케이드를 쌓는 기독교인들을 보았고, 전쟁과 학살과 영웅적인 행동과 자유와 그리스에 대해서 노인들이 하는 얘기를 들었으며, 이런 모든 요소들에 깊이 잠겨 말없이 살아가면서 언젠가는 나도 소매를 걷고 전쟁터에 나갈 만큼 어서 자라 모든 것을 이해하게 될 날이 오기를 기다렸다.

 세월이 흐르자 나는 분명히 알게 되었다. 크레타와 터키는 서로 적이었고, 크레타는 자유를 찾으려고 싸웠으며, 터키는 크레타를 짓밟고 자유를 빼앗았다. 그러자 주변의 모든 사물과 현상이 어떤 모습을, 크레타와 터키의 모습을 지니게 되었으니, 상상 속에서, 그리고 상상뿐 아니라 내 육체 속에서도 모든 것은 끔찍한 대립을 연상시키는 상징이 되었다. 어느 해 여름 8월 15일에 사람들이 성모의 몽소승천 상을 교회에 들여와 기도대에 놓았다. 성모는 두 손을 포개고 누웠다. 그녀의 오른쪽에서는 천사가, 왼쪽에서는 악마가, 둘 다 그녀의 영혼을 빼앗으려고 달려 나왔다. 천사가 칼을 뽑아 악마의 두 손목을 잘랐는데, 잘린 손목은 피를 뚝뚝 흘리며 공중에 떠 있었다. 성상을 쳐다보면서 나의 마음은 행복감으로 부풀었다. 성모는 크레타이고 검은 악마는 터키이며, 새하얀 천사는 그리스의 왕이라고 나는 혼자 생각했다. 언젠가는 그리스 왕이 터키의 손을 잘라 버리리라. 그것이 언제인가? 내가 어른이 되는 날이 오면, 하고 생각하니 내 어린 가슴이 부풀어 올랐다.

연약한 어린 시절의 내 마음은 열망과 증오로 가득 차기 시작했다. 싸움을 벌일 각오가 선 나는 작은 두 주먹을 불끈 쥐었다. 나는 맞선 양편에서 어느 쪽을 택해야 하며 내 의무가 무엇인지를 잘 알았고, 할아버지와 아버지의 뒤를 이어 전쟁을 할 만큼 어서 자라고 싶었다.

이것이 씨앗이었다. 이 씨앗으로부터 내 삶의 나무가 싹트고, 움이 트고, 꽃이 피고, 열매를 맺었다. 내 영혼을 처음으로 뒤흔든 것은 공포나 고통이 아니었고, 쾌감이나 장난도 아니었으며, 자유에 대한 열망이었다. 나는 자유를 찾아야 했지만, 무엇으로부터, 누구로부터 자유로워진다는 말인가? 시간이 흐름에 따라 서서히 나는 거칠고 쉴 곳 없는 자유의 오름길에 올랐다. 우선 터키인들로부터 찾아야 하는 자유, 그것이 첫 단계였고, 그다음에는 내면의 터키인인 교만과 악의와 시기로부터, 공포와 게으름으로부터, 눈을 멀게 하는 헛된 사상으로부터, 그리고 마지막으로 가장 사랑과 흠모를 받는 대상들까지도 포함한 모든 우상들로부터 자유를 찾으려는 새로운 투쟁이 시작되었다.

그러는 동안에, 내가 자라고 마음이 넓어진 다음에 투쟁 또한 범위가 넓어졌다. 크레타와 그리스의 범주를 넘어서 투쟁은 모든 시대와 지역을 휩쓸며 인류의 역사를 침공했다. 이제는 크레타와 터키의 싸움이 아니라 선과 악, 빛과 어둠이, 신과 악마가 싸웠다. 싸움은 항상 영구했으며, 선과 빛과 신의 뒤에는 언제나 크레타가 섰고, 악과 어둠과 악마의 뒤에는 터키가 있었다. 그리하여 크레타가 자유를 위해 싸우는 결정적인 시기에 크레타인으로 태어났다는 우연을 통해서 나는 이미 어린 시절부터 세상에는 삶보다도 고귀하고, 행복보다도 감미로운 선인 자유가 존재함을 깨달았다.

아버지의 친구들 가운데에는 항상 수건을 몸에 많이 지녀서 하나는 머리에 쓰고, 하나는 왼쪽 겨드랑이에 끼고, 비단 허리띠에는 두 개를 차고, 언제나 땀이 흐르는 이마를 닦느라고 하나는 손에 들고 다녀 〈수건 부자〉라는 별명이 붙은 늙은 대장 폴리만틸리아스가 있었다. 그는 아버지의 가게를 자주 찾아왔다. 아버지는 그에게 커피와 수연통[1]을 내놓았고, 젊은이들이 주위에 둘러앉으면 그는 쌈지를 풀어 담배로 콧구멍을 막고, 재채기를 하고, 얘기를 시작했다.

나는 한쪽 구석으로 물러서서 얘기를 들었다. 전쟁, 공격, 학살. 메갈로카스트로는 사라지고, 크레타의 산들이 내 눈앞에 솟

[1] 물을 통해 담배를 빠는 장치.

아올랐다. 대기는 함성으로 — 기독교인들의 함성과 터키인들의 함성으로 — 가득했다. 손잡이를 은으로 만든 권총들이 눈앞에서 번쩍였다. 크레타와 터키가 전투를 벌였다. 「자유를!」 한쪽에서 외쳤다. 「죽음을!」 다른 쪽에서 대답했고, 내 머릿속은 피가 넘쳤다.

어느 날 늙은 대장이 나를 힐끔거리며 눈치를 살폈다.

「까마귀가 비둘기를 낳지는 못해!」 그가 말했다. 「알겠냐, 꼬마 팔리카리[2]?」

나는 얼굴을 붉혔다.

「아뇨, 대장님.」 내가 대답했다.

「너희 아버지는 팔리카리야. 너도 틀림없이 팔리카리가 되겠지.」

틀림없이! 그 막중한 말이 내 마음속에서 울렸다. 늙은 대장의 입을 통해 크레타가 얘기를 했다. 그 무렵에 나는 그의 말을 이해하지 못했고, 훨씬 뒤에야 나 자신의 힘은 아니지만 나를 다스리는 강력한 힘을 내가 지녔음을 깨달았다. 수없이 포기하려고 했지만, 그 힘은 나를 그냥 놓아두지 않았다. 무슨 힘이었을까? 그것은 크레타였다!

정말로 나는 어릴 적에도 내가 크레타인이라는 자존심 때문에 두려움을 정복할 수 있었다. 그리고 아버지가 두려웠기 때문에 처음에 나는 밤이면 감히 마당으로 나가지도 못했다. 자그마하고 눈이 반짝거리는 악마가 구석구석, 우물가와 모든 꽃병 뒤에서 음흉하게 나를 감시했다. 하지만 아버지는 나를 때려 마당으로 밀어내고 문의 빗장을 걸어 버렸다.

---

[2] 진정한 의미에서의 남자를 뜻한다. 본래 군인을 뜻했지만, 나중에는 군인다운 기품을 지닌 남자를 일컫는 말이 되었다.

그때까지 내가 정복하지 못했던 공포라고는 지진에 대한 두려움뿐이었다. 메갈로카스트로는 자주 지축까지 흔들렸다. 저 아래 세상의 지하실에서 으르릉 소리가 들려왔고, 대지의 껍질이 지끈거렸으며, 불쌍한 인간들이 혼비백산했다. 갑자기 바람이 자면 잎사귀 하나 움직이지 않았고, 머리카락이 쭈뼛하는 적막이 사방에 깔렸으며, 카스트로의 주민들은 집이나 가게에서 뛰어나와 하늘을, 그리고는 땅을 살펴보았다. 그들은 악마가 듣고 찾아올까 봐 아무 얘기도 하지 않았지만, 〈지진이 일어나겠구나〉 하고 속으로 생각하면서 십자를 그었다.

어느 날 우리들을 가르치던 늙은 선생 파테로풀로스가 아이들을 진정시키려고 애를 썼다. 「알고 보면 지진이란 아무것도 아니지.」 그가 설명했다. 「무서워하지 마라. 땅 밑에서 황소가 살기 때문에 그래. 황소가 소리를 지르고 뿔로 지구를 받으니까 땅이 흔들리는 거야. 옛날 크레타 사람들은 그 소를 미노타우르라고 불렀어. 정말 아무것도 아니란다.」

하지만 선생님이 그런 식으로 안심을 시키고 나면 우리들은 겁이 더 났다. 다른 말로 얘기하자면 지진은 살아서 돌아다니는 짐승이었고, 뿔이 난 소이며, 소리를 지르고, 발밑의 땅을 흔들며 사람들을 잡아먹는다는 뜻이었다.

「성 미나스가 왜 그 소를 죽이지 않나요?」 교회지기의 아들인 통통하고 어린 스트라티스가 물었다.

선생님은 화를 내었다. 「헛소리 마라!」 그는 소리를 지르고 교단에서 내려와 스트라티스의 귀를 비틀어 말문을 막아 버렸다.

그러던 어느 날, 터키인들이 풍기는 냄새가 역겨워서 있는 힘을 다해 빨리 터키인 구역을 뛰어 지나가는 동안에 땅이 다시 흔들리기 시작했고, 창문과 문들이 덜커덩거렸으며, 나는 집들이 무너지는 듯한 굉음을 들었다. 나는 땅에서 눈을 떼지 않은 채 좁은 골목 한가운데에서 얼이 빠질 지경으로 겁이 나서 멈춰 섰다. 나는 언제 땅이 갈라지고 소가 튀어나와 나를 잡아먹을까 기다렸는데, 갑자기 둥근 문이 벌컥 열리더니 어린 터키 계집아이 셋이 얼굴도 가리지 않고 헝클어진 모습에 맨발로 달려 나왔다. 무서워 덜덜 떨면서 그들은 제비처럼 비명을 지르고 사방으로 뿔뿔이 달아났다. 골목에서는 온통 노루 냄새가 났다. 그 순간부터 지진은 다른 모습을 나타내기 시작했는데, 그때의 인상을 나는 평생 머릿속에 간직했다. 그것은 이제 무서운 소가 아니었다. 소는 울부짖는 대신 새처럼 지저귀기 시작했다. 지진과 어린 터키 아이들은 하나가 되었다. 어두운 힘이 빛과 함께 나타나서 광채를 내기는 그때가 처음이었다.

  살아가는 동안 여러 번, 때로는 일부러, 때로는 나도 모르게, 나는 이와 같이 공포와, 사랑과, 미덕과 질병에 편리한 모습을 부여했다. 그렇게 함으로써 나는 삶을 참아 내는 능력을 얻었다.

성인의 전설

나에게는 최초의 큰 욕망이 자유였다. 지금까지 머릿속에 남아 나를 괴롭히는 두 번째 욕망은 성직에 대해서였다. 영웅성을 지닌 성인, 그것이 인류의 가장 숭고한 본보기이다. 어릴 적에도 나는 이 본보기를 담청색 하늘에 아로새겼다.

나의 어린 시절, 메갈로카스트로의 모든 사람은 땅과 하늘에 다 같이 뿌리를 깊이 박았다. 그런 까닭에 나는 글자를 읽고 단어를 쓸 줄 알게 되자, 우선 어머니에게 전설집인 『서간경(書簡經)』을 사달라고 졸랐다. 〈신의 계시는 놀라운 기적이다! 하늘에서 돌멩이가 떨어지더니……〉 깨어진 돌 안에서는 이런 글이 발견되었다. 〈수요일과 금요일에 기름을 쓰거나 술을 마시는 자는 화가 미칠진저!〉 『서간경』을 깃발처럼 높이 치켜들고 나는 수요일과 금요일마다 이웃에 사는 페넬로페 부인과, 빅토리아 부인과, 카테리나 델리바실라이나 노부인 집의 문을 두드렸다. 정신이 나갈 정도로 열을 올리며 나는 그들의 집으로 뛰어들어가 곧장 부엌으로 가서 무슨 요리를 하는지 냄새를 맡고는, 고기나 생선 냄새가 나면 대소동이 벌어졌다. 나는 『서간경』을 마구 휘두르면서 소리쳤다. 「화가 미칠진저! 화가 미칠진저!」 그러면 겁에 질린 이웃 사람들이 나를 껴안고는 진정하라고 애원했다. 그리고 어느 날 어머니에게 물어 어릴 적에 내가 성스러운 수요일과 금요일에 젖을 먹었음을 알게 된 다음에, 나는 탄식하고 통곡했다.

장난감을 모두 친구들에게 팔아서 나는 보급판으로 나온 성인들의 전기를 샀다. 저녁마다 나는 마당의 박하나무와 금잔화 사이에 작은 동글 의자를 놓고 앉아 영혼을 구하려고 성인들이 치렀던 온갖 시련을 큰 소리로 읽었다. 이웃들이 바느질감이나 일거리를 가지고 내 주위에 모여들어 양말을 꿰매거나 커피를 갈거나 갓 줄기를 씻었다. 그들은 귀를 기울였고, 성인들이 고뇌와 고통을 받는 얘기에 마당은 점점 탄식 소리로 가득 차게 되었다. 아카시아에 매단 카나리아는 책을 읽고 탄식하는 소리를 듣자 취한 듯 머리를 젖히고 노래를 부르기 시작했다. 정향나무와 포도나무 시렁이 머리 위에 드리우고, 무척이나 아늑하고, 따스하고, 향기로운 작은 정원은 꽃으로 차양을 덮은 그리스도의 무덤처럼 여자들의 곡성에 둘러싸인 성채실 같았다. 지나가던 사람들이 머뭇거리다가 저기 누가 죽었나 보다고 서로 수군거렸다. 그들은 슬픈 소식을 전하려고 아버지에게로 갔지만, 그는 머리를 저으며 말했다. 「별것 아닙니다. 내 아들이 이웃 사람들에게 전도를 하는 거예요.」

어린 내 상상 속에서 머나먼 바다들이 펼쳐졌고, 배들이 소리 없이 흩어졌고, 험한 바위산 가운데서 수도원들이 반짝였고, 수도자들에게 사자(獅子)가 물을 길어다 주었다. 내 머릿속에서는 대추야자나무들과 낙타들이 가득했고, 창녀들이 교회로 들어가려고 싸움을 벌였고, 불타는 전차(戰車)들이 하늘로 솟아올랐고, 사막은 여자들의 나막신과 웃음소리로 노래했고, 사탄은 인자한 산타클로스처럼 선물로 음식과 황금을 가지고 여인들을 데리고 은둔자들을 찾아왔다. 그러나 은둔자들은 신에게서 한눈을 팔지 않았고, 악마는 사라졌다.

꿋꿋하라, 인내하라, 행복을 거들떠보지 마라, 죽음을 두려워하지 말지어다, 이 세상 저편에 존재하는 최상의 선을 보라 — 보급판 책들에서 울려 나와 내 어린 마음을 지도하는 거역 못 할 목소리가 그렇게 가르쳤다. 그리고 그와 더불어 남몰래 멀리 떠나거나, 순교의 방랑을 하려는 열띤 갈망이 고개를 들었다.

나는 성인들의 전설을 읽고, 동화에 귀를 기울이고, 대화를 남몰래 엿들었으며, 이 모든 내용이 내 마음속에서 기막힌 거짓말로 변형되고 왜곡되었다. 학교 친구들이나 이웃 아이들을 모아 놓고 나는 실제로 내가 겪은 모험인 양 거짓말들을 늘어놓았다. 나는 방금 사막에서 돌아왔노라고 그들에게 거짓말을 했다. 나는 그곳에서 사자를 만났고, 사자의 등에 항아리 두 개를 싣고는 샘으로 물을 길러 함께 갔다는 둥, 어느 날 문밖에서 천사를 만났는데 깃털을 뽑아 나한테 주었다는 둥 온갖 얘기를 했다. 심지어 나는 그들에게 즉석에서 보여 주려고 깃털을 들고 가기도 했다. (며칠 전 집에서 흰 수탉을 잡았는데, 나는 기다란 깃털을 뽑아 두었었다.) 거기에 덧붙여서 나는 그 깃털로 펜을 만들어 글을 쓰겠노라고 말했다.

「글을 써? 무슨 글 말야?」

「성인들의 전기를 쓰지. 우리 할아버지의 전기를 말야.」

「너희 할아버지가 성인이었니? 터키 사람들과 싸웠다고 그러지 않았어?」

「그게 그거 아냐?」 펜을 만들려고 접는 칼로 깃털을 뾰족하게 깎으며 내가 대답했다.

어느 날 학교에서 우리들은, 어느 아이가 우물에 빠졌다가 금을 입힌 교회와, 꽃이 만발한 과수원과, 케이크와 사탕과 장난감 총이 가득한 상점들이 즐비한 멋진 도시를 발견했다는 얘기를 소기도서(小祈禱書)에서 읽었다. 내 마음에 불이 붙었다. 집으로 달려간 나는 가방을 마당에 집어던지고는 우물가로 달려가 그 속으로 뛰어들어 기막힌 도시를 찾아내려고 했다. 어머니는 마당의 창가에 앉아 꼬마 여동생의 머리를 빗겨 주다가, 나를 보고 비명을 지르며 달려와서는 우물로 거꾸로 떨어지려고 막 땅을 박차려는 순간 내 옷을 붙잡았다.

일요일마다 교회로 가면 나는 (성상대 얕은 곳에 놓인) 무덤에서 나와 하얀 깃발을 손에 들고 공중으로 떠다니는 그리스도의 성상을 보았다. 아래쪽에서는 경비병들이 겁을 내고 넘어져서 그를 쳐다보았다. 나는 크레타의 봉기와 전쟁에 대한 얘기를 많이 들었던 데다 할아버지가 위대한 군사 지도자라는 사실도 알았던 터라, 성상을 물끄러미 쳐다보는 사이에 점점 그리스도가 정말로 할아버지라는 생각이 들었다. 그래서 나는 친구들을 성상 둘레에 모아 놓고 말했다. 「우리 할아버지야. 깃발을 들고 전쟁터로 나가시는 모습이지. 그리고 저 아래 보여? 터키 사람들이 널브러졌지.」

내 말은 거짓도 진실도 아니었으니, 논리와 윤리의 한계를 넘어 경쾌하고 자유로운 뜻을 지닌 말이었다. 혹시 거짓말이라고 누가 따졌더라면 나는 창피해서 울었으리라. 내 손에 든 깃털은 수탉에서 뽑은 것이 아니라, 천사가 준 깃털이 되었다. 나는 거짓말을 하지는 않았다. 나는 깃발을 든 그리스도가 우리 할아버지이며, 공포에 떠는 경비병들은 터키인들이라고 굳게 믿었다.

아주 훨씬 뒤에, 시와 소설을 쓰기 시작한 다음에 나는 이런 비밀스러운 조작이 〈창작〉이라고 일컬어짐을 깨달았다.

어느 날 오두막의 성 요한에 대한 전설을 읽다가 나는 벌떡 일어서며 결심했다. 「난 아토스 산으로 가서 성인이 되겠어.」(오두막의 성 요한이 어머니를 뒤돌아보지도 않았기 때문에) 나는 어머니를 보려고 얼굴조차 돌리지 않고 문을 나서서 길거리로 나갔다. 혹시 아저씨들한테 들켜 집으로 끌려가지 않으려고 가장 인적이 드문 뒷길을 골라 줄곧 달음박질을 쳐서 항구에 다다른 나는 닻을 제일 먼저 내리는 범선으로 갔다. 햇볕에 탄 뱃사람이 철계주(鐵繫柱) 위로 몸을 내밀고는 줄을 풀기 위해 쩔쩔맸다. 흥분한 나머지 떨면서 나는 그에게로 다가갔다.

「저를 같이 데리고 가지 않으시겠어요, 선장님?」

「어딜 가려고 그러는데?」

「아토스 산요.」

「어디? 아토스 산이라고? 거긴 가서 무얼 하려고?」

「성자가 되려고요.」

선장이 한바탕 웃었다. 암탉을 쫓듯 손뼉을 치며 그가 소리쳤다.

「집으로 가거라! 저리 가!」

나는 창피해서 집으로 달려가 소파 밑으로 기어 들어갔고, 누구에게도 이 얘기를 하지 않았다. 성자가 되려던 최초의 시도가 실패했음을 인정하기는 오늘이 처음이다.

내 정신적인 고통은 여러 해 동안, 아마도 오늘날까지 계속되었다. 어쨌든 나는 정말로 무척 신성한 날인 2월 18일 금요일, 영혼의 날에 태어났으며, 늙은 산파는 나를 두 손으로 움켜쥐고 불 가까이 가서 상당히 조심스럽게 살펴보았다. 그녀는 나에게서 어떤 신비한 흔적을 본 듯싶다. 나를 높이 치켜들면서 그녀가 말했다. 「언젠가 이 아기는 주교님이 될 테니, 내 말을 잊지 말아요.」

세월이 흘러 산파의 예언을 알게 된 나는, 내가 지닌 가장 큰 비밀의 열망과 너무나도 잘 맞아 들어간 그 예언을 믿었다. 그러자 나는 굉장한 책임감을 느꼈고, 주교가 하지 않을 일이라면 아무것도 하지 않으려고 했다. 훨씬 뒤에 주교들이 실제로 하는 일들을 보자 나는 마음을 고쳐먹었다. 그토록 갈구하던 성자의 자격을 갖추기 위해 나는 그때부터 주교들이 하는 일이라면 모두 피하려고 했다.

도피하려는 열망

 그 시절에는 세월이 느릿느릿 무료하게 흘러갔다. 사람들은 신문을 읽지 않았고, 라디오와 전화와 영화는 아직 발명되지 않았으며, 삶은 말없이 진지하게 띄엄띄엄 이어져 나갔다. 사람들은 저마다 폐쇄된 세계를 이루었고, 집들은 모두 빗장을 걸어 잠가 두었다. 집안 어른들은 날마다 늙어 갔다. 그들은 남들이 들을까 봐 조용조용 얘기하며 돌아다녔고, 남몰래 말다툼을 하며, 소리 없이 병들어 죽었다. 그러면 시체를 내오려고 문이 열렸으며, 네벽이 잠깐 동안 비밀을 드러냈다. 그러나 문은 곧 다시 닫혔고, 삶은 다시금 소리 없이 이어졌다.

 그리스도의 탄생과 죽음과 부활 같은 휴일이면 모든 사람이 옷을 차려입고, 보석으로 몸치장을 하고, 집을 나서 골목마다 넘쳐 흘렀다. 그들은 문을 열고 기다리는 성당으로 향했다. 거대한 촛대와 샹들리에가 켜지면 성당의 기사이며 주인인 성 미나스는 문간에 서서 메갈로카스트로의 주민인 친구들을 맞았다. 마음을 열고 불행을 털어놓으며, 이름을 잃고 그들은 모두 하나가 되었다. 그들은 이제 노예가 아니었다. 분쟁과 터키인들, 그리고 죽음은 존재하지 않았다. 교회 안에서 말을 탄 미나스 대장을 앞세운 그들은 누구나 불멸의 군대의 한 부분이라고 느꼈다.

그 무렵에는 삶이 깊이 정체했다. 그때 메갈로카스트로에는 웃음이 희귀했고, 눈물은 넘쳤으며, 마음속에 숨긴 고통은 더욱 많았다. 착실한 시민들은 진지했으며, 항상 자기 일에만 신경을 쓰는 하찮은 존재들이어서, 돈 많은 사람이 지나가면 공손하게 일어섰다. 그러나 모든 사람은 그들로 하여금 걱정과 시련을 잊고 형제가 되게 만드는 공통된 단 하나의 정열로 뭉쳤다. 그렇지만 그들은 터키인들이 두려워 이 정열을 노출시키지 않았다.

그러나 보라! 고인 물이 어느 날 흐르기 시작했다. 어느 날 아침 깃발을 잔뜩 단 증기선이 항구로 들어오는 것이 보였다. 마침 부둣가에 나가 있던 카스트리아 사람들은 입이 딱 벌어졌다. 울긋불긋하고, 온갖 깃털로 장식한 깃발투성이의 배가 무엇하러 항구 입구의 두 베네치아 탑 사이로 들어왔을까? 배가 가까이 왔다. 성인들이여, 우리들을 구원하소서! 어떤 사람은 그것이 떼를 지어 날아오는 새라고 했고, 또 누구는 그것이 가장행렬을 위해 옷을 차려입은 한 무리의 사람들이라고 했으며, 또 어떤 사람은 머나먼 남쪽 바다에서 신드바드가 보았다는 공중(空中) 화원이라고 했다. 그때 거칠고 커다란 목소리로 항구의 카페에서 누군가 소리쳤다. 「딴따라들을 환영하노라!」 갑자기 구경꾼들 모두 심호흡을 했는데, 그들은 무슨 일인지를 알았다. 그러는 사이에 배가 더 가까이 다가왔다. 이제는 배에 탄 사람들이 잘 보였는데, 그들은 야한 옷을 걸치고, 모자를 쓰고, 깃털을 달고, 여러 빛깔의 목도리를 두르고, 뺨에는 양귀비 빛깔의 연지를 바른 여자들이었다. 그들을 보자 나이 많은 크레타인들은 성호를 긋고 〈사탄아, 물러가라〉고 중얼거리며 자기 가슴에 침을 뱉었다. 닳아빠진 계집들이 여기서 무얼 하겠다는 걸까? 이곳은 명성 높은 메갈로카스트로이니, 그 따위 추잡한 일은 그냥 내버려 두지 않겠다!

1시간 후에 주홍빛 광고지가 담벼락마다 나붙었고, 사람들은 극단이 왔다는 소식을 듣게 되었다. 그들은 카스트리아인들을 위문하러 온 듯싶었다.

오늘날까지도 어쩌다 그런 기적이 일어났는지 이해를 못 하겠지만, 아버지가 내 손을 잡고 말했다. 「극장에 가서 도대체 무슨 수작들을 떠는지 좀 보고 오자.」 이미 날이 저물었다. 아버지의 손을 잡고 나는 가난한 사람들이 사는 항구 쪽으로 처음 가보았다. 거대한 목양장(牧羊場) 우리들과 집 몇 채밖에 없었다. 한 목양장 우리에는 불을 환히 밝혀 놓았다. 클라리넷과 베이스, 드럼 소리가 안에서 울려 나왔다. 배의 돛 하나가 입구에 내걸렸는데, 그것을 들치고 안으로 들어가 보니 긴 의자와, 동글 의자와, 보통 의자에 앉아서 사람들이 막을 멍하니 쳐다보며 열리기를 기다렸다. 바다에서 산들바람이 불어왔고, 대기는 향기로웠으며, 사람들은 웃고 떠들면서 땅콩이나 호박씨를 씹어 먹었다.

「어느 것이 극장이오?」 아버지가 물었다. (아버지도 이런 구경은 생전 처음이었다.) 누가 아버지에게 막을 가리켰다. 그래서 우리들도 자리에 앉아 막을 쳐다보았다. 두꺼운 헝겊의 꼭대기에는 〈실러의 「도적 떼」, 세상에서 가장 재미있는 연극〉이라는 글이 나붙었고, 바로 밑에는 〈무엇을 보더라도 언짢게 생각지 마시오. 모두 가상의 얘기입니다〉라는 말이 적혀 있었다.

「〈가상〉이 무슨 뜻이에요?」 나는 아버지에게 물었다.

「헛소리라는 뜻이야.」

아버지도 모르는 것이 있었다. 아버지는 옆 사람에게 도적 떼가 누구냐고 물어보기 위해 얼굴을 돌렸지만 너무 늦어 버렸다. 세 차례 탕탕탕 울리는 소리가 나더니 막이 열렸기 때문이다. 나는 놀라서 눈이 휘둥그레졌다. 내 눈앞에 천국의 광경이 펼쳐졌고, 남자와 여자 천사들이 울긋불긋한 옷과 깃털과 황금을 몸에 두르고, 뺨은 하얗거나 주황빛으로 칠한 모습으로 정신없이 오락가락했다. 그들은 목청을 돋워 소리를 질렀지만 나는 알아듣지 못했고, 그들이 화를 내었지만 나는 그 이유를 몰랐다. 그러자 커다란 두 거인이 불쑥 나타났다. 그들은 형제 같았는데, 서로 말다툼을 하고, 욕설을 퍼붓고, 죽이려고 쫓아다니기 시작했다.

아버지는 신경을 곤두세우고 듣다가 못마땅해서 투덜거렸다. 아버지는 바늘방석에 앉은 듯 몸을 비비 꼬았다. 손수건을 꺼낸 아버지는 이마에 흐르는 땀을 닦기 시작했다. 하지만 덜떨어진 두 꺽다리들이 형제간임을 깨닫자, 아버지는 화를 벌컥 내며 벌떡 일어섰다.

「이게 다 무슨 개소리야?」 아버지는 큰소리로 말했다. 「집으로 가자!」

아버지는 내 팔을 움켜잡았고, 서두르는 통에 의자를 두어 개 넘어뜨리며 우리들은 밖으로 나왔다.

아버지는 내 어깨를 잡아 흔들었다. 「이 녀석아, 다시는 극장에 발을 들여놓지 마. 알겠지? 말을 안 들었다가는 내가 네 가죽을 벗겨 놓을 테니까!」

이렇게 나는 처음으로 극장을 알게 되었다.

따스한 산들바람이 불었고, 내 마음에는 풀잎이 싹텄으며, 뱃속은 아네모네로 가득 찼다. 봄은 하얀 말을 탄 약혼자 성 게오르기우스와 함께 왔다가 떠나갔고, 여름이 왔으며, 그토록 훌륭한 아들을 낳은 다음 성모는 열매가 풍성한 땅에 누워 쉬었다. 장마가 한창일 때 성 디미트리오스는 담쟁이와 시든 포도 잎사귀의

관을 쓴 가을을 이끌고는 구렁말을 타고 왔다. 겨울이 엄습했다. (아버지가 없을 때면) 집에서 어머니와 누이동생과 나는 화롯불에 둘러앉아 밤이나 병아리콩을 깜부기불에 구워 먹었다. 우리들은 그리스도가 태어난 날이 되면 레몬 잎사귀에 싼 구운 새끼 돼지를 들고 뺨이 불그레한 외할아버지가 나타나기를 기다렸다. 우리들은 겨울이 검은 장화를 신고, 검은 콧수염에 손에는 구운 새끼 돼지를 든 외할아버지라고 상상했다.

세월이 흘렀고, 나는 더 자랐다. 마당에서는 화분에 심은 박하나무와 금잔화가 쪼그라들었고, 나는 이제 에미네가 손을 내밀지 않아도 층계를 단숨에 올라갔다. 나는 더 컸고, 마음속의 옛 욕망도 커졌으며, 다른 새로운 욕망들이 함께 자랐다. 성자들의 전설은 너무 답답해서 숨이 막힐 지경이었다. 이제는 내가 믿지 않게 되었다는 얘기가 아니다. 믿기는 했지만, 성자들이 너무 온순하다는 생각이 들었다. 그들은 신 앞에서 자꾸 머리만 조아리며 설설 길 뿐이었다. 내 몸속에서는 크레타의 피가 끓어올랐다. 크레타의 피를 확실히 염두에 두지는 않았지만, 나는 참된 인간이란 아무리 곤경에 처했어도 신의 앞에서까지도 저항하고, 투쟁하고, 두려워하지 않아야 한다는 단정을 내렸다.

나는 이 새로운 설렘을 말로 표현할 줄 몰랐지만, 삶의 그 단계에서는 말이 필요하지 않았다. 나는 이성이나 어휘의 도움이 없이도 오류를 범하지 않고 이해했다. 나는 천국의 앞에서 팔을 포개고 앉아 외치고, 애원하고, 문이 열리기를 기다리는 성인들을 보고는 슬픔에 사로잡혔다. 그들은 우리 포도원으로 갈 때마다 만나는 문둥이들을 연상시켰다. 코가 뭉개지고 손가락이 없어졌으며, 입술이 썩어 버린 그들은 성문 밖에 앉아 뭉툭한 손을 내밀며 행인들에게 구걸을 했다. 나는 그들을 조금도 가엾게 여기지 않았다. 그들은 역겨웠으며, 나는 항상 얼굴을 돌리고 걸음을 서둘러 빨리 그곳을 지나쳤다. 내 어린 마음속에서 성인들은 그런 상태로 몰락했다. 천국에 들어가는 다른 길은 없었던가? 동화의 용과 공주들과 헤어져 나는 걸인 성자들과 함께 테바이의 사막으로 들어섰으나, 이제는 그들과도 헤어져야 한다는 생각이 들었다.

어머니는 중요한 축제일마다 단것을 만들었는데, 어떤 때에는 설탕 과자를, 어떤 때에는 빵 과자를, 그리고 부활절에는 특별한 케이크를 마련했다. 나는 자주 제일 좋은 옷을 골라 입고는 인사치레로 그것들을 삼촌들과 숙모들에게 전해 주었다. 그들은 나를 반갑게 맞아 주며 심부름 값으로 사탕이나 판박이를 사라고 은화를 주었다. 그러나 나는 이튿날 루카스 아저씨의 작은 책방으로 달려가 머나먼 땅과 위대한 탐험가들에 대한 책을 샀다. 로빈슨 크루소의 씨앗이 내 마음속에 확실하게 뿌리를 내렸다. 이제 그것은 열매를 맺기 시작했다.

나는 이런 새로운 〈성인들의 전설〉을 조금밖에 이해하지 못했지만, 그 본질은 영혼 깊숙이 가라앉았다. 내 두뇌는 이제 열리기 시작했고, 중세의 탑과, 낯선 고장과, 정향이나 계피의 향기가 풍기는 신비한 섬들로 채워졌다. 빨간 깃털을 단 야만인들이 내 몸속으로 들어와 춤을 추고, 불을 피워 인간을 구웠으며, 둘레의 여러 섬에서는 갓 태어난 아기들 냄새가 났다. 이들 새로운 성인은 구걸을 하지 않았다. 그들은 원하는 바가 무엇이든 칼의 힘으로 얻었다. 〈이렇게 말을 타고 기사들처럼 천국에 들어가게 된다면 얼마나 좋을까!〉라고 나는 혼자 생각했다. 영웅성을 지닌 성자, 그것이 완전한 인간이었다.

우리 식구들이 사는 집이 좁아졌고, 메갈로카스트로도 좁아졌다. 대지는 이제 울긋불긋한 새와 짐승들이 사는 열대 밀림처럼 생각되었고, 나는 곤경에 빠진 핼쑥한 처녀를 보호하기 위해 열대 밀림을 횡단하고 싶었다. (나는 그런 상상을 했다.) 어느 날 카페를 지나가다가 나는 그녀의 얼굴을 보았다. 그녀의 이름은 주느비에브였다.

상상 속에서 이제 성인들은 세상과, 그리스도의 무덤이나 어떤 처녀를 구하러 나선 씩씩한 기사들로 둔갑했다. 그들은 또한 위대한 탐험가들로 둔갑했고, 작은 스페인의 항구를 떠난 콜럼버스의 배들은 오래전부터 성인들을 가득 채우고 내 마음속에서 사막으로 떠났던 배들이 되었으며, 똑같은 바람에 돛이 부풀어 올랐다.

훨씬 더 나중에 세르반테스의 책을 읽었을 때, 주인공 돈키호테는 우리들의 초라한 일상생활을 초월해서 표면적인 사물들의 뒤에 숨은 본체를 찾으려고 남들의 비웃음을 받으면서도 길을 떠난 위대한 성인이요 순교자처럼 여겨졌다. 어떤 본체였던가? 그때는 몰랐지만, 나중에는 알게 되었다. 영원히 똑같은 단 하나의 본체밖에 없다. 지금까지 인간은 — 비록 그 목적이 터무니없을망정 — 개인을 초월하는 목적을 위해 한 개인을 순종시키고 물질을 배척하는 길 이외에는, 자신을 향상시키기 위한 다른 방법을 찾지 못했다. 마음을 믿고 사랑한다면 헛될 일이 없으니, 오직 용기와 믿음과 보람 있는 행동만이 존재한다.

세월이 흘러갔다. 나는 내 상상의 혼돈 위에 질서를 세우려고 했지만, 어릴 적에 아직 희미하게 말고는 모습을 드러내지 않던 이 본체가 항상 진리의 핵심이라는 생각이 자꾸만 들고는 했다. 우리들의 개인적인 관심을 초월하고, 편안하고 아늑한 환경을 초월하고, 우리 자신보다 높은 목적을 설정해서 비웃음과 굶주림과 심지어는 죽음까지도 아랑곳하지 않으며, 그 목적을 달성하기 위해 땀 흘려 일하는 것이 우리들의 의무이다. 아니, 달성이 아니다. 자신을 아끼는 영혼이라면 이 목표에 다다르자마자 곧 그것을 더 멀리 밀어 놓는다. 달성이 아니라, 오름을 절대로 쉬지 않아야 한다. 오직 그것만이 삶에 숭고함과 단일성을 부여한다.

나는 그런 불길 속에서 어린 시절을 보냈다. 성인과 영웅들의 수많은 흥망과 성쇠는 인간의 가장 단순하고, 지극히 현실적인 삶의 과정이라고 여겨졌다. 그러나 이러한 불꽃들은 노예 시대의 메갈로카스트로와 크레타를 불사르던 더 커다란 다른 불길과 어울렸다.

옛 영웅주의적 시대의 메갈로카스트로는 끊임없이 격노하는 바다의 크레타 해안을 따라 옹기종기 모인 집과, 가게와, 골목의 집단은 아니었다. 주민들은 식량과 아이들과 여자들 등 하찮은 걱정거리에 모든 정력을 소모하는 남자들, 그리고 여자와 아이들로 이루어진 무질서하고 머리가 없는(또는 머리가 여럿인) 오합지졸이 아니었다. 엄격한 불문율이 그들을 다스렸다. 그들 위에 군림하는 가혹한 법에 조금이라도 반항하려던 자는 아무도 없었다. 위에서 누가 그들에게 명령을 내렸다. 도시 전체가 요새였고, 주민들은 저마다 영원히 포위당한 요새였으며, 대장은 메갈로카스트로의 수호자인 성 미나스였다. 회색 말을 타고, 빨간 창을 치켜들고, 눈을 부릅뜨고, 얼굴은 검게 타고, 수염은 짧고 곱슬거리는 성자가 왜소한 교회의 성상이 되어 하루 종일 꼼짝 않고 버티었다. 그의 은총을 받아 병이 낫기를 바라는 카스트리아 사람들이 붙여 놓은 손, 발, 눈, 심장 따위의 은제 봉납물을 몸에 잔뜩 걸치고, 꼼짝 않고 서서 그는 널빤지 위에 그린 한 폭의 그림에 지나지 않는 척했다. 그러나 밤이 되어 기독교인들이 집에 모이고 불이 하나씩 꺼지고 나면, 그는 손을 한 번 휘둘러 물감과 은제 봉납물을 쓸어 버리고는, 말에 박차를 질러 그리스인들이 사는 지역으로 순시를 하러 나갔다. 그는 기독교인들이 깜박 잊고 열어 둔 문을 닫아 주고, 부엉이들에게 집으로 돌아가라고 휘파람을 불었으며, 노래가 들려오기만 하면 문밖에 서서 열심히 귀를 기울이고는 흐뭇해했다. 결혼식이 거행되는구나, 그는 혼자 중얼거렸다. 행복한 한 쌍에게 축복이 내리고, 기독교 세계의 지위가 높아지게 그들이 아이를 많이 낳기를 빌어 주고, 그런 다음에 그는 메갈로카스트로를 지키는 망루들을 돌아보고는 동틀 녘 새벽닭이 울면 말에 박차를 가해 펄쩍 뛰어 교회로 들어가서 성상대로 올라간다. 또다시 그는 무관심한 척한다. 그러나 말은 땀을 흘려서, 입과 옆구리는 거품으로 뒤덮였다. 아침이 되자마자 촛대의 먼지를 털고 윤을 내러 온 교회 관리인 하랄람비스 아저씨는 성 미나스의 말이 땀에 흠뻑 젖었음을 알게 된다. 그러나 성자가 밤새도록 길거리를 순시했음을 (누구나 다 알 듯) 알고 있었기 때문에 그는 놀라지 않았다. 터키인들이 칼날을 갈고 기독교인들을 칠 준비를 할 때마다 성 미나스는 그의 성상에서 튀어나와 메갈로카스트로 시민들을 구했다. 터키인들은 그를 보지 못했지만, 말이 힝힝거리는 소리를 듣고 누구인지 알았고, 자갈길에 부딪치는 말굽의 징에서 튀는 불꽃을 보고는 파랗게 질려 집 안으로 기어들어 갔다.

그러나 그들은 몇 년 전에 그를 눈으로 직접 보기도 했다. 또다시 학살을 계획하던 터키인 지역으로 성 미나스가 말을 타고 쳐들어갔다. 길모퉁이를 돌아 나오는 그를 보고 반쯤 미친 호자[1] 무스타파가 비틀비틀 일어서더니 소리를 질렀다. 「알라신이여! 알라신이여! 성 미나스가 우리들을 치려 하나이다!」 터키인들이 문을 살짝 열고는 몰래 내다보았다. 황금 투구를 쓰고, 하얀 수염이

---

[1] 이슬람교도에 대한 존칭어.

넘실거리며, 빨간 창을 든 성자를 보자 그들은 무릎이 후들후들 떨려 칼을 다시 칼집에 꽂았다.

카스트리아 사람들에게는 성 미나스가 성스러울 뿐 아니라, 그들의 대장이기도 했다. 그들은 그를 미나스 대장이라고 불렀으며, 남몰래 그에게 무기를 가지고 가서 축복을 받았다. 심지어는 우리 아버지까지도 그를 위해 촛불을 밝혔다. 아버지가 그에게 무슨 소원을 빌었으며, 크레타를 해방시키지 않고 왜 그렇게 꾸물거리느냐고 무슨 불만을 털어놓았는지는 아무도 모를 노릇이다.

그는 기독교 세계의 대장이었다. 기독교인들의 피에 굶주린 적하산 베이는 그의 옆집에 살았고, 그의 성소(聖所)는 교회와 서로 치받고 있었다. 어느 날 밤 하산 베이는 침대맡 벽을 두드리는 소리를 들었다. 그는 알았다. 그것은 바로 그날 그가 어느 기독교인을 거의 죽을 지경으로 때렸기 때문에 위협을 하는 소리였다. 미나스 대장은 그 사건으로 화가 나서 지금 벽을 두드려 대는 것이었다. 주먹을 들어 하산 베이도 벽을 마주 두드리기 시작했다. 「어이, 이봐, 옆집에 사는 친구.」 그가 소리쳤다. 「자네 얘기가 맞아. 그래, 정말 자네 얘기가 맞네. 하지만 벽을 두드리지 않는다면 내가 자네 기분을 풀어 주기 위해 해마다 등잔에 쓸 기름 두 포대와 밀랍 스무 통을 가져다주겠어. 우린 이웃사촌이니까 싸우지는 마세!」 그 이후로 하산 베이(그 나쁜 놈!)는 성 미나스 축일인 11월 11일이면 해마다 하인을 보내 기름 두 포대와 밀랍 스무 통을 교회 마당에 풀어놓았다. 성 미나스는 다시는 벽을 두드리지 않았다.

크레타에는 일종의 불꽃이 있는데, 삶이나 죽음보다도 더 강렬한 그것은 차라리 〈영혼〉이라고 불러야 하리라. 자존심과, 집념과, 용기 이외에도 형언하거나 헤아릴 길 없는 무엇이 존재해서,

사람들로 하여금 인간임을 기뻐하면서도 전율하게 만든다.

내가 어렸을 때 크레타의 대기는 들짐승 같은 터키인들의 입 냄새를 풍겼다. 모든 사람의 머리 위에는 터키 칼이 공중에서 기다렸다. 여러 해가 지난 다음 〈폭풍 같은 톨레도 칼〉을 보았을 때, 나는 어릴 적에 내가 어떤 공기를 숨 쉬었고, 크레타 하늘에는 어떤 천사들이 유성들처럼 떠다녔는지를 알게 되었다.

8월은 어릴 때 내가 가장 좋아했고, 지금까지도 가장 좋아하는 달이다. 8월은 포도와 무화과, 참외와 수박을 가져다준다. 나는 8월을 성 아우구스티누스라고 이름지었다. 그는 나의 수호신이니, 그의 이름으로 모든 기도를 드리겠다고 나는 혼자 생각했다. 모든 소원을 나는 성 아우구스티누스에게 청하고, 그는 신에게 청하고, 신은 내가 원하는 것을 주리라. 언젠가 나는 수채화로 그의 모습을 그렸다. 그려 놓고 보니 그는 농부인 우리 외할아버지와 무척 비슷해서, 뺨이 불그레하고 환히 미소를 지었으며, 포도주를 짜는 통에 들어서서 맨발로 포도를 밟았다. 그의 두 다리는 무릎까지, 심지어는 허벅지까지 포도 액을 빨갛게 칠했고, 머리에는 포도 넝쿨 관을 씌웠다. 그래도 무언가 모자랐다. 무엇일까? 그를 자세히 뜯어본 다음 나는 외할아버지가 자주 쓰던 수건에는 오른쪽에 하나, 왼쪽에 하나, 두 개의 뿔 같은 매듭이 있었으므로, 머리의 포도 넝쿨 사이에 뿔을 두 개 그렸다.

아우구스티누스를 그려 놓고 이목구비를 가다듬은 다음에야 그에 대한 신뢰감이 내 마음속에 자리를 잡았고, 해마다 나는 그가 크레타의 포도원으로 와서 포도를 따 밟아서 포도주를 짜내는 기적을 행하기를 기다렸다. 나는 이 신비에 대해서 굉장히 애를 먹었던 일이 생각난다. 어떻게 포도가 술이 될까? 그런 기적을 행할 능력은 성 아우구스티누스만 갖추었다. 포도주의 기적을 이해하지 못했던 나는 메갈로카스트로 교외에 위치한 우리 포도밭에서 언젠가 그를 만나 그 비밀을 묻고 싶었다. 덜 익은 열매는 포도가 되고, 포도는 술이 되고, 사람들은 술을 마시고 취한다. 왜? 어째서 그들은 취하는가? 모두가 나에게는 놀라운 신비였다. 언젠가 아버지에게 물었더니 이맛살을 찌푸리며 이렇게 대답했다. 「쓸데없는 걱정 마!」

햇볕에 말려 건포도를 만들려고 헝겊을 깐 터에다 포도를 모아 놓는 일도 8월에 했었다. 어느 해 우리들은 포도밭으로 가서 작은 시골 오두막에서 지냈다. 대기는 향기로웠고, 대지는 타올랐으며, 메뚜기들 또한 타올랐다. 모두가 숯불 위에서 튀는 듯싶었다.

때는 8월 15일, 성모몽소승천 축일이었고, 일꾼들은 휴일을 즐겼다. 아버지는 올리브나무 밑에 앉아 담배를 피웠다. 근처에 사는 이웃들도 포도를 널어놓고는 아버지의 옆에 앉아 말없이 담배를 피웠다. 그들은 걱정스러운 표정이었다. 지평선에 소리 없이 나타나서 다가오기 시작한 작고 음산하게 보이는 시커먼 구름에서 아무도 눈을 떼려고 하지 않았다. 나는 다른 사람들과 마찬가지로 아버지 곁에 앉아 구름을 지켜보았다. 나는 그것이 좋았다. 뭉게뭉게 피어오르던 둔탁한 납빛 구름은 자꾸만 모습을 바꾸었다. 때로는 가득 채운 염소 가죽 물주머니 비슷했고, 때로는 깃털이 검은 독수리가, 또 때로는 내가 그림에서 본 코끼리가 되었는데, 몸통을 오락가락하며 밑에 깔린 땅을 찾아내어 만지려고 했다. 따스한 산들바람이 불었고, 올리브나무의 잎사귀들이 흔들렸다. 어느 이웃 사람이 벌떡 일어서서 다가오는 구름을 손으로 가리켰다. 「제기랄!」 그가 투덜거렸다. 「틀림없이 한바탕 퍼붓겠구나.」

「그렇게는 안 되지.」 신앙심 깊은 노인이 그에게 말했다. 「성모님이 가만히 구경만 하지는 않을 테니까. 오늘은 성모님의 축일이야.」

아버지가 투덜거렸지만 얘기는 한마디도 하지 않았다. 아버지는 성모님을 믿었지만, 구름을 지배하는 능력에 대해서는 의심스러워했다.

그들이 얘기를 주고받는 사이에 하늘에는 완전히 먹구름이 끼었고, 큼직하고 미지근한 빗방울이 떨어지기 시작했다. 구름이 땅으로 나지막이 늘어졌고, 노란 번갯불의 섬광이 소리 없이 하늘을 갈랐다.

「맙소사!」 이웃 사람들이 한꺼번에 소리쳤다. 「살려 주소서!」

그들은 벌떡 일어나 1년 내내 먹을 건포도를 널어놓은 포도원을 향해 사방으로 뿔뿔이 달려갔다. 그들이 달려가는 동안 하늘은 점점 더 어두워졌고, 구름이 검은 삼단처럼 치렁치렁 늘어졌으며, 폭우가 줄기차게 퍼부었다. 하수도가 넘쳐 길바닥에서 물이 강처럼 흘렀다. 포도밭마다 구슬픈 목소리가 들려왔다. 어떤 사람들은 저주를 했고, 자신들을 불쌍히 여겨 비를 막아 달라고 성모를 부르는 사람들도 있었다. 나중에는 포도밭마다 올리브나무 뒤에서 통곡하는 울음소리가 들려왔다.

나는 황홀감과 비슷한, 이상한 기쁨에 휩쓸려 오두막에서 빠져나가 폭우 속을 달리기 시작했다. 내가 벅찬 재앙이 닥치자마자 형언하기 힘든 비인간적인 기쁨에 사로잡힌다는 사실을 나는 이때 처음 깨달았다. 숙모 칼리오페의 집이 홀랑 타버렸을 때 처음으로 불을 구경한 나는 누가 목덜미를 잡아 집어던질 때까지 불길 앞에서 깡충깡충 뛰며 춤을 추었다. 그리고 우리 선생이던 크라사키스가 세상을 떠났을 때 나는 웃지 않기 위해 애를 먹었다. 마치 선생과 숙모의 집이 나를 짓누르다가 없어짐으로써 내가 풀려난 기분이었다. 불과, 홍수와, 죽음은 지극히 다정한 유령들이라고 생각되었다. 나도 같은 집안 출신의 유령인 것만 같았다. 우리들은 모두 하나같이 악마였고, 부담스러운 집들과 거주인들이라는 짐을 덜어 주려고 지구를 돕기 위해 열심히 일했다.

나는 길에 다다랐지만, 비가 억수같이 쏟아져 건널 수가 없었다. 나는 멀거니 서서 1년 내내 고생해 거두어 반쯤 말린 포도가 한 아름씩 물에 휩쓸려 내려가는 광경을 보았다. 통곡 소리가 더 커졌다. 몇 명의 여자가 무릎까지 올라오는 물로 뛰어들어가 건포도를 조금이라도 더 건지려고 기를 썼다. 다른 여자들은 두건을 벗어던지고 길가에 서서 머리카락을 잡아 뜯었다.

나는 흠뻑 젖었다. 기쁨을 감추려고 애를 쓰면서 나는 아버지가 어떤 반응을 나타냈는지 보려고 집으로 달려갔다. 아버지가 흐느껴 울까? 욕설을 퍼붓고 고함을 지를까? 건조장(乾燥場)을 지나다 보니 우리 포도는 하나도 남지 않았다.

나는 문간에 서서 수염을 깨물던 아버지를 보았다. 어머니가 그 뒤에 서서 훌쩍훌쩍 울었다.

「아버지.」 내가 소리쳤다. 「포도가 다 없어졌어요!」

「시끄럽다!」 아버지가 대답했다. 「우리들은 없어지지 않았어.」

나는 그 순간을 절대로 잊지 못한다. 나는 그 순간이 내가 인간으로서의 위기를 맞을 때마다 위대한 교훈 노릇을 했다고 믿는다. 나는 욕이나 애원도 하지 않고 울지도 않으면서, 문간에 꼼짝 않고 침착하게 서 있던 아버지의 모습을 항상 기억했다. 꼼짝 않고 서서 재난을 지켜보며, 모든 사람들 가운데 아버지 혼자만이 인간의 위엄을 그대로 지켰다.

대학살

 불운한 일이란 거의 언제나 다른 불운과 함께 닥치기 때문에 크레타에서는 한 가지 불운만 닥친다면 마다하지 않겠다는 속담이 생겨났다. 이튿날 하늘은 완전히 개었다. 어제는 난장판을 벌이며 사람들을 마구 잡아 죽이다가도 오늘은 웃어 대는 것이 운명이다. 주인들이 포도밭을 둘러보았다. 포도는 모두 엉망이 되어 한 움큼씩 진흙에 파묻혔다. 정오에 아버지가 서둘러 카스트로에서 돌아왔다. 친구 한 사람이 아침 일찍 찾아와 아버지에게 귓속말로 무슨 얘기를 하고 가버렸다. 어떤 마을에서 지위가 높은 터키 고관을 죽였다는 소문이 나돌았다. 터키인들이 격분했고, 기독교인들은 무장했다. 또다시 봉기가 일어날 기세였다. 터키인들은 이중 벽 속에 안전하게 숨으려고 메갈로카스트로로 몰려들었다.

 나는 어머니와 여동생과 함께 넝쿨에 아직도 매달려 있는 마지막 포도를 따기 위해 포도원을 돌아다녔다. 열기가 절정에 달했고, 대기가 이글거렸다. 갑자기 우리들은 길거리에서 외치고 울부짖는 소리를 들었다. 굉장히 소란스러운 군중이 지나갔다. 당나귀들이 여물통과, 냄비와, 터키 여자들을 잔뜩 실어 날랐다. 그들 뒤에는 터번을 두른 남자들이 — 어떤 사람들은 맨발이고, 어떤 사람들은 창이 달아난 장화를 신고 — 진흙 속에서 철벅거렸다. 얘기를 하는 것이 아니라 고함을 지르며 그들은 카스트로를 향해 달려갔다.

「터키 개자식들!」 어머니가 욕을 했다. 어머니는 우리들의 겨드랑이를 잡아 안으로 데리고 들어갔다.

나는 어머니의 무릎에 매달렸다.

「왜 저렇게들 도망다니죠, 어머니?」 내가 물었다. 「왜들 그래요? 엄마는 왜 벌벌 떨어요?」

어머니는 내 머리를 쓰다듬었다.

「아 주님, 얘야, 네가 이 꼴을 봐야 하다니! 크레타 사람으로 태어난다는 것은 끔찍한 일이야.」

우리들은 창문을 조금 열고 밖을 내다보았다. 군중이 멀어지더니 올리브 숲 너머로 사라졌다. 길이 조용해졌다.

「가자.」 아버지가 말했다. 「어서. 해가 지기 전에 도착해야 해.」

어머니가 우리들의 손을 잡았다. 아버지는 베개 밑에서 권총을 꺼냈다. 아버지는 총을 살펴보았다. 장전이 되어 있었다. 권총을 호주머니에 넣고 아버지는 우리들의 뒤를 따라왔다.

요새화한 성문을 통과할 때쯤에는 해가 지려는 참이었다. 그러나 뒷골목에는 이미 날이 저문 듯싶었다. 사람들은 황급히 뛰어다녔고, 문들이 요란하게 닫혔으며, 어머니들이 길거리로 나와서 아이들에게 들어오라고 불렀다. 이웃에 사는 터키인 파토메는 우리들을 보고도 아는 체하지 않았다.

아버지는 마당 쪽 창문 옆 구석 소파의 항상 앉는 자리에 앉았다. 어머니는 아버지의 앞에 서서 기다렸다. 어머니는 아버지가 무슨 지시를 하리라는 것을 알았다. 아버지는 쌈지를 꺼내더니 여유만만하게 천천히 담배를 말았다. 그러더니 얼굴도 들지 않고 말했다. 「아무도 집 밖으로 나가면 안 돼.」

아버지는 찌푸린 얼굴을 나에게로 돌렸다. 「너 무섭냐?」

「아뇨.」 내가 대답했다.

「만일 터키인들이 문을 부수고 들어오면 어떡하겠니? 그들이 안으로 들어와 널 죽이면 어떡하지?」

나는 소름이 끼쳤다. 나는 칼의 감촉을 목에 느꼈다. 나는 〈그래요, 전 무서워요, 전 무서워요!〉라고 소리를 지르고 싶었지만, 아버지의 눈길이 나에게 고정되자 너무나 부끄럽게 느껴졌다. 나는 갑자기 가슴이 부풀어 올랐다. 나는 사내다운 용기로 가슴이 가득 참을 느꼈다.

「그들이 죽인다고 해도 전 겁을 내지 않겠어요!」 내가 말했다.

〈좋아〉라고 말하더니 아버지는 담배에 불을 붙였다.

외할아버지의 임종을 보려고 마을로 찾아갔던 지난 여름에 나는 참외 밭에서 어느 외삼촌과 같이 잤다. 내가 막 잠이 들려는데 갑자기 이상한 물건들이 삐걱거리듯 〈뿌지직! 뿌지직!〉 소리가 들려왔다. 겁이 난 나는 외삼촌에게 달라붙었다. 「저게 무슨 소리예요?」 내가 물었다. 「무서워요.」 내가 잠을 깨워 짜증이 난 외삼촌이 등을 돌렸다. 「도시에서만 자란 녀석은 할 수 없구나. 잠이나 자.」 외삼촌이 말했다. 「저 소릴 처음 듣냐? 저건 수박이 커지는 소리야.」 아버지의 눈이 나에게 고정된 그날은 내 마음이 커지느라 뿌지직 소리가 나는 듯싶었다.

메갈로카스트로에는 성문이 네 개였다. 터키인들은 날마다 해질 녘에 성문을 닫았다가 해가 뜨면 다시 열었다. 밤새도록 아무도 들어오거나 나갈 수가 없었으므로, 기독교인들은 독 안에 든 쥐와 같은 신세였다. 도시 안에는 터키인들이 많았고, 터키 수비

대도 주둔했기 때문에 성문이 잠기고 빗장을 지른 밤에 학살을 자행할지도 모를 일이었다.

내가 학살을 처음으로 경험한 것은 그때였다. 며칠 후에 처음 내 어린 마음은 부두와, 푸릇푸릇한 들판과, 열매가 풍성한 넝쿨과, 밀빵과, 어머니의 미소라는 아름다운 가면 뒤에 숨은 삶의 진짜 얼굴을 보았다. 삶의 진짜 얼굴은 해골이었다.

두려움도 모르고 희망도 모르며, 밤낮으로 뜨고 살아가는 내면의 투명한 세 번째 눈을 훨씬 뒤에 꽃 피우고 열매 맺게 될 씨앗이 남모르게 내 몸속에 뿌려진 것 또한 이때였다.

어머니와 여동생과 나는 집 안에 울타리를 치고 옹기종기 모여 앉았다. 우리들은 바깥 길거리에서 터키인들이 미친 듯 욕설을 퍼붓고, 위협하고, 문을 때려 부수고, 기독교인들을 살해하는 소리를 들었다. 우리들은 개들이 짖고, 다친 사람들의 아우성과 죽음의 수포음(水泡音)과, 지진이 일어나듯 대기가 진동하는 소리를 들었다. 장총을 장전한 채 아버지는 문 뒤에 서서 기다렸다. 아버지가 숫돌이라고 부르던 길쭉한 돌멩이를 손에 들었던 기억도 난다. 아버지는 손잡이가 까만 기다란 칼을 숫돌에다 갈았다. 우리들은 기다렸다. 「터키인들이 문을 부수고 들어오면 그들의 손에 당하기 전에 내 손으로 식구들을 죽일 생각이야.」 아버지가 우리들에게 말했었다. 어머니와 여동생과 나는 모두 좋다고 동의했다. 우리들은 기다렸다.

보이지 않는 것이 눈에 보이기도 한다면, 그 시간에 나는 내 영혼이 성숙하는 과정을 틀림없이 보았으리라. 나는 몇 시간 사이에 갑자기 아이에서 어른으로 탈바꿈하기 시작했다.

그렇게 밤이 지나갔다. 아침이 되었고, 소음이 가라앉았으며, 죽음은 멀리 사라졌다. 조심스럽게 문을 열고 우리들은 밖으로 머리를 내밀었다. 이웃의 몇몇 아낙네들이 조심조심 겁을 내며 창문을 열었다. 그들은 길거리를 살펴보았다. 그 순간 목소리가 카랑하고 수염을 기르지 않은 터키인 깨빵 장수가 나타났다. 그는 머리에 인 커다란 양철 쟁반에 담긴 계피와 깨로 만든 빵을 사라고 노래를 부르듯 소리쳤다. 얼마나 반가운 광경이었던가! 온 세상이 새로 태어난 듯싶어서, 우리들은 향기로운 깨빵이 잔뜩 담긴 양철 쟁반과, 구름과, 하늘을 보았다. 어머니가 나에게 빵을 하나 사주었다.

「학살은 지나갔나요, 어머니?」 내가 물었다.

이 말에 어머니는 흠칫했다.

「조용히 해라, 조용히 해, 얘야. 그 말을 입에 올리지 마. 그 소리를 들으면 부르는 줄 알고 다시 올지도 몰라.」

지금 〈학살〉이라는 단어를 쓰면서 나는 머리가 쭈뼛해지는데, 그 까닭은 어렸을 적에는 그것이 두 글자를 한데 모은 단어가 아니라, 시끄러운 소음과, 문을 박차는 발과, 입에 칼을 문 무시무시한 얼굴과, 온 동네에서 비명을 지르는 여자들과, 문 뒤에 꿇어앉아 장총을 장전하는 남자들을 모두 뜻했기 때문이다. 그 시대에 크레타에서 어린 시절을 보낸 우리들에게는 피와 눈물로 넘치고, 온 국민이 십자가에 못 박히는 의미를 지녔던 자유, 성 미나스, 그리스도, 혁명 따위의 단어들이 생생했었다.

글을 쓰는 사람은 억압되고 불행한 숙명을 산다. 그것은 그가 맡은 일의 본질이 어휘를 사용해야만 하기 때문인데, 다시 말하면 내적인 격렬한 흐름을 정체시켜야 함을 뜻한다. 모든 어휘는 위대한 폭발적인 힘을 내포하는 견고한 껍질이다. 그 의미를 찾아내려면 인간은 내면에서 폭탄처럼 그것이 터지게 해야 하며, 그렇게 함으로써 안에 갇힌 영혼이 해방된다.

언젠가 기도가 끝난 다음까지 과연 살아남을지 전혀 알 길이 없었기 때문에 예배를 보러 갈 때마다 자꾸만 유언장을 만들고 아내와 아이들에게 눈물을 흘리며 작별을 고하던 랍비가 살았다. 그가 자주 말했다.

「예를 들어 〈주님〉 같은 말을 하면, 나는 가슴이 찢어지는 것 같아. 나는 다음에 따라올 〈이 몸을 굽어 살피소서〉라는 얘기를 미처 끝내지 못하리라는 공포에 떨지.」

한 편의 시나, 〈학살〉이라는 어휘나, 사랑하는 여인에게서 온 편지나 — 또는 살아가며 많은 투쟁을 했어도 이룩한 바가 너무나 없는 이 사람이 쓴 글을 살아서 읽는 축복받은 사람들이여!

이튿날 아침 일찍 아버지가 내 손을 잡았다.
「따라오거라.」 아버지가 말했다.
어머니가 겁을 내었다. 「아이를 데리고 어딜 가려고요? 기독교인은 아직 한 사람도 집에서 나오지 않았는데.」
「따라와.」 아버지가 되풀이해서 말했다. 아버지는 문을 열고 밖으로 나갔다.
「어딜 가는 건가요?」 내가 물었다. 아버지의 큼직한 손아귀 속에서 내 손이 떨렸다.
나는 길거리를 아래위로 살펴보았다. 길모퉁이 물가에서 빨래를 하는 터키 여자 두 사람 이외에는 아무도 없었다. 물이 새빨갛게 변했다.
「무서우냐?」
「네.」
「걱정 마라. 익숙해질 테니까.」
길모퉁이를 돌아서 우리들은 항구의 입구로 향했다. 우리들은 아직도 연기가 피어오르는 집과, 문간에 아직도 피가 묻은 부서진 문들을 지나쳤다. 사자를 조각한 분수대와 커다란 고목 대추야자나무가 자라는 중앙 광장에 다다르자 아버지는 걸음을 멈추었다.

「봐라!」 손으로 가리키면서 아버지가 말했다.

나는 눈을 들어 대추야자나무를 보고는 비명을 질렀다. 나란히 목이 매달린 사람들이 흔들거렸다. 그들은 맨발에 속옷만 걸쳤고, 짙푸른 혓바닥이 입에서 축 늘어졌다. 차마 쳐다볼 용기가 나지 않아서 나는 얼굴을 돌리고 아버지의 무릎에 매달렸다. 그러나 아버지는 내 머리를 꽉 잡고는 대추야자나무 쪽으로 돌렸다.

「똑바로 봐!」 아버지는 다시 명령했다.

목이 매달린 남자들이 내 시야에 가득 들어왔다.

「목이 매달린 이 사람들은 죽을 때까지 네 머릿속에서 절대로 사라지면 안 된다. 알겠지!」

「누가 그들을 죽였나요?」

「자유가 죽였어!」

나는 이해하지 못했다. 휘둥그레진 눈으로 나는 대추야자나무의 낙엽 지는 잎사귀들 사이에서 천천히 흔들거리는 세 사람의 시체를 노려보고 또 노려보았다.

아버지는 힐끗 주위를 둘러보고는 귀를 쫑긋 세웠다. 길거리는 한적했다. 아버지는 나에게로 돌아섰다.

「너 저 사람들을 만져 보겠니?」

「아뇨!」 겁에 질려서 내가 대답했다.

「만져 봐! ……어서!」

우리들이 가까이 갔고, 아버지는 재빨리 여러 번 성호를 그었다.

「발을 만져 봐!」 아버지가 명령했다.

아버지는 내 손을 잡았다. 나는 손가락 끝에서 싸늘하고 꺼끌꺼끌한 발의 감촉을 느꼈다.

「입을 맞춰! 경배를 해야지!」 아버지가 명령했다. 내가 몸을 빼려고 하자 아버지는 내 겨드랑이를 잡아 치켜들고 머리를 밑으로 숙여 내 입을 강제로 뻣뻣한 발에다 댔다.

아버지는 나를 내려놓았다. 나는 무릎이 너무 떨려 서 있기가 힘들었다. 아버지는 허리를 굽혀 나를 살펴보았다.

「네가 익숙해지게 하려고 이런단다.」 아버지가 말했다.

또다시 아버지는 내 손을 잡았다. 우리들은 집으로 돌아왔다. 어머니는 초조하게 문 뒤에 서서 기다렸다.

「도대체 어딜 갔었니?」 나를 와락 부여잡고 입을 맞추며 어머니가 물었다.

「예배를 드리러 갔었어.」 아버지가 나를 믿겠다는 표정을 지으며 대답했다.

사흘 동안 닫혔던 성문들이 나흘째 되던 날 열렸다. 그러나 터키인들은 길거리에서 어슬렁거리고, 카페마다 가득 차고, 모스크에 모였으며, 마음속의 분노가 아직 가라앉지 않았는지 눈에는 살기가 넘쳤다. 크레타는 불똥 하나만 튀어도 당장 폭발할 기세였다. 아이를 가진 기독교인들은 모두 배와 범선을 타고 자유의 그리스로 떠났다. 아이가 없는 사람들은 모두 메갈로카스트로를 벗어나 산으로 들어갔다.

우리들도 떠나려고 항구로 몰려든 사람들 틈에 끼었다. 아버지가 앞장을 섰고, 어머니와 누이동생이 그 뒤를 따랐으며, 나는 맨 뒤에 섰다.

「우리 남자들이 여자들을 보호해야 해.」 (아직 여덟 살도 안

된) 나에게 아버지가 말했다. 「내가 앞에서 갈 테니 넌 뒤를 맡아. 잘 살펴봐!」

우리들은 불타 버린 이웃집들을 지나갔다. 몇몇 희생자들은 아직 치우지 않았고, 시체들은 벌써 악취를 내뿜기 시작했다. 아버지는 어느 문간에서 허리를 굽혀 온통 핏자국투성이인 돌멩이를 하나 집었다.

「이걸 간직해라.」 아버지가 나에게 말했다.

나는 아버지가 왜 그토록 냉혹하게 행동했는지를 나중에 가서야 이해하기 시작했다. 아버지는 신교수법을 채택하지 않고, 종족을 보존하는 유일한 길인 무자비한 옛 방법을 따랐다. 늑대가 처음 낳아 소중히 여기는 새끼를 가르치는 방법이 그러하니, 어미는 새끼에게 사냥하고 죽이는 방법과, 꾀나 용기로 함정을 피하는 수단을 가르친다. 어려움을 당할 때마다 항상 나를 지켜 준 인내와 집념을 나는 아버지의 냉혹한 가르침에서 얻었다. 삶이 끝나 가는 지금 나를 다스리고, 신이나 악마에게서 위안을 받아들이는 몰락을 범하지 않도록 해주는 모든 불굴의 사상도 나는 아버지의 가르침에서 얻었다.

「네 방으로 올라가서 결정하자.」 집을 떠나기 전에 아버지가 말했었다.

아버지는 방의 한가운데 우뚝 서서 벽에 걸린 커다란 그리스 지도를 가리켰다.

「난 피레에프스나 아테네는 싫어. 모두들 그리로 몰려들 테니까. 그들은 머지않아 먹을 것이 없다고 우는소리를 하며 도와달라고 구걸하겠지. 난 그런 구역질 나는 짓은 하기 싫어! 어느 섬을 하나 골라 봐.」

「제 마음대로 아무 섬이나요?」

「그래, 네 마음대로 아무 섬이나.」

의자로 기어 올라가서 나는 푸른 바다의 초록빛 점들인 에게 해의 모든 섬들을 한눈에 훑어보았다. 그런 다음에 내 손가락은 산토리니에서 시작하여 밀로스, 시프노스, 미코노스, 그리고 파로스를 짚어 나갔다. 낙소스에서 나는 멈추었다.

「낙소스요!」 내가 말했다. 나는 그 모양과 이름이 좋았다. 이렇게 숙명적인 우연의 선택이 내 삶 전체에 어떤 결정적인 영향을 끼치게 될지 그 순간에 내가 어찌 예견할 수 있었겠는가!

「낙소스요!」 아버지를 쳐다보며 내가 되풀이해서 말했다.

「좋아.」 아버지가 대답했다. 「낙소스로 가자.」

낙소스

 이 섬은 벅찬 감미로움과 고요함이 넘친다. 잔잔한 바다의 한가운데, 어디에나 참외와 복숭아와 무화과의 더미가 쌓였다. 나는 주민들을 둘러보았다. 그들의 얼굴은 다정했고, 터키인이나 지진에 대한 두려움을 알지 못했으며, 이글거리지도 않았다. 이곳에서는 자유가 존재하므로, 자유에 대한 갈망은 오히려 존재하지 않았다. 삶은 때때로 몸부림치기는 하지만, 폭풍우는 일으키지 않으면서 만족하고 졸리는 물처럼 끝없이 흘렀다. 낙소스를 돌아다니면서 섬의 첫 선물이 편안함임을 나는 의식하게 되었다. 며칠이 지나자 안정감은 권태가 되었다. 우리들은 시내에서 1시간 거리인 엥가레스의 멋진 포도밭을 소유한 돈 많은 낙소스인 라자로스 씨와 친해졌다. 그의 초청을 받아 우리들은 그곳에서 2주일을 보냈다. 과일이 잔뜩 달린 나무와, 풍요함과, 벅찬 행복감! 크레타는 전혀 두렵지 않은 머나먼 곳에 존재하는 먹구름이었고, 처참함도 아니고 해방을 위한 투쟁도 아닌 동화가 되었다. 모두가 나른한 낙소스의 안락함 속에서 사라지고 녹아 버렸다.
 나는 시골 저택의 책장에서 책 더미를 발견했다. 책들은 낡아서 변색이 되었다. 나는 책들을 가져다가 날마다 올리브나무 밑에 앉아 뒤적였다. 나는 투사들과 귀부인들, 야수들과 바나나 숲이 담긴 낡고 희미해진 그림들을 보았다. 다른 책에는 얼어붙은 바다와, 얼음에 둘러싸인 배들과, 솜 같은 눈 속에서 뒹구는 새끼 곰들이 나왔다. 또 다른 책에는 높다란 굴뚝과, 노동자들과, 큰 화재가 발생하는 머나먼 도시들이 실렸다.

내 마음이 넓어졌고, 그에 따라 세상도 넓어졌다. 내 상상의 세계는 거대한 나무들과, 이상한 짐승들과, 검거나 누런 사람들로 가득 찼다. 내가 읽은 몇 구절의 글이 내 마음을 들끓게 했다. 빛이 바랜 어느 책에서 나는 이런 구절을 읽었다. 〈가장 많은 바다와 가장 많은 대륙을 본 사람은 행복할지어다.〉 그리고 〈집에서 기르는 소처럼 1년을 살기보다는 하루 동안이나마 들소가 되리라〉는 구절도 눈에 띄었다. 나중 구절은 잘 이해하지 못했지만 한 가지는 분명했으니, 나는 집에서 기르는 소가 되고 싶지는 않았다. 책을 덮으며 나는 훈훈하고 향기로운 공기를 들이마셨고, 눈은 열매가 잔뜩 달린 자두나무와 복숭아나무에 고정되었다. 나는 아직 날개가 제대로 발달되지 않아서, 마음은 두려웠어도 작은 발로 땅을 박차는 한 마리의 곤충이었다. 나는 성공할까, 아니면 실패할까? 조금만 더 끈기 있게 참아 보자.

나는 참고 기다렸다. 무의식중에서나마 나는 떠날 만큼 튼튼하게 내 날개가 준비되기를 남몰래 기다렸다.

하지만 라자로스 씨의 조카딸인 열두 살 난 말괄량이 스텔라가 내 옆의 올리브나무에다 그네를 매달았다. 그녀는 노래를 부르며 그네를 뛰었고, 옷자락이 나부껴서 새하얗고 앙증맞은 동그란 두 무릎이 햇빛에 반짝였다. 나는 그녀의 노래나 무릎을 이겨 내기가 힘겨워서, 어느 날 왈칵 화를 내며 책을 땅바닥에 내동댕이쳤다. 그녀는 빤히 나를 쳐다보며 웃음을 터뜨리고는 껌을 씹어 대기만 했다. 그녀는 장난스러운 노래를 불러 대며 나를 놀렸다. 그 노래들을 나는 한 구절만 남기고 다 잊어버렸다.

나를 쳐다보는 무서운 눈을 감아요
정말 괴로우니 그 눈을 돌려요.

「스텔라.」 벌떡 일어서며 나는 화가 나서 소리쳤다. 「네가 안 가면 내가 가겠어!」

그녀는 그네에서 허둥지둥 내려왔다. 「우리 같이 가자!」 이제는 웃음을 거두고 그녀가 말했다. 그러더니 목소리를 낮추어서, 「월요일이 되면 넌 가톨릭 학교에 갇힐 몸이니 우리 같이 어디로 도망가자. 난 너희 아버지가 우리 아저씨와 하는 얘기를 들었어.」

프랑크 왕국의 정복자들이 여태까지 수백 년 동안 차지했던 전망 좋은 낙소스의 성채(城砦)가 지금은 가톨릭 신부들이 관리하는 이름난 프랑스 학교가 되었다. 어느 날 아버지와 나는 그곳으로 올라갔다. 아버지는 얼마 동안 그곳을 둘러보더니 머리를 저었다.

「여기선 훌륭한 교육을 받기는 하겠지만, 선생이 전부 가톨릭 신부들이란 말야! 넌 잘못하다간 가톨릭 신자가 되겠어.」

학교 얘기를 다시 꺼내지는 않았지만, 나는 아버지가 그 생각이 마음에 걸렸고, 어떤 결정을 내려야 할지 난처해하고 있음을 알았다. 스텔라가 나에게 경고를 했던 날, 저녁을 먹고 나서 아버지는 나를 데리고 과수원으로 산책을 나갔다. 달이 떴고, 온 세상이 향기롭고 고요했다.

상당히 오랫동안 아버지는 얘기를 하지 않았다. 집으로 돌아올

때가 되자, 마침내 아버지는 걸음을 멈추고 말했다. 「크레타의 혁명은 오랫동안 계속될 거야. 내가 과수원에서 산책을 하는 동안 동료 기독교인들이 죽어 가도록 가만히 있어서는 안 되니까 난 그곳으로 가겠어. 난 밤마다 할아버지를 꿈속에서 보는데, 줄곧 나한테 꾸중을 하시지. 난 가야 해. 하지만 그동안 넌 조금도 시간을 낭비해선 안 돼. 난 네가 참된 남자가 되기를 바란다.」

아버지는 다시 입을 다물었고, 몇 걸음 걷더니 또다시 멈추었다. 「알겠니?」 아버지가 나에게 물었다. 「남자란 — 그건 조국을 위해 쓸 만한 사람이 된다는 뜻이야. 불행히도 네가 천성이 무기 대신 공부를 좋아하니까 어쩔 도리는 없겠지. 그것이 네가 가야 할 길이라면 따라야 하니까. 알겠느냐? 크레타가 자유를 얻는 데 도움이 되도록 교육을 받아라. 그걸 네 목표로 삼아야 해. 그렇지 않으면 교육은 때려치워! 난 네가 선생이나 성직자나 현명한 솔로몬이 되기를 바라지는 않아. 그걸 명심하라고! 난 결심을 했으니까 너도 결심을 해라. 무기나 학문으로 크레타를 돕지 못하겠다면, 차라리 자빠져서 죽어 버려야 해.」

「전 가톨릭 신부님들이 무서워요.」 내가 말했다.

「나도 그래. 참된 인간은 두려워하지만, 그러면서도 두려움을 정복하지. 난 너를 믿는다.」

아버지는 잠깐 동안 생각에 잠기더니 자신이 한 말을 수정했다. 「아니, 난 너를 믿는 것이 아니라, 네 핏줄 속에서 흐르는 크레타의 피를 믿겠어. 그러니 각오를 하고, 성호를 긋고, 주먹을 불끈 쥐고, 하느님의 뜻에 따라 월요일에 가톨릭 신자들과 함께 너를 입학시켜야겠어.」

아버지와 내가 성채로 오르던 날은 비가 내렸다. 가을의 가랑비가 길거리를 희뿌옇게 흐려 놓았다. 우리들 뒤에서는 바다가 한숨을 지었다. 산들바람에 나뭇잎들이 살랑거렸고, 노랗거나 갈색인 낙엽이 하나씩 떨어져 오름길을 수놓았다. 하늘에서는 위쪽으로부터 불어 내리는 듯한 강한 바람에 쫓겨 구름들이 달음박질을 쳤다. 나는 머리를 들어 구름들이 도망치고, 만나고, 갈라지고, 어떤 덩어리들은 대지를 만지려고 애쓰면서 기다란 잿빛 자락을 밑으로 늘어뜨리는 광경을 지칠 줄 모르고 구경했다. 어릴 적부터 나는 마당에 누워 구름 구경하기를 좋아했다. 까마귀나, 제비나, 비둘기 같은 새가 한 마리 날아가면 나는 완전히 그 새가 되었고, 손바닥을 펴면 따스한 새의 가슴팍이 손에 닿는 감촉이 느껴졌다.「마르기, 당신 아들은 몽상가나 환상을 쫓는 사람이 되겠어요.」이웃에 사는 페넬로페 부인이 어느 날 어머니에게 말했다.「항상 구름만 쳐다보더군요.」

「걱정 말아요, 페넬로페.」어머니가 그녀에게 대답했다.「살아가다 보면 저 애가 눈을 떨구게 될 날이 올 테니까요.」

하지만 아직도 그런 때는 오지 않았고, 성채로 오르면서 나는 구름을 보며 거듭거듭 감탄했다. 나는 자꾸만 고꾸라지고 미끄러졌다. 아버지는 붙잡아 세우려는 듯 내 어깨를 움켜쥐었다.

「구름은 그만 쳐다봐. 떨어져 죽고 싶지 않으면 발밑의 돌이나 살펴보라고.」

커다랗고 반쯤 무너진 집의 반달 장식이 달린 문간에 어리고 핏기 없는 소녀가 나타났다. 그녀도 역시 하늘을 물끄러미 올려다보았다. 무척이나 창백하고 야윈 그녀는 얼굴에서 상당한 귀족 티가 엿보였고, 낡아 빠진 목도리로 몸을 꼭 감싸고는 부들부들 떨었다. 그녀가 수백 년 전에 낙소스를 점령하고, 저 아래 평원과 부둣가에서 그들을 위해 땀 흘려 일하는 그리스 정교(正敎) 서민들을 굽어보게끔 도시의 가장 높은 곳에다 성채를 지어 자리를

낙소스 123

잡았던 백작과 백작 부인들로만 이루어진 이름난 가톨릭 집안 출신임을 나는 나중에야 알게 되었다. 그러나 이제 그들은 몰락해서 가난뱅이가 되었고, 궁전도 폐허가 되었으며, 귀족의 자손들은 굶주려서 핏기를 잃었다. 이런 소녀들은 같은 계층의 남자들이 활력을 잃었기 때문에 신랑감을 찾을 길이 없었는데, 그런 남자들이란 결혼할 욕망이 없거나 아내와 자식들을 먹여 살릴 능력이 없었다. 그런가 하면 하찮은 그리스 정교 서민들과의 결혼은 고상한 귀부인들로서는 상상도 못 할 노릇이었다. 그들에게는 자존심밖에 아무것도 남지 않아서, 항상 체면만 찾았다……. 소녀는 잠깐 동안 하늘을 올려다보더니, 머리를 젓고는 다시 안으로 들어갔다.

가톨릭 학교에 들어가려고 성채로 올라가던 그날 일어났던 일들을 나는 다 기억한다. 나는 문간에 앉아서 비를 맞던 고양이가 아직도 눈에 선한데, 주황빛 얼룩이 박힌 하얀 고양이였다. 손에 들고 있던 화로의 숯불로 얼굴이 새빨갛게 된 맨발의 어린 소녀도 생각난다.

「다 왔구나.」 아버지가 말했다. 그는 팔을 들어 커다란 문을 두드렸다.

이것은 내 지적인 삶의 첫 번째, 그리고 아마도 가장 결정적인 도약이었다. 내 마음속에서 마술의 문이 열려 나를 놀라운 세계로 들여보냈다. 이때까지는 크레타와 그리스가 투쟁하는 내 영혼의 제한된 싸움터였는데, 이제는 세계가 넓어지고, 인간성의 양상이 다채로워졌으며, 사춘기의 가슴은 그것들을 모두 담아 넣느라 지끈거렸다. 세상이 지극히 넓고, 고생과 고통은 크레타 사람들뿐 아니라 모든 사람들에게 동반자요 함께 싸우는 용사들임을 이때까지 짐작은 했지만, 그렇게 확실히 알지는 못했었다. 무엇보다도 나는 시(詩)라는 방법을 통해 고통과 노력이 꿈으로 변형되기도 하며, 아무리 덧없는 고뇌라고 해도 시가 영원한 노래로 바꿔 놓기도 한다는 커다란 비밀을 이제야 의식하게 되었다. 이때까지만 해도 나는 공포와, 공포를 정복하려는 투쟁과, 자유에 대한 그리움 따위의 두세 가지 원시적인 격정들의 지배만을 받았었다. 하지만 이제는 아름다움과 학문에 대한 갈망이라는 두 가지 새로운 정열이 마음속에서 불붙었다. 나는 읽고 쓰기를, 머나먼 곳을 보기를, 고통과 기쁨을 직접 경험하기를 원했다. 세상은 그리스가 전부는 아니었고, 세상의 고통은 우리들의 고통보다 훨씬 컸으며, 자유에 대한 갈망은 크레타인만의 특질이 아니라 모든 인류의 영원한 투쟁이었다. 그러나 내 마음에서 크레타가 사라지지는 않았다. 그와는 반대로 전 세계가 내 마음속에서 펼쳐져서는, 터키인들로부터 온갖 압박을 당하지만 항상 다시 벌떡 일어나 자유를 추구하는 거대한 하나의 크레타가 되었다. 이렇게 전 세계를 크레타로 바꿔 놓음으로써 나는 사춘기 초기에 모든 인류의 고뇌와 아픔을 스스로 느끼게 되었다.

이곳 프랑스 학교의 학생들은 그리스 각처에서 모여들었다. 내가 크레타인이었고, 그 무렵에는 크레타인들이 터키인들과 싸우던 중이었으므로 나는 조국을 부끄럽게 하지 않는 것이 내 의무라고 생각했다. 나는 학급에서 일등을 할 의무를 의식했다. 내가 믿기에는 개인적인 자부심이 아니라 민족적 의무감에서 연유한 이 신념은 내 능력을 증가시켰고, 나는, 아니 내가 아니라 크레타는 당장 다른 학생들보다 우수해졌다. 배우고 발전하며, (나중에 알게 된 바로는) 〈혼(魂)〉이라는 이름의 파랑새를 쫓으려는 술 취한 듯한 욕망, 여태껏 들어 보지도 못했던 도취감 속에서 몇 달이 흘러갔다.

나는 어찌나 교만해졌던지 어느 날 프랑스어 사전의 모든 단어 옆에 같은 의미의 그리스어를 써넣으려는 엉뚱한 결심을 하기에 이르렀다. 이 작업은 몇 달이 걸렸고, 온갖 다른 사전들의 도움이 필요했으며, 마침내 프랑스어 사전을 다 번역하고 난 다음에 나는 그것을 자랑스럽게 교장인 페르[1] 로렝에게 가지고 갔다. 그는 학식이 높은 가톨릭 신부로 과묵했고, 회색 눈에 씁쓸한 미소를 지으며, 큼직한 수염은 반쯤 하얗고 반쯤 노란 빛깔이었다. 그는 사전을 받아 뒤적거리더니 놀란 눈으로 축복이라도 내리려는 듯 머리를 쓰다듬었다.

「네가 해놓은 일을 보니 넌 언젠가 훌륭한 사람이 되겠구나.」그가 말했다. 「이렇게 어린 나이에 갈 길을 찾았으니 넌 참 복이 많아. 학문 — 그것이 네가 갈 길이지. 신의 축복이 내리기를 빈다.」

잔뜩 의기양양해진 나는 뚱뚱하고, 놀기를 좋아하고, 눈에는 장난기가 넘치고, 우리들과 함께 웃고 농담하면서 놀기를 좋아하던 교감 페르 클리에브르를 찾아갔다. 주말이면 그는 우리들을 데리고 학교 소유인 시골 과수원으로 소풍을 갔다. 그곳에 가면 페르 로렝으로부터 자유스러워진 우리들은 풀밭에서 뒹굴고, 씨름을 하고, 웃고, 과일을 먹으며 한 주일의 압박감을 풀었다.

그래서 나는 내가 해놓은 일을 자랑하려고 페르 클리에브르를 찾아갔던 것이다. 나는 마당에 줄지어 심은 백합에 물을 주던 그를 만났다. 사전을 받은 그는 아주 천천히 한 장씩 넘기며 보았다. 사전을 보면서 그는 점점 더 얼굴이 험악해졌다. 갑자기 그는 사전을 들어 내 얼굴에 던졌다.

「망할 녀석!」그가 고함을 질렀다. 「넌 소년이냐, 아니면 늙은

---

[1] 신부에 대한 경칭.

이냐? 왜 이런 노인의 일 때문에 시간을 낭비했지? 웃고 놀고 지나다니는 계집아이들을 창문으로 내다보는 대신, 망령 든 영감처럼 앉아서 사전을 번역하다니! 없어져 버려, 내 눈앞에서 없어져! 이러다간 넌 절대로 — 영원히 아무짝에도 쓸모없는 인간이 되고 말 거다! 넌 어깨가 축 늘어지고 안경을 쓴 초라한 선생이 되겠지. 네가 참된 크레타인이라면 거지 같은 사전을 태워 버리고 그 재를 나한테 가져와. 그렇게 한다면 내가 축복을 해주겠어. 잘 생각해 보고 행동해. 어서 가!」

나는 완전히 얼떨떨해졌다. 누구의 말이 옳고, 나는 어떻게 해야 하나, 두 길 가운데 어느 쪽이 옳은가? 이 문제가 여러 해 동안 나를 괴롭혔고, 어느 길이 옳은지를 마침내 알게 되었을 때, 내 머리는 백발이었다. 뷔리당[2]의 당나귀처럼 내 영혼은 페르 로렝과 페르 를리에브르 사이에서 어정쩡하게 망설였다. 나는 빨간 잉크로 여백에다 깨알 같은 글자로 그리스어 단어들을 써넣은 사전을 보고는 페르 를리에브르의 충고가 생각나서 가슴이 둘로 찢어지는 듯싶었다. 그렇다, 나는 그것을 불태우고 재를 가져다줄 용기가 없었다. 오랜 세월이 지난 다음 마침내 이해하기 시작하자 나는 그것을 불 속에 던져 버렸다. 하지만 페르 를리에브르가 오래전에 죽었기 때문에 재를 주워 모으지는 않았다.

아버지는 나를 입학시키고 안정이 되자마자, 범선을 타고 싸우기 위해 비밀리에 크레타로 갔다. 언젠가 아버지는 화약으로 변색된 종이에 간략한 편지를 써보냈다.

터키 놈들과 싸우며 난 할 바를 다하고 있단다. 너도 싸워야

---

[2] Jean Buridan(1300~1358). 14세기 프랑스의 철학자로서 동등한 두 가지 동기 사이에서는 의지력이 무능해짐을 증명했다.

하니, 꿋꿋하게 버티면서 가톨릭 신자들이 못된 사상을 너한테 불어넣지 못하게 하거라. 그들은 터키 놈들이나 마찬가지로 나쁜 사람들이니까. 넌 크레타 출신이라는 사실을 잊지 마. 네 머리는 네가 아니라 크레타의 소유야. 언젠가는 크레타를 해방시키기 위해 써야 하니까 잘 가꾸도록 해라. 무기로 돕지는 못하더라도 넌 머리로 도울 능력은 갖추었겠지? 머리도 역시 총이야. 내가 너한테서 무얼 바라는지 알겠느냐? 그렇다고 해라! 오늘은 여기서 마치겠는데, 내일이고 언제고 다시는 편지 안 쓰겠다. 나로 하여금 부끄럽게 하지 마라!

나는 크레타 전체를 어깨에 걸머진 기분이었다. 혹시 배운 내용을 완전히 이해하지 못하거나, 수학 문제를 풀지 못하거나, 시험에서 일등을 하지 못하면 크레타가 수치스러워진다. 나에게는 어린아이다운 태평함과, 신선함과, 경박한 기질이 없었다. 다른 학생들이 웃고 노는 광경을 보면 나는 감탄했다. 나도 웃거나 떠들고 싶었지만, 크레타는 위기에 처해 전쟁을 벌이는 중이었다. 무엇보다도 무서운 일은 선생과 학생들이 내 이름을 쓰지 않고 〈크레타인〉이라고 불렀으며, 이것은 내 의무를 상기시키는 훨씬 무겁고 끊임없는 부담감을 주었다.

가톨릭 교도가 된다는 점에 대해서는 두려울 바가 없었다. 어느 종교가 가장 진실한지를 내가 이해했기 때문이 아니라, 하찮아 보이기는 하지만 또 다른 원인이 어느 신학의 이론보다도 더 깊은 영향을 내 어린 영혼에 끼쳤기 때문이다. 아침마다 우리들은 여름이면 무섭게 덥고 겨울이면 무섭게 추운 그리스도와 성모의 성상을 비치한 학교 건물의 중앙에 자리잡은 작고 썰렁한 성당에서 의무적으로 미사에 참석했다. 제단의 높직한 유리 화병에는 하얀 백합이 가득 꽂혀 있었다. 이 꽃들은 자주 손질을 하지 않았다. 며칠씩 물을 갈아 주지 않아서 꽃이 너무 짓물러 아침에 성당으로 들어갈 때면 나는 그 냄새에 구역질이 날 지경이었다. 언젠가는 기절을 했던 기억이 난다. 따라서 썩은 백합과 성당은 내 마음속에서 한 덩어리를 이루었고, 가톨릭 교도가 된다는 생각만 해도 구토증을 느꼈다.

(지금 생각해도 부끄러운 일이지만) 그래도 어느 날 나는 나 자신의 신앙을 거역할 위기를 맞았다. 왜 그랬을까? 어느 악마가 나를 유혹했을까? 미덕의 탈을 쓰고 우리들의 미덕 뒤에 숨어서 기다리며 언젠가는 틀림없이 때가 오리라고 믿었던 이 마음속의 악마는 얼마나 교활하고, 얼마나 참을성이 많았던가!

그리고 어느 날, 그런 계기가 정말로 닥쳤다. 동부 지중해의 여러 섬과 연안 제국의 가톨릭 학교들을 검열하던 대주교가 어느 날 아침 로마로부터 도착했다. 그는 진홍 안감을 댄 검은 옷에, 챙이 넓은 진홍 모관(毛冠)과 진홍 스타킹 차림에 손에는 진홍 보석을 박은 커다란 반지를 끼고 있었다. 그의 주변 공기는 빛을 발산하고 향기로 가득 찼으며, 그가 나타나 우리들 앞에 서자, 바로 그 순간 천국에서 괴이하고 낯선 꽃이 방금 피어난 듯싶었다. 황금 반지를 낀 통통하고 새하얀 손을 들어 그는 우리들에게 축복을 내렸다. 우리들은 모두 신비한 힘이 머리끝에서부터 발끝까지 훑어 내려 해묵은 포도주에 취한 기분이 들었고, 우리들의 두뇌는 짙은 진홍빛으로 물들었다.

페르 로렝으로부터 내 얘기를 들었던지, 그는 헤어질 때 나에게 손짓하며 따라오라고 불렀다. 우리들은 그의 방으로 올라갔다. 그는 발치에 놓인 동글 의자에 나더러 앉으라고 했다.

「나하고 같이 가겠느냐?」 그는 꿀처럼 달콤한 목소리로 물었다.

「어디로요?」 나는 놀라서 물었다. 「전 크레타인이에요.」

대주교가 웃었다. 그는 캐러멜 갑을 열어 한 알 꺼내더니 내 입에 넣어 주었다. 그의 입은 작고, 둥글고, 말끔히 면도를 했으며, 새빨간 입술은 두툼했다. 그가 손을 움직일 때마다 라벤더 향기가 났다.

「알아, 알고 있어.」 그가 말했다. 「난 너에 대해서 잘 알아. 넌 크레타인, 그러니까 들짐승이지. 하지만 잠자코 내 얘기부터 들거라. 우린 성스러운 도시 로마로 갈 거야. 넌 위대하고 훌륭한 사람이 되기 위해 큰 학교에 들어가 공부를 해야지. 누가 아냐 — 혹시 언젠가는 지금 내가 쓴 모관을 너도 쓰게 될지? 그리고 네가 태어난 섬 크레타 출신인 어떤 사람이 황제보다도 위대한 기독교 세계의 지도자인 교황이 되기도 했었다는 사실을 잊지 마라! 그렇게 되면 넌 무언가 행동을 취하고 크레타를 해방시킬 힘도 갖겠지…… 내 얘기를 알아듣겠느냐?」

「네, 알겠어요.」 나는 어물어물 말했다. 나는 머리를 들고 열심히 귀를 기울였다.

「지금 이 순간에, 얘야, 네 인생은 갈림길에 섰어. 만일 좋다고 하면 넌 구원을 받고, 싫다고 하면 길을 잃게 되지. 여기 남아서 넌 무엇이 되겠니? 아버지는 무얼 하는 사람이냐?」

「장사를 해요.」

「그래, 넌 장사를 하거나, 기껏해야 변호사나 의사가 되겠지. 그건 시시하단다. 그리스는 시골이나 마찬가지야. 얘야, 시골을 벗어나거라. 네 얘기는 많이 들었는데, 난 네가 몰락하는 꼴을 보고 싶지는 않구나.」

내 가슴은 무척 두근거렸다. 또다시 두 갈래의 길이 내 앞에 나타났다. 나는 어느 길을 선택해야 하는가? 나는 누구에게 도움을 청하러 달려가야 하나?

아버지가 머리에 떠오르자 나는 공포에 사로잡혔다. 아버지는 화약으로 얼룩지고 팔에 심한 부상을 입은 몸으로 얼마 전에 돌아왔다. 이제 총성은 멎었다. 그토록 오랜 세월에 걸쳐, 그토록 많은 피를 흘리고 난 다음 자유는 크레타 땅에 피투성이의 발을 디뎠다. 곧 헬레네의 게오르기오스 왕자가 도착해서, 크레타와 그리스가 영원히 통일되어야 할 중대한 시기에 도움의 손을 내밀 터였다.

아버지는 크레타에서 돌아오자마자 나를 만나러 왔다. 처음에 나는 아버지를 알아보지 못했다. 아버지의 피부는 전보다 더 검어졌으며, (내가 처음 보는) 미소를 입가에 띠고 있었다. 「어떻게 지내느냐? 놈들이 너를 개종시키지는 않았겠지?」 아버지는 웃으면서 물었다. 나는 얼굴이 새빨개졌다. 아버지는 큼직한 손을 내 머리에 얹었다. 「농담으로 한 소리야. 난 너를 믿어.」

대주교 앞에서 아버지 생각을 하던 내가 풀이 죽어 보였던지 그는 통통한 손으로 내 머리를 쓰다듬으며 물었다. 「무슨 생각을 하지?」

「아버지가 무슨 말을 할지 궁금해서요.」 나는 어물어물 대답했다.

「아버지한테 알릴 필요는 없어. 아무한테도 알릴 필요가 없지. 우린 밤에 몰래 떠나면 되니까.」

「그럼 어머니는 어떡하고요? 어머니가 우실 텐데요.」

「〈아버지와 어머니를 저버리지 아니하면 나를 따르지 못할지니라.〉 이건 그리스도의 말이야.」

나는 입을 다물었다. 어릴 적부터 그리스도의 얼굴은 무척이나 나를 매혹시켰다. 나는 탄생하고, 나이가 열두 살이 되고, 배에

낙소스 131

올라 손을 들어 바다를 잔잔하게 가라앉히고, 다음에는 붙잡혀 십자가에 못 박히고, 십자가에 매달려 〈하느님 아버지시여, 어찌하여 이 몸을 저버리시나이까〉라고 하던 그리스도의 일생을 보아왔다. 그런 다음에 어느 날 아침 그는 무덤에서 일어나 손에 하얀 깃발을 들고 승천했다. 그와 함께 나도 처형을 당하고, 십자가에 못 박히고, 부활했다. 그리고 성경을 읽으면 옛날 얘기들이 눈앞에 생생해졌고, 인간의 영혼은 잠결에 으르렁거리는 잠든 야수 같았다. 갑자기 천국이 열리고 그리스도가 강림했다. 그가 키스를 하자 야수는 기분 좋게 한숨을 짓고는 잠이 깨어 본래 모습대로 기막히게 아름다운 공주가 되었다.

「좋습니다.」대주교의 손에 입을 맞추며 내가 말했다. 「저는 아버지와 어머니를 버리겠어요.」

「얘야, 지금 이 순간에, 나는 네 머리 위에 내리는 성령을 보았단다. 넌 구원을 받았어.」 이 말을 하면서 그는 내가 입을 맞추도록 손가락에 낀 자수정 반지를 내밀었다.

우리들은 사흘 후에 떠나기로 했다. 나는 비밀을 간직한 채 부모를 만나 속으로나마 작별을 고하고 싶었지만, 대주교가 반대했다.

「참된 남자는 작별 인사를 않고도 사랑하는 이들과 헤어질 줄 안단다.」 그가 말했다.

참된 남자가 되고 싶은 욕망에 나는 마음을 굳게 먹고 입을 다물었다. 사막으로 떠날 때 수도자들이 이렇게 했다는 얘기를 전설에서 나는 거듭거듭 읽지 않았던가? 그들은 어머니를 뒤돌아보지 않았고, 잘 있으라며 손을 흔들지도 않았다. 나도 똑같이 하리라.

나는 하나같이 금박 장정이 된 묵직한 여러 가지 책을 받았다.

나는 영원의 도시 로마와 교황에 대해서 읽었다. 성 베드로 성당과, 교황청과, 그림과, 조각품들의 사진을 보며 나는 점점 도취되었다.

모든 일이 제대로 되어 나갔다. 나는 벌써 출발을 해서 바다를 건너 성스러운 도시에 도착하여 공부를 마친 상상을 했다. 나는 비단으로 테를 두른 널찍하고 진홍빛인 모관을 썼고, 오른쪽 가운뎃손가락에는 어둠 속에서도 반짝이는 신비한 자수정이 눈에 보이는 듯싶었다……. 하지만 바로 이때 운명이 갑자기 머리를 들고는 손을 내밀어 내 길을 가로막았다. 누가 아버지에게 「가톨릭교도들이 당신 아들을 빼앗으려고 해요!」라고 귀띔을 했기 때문이었다. 밤이었다. 분노한 크레타인은 침대에서 뛰쳐나와 친한 뱃사람과 어부 몇 사람을 깨웠다. 횃불을 밝히고 휘발유 한 통에 곡괭이와 쇠지레를 들고 그들은 성채로 올라가는 길로 나섰다. 그들은 학교의 문을 두드리며 불을 지르겠다고 아우성을 쳤다. 수사들은 겁에 질렸다. 침실용 모자를 쓴 페르 로렝은 창문에서 머리를 내밀고 프랑스어와 그리스어를 섞어 가며 소리를 지르면서 애원했다.

「내 아들을 내놔라!」 횃불을 흔들어 대며 아버지가 소리쳤다. 「이 가톨릭 개자식들아, 아들을 내놓지 않으면 불과 곡괭이 맛을 보여 주겠다!」

사람들이 나를 깨웠다. 나는 서둘러 옷을 입었고, 그들은 나를 바구니에 담아 창문으로 내려보냈으며, 나는 아버지의 품에 안겼다. 아버지는 목덜미를 잡아 나를 세 번 땅에다 내동댕이쳤다. 그러더니 아버지는 친구들에게로 돌아섰다. 「횃불을 꺼요. 갑시다!」

사흘이 지난 다음에야 아버지는 나에게 얘기를 했다. 아버지는 나에게 목욕을 시키고, 깨끗한 옷을 입히고, 성모를 지키는 등잔의 기름을 머리에 발라 주었다. 아버지는 가톨릭의 더러운 때를 벗기려고 성직자를 불러다가 내 몸에 성수(聖水)를 뿌리고 의식을 치렀다. 그런 다음에 아버지는 나를 쳐다보았다.

「유다!」 아버지는 이를 악물고 식식거리더니 공중에다 침을 세 번 뱉었다.

그러나 신은 인자했으니, 몇 주일이 지난 다음 헬레네의 게오르기오스 왕자가 크레타를 다스리러 오는 중이라는 소식이 전해졌다. 아버지는 벌떡 일어나서 땅바닥에 세 차례 엎드렸다가 성호를 긋고는 곧장 이발관으로 갔다. 아버지는 뺨에 면도칼을 댄 적이 없었고, 노예가 된 크레타의 죽음을 애도하는 뜻에서 가슴까지 치렁치렁하게 수염을 길렀다. 같은 이유에서 아버지는 절대로 웃지 않았고, 웃는 기독교인을 보면 화를 냈다. 아버지는 웃음이 비애국적인 행동이라고 업신여겼다. 그러나 이제 신의 보살핌으로 크레타는 자유였다. 그래서 아버지는 곧장 이발관으로 향했고, 집으로 돌아온 아버지의 젊어지고 면도를 한 얼굴은 광채가 났으며, 집 안에는 이발사가 머리에 부어 준 라벤더 향내가 났다.

그러자 아버지는 어머니에게로 돌아서더니 나를 가리키며 미소를 지었다.

「크레타는 자유가 되었고 과거는 잊혀졌어. 유다도 용서를 합시다!」

며칠 후에 우리들은 크레타로 가는 배를 탔다. 정말로 의기양양한 귀향이었고, 가을날 태양은 우리의 마음을 속속들이 파고들었다! 동틀 녘이면 아버지는 뱃머리에서 몸을 내밀고는 남쪽을 물끄러미 쳐다보았고, 함대처럼 크레타의 섬들이 당장이라도 불쑥 눈앞에 나타날 것만 같았다.

해방

무척 오랜 세월이 지난 지금까지도 헬레네의 게오르기오스 왕자가, 그러니까 〈해방〉이 크레타 땅에 발을 디디던 날을 회상하면 나는 눈물이 어린다. 인간의 투쟁은 정말로 끝없는 성사(聖事)이다. 온통 진흙과 피투성이가 된 기생충인 인간들이 자유를 찾아 기어다녀야 하는 이 불안정하고 갈기갈기 찢긴 지스러기 땅덩이는 도대체 무엇이란 말인가? 소매 없는 망토를 걸치고 손에 창을 들었거나, 에브존 스커트[1] 차림에 21년형 장총으로 무장했거나, 또는 크레타의 헐렁한 바지 차림으로 없는 길을 뚫어 가며 끝없이 비탈을 오르는 그리스인들! ─ 앞장을 선 그리스인들의 모습은 얼마나 감격스러운가!

나는 염소와 똥 냄새를 풍기는 양치기였던 어느 크레타의 대장을 기억한다. 그가 사자처럼 싸우다가 전쟁터에서 갓 돌아왔을 때의 일이었다. 아테네의 〈크레타 결사대〉로부터 발송된, 큼직한 검붉은 글씨로 양피지에 쓴 표창장이 전해지던 날, 나는 마침 그의 목양장에 머물렀었다. 표창장에는 그의 용맹함을 치하하며 영

---

[1] 그리스 정예 보병 부대원이 제복으로 입던 넓은 치마.

웅으로 일컫겠다는 내용이 적혀 있었다.

「이 종이가 뭐지?」 그는 화를 내며 전령에게 물었다. 「우리 양이 또 누구네 밀밭으로 들어갔나? 나더러 손해 배상을 하라는 소리야?」

전령은 유쾌하게 표창장을 펴더니 큰소리로 읽었다.

「무슨 소린지 모르겠으니까 쉬운 얘기로 해. 뭐가 어쨌다는 거야?」

「당신이 영웅이라는 뜻입니다. 액자에 넣어 자식들에게 보여 주라고 이 표창장을 국가에서 보냈어요.」

대장은 큼직한 손을 내밀었다.

「이리 줘!」

양피지를 낚아챈 그는 갈기갈기 찢어서 양젖을 끓이던 가마솥 밑 불에다 처넣었다.

「가서 난 종이 한 장을 받으려고 싸우지는 않았다고 전해. 난 역사를 만들려고 싸웠어!」

역사를 만들다니! 무식한 목양자는 하고 싶은 얘기가 분명했지만 표현 방법을 몰랐다. 아니, 아마도 그는 가장 멋지게 얘기를 했는지도 모른다.

전령은 갈기갈기 찢겨 불에 타는 양피지를 보고는 풀이 죽었다. 대장이 몸을 일으켰다. 그는 작은 냄비에 양젖을 가득 채우고, 치즈를 반 토막 자르고, 보리빵 두 덩어리를 내오더니 말했다. 「여보게, 흥분하지 말고 이리 와. 표창장 따위는 잊어버리고, 우린 어서 먹고 마셔야지! 가서 전해 줘 — 알겠나? — 난 보상을 바라지는 않는다고. 난 원했기 때문에 싸웠어. 가서 그렇게 얘기해…… 먹으라고 했잖아!」

게오르기오스 왕자가 크레타 땅에 발을 디딘 날 나는 가슴이 벅찼다. 나는 몸과 두뇌와 영혼이라는 인간의 여러 다른 요소들이 뭉그러져 뒤엉키고, 끔찍한 피의 방황 이후에 인간성이 다시 신성한 원시의 단일성으로 되돌아가게 되는 모양이라고 느꼈다. 이런 상태에서는 〈나〉와 〈너〉와 〈그〉가 없고, 모두가 공동체이며, 이 공동체는 죽음의 신으로 하여금 낫을 버리고 사라지게 만드는 심오하고 신비한 도취감이다. 따로따로 보면 우리들은 하나씩 죽어가지만, 함께 모이면 불멸하다. 돌아온 탕자들처럼 굶주림과 갈증과 반란으로 그토록 시달린 다음, 우리들은 팔을 벌려 우리의 부모인 하늘과 대지를 껴안았다.

흐르는 눈물로 사나운 수염을 적시며 크레타의 대장들은 수건을 공중으로 던졌고, 몇백 년 전에 크레타가 탄식하는 소리를 듣고는 성 게오르기우스처럼 흰말에 올라 섬을 해방시키려고 나선 동화에 나오는 금발의 거인 왕자를 보라고 어머니들은 아이들을 높이 치켜들었다. 크레타인들의 눈은 수백 년 동안 바다 저편을 하염없이 쳐다보느라고 유리처럼 멍해졌다. 저기 온다! 아니, 아직 나타나지는 않았지만 당장이라도 나타나리라……. 때로는 봄철의 구름이나 하얀 돛이, 때로는 한밤중에 꾼 꿈이 그들의 눈을 속이기도 했다. 그러나 항상 구름은 흩어지고, 돛은 사라지고, 꿈은 끝났으며, 크레타인은 또다시 무정하고 굼뜬 신에게로, 무스코비[2]로, 그리스로, 북쪽으로 눈을 돌렸다.

그러나 이제, 보아라! 크레타 전체가 뒤흔들리고, 무덤들이 열리고, 프실로리티 산 꼭대기에서 목소리가 울렸다. 「구세주가 오셨도다! 구세주가 오셨도다! 주님을 보라!」 깊은 상처가 나고 은빛 권총을 든 늙은 대장들이 산에서 달려 나왔고, 손잡이가 까만

---

2 옛 러시아를 이른다.

단검을 들고 삼현 악기를 튕기며 젊은이들이 왔으며, 진동하는 종루마다 종이 울렸다. 도시는 어디에나 종려나무 잎사귀와 은매화로 장식되었고, 금발의 성 게오르기우스가 월계수로 뒤덮인 부둣가에 세워졌으며, 그의 어깨너머로는 크레타의 바다가 반짝였다.

크레타인들은 술집에서 춤추고 노래하며 술을 마셨고, 삼현 악기도 퉁겼지만, 아직 속이 시원하지 못했다. 기분을 한껏 풀 길이 없었던 그들은 칼을 움켜쥐고는 맺힌 한이 피가 되어 흘러서 스러지도록 팔과 허벅지를 스스로 찔렀다. 교회에서는 나이 많은 대주교가 둥근 천장 밑에서 두 팔을 들고 천장의 성화를 우러러보았다. 그는 설교를 하고 싶었지만 목이 메었다. 입을 열어 그가 외쳤다. 「여러분, 그리스도가 소생하셨도다.」 그는 다른 얘기를 할 수가 없었다. 「주님이 정말로 소생하셨도다!」라는 소리가 가슴마다 울렸고, 성당의 거대한 샹들리에는 지진이라도 난 듯 흔들렸다.

그때 나는 어리고 경험이 없어서, 마음속에서 성스러운 도취감이 무척 오랫동안 지워지지 않았는데 — 그것은 지금까지 지워지지 않았는지도 모른다. 요즈음에도 바다나, 별이 총총한 하늘이나, 꽃이 만발한 아몬드나무를 보거나, 사랑의 첫 경험을 회상할 때처럼 가장 즐거운 순간을 맞으면, 크레타와 약혼한 그리스의 공작이 크레타 땅을 디딘 날인 1898년 12월 9일이 항상 내 머릿속을 스치고, 내 마음은 그날의 크레타나 마찬가지로 은매화와 월계수로 장식이 된다.

메갈로카스트로가 아직도 기쁨에 들떠 시끄러웠던 그날, 이른 오후에 아버지가 내 손을 잡았다. 월계수와 은매화를 밟으며 우리들은 한길을 끝까지 걸어 내려갔다. 그런 다음에 성문을 지나 들판으로 나갔다. 겨울이었지만 날씨는 기분 좋게 따스했고, 덤

불 뒤의 아몬드나무에는 첫 꽃이 피었다. 포근한 날씨에 속아서 밭은 초록빛으로 변하기 시작했지만, 멀리 셀레나 산맥은 눈이 잔뜩 덮여 하얗게 반짝였다. 포도 넝쿨은 아직 뭉툭하게 메말랐지만, 용감하게 앞장서서 솟아 나온 아몬드나무 꽃은 벌써 봄소식을 전했고, 뭉툭한 넝쿨은 다시금 터져 하얗고 검은 포도를 맺으려 했다.

월계수 나뭇가지들을 한 아름 들고 덩치 큰 남자가 다가왔다. 아버지를 보자 그는 걸음을 멈추었다.

「그리스도가 소생하셨어요, 미할리스 대장!」 그가 외쳤다.

「크레타가 소생했죠!」 가슴에 손을 얹으며 아버지가 대답했다.

우리들은 계속해서 걸었다. 아버지는 발걸음을 서둘렀고, 나는 그를 따라가려고 뛰다시피 했다.

「어디로 가는 거예요, 아버지?」 숨을 몰아쉬며 내가 물었다.

「할아버지를 만나러 간다. 어서 걸어!」

우리들은 묘지에 다다랐다. 아버지는 문을 밀어 열었다. 상인방(上引枋)에는 죽음에서 소생한 $Χριστός$(그리스도)의 머리글자인 X를 나타내기 위해 두 개의 뼈를 엇갈리게 놓고 그 위에 해골을 그렸다. 우리들은 삼나무 숲을 지나 십자가가 부러지고 등불이 꺼진 한적한 무덤들을 성큼성큼 돌아 오른쪽으로 갔다. 나는 죽은 사람을 무서워해서 아버지의 저고리를 움켜잡고 자꾸만 고꾸라지며 따라갔다.

아버지는 나무 십자가를 세운 어느 외진 흙더미 무덤 앞에서 걸음을 멈추었다. 오랜 세월로 인해 이름은 지워져 버렸다. 수건을 벗은 아버지는 땅바닥에 엎드려서 손톱으로 흙을 파헤쳐 깔때기 같은 구멍을 팠다. 그곳으로 아버지는 입을 디밀었다. 세 차례 아버지는 소리쳤다. 「아버님, 그가 왔습니다! 아버님, 그가 왔습

니다! 아버님, 그가 왔습니다!」

아버지의 목소리가 점점 커졌다. 나중에 아버지는 고함을 지르다시피 했다. 호주머니에서 작은 포도주 병을 꺼낸 아버지는 술을 한 방울씩 구멍에 붓고는 흙이 빨아들이기를 기다렸다. 그러더니 아버지는 벌떡 일어서서 성호를 긋더니 나를 쳐다보았다. 아버지의 두 눈이 번득였다.

「들었냐?」 격한 감정에 볼멘소리로 아버지가 나에게 물었다. 「들었어?」

나는 잠자코 있었다. 나는 아무 소리도 듣지 못했다.

「못 들었어?」 아버지가 화를 내며 말했다. 「할아버지의 뼈가 덜그럭거렸는데.」

그날을 회상할 때마다 나는 내가 태어나도록 해준 신께 감사를 드린다. 그리고 내가 크레타인으로 태어났으며, 자유가 월계수 나뭇잎을 밟고 항구에서 성 미나스의 집으로 나아가는 광경을 내 눈으로 직접 보게 해주셨음을 나는 또한 감사드린다. 인간의 눈이 물질적으로 보이지 않는 대상은 보지 못한다는 사실은 참으로 수치스러운 일이다! 그날 나는 성 미나스가 성상에서 떨치고 나와 말을 타고 교회 문간에 서서 햇볕에 그을은 뺨과 허연 수염으로 눈물을 줄줄 흘리며 그리스의 공작을 기다리는 모습을 볼 수도 있었으리라.

마침내 기쁨이 가라앉고, 며칠 후에 강한 남풍이 불어와 거리에서 월계수 잎사귀들을 휩쓸어 버리고, 땅바닥에 쏟아진 술은 비가 내려 씻겨져 버린 다음 삶은 다시 정신을 차렸고, 우리들의 마음은 제자리를 잡았다. 이발사들은 마룻바닥에서 수염을 쓸어냈고, 면도를 한 기독교인들의 얼굴은 매끈하고 눈부셨다. 술집에서는 가끔 한 번씩 때늦은 고함 소리가 거칠게 울려 나왔다. 나는 비를 흠뻑 맞으며 골목길을 배회했고, 한적한 곳에 이르기만 하면 소리를 질러 기분을 풀었다. 내 몸속의 수천 세대가 기분을 풀려고 고함을 지르며 아우성을 쳤다.

떠나간 조상들이 죽지 않고, 결정적인 순간이면 소리치며 벌떡 일어나 우리들의 눈과 손과 마음을 차지해 버린다는 사실을 나는 그토록 절실히 느껴 본 적이 없었다. 그 무렵에는 터키인들에게 살해를 당한 모든 할아버지들과, 가슴을 찢어 가며 터키인들이 고문을 가한 모든 할아버지들이 길거리가 한적하고 아무도 보는 사람이 없을 때마다 고함을 질렀다. 아직 확실히 알 수는 없었지만 나 또한 한없이 살고, 비록 죽은 다음에라도 생각하고 보게 되리라는 예감을 느꼈으므로 나는 기뻤다. 필요한 것은 나를 기억할 마음의 계속적인 존재성뿐이었다.

월계수와 조상들의 뼈로 장식된 문을 통해서 나는 사춘기로 들어섰다. 나는 이제 어린아이가 아니었다.

사춘기의 어려운 문제들

나는 젊은 시절의 흔한 어려움들에 시달리며 사춘기를 보냈다. 커다란 두 마리의 야수가 내 몸속에서 머리를 들었으니, 하나는 육체라는 표범이요, 또 하나는 인간의 내장을 파먹으며 먹으면 먹을수록 배고파하는 이성이라는 독수리였다.

아주 어렸을 때 — 서너 살쯤 되었을 때 — 나는 태어남의 신비를 풀어 보려는 강한 호기심에 사로잡혔다. 나는 어머니와 숙모들에게 물었다. 「아기들이 어떻게 태어나고 어떻게 불쑥 집으로 들어오나요?」 나는 천국이랄까, 무슨 푸르른 나라가 존재하며, 그곳에서는 아기들이 빨간 양귀비처럼 불쑥불쑥 피어나고, 아버지가 가끔 천국에 들어가 아기를 하나 주워 집으로 가져온다고 상상했다. 별로 믿지는 않으면서도 나는 그런 생각을 자주 되새겨 보았다. 어머니와 숙모들은 전혀 대답조차 않거나 동화를 얘기해 주었다. 그러나 나는 그들이 생각했거나, 심지어 내가 스스로 생각했던 정도보다 훨씬 더 많이 알았으므로 그들이 해준 동화는 믿지 않았다.

바로 그 무렵의 어느 날, 우리 이웃에 살던 카티나 부인이 아직 젊은 나이에 죽었다. 반듯하게 누워 그녀가 집에서 실려 나오고,

많은 사람들이 뒤따라 무리를 지어 나와서는 서둘러 골목으로 사라지는 광경을 보고 나는 공포에 사로잡혔다. 「왜 그 여자를 멀리 데리고 갔나요?」 내가 물었다. 「어디로 데리고 가나요?」 「그 여잔 죽었단다.」 누가 말했다. 「죽어요? 그게 무슨 뜻이에요?」 그러나 아무도 나서서 설명해 주지 않았다. 나는 소파 뒤 한쪽 구석에 엉거주춤하게 서서 베개로 얼굴을 가리고는 슬프거나 무서워서가 아니라 영문을 몰라 울었다. 하지만 몇 년 후에 우리 선생님 크라사키스가 같은 일을 당하자, 죽음은 나에게 놀라움의 대상이 되지 않았다. 나는 그것이 무엇인지 이해가 되는 듯싶었고, 그래서 사람들에게 묻지 않았다.

태어남과 죽음, 이 두 가지는 내 어린 영혼을 고뇌케 한 최초의 신비였으며, 나는 자그마한 주먹으로 두드리며 두 개의 닫힌 문이 열리기를 기다렸다. 나는 누구에게서도 도움을 받지 못하리라는 사실을 알았다. 무엇이든지 나는 혼자 힘으로 배워야 했다.

서서히 육체도 눈을 떴다. 전조(前兆)와 구름들로 이루어졌던 내 왕국은 굳어지기 시작했다. 나는 길거리에서 오가는 얘기를 들었다. 그런 얘기가 무엇을 의미하는지 확실히 이해하지는 못했지만, 어떤 얘기들은 은밀하고 금지된 내용으로 가득 찬 듯싶었다. 따라서 나는 그런 얘기를 따로 마음에 담아 두었다가 잊어버리지 않기 위해 거듭거듭 혼자 속으로 되새겼다. 그러나 어느 날 나도 모르게 어머니 앞에서 그런 말을 해버렸다. 어머니는 놀라서 흠칫했다.

「그런 더러운 말을 누가 가르쳐 주었니?」 어머니가 소리쳤다. 「그런 말은 다시 입에 담지 마!」

어머니는 부엌으로 가서 후춧가루를 가져다가 내 입 안을 속속들이 닦아 냈다.

사춘기의 어려운 문제들 143

입 안이 화끈거려서 나는 비명을 질렀다. 하지만 그러면서도 나는 어머니에게 분풀이를 하려고 혼자서나마 그런 말을 계속하겠다고 속으로 맹세했다. 그런 말을 입에 담으면 나는 굉장한 기쁨을 느꼈다.

어쨌든 그 이후로 금지된 말을 할 때마다 내 입술은 화끈거리고 후추 냄새가 났는데 — 그토록 오랜 세월이 지나고 그토록 많은 죄를 지은 지금까지도 마찬가지이다.

그 아득한 옛 시절 크레타에서는 사춘기에 무척 늦게 눈을 떴다. 부끄러워 새빨갛게 낯을 붉히며 사춘기는 여러 종류의 수많은 가면 뒤에 숨으려고 애썼다. 나에게는 사춘기의 첫 가면이 우정이었는데, 같이 다니는 학생들 가운데 정말로 가장 하찮은 아이, 키가 작고 통통하며 체격은 단단하지만 지적인 호기심이라고는 조금도 없는 학생에 대한 정열이었다. 우리들은 날마다 뜨거운 편지를 주고받았다. 어쩌다가 그에게서 편지를 받지 못하는 날이 하루라도 닥치면 나는 꾸중이라도 들은 듯 울었다. 그의 집 근처에서 서성거리며 몰래 살펴보다가 그의 모습이 나타나기만 하면 나는 심장의 고동이 멎는 것 같았다. 내 육체는 눈을 떴지만 남자와 여자의 다른 점을 아직 제대로 분간하지 못해서 욕망의 양상을 이해하지 못했다. 그런가 하면 여자보다 남자와 사귀는 쪽이 덜 위험하고 훨씬 편리하게 여겨졌다. 여자를 대하면 나는 두려움이 뒤섞인 묘한 반감을 느꼈으며, 바람이 불어 치맛자락이 조금이라도 들리면 부끄럽고 화가 나서 재빨리 머리를 돌렸다.

어느 날, 태양이 이글거렸으니까 틀림없이 한낮이었을 텐데, 나는 집으로 가는 길에 좁고 그늘진 골목길을 따라 걸었다. 길 저쪽에서 터키 여자가 불쑥 나타났다. 내 앞을 지나가며 그녀는 윗옷을 조금 풀어헤쳐 젖가슴의 맨살을 드러냈다. 나는 두 무릎에서 맥이 풀렸다. 비틀거리며 집으로 간 나는 세면대에 기대어 토했다.

여러 해가 지난 다음 사용하지 않던 서랍에서 친구의 편지들을 발견한 나는 겁이 났다. 맙소사, 그렇게 순진했고 그토록 정열적이었다니! 바라지도 않고 의식하지도 못했지만, 그 초라하고 조잡한 친구는 오랫동안 나에게서 여자들을 감추기 위한 가면 노릇을 했었다. 그리고 나 또한 그에게 똑같은 가면 노릇을 해서, 그가 여자의 무서운 함정에 빠질 필연적인 숙명의 순간을 약간 지연시켰을 따름이었다. 나는 그가 결국 몰락해서 파멸했음을 알게 되었다.

어느 해 여름 방학 동안에 팔다리가 가늘고, 눈이 푸르스름하며, 입술이 얄팍한 또 다른 학생과 함께 우리 두 사람은 새로운 〈동지회〉[1]를 구성했다. 우리들은 비밀 회합을 열었고, 맹세를 주고받았으며, 일련의 규칙에 서명했고, 죽는 날까지 거짓과 비굴함과 불의에 맞서 절대로 물러서지 않고 싸우겠다는 필생의 과업을 결정했다. 세상은 우리들에게 거짓되고 옳지 못하며, 정직하지도 않다고 여겨졌다. 우리 세 사람은 그런 세상을 구하기로 했다. 다른 학생들과 어울리지 않으면서 우리들끼리만 항상 함께 다녔다. 나는 희곡을 쓰기도 했고, 친구는 내 연극을 위한 배우가 되었으며, 수학이라면 광적으로 좋아하던 다른 친구는 동지회의 재산을 키워 가난하고 핍박받는 자들을 도울 위대한 발명을 위해 공학을 공부하기로 했다.

위대한 순간이 올 때까지 우리들은 맹세를 굳게 지켜 나가기 위해 최선을 다했다. 우리들은 절대로 거짓말을 하지 않았으며,

---

[1] 그리스의 독립 전쟁을 위해 1814년 오데사에서 조직된 비밀 결사의 이름이기도 하다.

외딴 골목에서 만나기만 하면 닥치는 대로 터키 아이들을 때려 주었고, 정장(正裝)을 벗어 버리고 그리스 국기의 빛깔인 하얗고 파란 줄무늬가 들어간 셔츠로 바꿔 입었다.

어느 해 겨울 저녁 부둣가에서 우리들은 길모퉁이에 웅크리고 앉아서 덜덜 떠는 터키인 부두 노동자를 보았다. 이미 날이 어두워져 보는 사람이 하나도 없었다. 우리들 중 한 사람이 속옷을, 다른 사람은 셔츠를, 세 번째 사람은 조끼를 벗었다. 우리들은 벗은 옷을 그에게 주었다. 우리들은 그를 안아 주고 싶었지만 용기가 나지 않았다. 의무를 제대로 이행해 내지 못해서 부끄럽고 마음이 언짢아진 우리들은 자리를 떴다.

「다시 가서 그 사람을 찾아보자.」 친구가 제안했다.

「좋아! 가자.」

우리들은 되돌아가 늙은 짐꾼을 찾아내어 안아 주려고 뛰어갔지만 그는 어디론가 가고 없었다.

또 언젠가는 이름난 카스트리아의 변호사가 젊고 돈 많은 여자와 약혼했으며, 일요일에 결혼식이 거행된다는 얘기를 들었다. 그런데 다른 젊은 여자가 아테네에서 왔다. 가난하지만 무척 아름다운 그 여자는 변호사가 대학 시절에 사귀었던 애인으로 결혼까지 약속했었다. 이 소문을 듣자마자 나는 동지회를 소집했다. 우리 세 사람은 격분해서 내 방에 모두 모였다. 동지회의 규칙에 따라 우리들은 이런 옳지 못한 처사는 그냥 내버려 두지 않기로 했다. 어떤 조처를 취해야 할지 몇 시간 동안이나 토론을 벌인 끝에, 마침내 우리들은 합의를 봤는데, 대주교를 직접 찾아가 이런 부도덕한 행위를 하는 자를 규탄하기로 했다. 우리들은 또한 동지회의 이름으로 변호사에게 편지를 써서, (아테네에서 온) 도로테아와 결혼하지 않는다면 신과 우리들이 응징을 할 것이라고 협박했다.

우리들은 제일 좋은 외출복 차림으로 대주교 앞에 나섰다. 그는 연약하고 폐병에 걸린 노인이었지만, 약아빠진 사람이었다. 얘기를 하려면 힘이 들어 숨을 몰아쉬기는 했어도 그의 눈은 활활 타오르는 숯불처럼 반짝였다. 그의 책상 위에 걸린 성상은 불그레한 뺨에 혈기가 왕성하며 머리를 갈라붙인 그리스도의 모습을 보여 주었다. 맞은편 벽에는 성녀 소피아의 커다란 석판화가 걸렸다.

「얘들아, 무슨 일이냐?」놀라서 우리들을 쳐다보며 그가 물었다.

「무척 옳지 못한 처사입니다, 대주교님.」우리 세 사람은 용기를 얻기 위해 일부러 큰소리로 숨을 몰아쉬며 이구동성으로 소리쳤다.「굉장히 옳지 못한 일이 벌어지려고 해요.」

대주교는 기침을 한 후 손수건에다 침을 뱉고는 비꼬는 투로 말했다.「굉장히 옳지 못한 일이라고? 그래, 그게 너희들과 무슨 상관이지? 너희들은 학생이 아니냐? 가서 공부나 해.」

「대주교님……」우리들 가운데 가장 뛰어난 웅변가인 친구가 널리 알려진 추문을 남김없이 전해 주었다.

「이런 옳지 못한 처사부터 우선 바로잡지 않는다면 우리들은 잠도 못 자고, 공부도 못 할 것입니다.」그는 결론을 내렸다.「변호사는 꼭 도로테아와 결혼해야 됩니다.」

대주교는 다시 기침을 한 다음 안경을 쓰고는 한참 동안 우리들을 쳐다보았다. 우리 세 사람은 고통스럽게 기다렸다. 마침내 그가 입을 열었다.

「너희들은 어려서 몰라.」그가 말했다.「너희들은 아직 어린애야. 지금으로부터 15년이나 20년쯤 지나서, 너희들이 정의가 무엇인지를 알게 될 때까지 오래 살 만큼 하느님이 내게 은혜를 내려 주실지 궁금하구나.」

그는 잠깐 동안 침묵을 지키더니 혼잣말처럼 중얼거렸다.「세상이란 다 그런 식이야.」

「대주교님.」그가 말머리를 돌리려는 눈치를 채고 내가 말했다.「이런 옳지 못한 처사를 어떻게 막아야 합니까? 우리들에게 명령을 내려 주세요. 불타는 용광로 속으로 몸을 던지라고 하시더라도 우리들은 정의가 이기게만 된다면 그대로 따르겠습니다.」

대주교가 일어섰다.

「나만 믿고 가려무나.」입을 맞추라고 손을 내밀면서 그가 말했다.「너희들은 할 바를 다 했어. 그만하면 됐다. 나머지는 나한테 맡겨.」

무척 기쁜 마음으로 우리들은 돌아갔다.「동지회의 실력을 한껏 발휘했어!」양쪽에서 나란히 걸어가던 우리들을 껴안으며 친구가 소리쳤다.

일요일에 변호사는 돈 많은 여자와 결혼했다. 그리고 나중에 알고 보니 대주교가 그의 모든 친구들에게 우리들이 분개해서 찾아갔었다는 얘기를 해주며 허리가 부러져라 웃었다고 한다.

우리들은 닥치는 대로 소설을 읽어 치웠다. 우리들의 마음에 불이 붙었고, 현실과 상상, 진실과 시 사이의 울타리가 사라졌으며, 인간의 영혼은 모든 일을 수행하고 이룰 듯싶었다.

그러나 이성이 열리고 진실의 언저리가 뒤로 물러날수록 마음은 더욱 슬픔으로 가득 차 넘친다는 현실을 의식하게 되었다. 나는 삶이 자꾸만 한없이 위축됨을 느꼈다. 삶에 적응하지 못한 나는 죽음을 갈망했고, 오직 죽음만이 무한해서 나를 품어 주기에 넉넉하리라는 생각이 들었다. 태양이 빛나고 건강한 육체가 만족감을 느꼈다고 기억되던 어느 날, 나는 친구에게 자살하자고 제안했다. 나는 세상에 작별을 고하는 일종의 유서를, 절망으로 가득 찬 긴 편지를 이미 써놓았었다. 그러나 친구는 거부했고, 나는 홀로 떠나고 싶지 않았다.

형언하기 어렵고 불가해한 슬픔에 너무나 깊이 사로잡힌 나는 친구조차 견디지 못할 지경이 되었다. 나는 초저녁이면 일찍 집을 나서서 파도 위에 세워진 성벽을 따라 산책했다.

날씨가 참으로 화창했다! 바닷바람은 정말로 싱그러웠다! 그리고 치렁치렁 늘어뜨린 머리카락에 비단 댕기를 맨 젊은 여자들이 거닐었고, 맨발의 키 작은 터키인들이 여자처럼 여린 목소리로 재스민과 소금에 절인 호박씨를 사라고 외쳤으며, 바르발라리스는 바다 위 카페에서 탁자와 의자를 정돈하며 가장들이 아내와 함께, 그리고 약혼한 젊은이들이 짝을 지어 와서 커피와, 아몬드 차와, 잼을 시켜 놓고 지는 해를 흐뭇하게 구경하는 광경을 둘러보았다.

그러나 내 눈에는 광활하고 평온한 바다가 보이지 않았고, 저 멀리 아기아 펠라기아의 우아한 곶, 그리고 십자가 성당이 하얗고 자그마한 달걀처럼, 산꼭대기에 올라앉은 피라미드처럼 뾰족한 스트룸불라스 산도 눈에 들어오지 않았다. 약혼한 남녀들도 안 보였다. 그렇게 눈물로 앞이 흐려졌던 까닭은 어떤 개인적인 슬픔 때문이 아니라, 그해에 물리학 선생이 우리들에게 알려 준 무서운 두 가지 비밀이 내 영혼을 고뇌로 몰아넣었기 때문이었다. 그가 준 상처는 오랫동안 계속해서 곪아 짓물렀다고 생각된다.

정말로 끔찍한 첫 번째 비밀은 우리들이 믿던 바와는 정반대로 지구가 우주의 중심이 아니라는 사실이었다. 태양과 별이 총총한 하늘은 지구의 둘레를 얌전하게 매암을 돌지 않았다. 지구는 우주 공간에 아무렇게나 던져 버린 작고 하찮은 별에 지나지 않아서 노예처럼 태양의 주위를 돌았으니, 우리들의 어머니인 지구의 머리에서 왕관이 굴러 떨어졌다.

나는 분노와 고통에 얽매였다. 어머니와 더불어 우리들 또한 천국의 윗자리에서 밀려났다. 그러니까 지구는 별들이 공손하게 주위를 맴도는 동안 하늘의 한가운데서 귀부인처럼 꼼짝 않고 자리를 지키는 대신, 혼돈의 거대한 불길 속에서 영원히 쫓기고 모욕을 받으며 방황했다. 지구는 어디로 가는가? 아무 데로나 끌려간다. 태양이라는 주인에게 끌려 따라간다. 우리들 또한 줄에 묶여 노예가 되어 따라간다. 태양도 역시 묶여서 끌려가고…… 모두들 누구를 따라가는가?

그렇다면 태양과 달은 지구를 위한 장식품으로 신이 만들어 냈고, 샹들리에처럼 우리들에게 빛을 주도록 별이 총총한 하늘을 덮어 주었다고 여태껏 염치없이 선생들이 떠들어 대던 얘기는 무엇이라는 말인가?

그것이 첫 번째 상처였다. 두 번째 상처는 인간은 신이 아끼는 고귀한 존재가 아니라는 사실이었다. 하느님은 인간의 콧구멍에 생명의 입김을 불어넣지도 않았고, 불멸의 영혼을 주지도 않았다. 다른 모든 피조물과 마찬가지로 인간은 동물의 무한한 쇠사슬에 연결된 유인원의 자손이었다. 살갗을 조금 긁어내고, 영혼을 조금 벗겨 낸다면 그 밑에서는 우리들의 할머니인 원숭이가 나타난다.

나는 분노와 고통을 견디기 어려웠다. 나는 바닷가나 들판으로 혼자 산책을 나가서 — 피곤하면 다 잊겠거니 해서 — 빠른 속도로 걸었다. 하지만 어떻게 잊겠는가? 숨이 막혀서 셔츠 앞자락은 풀어헤치고 머리에는 아무것도 쓰지 않은 채로 나는 걷고 또 걸었다. 그토록 오랫동안 우리들이 왜 속아 왔을까, 나는 걸으면서 혼자 생각했다. 나중에 다시 끌어내리려면 무엇하러 인간과 우리들의 어머니인 지구를 위해 왕좌를 마련했던가? 이것은 지구가 하찮고, 우리 인간들 또한 하찮은 존재이며, 만물이 멸망할 날이 필연코 오리라는 사실을 뜻하는가? 아니, 아니다, 그것은 받아들이지 못하겠다, 나는 속으로 외쳤다. 우리들은 문이 열리고 구원을 받을 때까지 운명의 문을 두드리고 또 두드려야 한다.

더 이상 견디지 못할 지경이어서 어느 날 저녁 나는 무서운 비밀을 알려 준 물리학 선생을 찾아나섰다. 나는 그의 집으로 찾아갔다. 그는 혈색이 누렇고 말이 별로 없었지만, 항상 말투가 신랄하고 비꼬기를 잘했다. 지극히 이지적이고 지극히 표독스러운 그의 눈은 차가웠고, 얇은 입술에는 비웃음을 잔뜩 머금었다. 이마가 좁고 머리카락이 거의 눈썹까지 내려온 그는 정말로 원숭이를 — 병든 원숭이를 — 닮았다. 나는 삐걱거리는 안락의자에 길게 앉아 독서를 하던 그를 만났다. 그는 나를 보더니, 내가 무슨 걱정을 하는지 안다는 듯 냉소를 띠었다.

「무슨 일로 찾아왔지?」 그가 물었다. 「뭔가 무척 마음에 걸리는 일이 생긴 모양이로구나.」

「실례하게 되어 죄송합니다만 전 진실을 알고 싶습니다.」 나는 목이 메어 말했다.

「진실이라.」 선생이 비꼬는 투로 대답했다. 「겨우 그거야! 정말 엄청난 요구로구먼. 무슨 진실 말이냐?」

「흙을 집어 입김을 불어넣었다는 얘긴데요……」

「누가?」

「하느님요.」

그의 가늘고 얄팍한 입술에서 악의에 찬 예리한 웃음소리가 저

절로 흘러나왔다.

나는 기다렸다. 그러나 선생은 작은 상자를 열어 사탕을 꺼내 씹기 시작했다.

「대답을 해주시지 않겠습니까, 선생님?」 내가 용기를 내어 물었다.

「그래, 대답을 해주지.」 사탕을 이쪽 뺨에서 저쪽 뺨으로 굴려가면서 그가 대답했다.

상당한 시간이 지나갔다.

「언제요?」 나는 다시금 용기를 내어 물었다.

「10년이나 20년쯤 후에. 왜소한 네 이성이 진짜 어른스러워진 다음에. 지금은 너무 일러. 집으로 가!」

저를 불쌍히 여기시면 진실을, 모든 진실을 얘기해 달라고 나는 소리치고 싶었다. 그러나 목이 메었다.

「집으로 가.」 선생이 다시 말하면서 문을 가리켰다.

집으로 가다가 길모퉁이에서 나는 종교 선생이던 순진하고 성자 같으며, 통통하고 귀가 아주 나쁜 수도원장[2]을 만났다. 카스트로에서 멀리 떨어진 마을에 사는 늙은 어머니를 끔찍이도 사랑하던 그는 눈물을 글썽이며 그녀를 꿈에서 만났다는 얘기를 자주 했다. 그는 지력(知力)이 별로 없었는데, 그나마의 총명함까지도 성격이 지나치게 착한 탓에 힘을 잃었다. 종이 울려 수업이 끝날 때마다 그는 출구에서 잠깐 머뭇거리다가 돌아서서는 다정하게 애원하는 목소리로 지시했다. 「애들아, 무엇보다도 우선 종족을 유지시켜야 하느니라.」 우리들은 허리가 부러져라 웃어 대며 그가 들을 만큼 큰소리로 외쳤다. 「걱정 마세요, 선생님, 걱정 마세

---

[2] 이 책에서 얘기하는 수도원장, 교회, 주교, 대주교 등은 가톨릭이나 다른 교파임을 따로 밝힌 이외에는 대부분 그리스 정교에서 사용하는 명칭이다.

요!」 나는 이 선생을 전혀 좋아하지 않았다. 그의 마음은 양과 같아서 매애매애 울기나 했지, 우리의 고뇌는 하나도 풀어 주지 못했다. 어느 날 교의(教義)를 강의하다가 그는 의기양양하게 손가락을 치켜들었다. 〈나는 하느님을 믿는다〉라고 했으니 신은 하나, 하나아아뿐이다. 만일 둘이었다면 〈나는 두 — 님을 믿는다〉라고 적었겠지.」 우리들은 그를 불쌍하게 여겼으며, 아무도 그의 말을 반박하지 않았다.

하지만 그러던 어느 날, 나는 더 이상 참을 수가 없었다. 그는 신의 전능함에 대해서 가르쳤다. 나는 만년필을 들어 보였다.

「선생님.」 내가 물었다. 「이 만년필이 존재한다는 사실을 신이 제거할 수 있겠습니까?」

가엾은 수도원장은 얼굴이 새빨개졌다. 그는 대답을 찾으려고 잠깐 쩔쩔매며 궁리했다. 마음대로 되지 않자 결국 그는 추첨함을 내 얼굴에 집어던졌다. 나는 벌떡 일어섰다.

「그건 정답이 아닙니다.」 나는 건방질 만큼 진지한 태도로 그에게 말했다.

그는 나를 사흘 동안 정학시켰고, 그날 저녁 아버지를 찾아왔다.

「당신 아들은 버릇도 없고 건방집니다.」 그가 말했다. 「이 아이는 나중에 좋지 못한 사람이 될지도 모릅니다. 고삐를 좀 죄어야 하겠습니다.」

「무슨 짓을 했는데요?」

어쩌고저쩌고하면서 수도원장은 얘기를 모두 되풀이했다. 아버지가 머리를 저었다.

「난 저 애가 거짓말을 하거나 다른 아이들에게 얻어맞을 때에만 걱정을 합니다. 나머지 다른 일이라면 이제 다 컸으니 하고 싶은 대로 하게 놔두어야죠.」

내가 길거리에서 만난 수도원장은 바로 이 사람이었다. 그를 보자마자 나는 인사를 하지 않으려고 고개를 돌렸다. 그러면서 나는 격분했는데, 가장 성스러운 인간의 노력에 대해서 오랫동안 그와 그의 족속들이 우리들을 속여 왔음을 이제야 드디어 알게 되었기 때문이었다.

두 번갯불이 내 마음을 찢어 버린 그 무렵의 낮과 밤은 얼마나 괴로웠던가! 잠을 이루지 못하여 나는 한밤중에 침대에서 뛰쳐나와서는, 삐걱거리는 소리 때문에 남들에게 들키지 않으려고 아주 천천히 층계를 내려가서, 도둑처럼 살며시 문을 열고 거리로 빠져나갔다. 사람은 아무도 없고, 문들은 닫혔으며, 불은 꺼졌고······ 나는 카스트로의 좁다란 골목을 방황하며 잠든 도시의 고요한 숨소리에 열심히 귀를 기울였다. 그러나 때때로 닫힌 창 밑에서 기타나 류트를 퉁기며 소야곡을 노래하는 연인들이 있어서, 애원과 한이 가득한 그들의 애절한 사랑의 노래는 지붕보다 더 높이 올라가 퍼졌다. 이웃집 개들이 노랫소리에 잠이 깨어 짖기 시작했다. 그러나 나는 사랑과 여자들을 경멸했다. 신의 본질이 무엇이며, 우리들은 어디서 왔고 어디로 가는지를 알고 싶어 마음이 두근거리지도 않고 저렇게 노래만 부르는 사람들이란 도대체 무엇인가, 하고 나는 속으로 생각했다. 걸음을 서둘러 그들을 지나쳐서 나는 방파제로 나가 다시 자유롭게 숨을 쉬었다. 밑에서 분노하여 천둥치는 시커먼 바다는 미친 듯 둑을 때려 삼켜 버렸다. 물보라가 둑을 타고 올라와, 이마와 입술과 손에 흩뿌리면 나는 시원함을 느꼈다. 나는 몇 시간 동안이나 물 위에 서서, 대지가 아니라 이것이 나의 어머니이며, 오직 바다만이 — 나하고 똑같은 고뇌로 잠을 이루지 못하는 바다만이 — 내 고뇌를 이해해 줄 듯싶었다. 바다는 가슴을 치고, 바닷가를 때리고는 다시 얻어맞는다. 바다는 자유를 찾으려고 앞에 부옇게 드러나는 방파제를 무너뜨리고, 그 너머로 가기 위해 투쟁한다. 마른 땅은 적막하고 안전하며, 순박하고 부지런하다. 땅은 꽃을 피우고, 열매를 맺고, 시든다. 그러나 흙으로부터 또다시 봄이 솟아날 터여서 대지는 안심을 하고 두려워하지 않는다. 그러나 나의 어머니, 바다는 마음이 편치 않으니 바다는 꽃도 피지 않고 열매도 맺지 못해서 밤낮으로 한숨을 짓고 투쟁한다.

나는 바다의 소리를 듣고 바다는 내 소리를 들으며, 우리들은 동틀 녘까지 서로 위로하고 격려했다. 그런 다음에는 잠에서 깬 사람들이 우리들을 볼까 봐 두려워서 나는 빨리 집으로 돌아가 침대에 누웠다. 쓰라리고 찝찔한 만족감이 온몸에 넘치고, 내가 흙이 아니라 바닷물로 이루어졌음을 나는 기뻐했다.

우리 집 근처에 사는 어느 여자는 눈은 사람을 닮았지만 궁둥이는 염치없이 새빨간 원숭이를 길렀다. 그녀는 친하게 지내던 알렉산드리아에서 온 지사(知事)에게서 원숭이를 선물로 받았던 것이다. 나는 그 집 앞을 지나갈 때마다 둥글 의자에 쪼그리고 앉아 땅콩 껍질을 까서 우물우물 씹어 먹거나 이를 잡으려고 긁적거리는 원숭이를 구경했다. 전에는 원숭이가 하는 짓을 보면 나는 웃곤 했다. 그것은 신비감이 결여된 우스꽝스럽고 볼품없는 인간의 희화 같아서, 사람들은 무관심하게 보고 킬킬 웃어 버린다. 그러나 이제 나는 겁이 났다. 감히 쳐다볼 용기가 없어서 나는 다른 길로 다녔다. 이것이 내 할머니일까? 그것은 인간의 수치였다. 창피하고 화가 나서 나는 내 마음속의 왕국이 무너져 폐허가 되는 기분을 느꼈다.

바로 이것이 나의 첫 할머니인가? 이것이 내 뿌리인가? 그러

사춘기의 어려운 문제들

니까 신이 나를 낳고, 직접 나를 빚어내어, 입김을 내 콧구멍에 불어넣었다는 말은 사실이 아니란 말인가? 나는 암컷 원숭이에게 정충을 흘려 넣은 수컷 원숭이로 인해 잉태되었을까? 간단히 얘기하면, 나는 신이 아니라 원숭이의 아들인가?

환멸과 초조함은 여러 달 동안 계속되었다. 지금까지 계속되는지도 모른다. 심연의 한쪽에는 유인원이, 다른 쪽에는 수도원장이 버티고 섰다. 그들 사이에서 혼돈의 위로 줄이 연결되었고, 나는 그 줄을 타고 공포에 떨며 나아갔다. 나에게는 어려운 시기였다. 방학이 되자 나는 동물과, 식물과, 별들에 대한 책을 잔뜩 빌려다가 집 안에 틀어박혀, 갈증으로 죽어 가다가 물을 마시려고 개울가에 엎어진 사람처럼 밤낮으로 독서에 몰두했다. 나는 일부러 머리카락을 반쪽만 빡빡 밀어 버렸고, 친구들이 산책을 나가자고 찾아오면 창문으로 머리를 내밀고 면도로 밀어 버린 부분을 가리키며 말했다. 「이게 안 보이냐? 이런 꼴로 어떻게 나가니?」 그런 다음에 나는 다시 서재로 뛰어 들어갔고, 친구들이 별꼴 다 보았다고 웃어 대며 멀리 사라지는 소리를 듣고는 안심했다.

더 많이 알수록 내 마음은 더욱 고통으로 가득했다. 머리를 들어 나는 자주 이웃집 원숭이가 꽥꽥거리는 소리를 들었다. 어느 날 원숭이가 끈을 풀고는 우리 집 마당으로 들어와 아카시아 나무로 올라갔고, 나는 나뭇가지 사이로 나를 몰래 살펴보는 원숭이와 눈이 마주쳤다. 나는 부르르 몸을 떨었다. 여태껏 나는 그토록 사람 같은 눈을 본 적이 없었다. 교활함과 조롱이 가득 찬 동그랗고, 까맣고, 움직일 줄 모르는 그 눈은 나에게 고정되었다.

나는 책들을 밀어 놓고 일어섰다. 「이건 말도 안 돼.」 나는 소리쳤다. 「난 인간의 본성에 역행해서, 그림자를 위해 육체를 저버리는 셈이야. 삶은 육체와 살로 이루어졌고, 나는 배가 고파!」 창으로 몸을 내밀고 나는 원숭이에게 호두를 던져 주었다. 원숭이는 호두를 공중에서 잡아 이빨로 물어 깨뜨려서는 껍질을 버리고 우적우적 씹으면서 깩깩거리더니, 비웃는 눈으로 나를 쳐다보았다. 원숭이는 술을 마시는 훈련을 받았다. 나는 저장실로 달려 내려가서 한 잔 채워다가 창턱에 놓았다. 입 맛이 당기는지 원숭이가 코를 벌름거렸다. 펄쩍 뛰어 창턱에 내려앉은 원숭이는 코를 잔에 밀어넣고 술을 마셔 대며 기분 좋게 입 맛을 쩍쩍 다셨다. 그러더니 두 팔을 벌려 절대로 떨어지고 싶지 않다는 듯 나를 껴안았다. 원숭이에게서는 씻지 않은 살 냄새와 술 냄새가 났다. 나는 목덜미에서 원숭이의 체온을 느꼈다. 원숭이의 코에 난 털이 콧구멍으로 들어가자, 나는 간지러워서 웃음을 터뜨렸다. 온몸을 나에게 밀착시키면서 원숭이는 사람처럼 한숨을 지었다. 우리들의 체온이 섞였고, 원숭이의 숨결이 내 호흡과 어울렸으며, 우리들은 친구가 되었다. 그날 밤 끈에 묶이기 위해 원숭이가 되돌아간 다음, 낮의 포옹이 나에게는 검은 성 수태 고지처럼 여겨졌고, 털북숭이에 다리가 넷인 어느 신의 사신(使臣)인 검은 천사가 우리 집 창문에서 떠나갔다는 기분이 들었다.

다음날 나는 그럴 생각이 전혀 없었으면서도 저녁때 항구로 내려갔다. 어부들이 자주 드나드는 술집에 들러 나는 포도주와 튀긴 빙어를 안주로 주문했다. 술을 마시기 시작했다. 나는 슬픈지, 기쁜지, 화가 났는지 내 기분을 알기가 어려웠다. 원숭이, 신, 별이 총총한 하늘, 인간의 존엄성...... 모든 것이 내 마음속에서 뒤엉켰고, 나는 이제 술기운이 그것을 풀어 주리라고 희망을 걸었던 모양이다.

한쪽 구석에서는 하나같이 소문난 술꾼들인 몇 명의 어부와 부두 노동자들이 한가하게 술을 마시고 있었다. 그들은 나를 보더니 웃었다.

「입에서는 엄마 젖이 채 마르지도 않았는데 어른이라도 된 기분인 모양이구먼.」 한 사람이 말했다.

「아빠 흉내를 내는 거야.」 다른 사람이 말을 거들었다. 「하지만 아직 멀었어.」

이 소리를 듣자 나는 화가 나서 얼굴이 새빨개졌다.

「이봐요.」 내가 소리쳤다. 「이리 와서 누가 먼저 취하나 어디 해봅시다.」

그들은 껄껄 웃으면서 다가왔다. 나는 철철 넘치게 자꾸 잔을 채웠고, 우리들은 이제 안주도 없이 차례로 단숨에 술을 들이켰다. 어른들은 불안한 눈으로 나를 지켜보았다. 그들은 얘기나 노래도 하지 않고 술만 마시며, 누가 이기는지 보려고 초조해하면서 노려보았다. 콧수염이 사나운 대주가들은 크레타인의 자존심에 불이 붙어서, 수염도 안 난 젊은이에게 지는 것이 창피했다. 하지만 그들이 하나씩 마룻바닥에 쓰러졌어도 나는 끝까지 혼자 말짱하게 버티었다. 확실히 내 고통은 술에 이길 만큼 강했었다.

이튿날, 그다음 날, 그리고 그다음 날에도 똑같은 일이 벌어졌다. 내가 밤마다 부둣가의 변변치 못한 어부와 노동자들과 한패인 술꾼이라는 소문이 카스트로에 퍼졌다.

내가 몰락하는 꼴을 보고 친구들은 기뻐했다. 그들은 자기들과 어울리려는 생각이 전혀 없고, 집에 틀어박혀 책이나 읽으며, 최근에는 호주머니에 책을 넣고 홀로 산책을 나가는 나를 벌써부터 못마땅하게 여기던 터였다. 나는 그들과 떠들고 놀거나 연애를 하며 돌아다니지 않았다. 「너무 높으신 분이라 별에 이마를 부딪혀 머리가 부서지고 말겠군.」 나를 미워하던 그들이 코웃음을 쳤다. 그러던 내가 이제는 맨발로 돌아다니는 카스트로의 허섭스레기들과 술을 마시고 타락하게 되자 그들은 기뻤던 것이다. 그들은 나에게 접근했고, 나를 좋아하게까지 되었던지, 어느 토요일 밤에는 어울리지도 않게 〈21년도의 전우들〉이라는 이름을 붙인 시내 최고의 카바레로 나를 데리고 갔다. 최근에 새로운 구경거리가 도착했는데, 루마니아와 프랑스의 예쁜 아가씨들로 구성된 연예인들이 점잖은 시민들의 마음을 들뜨게 했다. 토요일 저녁이면 점잖은 어른들은 불빛이 희미한 금지된 천국으로 슬그머니 들어와서는 가장 으슥한 탁자에 우물쭈물 자리를 잡고 앉아서, 아는 사람이 없는지 사방을 살펴보고는, 손뼉을 쳐서 화장을 하고 향수를 뿌린 작부들을 불러다 무릎에 앉혔다. 이런 식으로 가엾고도 명예로운 시민들은 잠시 동안이나마 본보기가 될 만한, 삶이 수반하는 트집 잡기와 잔소리를 잊고는 했다.

친구들은 나를 한가운데 앉히고는 술을 시켰다. 그런 계통의 솜씨는 골고루 익힐 만큼 나이가 많고, 단추를 풀어헤친 조끼 위로 땀에 젖은 젖가슴이 축 늘어진 뚱뚱하고 흐느적거리는 루마니아 여자가 왔다. 친구들은 내 술잔을 자꾸만 채웠고, 나는 기분이 유쾌해질 만큼 마셔 댔다. 여자의 시큼한 체취를 맡은 내 몸속에서는 수컷 원숭이가 머리를 드는 듯싶었다. 나는 가수의 신발을 집어 들고 샴페인을 거듭거듭 채워 마셨다.

이튿날 카스트로는 온통 콧대가 높은 지혜로운 솔로몬이, 성자가, 맙소사! 슬프도다! 카바레에서 진탕 놀아 대며 작부의 신발로 술을 마셨다는 굉장한 소문으로 하루 종일 시끄러웠다. 말세로다! 조카의 수치스러운 타락에 굴욕을 느낀 숙부 한 사람이 아버지에게로 달려와서 얘기를 전했다. 그러나 아버지는 코웃음만 칠 따름이었다.

「그러니까 이제는 어른이 되었다고, 어른 노릇을 하려는가 보

사춘기의 어려운 문제들

네.」 아버지가 대답했다. 「그 애한테는 가수에게 새 실내화 한 켤레를 사주는 일만 남았군.」

그런가 하면 나는 수도원장들과 온갖 허깨비인 십계명으로부터 해방이 되었고, 규율을 어겼으며, 털투성이 선조들의 꿋꿋하고 자신 있는 발자취를 따르게 되었음을 마음속으로 기뻐했다.

나는 몰락하기 시작했고, 그것이 즐거웠다! 나는 고등학교 졸업반이었다. 나는 차분하게 미소를 지으며 자신의 미덕에 황홀해하는 수도원장을 증오에 찬 눈으로 바라보았다. 이 세상과 내세를 굳게 믿는 이 양은 늑대들인 우리를 가엾어하는 눈으로 둘러보았다. 나는 그것을 참을 수가 없었다. 나는 그의 평화로운 마음을 어지럽히고, 그의 피 속에서 폭풍을 일으키며, 그의 얼굴에 넘치는 멍청한 미소를 지워 버려야만 했다. 그래서 어느 날 아침에 나는 아주 나쁜 짓을 했다. 나는 그에게 짤막한 편지를 썼다. 〈당신 어머니가 중환으로 앓고 계십니다. 임종이 가까웠어요. 어머니가 당신에게 은총을 내릴 수 있도록 어서 가보세요.〉 나는 그 편지를 부치고는 태연하게 학교로 가서 기다렸다. 그날 수도원장은 교실에 나타나지 않았다. 이튿날도, 셋째 날도 마찬가지였다. 닷새 후에 그는 알아보기 힘들 만큼 달라진 모습으로 돌아왔다. 그는 목구멍과 겨드랑이까지 습진이 번져서 얼굴이 부풀어 오르고 일그러져 있었다. 그는 쉴 새 없이 긁어 대어 온몸이 시뻘게졌고, 말을 할 수가 없어서 종이 울리기도 전에 나갔다. 석 달 동안 그는 병상에 누워서 지냈다. 그러던 어느 날 아침 부어올랐던 얼굴이 가라앉은 그가 돌아왔다. 하지만 그는 지쳤고, 딱지 자국들이 아직도 얼굴을 뒤덮고 있었다. 그는 우리들을 다정하게 쳐다보았다. 다시금 그는 얼굴 가득히 미소를 지었고, 그의 첫마디 말은 이러했다. 「주님을 찬양해라, 애들아. 하느님께서는 어머니가 병이 났다고 편지를 쓰게 한 손을 시켜 나로 하여금 고통을 통해 인간의 의무를 수행할 기회를 주셨단다.」이 말에 나는 흠칫했다. 그렇다면 미덕을 이기기가 그토록 힘들다는 말인가. 잠깐 동안 나는 벌떡 일어서서 〈죄를 범한 저를 용서해 주세요!〉라며 외치고 싶었다. 하지만 내 마음속에서는 당장 비웃음과 악의로 가득 찬 다른 목소리가 〈당신은 개 같은 수도원장〉이라고 뒤따라 소리쳤다. 당신은 채찍을 맞으면서도 그 채찍을 휘두르는 손을 핥아준다…… 그렇다, 나는 옳은 일을 했다. 나는 회개하지 않으리라!

이튿날 나는 동지회를 소집했다. 자신의 마음을 깨우친 지금 우리들은 다른 사람들의 마음도 깨우쳐 줘야 한다고 나는 그들에게 말했다. 이것은 분명히 동지회의 위대한 사명이었다. 어디를 가나, 어디에 머물거나, 우리들의 모든 말과 행동은 오직 깨우침만을 목적으로 삼아야 한다.

따라서 계몽이 시작되었다. 우리들은 고등학교를 졸업했으므로 자유로운 몸이었다. 내가 정치에 투신하기를 바란 아버지는 세례를 받는 아이의 대부가 되라며 나를 어느 마을로 보냈다. 온 마을을 깨우칠 기회가 왔다고 생각한 나는 두 친구를 데리고 갔다. 세례가 끝난 직후 모두들 식탁에 자리를 잡고 앉자 잔치가 열렸고, 가슴이 부푼 내 단짝 친구는 마을 사람들에게 설교와 계몽을 시작했다. 그리고 그는 모든 사람들 앞에서 인간의 기원에 대한 얘기를 하고, 우리 조상은 원숭이니까 하느님이 창조한 특혜를 받은 존재라는 건방진 생각은 버려야 한다고 설명했다.

친구가 열변을 토하는 동안 마을의 목사는 툭 불거진 눈으로 줄곧 그를 응시했다. 그는 입을 열지 않았다. 그러나 계몽이 끝날 즈음에 그는 가엾다는 듯 머리를 젓고는 말했다.「얘기하는 동안 줄곧 빤히 쳐다봐서 미안하다. 네 말마따나 모든 인간은 원숭이의 후손일지도 모르지. 하지만, 이런 얘기를 해서 미안하지만, 넌 원숭이가 아니라 당나귀[3]의 자손인 모양이로구나.」

나는 온몸이 오싹했다. 친구를 보니 생전 처음 보는 사람 같았다. 큼직한 턱이 축 늘어지고, 귀는 꽃양배추를 닮았으며, 눈은 비단처럼 유순한 그는 정말로 당나귀와 비슷해 보였다. 어째서 나는 그것을 여태껏 모르고 지냈을까? 내 마음속에는 실 한 오라기가 끊어졌다. 그날 이후로 나는 그에게 다시는 편지를 보내지 않았고, 그를 부러워하지도 않게 되었다.

우리들은 그 후에도 메갈로카스트로를 돌아다니거나 여러 마을을 여행하며 계몽하느라고 무척 고생했다. 우리들은 무신론자니, 비밀 단체니, 앞잡이니 하는 소리를 들었다. 점점 우리들은 가는 곳마다 야유를 듣고, 레몬 껍질의 공격을 받았지만, 꿋꿋하게 버티면서 모욕과 과일 껍질을 이겨 냈고, 진리를 위해 인내한다는 생각에 만족했다. 순교자들이란 옛날부터 이렇지 않았더냐며 우리들은 서로를 위로했다. 위대한 사상을 위해서 죽는 기쁨은 얼마나 크더냐!

또 언젠가 우리 세 사람은 카스트로에서 2시간 거리인 장터로 놀러 나갔었다. 포도원으로 이름난 이 읍내는 (전설에 의하면) 신과 인간들의 아버지인 제우스가 묻혔다는 성스러운 산 요우츠타스의 기슭에 자리잡았다. 그러나 죽어서 돌 밑에 묻혔어도 신은 아직 산의 모습을 바꿔 놓을 힘을 지녀서, 바위들의 위치를 옮겨 거대한 얼굴을 세운 형태로 만들었다. 호랑가시나무와, 쥐엄나무와, 올리브나무로 이루어져 평원까지 널리 뻗어 나간 기다란 수

---

3 당나귀는 우둔한 짐승으로 여겨진다.

염과 코와 이마가 두드러지게 드러났다.

「신들도 죽는구나.」 동지회가 돈을 벌게끔 발명가가 되겠다던 세 번째 친구가 말했다.

「신들은 죽지만 신성(神性)은 불멸하지.」 내가 대답했다.

「그게 무슨 소리야?」 다른 사람들이 물었다. 「우린 이해를 못 하겠어.」

「나도 사실은 잘 몰라.」 나는 웃으면서 대답했다. 비록 내가 옳다고 생각했어도 나는 생각하는 바를 분명하게 밝힐 능력이 없었다. 위기를 맞으면 항상 도피하는 문 노릇을 해온 웃음에 나는 또다시 의존했다.

우리들은 마을에 도착했다. 하늘에서는 포도 액과 포도 술 냄새가 났다. 마을 사람들은 포도주를 빚어서 포도 액은 술통에 담고 껍질 찌꺼기에서는 포도 술을 짰다. 그들은 이제 카페나 돌로 만든 가마솥대 밖이나 포플러나무 밑에 앉아서 포도 술을 마시고, 카드놀이를 하면서 쉬고 있었다.

그들 몇 사람이 일어나 우리들을 맞아 주었다. 우리들을 식탁에 앉히고 그들은 버찌 즙 석 잔을 대접해 주었다. 우리들은 대화를 시작했다. 우리들은 미리 짠 계획에 따라 대화를 과학이 보여 준 기적으로 조심스럽게 이끌어 갔다.

「종이가 어떻게 만들어지고, 신문이 어떻게 인쇄되는지를 아십니까?」 우리들이 물었다. 「정말 대단한 기적이죠! 숲을 베어 통나무를 운반해다가 기계로 펄프를 만들고, 펄프는 종이로 변해 인쇄소의 한쪽 문으로 들어가면 신문이 되어 다른 문으로 나옵니다.」

마을 사람들은 솔깃해서 귀를 기울였고, 근처 탁자의 사람들이 우리 자리로 옮겨 와 앉았다. 우리들은 그들이 깨우치게 되었으니 일이 잘 되어 간다고 속으로 생각했다. 그런데 마침 그 순간,

교수형이나 당해야 마땅할 덩치 큰 위인이 당나귀에 나무를 잔뜩 싣고 나타났다. 그는 무슨 얘기가 오고 가는지 들어 보려고 걸음을 멈추었다.

「어이, 디미트로스, 그 나무를 어디로 가져가나?」 누가 그에게 소리를 질렀다.

「신문을 만들러 가지!」

그때까지만 해도 예의를 지키느라고 잘 참고 있었던 모든 마을 사람이 당장 배를 잡고 웃음을 터뜨렸다. 온 마을이 웃음소리로 요란했다.

「자리를 떠야 해.」 나는 친구들에게 귓속말을 했다. 「이러다간 레몬 껍질의 세례를 받겠어.」

「여보게들, 어디로 가나?」 마구 웃어 대던 마을 사람들이 소리를 질렀다. 「좀 더 앉아서 얘기나 하세 ― 실컷 좀 웃고 싶으니까.」 그러더니 그들은 우리들의 등 뒤에 대고 소리치기 시작했다.

「어이, 달걀과 닭은 어느 쪽이 먼저 생겼지?」

「못을 안 박아도 왜 기와가 떨어지지 않지?」

「슬기로운 솔로몬은 남자였나, 여자였나? 여보게들, 자네들 물건 좀 보여 줘!」

「얼룩 염소가 왜 웃었게 ― 그걸 자네들 아나?」

우리들은 허둥지둥 도망을 쳤다.

이 무렵에 우리들은 인류를 말로써 깨우치는 데 싫증을 느끼게 되었다. 어느 날 우리들은 민중을 위해 인간이 지닌 본성을 밝히고, 우리들의 목표를 분명하고 냉정하게 서술한 선언서를 인쇄하기로 결정했다. 우리들은 저마다 푼푼이 돈을 모았다. 우리들이 찾아간 인쇄업자 마르쿨리스는 자기를 의회로 선출해 보내 줄 막강한 세력을 형성하려는 목적으로, 가난한 자들을 자극해서 통일

시킬 뜻으로 선언서들을 직접 발표했기 때문에 〈프롤레타리아 선생〉이라는 별명이 붙은 사람이었다. 우리들은 그를 찾아가서 만났다. 그는 중년에 곱슬머리였고, 안경을 썼으며, 자그마한 안짱다리에 몸집은 술통처럼 가슴팍이 넓었다. 목에는 때가 찌든 빨간 수건을 둘렀다. 우리의 원고를 받은 그는 우렁찬 목소리로 과장을 하며 낭독했고, 그가 읽어 내려가는 동안에 우리들은 점점 더 의기양양해졌다. 얼마나 멋지고, 아름답고, 힘차게 쓴 글이었던가! 우리들은 울어 대려는 수탉처럼 목을 길게 뽑았다.

「훌륭하구먼!」 원고를 접으면서 마르쿨리스가 말했다. 「언젠가는 자네들이 의회로 선출되어 나갈 터이고, 우리 국민을 구하게 될 거야. 그러니 우리와 힘을 모으기로 하세. 어때!」

그러나 나는 반발했다. 「당신은 가난한 자들에게만 관심을 보여요.」 내가 그에게 말했다. 「우린 모든 사람에게 관심이 있습니다. 우리의 목표가 훨씬 크죠.」

「하지만 자네들의 두뇌는 훨씬 작아.」 비위가 상한 인쇄업자가 반박했다. 「자네들은 돈 많은 사람들의 사상도 바꿔 보겠다 이거지? 깜둥이가 세수를 해봤자 비누만 손해야. 내 말을 들어. 부자는 생활이 안정되어서 신이나, 국가나, 풍요한 삶이 달라지기를 원하지 않아. 귀머거리가 사는 집의 문을 아무리 두드려 봐라. 이 풋내기들아, 가난하고, 생활이 안정되지 못하고, 핍박당하는 사람들부터 시작을 해야지. 싫다면 다른 인쇄업자를 찾아가 봐. 난 프롤레타리아 선생으로 이름이 난 사람이니까.」

우리 세 사람은 문가로 가서 의논했다. 우리들은 당장 만장일치로 합의를 보았다. 내 친구가 인쇄업자에게로 돌아섰다.

「아뇨, 우린 당신 제안을 거부합니다. 우린 한 치도 양보할 수가 없어요. 당신과는 달리 우리들은 부유한 사람과 가난한 사람을 구분하고 싶지 않습니다. 모든 사람이 깨우쳐야만 하니까요!」
「그렇다면 어서 꺼져, 이 꼬마들아!」 마르쿨리스가 고함을 치고는 우리의 얼굴에 원고를 집어던졌다.

에이레 아가씨

하지만 나는 아직도 완전히 만족하지 못했다. 선택한 길을 좋아하기는 했어도 나는 가장 먼 한계점까지 다다르고 싶었다. 그 해에 한 에이레 처녀가 카스트로에 도착했다. 그녀는 영어를 가르쳤다. 배움에 대한 욕망은 항상 내 마음속에서 불탔으며, 나는 그녀를 개인 교수로 맞았다. 나는 영어를 배워서 그리스 외부에 사는 사람들을 계몽할 선언서를 영어로 쓰기를 원했다. 어째서 그들을 암흑 속에 남겨 두어야 하는가? 그래서 나는 이상한 마술의 세계인 영어에 온 정성을 다 쏟았다. 에이레 처녀와 함께 영어로 된 서정시의 세계를 산책하며 나는 얼마나 즐거웠던가! 영어, 그리고 영어의 자음과 모음들은 지저귀는 새가 되었다. 나는 밤늦게까지 그녀의 집에서 지냈다. 우리들은 음악 얘기를 하고, 시를 읽었으며, 우리들 사이의 공간에는 불이 붙었다. 키츠와 바이런의 시를 따라가며 그녀 위로 몸을 숙이면, 나는 그녀의 겨드랑이에서 나는 후끈하고 시큼한 체취에 마음이 혼탁해졌으며, 키츠와 바이런은 사라지고, 한 사람은 바지를 입고, 또 한 사람은 치마를 걸친 초조한 두 동물만 자그마한 방 안에 남았다.

고등학교를 졸업한 나는 대학에 진학하려고 아테네로 갈 준비를 했다. 눈이 파랗고 허리가 좀 굽었지만 통통한 에이레 목사의 딸을 내가 언제 다시 만날 수 있을지 누가 알겠는가? 헤어질 날이 가까워 오자 나는 점점 더 불안해졌다. 달콤한 즙이 무르익은 무화과에서 줄줄 흘러내리는 광경을 보면, 목마르고 굶주린 우리들이 탐을 내며 손을 뻗어 껍질을 벗기고, 껍질을 벗기는 동안 입안에 침이 고이듯, 나는 무르익은 에이레 처녀를 몰래 훔쳐보면서 무화과처럼 머릿속에서 옷을 벗겼다.

9월의 어느 날 나는 결심을 했다.

「나하고 같이 프실로리티 산에 올라가지 않겠어요?」 나는 그녀에게 물었다. 「꼭대기에서는 크레타 전체가 보이고, 정상에 작은 교회가 있으니까, 거기서 밤을 보내며 이별을 하면 좋을 거예요.」

그녀는 귀밑이 빨개졌지만 좋다고 했다. 꼭 신혼여행 같을 그 여행은 얼마나 심오한 신비감을 지녔고, 얼마나 감미롭고 초조한 기대감을 불러일으켰던가! 우리들은 밤에 출발했다. 하늘에 뜬 달에서는 정말로 꿀이 흘렀고, 나는 그런 달을 평생 다시는 보지 못했다. 항상 구슬프게만 보이던 달의 얼굴이 이제는 웃으면서 장난스럽게 굽어보며 우리들과 함께 동쪽에서 서쪽으로 나아갔고, 풀어헤친 블라우스의 목덜미를 비추고는 가슴과 배로 흘러내려갔다.

나란히 걷는 두 몸이 이루어 놓은 완벽한 침묵의 이해를 언어가 파괴할까 봐 걱정이 되어 우리들은 아무 얘기도 하지 않았다. 좁다란 오솔길을 따라 지나갈 때면 때때로 우리들의 다리가 서로 닿았지만, 그럴 때도 당장 서로 떨어졌다. 우리들은 하찮은 쾌감을 위해 벅찬 욕망을 소모시키고 싶지는 않았나 보다. 우리들은 중대한 순간을 위해 그것을 고이 간직하고 싶었으며, 두 친구가 아니라 원한이 맺힌 적들처럼 화가 난 듯 식식거리며 가슴을 맞

대고 움켜잡고는 싸움을 벌일 경기장으로 서둘러 달려갔다.

여태까지는 사랑의 말을 한마디도 입 밖에 꺼낸 적이 없었지만, 지금 길을 나선 우리들은 아무것도 약속한 바가 없어도 우리들이 어디로 무엇을 하러 가는지 두 사람 다 잘 알았다.

프실로리티 산 기슭의 어느 마을에 도착하자 날이 밝았다. 우리들은 피곤해서 마을 목사의 집에서 묵으려고 찾아갔다. 나는 그에게 나와 동행한 여자가 푸르고 머나먼 섬에 사는 목사의 딸이며, 그녀가 크레타 전체를 산꼭대기에서 내려다보고 싶어 한다고 말했다. 목사의 아내가 와서 식탁을 차렸다. 우리들은 식사를 했다. 그런 다음에 소파에 앉아 잡담을 시작했다. 처음에 우리들은 영국과, 프랑스와, 미국과, 소련 같은 강대국 얘기를 했다. 다음에는 포도와 올리브 얘기. 나중에 목사는 그리스도가 그리스 정교를 대변하기 때문에, 무슨 일이 있어도 절대로 개신교도가 되지 않으리라는 얘기를 했다. 그리고 그는 아가씨의 아버지가 자리를 함께 했다면 하룻밤 사이에 정교로 개종을 시킬 자신이 있다고 장담했다. 그러나 그녀의 푸른 눈에는 졸음이 서렸고, 목사는 아내에게 머리를 끄덕였다.

「잠을 자게 침대 좀 봐줘요. 어쨌든 여자의 몸인 데다 피곤할 테니까.」

그는 나에게로 시선을 돌려 얘기를 계속했다. 「하지만 자넨 남자이고 튼튼한 크레타인이니까 대낮에 잠을 자는 건 부끄러운 일이지. 내 포도밭을 구경시켜 줄 테니까 같이 가세. 아직 따지 않은 포도가 좀 남았으니 우리들이 먹기로 하지.」

나는 피곤한 데다 잠이 부족해서 쓰러질 지경이었지만, 어쩔 도리가 없었다. 나는 크레타인이었고, 크레타에 수치를 가져다주면 안 되었다. 우리들은 포도밭으로 가서 남은 포도를 먹고는 마을을 산책했다. 마당에서는 증류기들이 끓었고, 사람들은 술을 뽑아냈다. 우리들은 아직도 뜨끈뜨끈한 포도 술을 지나치게 많이 마셨고, 두 사람 다 비틀거리며 팔짱을 끼고 집으로 돌아갔다. 벌써 저녁때가 되었다. 에이레 아가씨는 잠이 깨었고, 목사의 아내는 암탉을 잡았다. 우리들은 다시 식사를 했다.

「오늘 밤엔 그만 얘기하지.」 목사가 말했다. 「가서 자게. 내가 자정에 깨워서 우리 어린 양치기를 길잡이로 내줄 테니까, 길을 잃지는 않을 거야.」

마당으로 나간 그는 천문학자처럼 하늘을 살펴본 다음 만족한 표정으로 다시 안으로 들어왔다. 「재수가 좋구먼.」 그가 말했다. 「내일은 날씨가 화창하겠어. 다 하느님만 믿게. 잘 자게나.」

자정쯤에 목사는 내 다리를 잡고 나를 깨웠다. 그는 머리 위에다 놋쇠 쟁반을 시끄럽게 두들겨서 아가씨도 깨웠다. 마당에서는 귀가 뾰족하고 눈초리가 무서운 곱슬머리 양치기 사내아이가 우리들을 기다리고 있었다. 그의 몸에서는 염소와 물푸레나무 냄새가 났다.

「준비해요!」 구부러진 지팡이를 치켜들며 그가 말했다. 「어서 가요! 해돋이 시간에 맞춰 정상에 도착해야 하니까요.」

아직도 즐겁고 감미로움이 가득한 달이 중천에 떠 있었다. 바깥은 추워서 우리들은 외투로 몸을 감쌌다. 에이레 아가씨의 자그마한 코는 하얘졌지만, 입술은 탐스러운 빨간 빛깔이었다. 나는 입술을 쳐다보지 않으려고 얼굴을 다른 쪽으로 돌렸다.

산은 험했다. 포도원과 올리브나무 숲, 다음에는 참나무와 야생 삼나무들을 뒤로하고 헐벗은 바위산에 이르렀다. 신발에 못이 박히지 않아서 우리들은 자꾸만 미끄러졌다. 에이레 아가씨는 두어 번 넘어졌지만 혼자 힘으로 일어났다. 온몸이 땀으로 흠뻑 젖은 우리들은 이제 춥지 않았다. 숨을 헐떡이지 않으려고 이를 꽉 문 채로 어린 양치기 소년이 앞장을 서고, 에이레 아가씨가 가운데, 그리고 나는 끝에서 따라가며, 우리들은 침묵을 지키면서 나아갔다.

하늘이 푸르스름해지기 시작했다. 바위들이 모습을 드러냈고, 먹이를 찾는 매들이 검푸른 하늘에서 날아다녔다. 그리고 마침내 정상에 이르렀을 때 동쪽은 장밋빛으로 붉게 빛났다. 하지만 먼 곳은 아무것도 보이지 않았다. 짙은 안개가 우리 둘레를 온통 둘러싸고 땅과 바다 위에 드리워졌기 때문이다. 크레타는 온몸을 가렸다. 심한 추위에 떨면서 우리들은 교회당 문을 밀어 열고는 안으로 들어갔다. 그러는 사이에 양치기는 불을 지필 마른 나뭇가지를 찾으러 사방으로 돌아다녔다.

교회당은 시멘트를 쓰지 않고 돌을 쌓아 지었다. 에이레 아가씨와 나는 단둘이 교회당 안에 남았다. 그리스도와 성모는 초라한 성상대에서 우리들을 지켜보았지만 우리들은 그들을 쳐다보지 않았다. 그리스도와 성모에 대항하는 악마들이 우리의 마음속에서 머리를 들었다. 손을 뻗어 나는 에이레 아가씨의 목덜미를 잡았다. 마치 기다리기나 했다는 듯 그녀는 얌전히 몸을 기대어 왔고, 우리 두 사람은 판석 위로 쓰러졌다.

깜깜한 문이 밑에서 열려 나를 삼켰고, 나는 속으로 죽어 갔다. 눈을 뜬 나는 성상대에서 분노하여 나를 노려보는 그리스도를 발견했다. 그가 오른손에 든 초록빛 공을 나에게 집어던지려는 듯 흔들렸다. 나는 무서웠지만 여자의 두 팔에 감싸여 다시금 혼돈 속으로 빠져 들어갔다.

바깥으로 나가려고 문을 열었을 때 나는 무릎이 후들거렸고, 빗장을 벗기는 손이 떨렸다. 나는 갑자기 에이레 아가씨와 나에게, 아담과 이브에게, 신이 벼락을 쳐서 우리 두 사람을 재로 만들어 버릴 것이라는 두려움에 사로잡혔다. 바로 성모의 눈앞에서, 주님의 집에서 더러운 짓을 하면 틀림없이 죄를 받는다…….
나는 문을 밀어 열고는 바깥으로 뛰쳐나갔다. 무슨 일이 일어나든지 간에 어서 빨리 일어나고 끝나 버리기를 나는 바랐다. 하지만 밖으로 나가 보니, 오, 눈앞에 펼쳐진 광경은 얼마나 벅찬 기쁨을 주었던가! 태양이 솟았고, 안개가 걷혔으며, 크레타 섬 전체가 한 쪽 끝에서 다른 쪽 끝까지 하얀 빛으로 초록빛으로 장밋빛으로 반짝였으며, 사방이 바다로 둘러싸여 알몸을 드러냈다. 하얀 산, 프실로리티, 드히티, 높은 세 산봉우리들이 솟아오른 크레타는 거품으로 항해해 들어가는 세 돛 범선 같았다. 수많은 젖통이 달린 바다의 괴물 크레타는 파도 위에 반듯하게 누워 햇볕을 쬐었다. 아침 햇살에 나는 그녀의 손과, 발과, 꼬리와, 발기한 젖가슴을 선명하게 보았다……. 한평생 살아가는 동안 무척 많은 즐거움을 느꼈던 나는 불평할 이유가 없다. 하지만 파도 위에 뜬 크레타 섬 전체의 풍경이 가장 큰 기쁨 가운데 하나였다. 나는 눈을 돌려 에이레 아가씨를 보았다. 그녀는 작은 교회에 몸을 기대어 초콜릿을 씹으면서, 내가 깨문 자국으로 뒤덮인 입술을 무관심한 표정으로 차분히 핥았다.

카스트로로 돌아가는 길은 울적했다. 마침내 우리들은 돌로 만든 날개가 달린 사자들로 유명한 삼중 성벽에 이르렀다. 지친 에이레 아가씨는 내 팔에 기대려고 가까이 왔지만, 나는 그녀의 체취나 음울한 눈을 견디기 힘들었고 — 그녀가 나에게 먹여 준 사과는 잿가루처럼 내 입술과 이를 덮었다. 얼른 비켜서면서 나는 그녀가 다가오지 못하게 했다. 아무 말도 없이 그녀는 내 뒤로 한 발자국 처졌다. 나는 그녀가 흐느껴 우는 소리를 들었다. 나는 돌아서서 그녀를 껴안고 다정한 말을 해주고 싶었지만, 오히려 걸음을 더 빨리 서두르며 침묵만 지켰다. 마침내 우리들은 그녀의 집에 다다랐다. 그녀는 호주머니에서 열쇠를 꺼내 문을 열었다. 그러더니 그녀는 문간에 서서 기다렸다. 머리를 숙이고 그녀는 기다렸다. 나는 들어가야 하나, 말아야 하나? 견디기 힘든 연정과, 기쁘거나 슬픈 수많은 말이 가슴에서 솟아 목구멍까지 올라왔다. 하지만 나는 입을 꼭 다물고 아무 말도 하지 않았다. 나는 그녀에게 손을 내밀었고, 우리들은 헤어졌다. 이튿날 나는 아테네로 떠났다. 나는 그녀에게 선물로 줄 원숭이는 없었지만 그녀가 가르치는 어느 학생을 통해, 내가 좋아했으며 걸핏하면 물어뜯던 작은 개를 보냈다. 그 개의 이름은 카르멘이었다.

아테네

젊음은 눈멀고 사리를 분별치 못하는 야수이다. 젊음은 먹이를 탐하지만 먹지 않고 머뭇거리기만 하며, 발길에 채는 행복을 마음만 먹고 주우면 되는데도 줍지 않고, 샘터로 가서 시간이라는 물을 쓸데없이 흘러 말라 버리게 그냥 내버려 둔다. 스스로 야수인 줄을 모르는 야수 — 그것이 젊음이다.

아테네에서 대학생으로 지내던 시절을 회고하면 나는 마음이 아프다. 사방을 둘러봐도 아무것도 보이지 않았다. 도덕과, 환상적인 상상과, 경솔함의 짙은 안개로 덮인 세계는 내 시야에서 사라졌다. 젊음은 지극히 가혹하며, 교만하고, 이해를 하지 않는다. 그리고 이해하기 시작하면 젊음은 사라진다. 머리와 수염은 하얗고, 눈에는 눈물이 가득 고인 채 노인으로 태어났다는 중국의 현인이 누구였던가? 세월이 흘러가자 그의 머리카락은 점점 검어졌고, 눈은 웃기 시작했으며, 마음에서는 무거운 고뇌가 사라졌고, 결국 죽을 때가 가까워지자 뺨은 처녀처럼 발그레해지고 아이처럼 고운 솜털이 났다……. 신이 인류를 불쌍히 여겼다면 그렇게 되었어야 하며, 삶은 그런 식으로 전개되어야 한다.

크레타에서 나는 운명에 항거하는 도전을 벌였다. 나는 한때

술에 빠졌고, 에이레 아가씨에게 손길이 가기도 했었다. 하지만 그것은 내가 따를 길이 아니었다. 나는 죄를 지은 기분이었다. 부끄럽고 회개하는 마음에서, 나는 고독과 책으로 돌아갔다.

젊은 시절부터 늙은 다음까지, 나로 하여금 운명으로부터 벗어나게 한 모든 말과 행동을 나는 죄로 여겼다. 운명이란 무엇이었고, 그것은 나를 어디로 인도했던가? 지성이 아직도 신비를 풀어 내지 못했던 터라 나는 마음이 결정하도록 했다. 〈이것은 하고 저것은 하지 마라. 걸어라! 멈추거나 소리를 지르지 마라. 너에게는 한계점에 다다른다는, 단 하나의 의무밖에 없다.〉 어떤 한계점 말인가? 내가 물었다. 〈질문은 하지 마라. 그냥 나아가라!〉

고독 속에서 무모하고 교만한 마음의 소리에 열심히 귀를 기울이면 열망은 점점 더 강렬해졌고, 이름난 도시 아테네에서 내가 보거나 들었던 그 어떤 것도 내 굶주림을 만족시키지 못했다. 학교에서 배운 법률 과목들은 내 영혼의 빈곤함에 조금도 대답을 주지 못했고, 지적인 호기심조차 풀어 주지 않았다. 나는 친구들이 여학생들이나 하찮은 양재사들과 벌이던 어떤 파티에서도 즐거움을 느끼지 못했다. 에이레 아가씨가 나에게 먹여 준 사과의 잿가루가 아직 내 이빨에 그대로 끼어 있었다. 가끔 나는 극장이나 음악회에 가서 혼자 즐겼다. 그러나 기쁨은 내면의 인간을 바꿔 놓지 못하는 피상적인 것이어서, 다시 길거리로 나가자마자 나는 잊어버렸다. 나는 계속해서 외국어를 배웠다. 내 이성이 넓어진다는 의식은 굉장히 기뻤지만, 항상 이상하고 미적지근한 젊음의 바람이 곧 불어오고, 모든 기쁨은 시들어 버렸다. 나는 여자와 배움 이상의 무엇을, 아름다움 이상의 어떤 선(善)을 열망했지만 — 그것이 무엇이었던가?

내가 사춘기에 받았던 두 상처가 자꾸만 터졌다. 모든 것이 덧없어 심연으로 빠져 버리고, 어떤 무자비하고 보이지 않는 손이 장난을 친 듯싶어서, 모두가 가치 없고 헛되게 여겨졌다. 나는 모든 젊은 여자에게서 신선한 얼굴을 지워 버리고 미래의 쪼글쪼글한 노파를 보았다. 꽃은 시들었고, 즐겁게 웃는 소녀의 입 뒤에서 나는 노출된 해골의 턱뼈를 의식했다. 눈앞의 세계는 격렬하고 빠른 박자로 무너져 폐허가 되었다. 젊음은 불멸성을 추구하지만 찾지 못하고, 타협하려고 하지 않으므로 자존심 때문에 세계 전체를 거부한다. 모든 젊은이들이 그렇지는 않지만, 진리 때문에 상처를 입은 자들은 그렇다.

일요일이면 나는 홀로 즐겨 길을 나섰다. 나는 친구들의 동행이나, 그들의 대화와 농담과 웃음이 성스러운 침묵을 더럽힌다고 느꼈다. 산은 소나무와 꿀로 향기로웠다. 나는 올리브나무 숲에 들어가면 두 눈이 시원해짐을 느꼈다. 나는 우유와 마늘 냄새를 풍기고 좁은 이마에 더럽고 까만 모자를 쓴 알바니아 사람처럼 지나가는 아무 농부와 한두 마디 얘기를 나누었다. 그의 말은 꾸밈이 없고, 앞뒤가 맞지 않았으며, 음흉한 호기심으로 가득했다. 농부들은 작고 교활한 눈으로 나를 힐끗거리면서, 내가 누구이고 어째서 산에서 방황하는지 알아내려고 어수룩한 머리를 쥐어짰다. 첩자인가? 미친 사람? 떠돌이 장사치? 그들은 내가 등에 지고 다니는 자루에 탐욕스러운 눈길을 던졌다.

「당신 뭘 팔아요?」 그들이 물었다. 「성경인가요? 당신 보나마나 비밀 결사 대원이죠?」

어느 날 나는 새가 우는 소리를 들었고, 강철처럼 파란 새가 날아가는 것을 보자 지나가던 농부를 붙잡아 세웠다.

「이봐요, 저건 무슨 새죠?」 나는 궁금해서 물었다. 「이름이 뭐예요?」

「그런 건 알아서 무얼 하려오?」 그는 머리를 갸우뚱거리며 말했다.「잡아먹지도 못하는 새인데.」

나는 새벽에 일어나는 버릇이 있었다. 샛별은 땅으로 기울고, 가벼운 안개가 이미토스 위에 걸렸다. 싸늘한 바람에 내 얼굴이 얼얼했다. 종달새들이 노래하며 하늘로 솟아올라 빛 속으로 사라졌다. 봄철의 어느 일요일에 나는 최근에 갈아 놓은 밭에서 꽃이 만발한 벚나무 두세 그루를 보았던 기억이 난다. 내 마음은 행복감으로 가득했다. 바로 그 순간 해가 떠올랐고, 신이 손으로 빚어 낸 첫날처럼 반짝였다. 사로니크 만(灣)이 광채를 내뿜었고, 아이기나는 멀리 아침 빛 속에서 장미꽃처럼 만발했다. 활줄처럼 날개를 치며 까마귀 두 마리가 오른쪽에서 날아갔는데, 그것은 길조(吉兆)였다.

한쪽에서는 호메로스의 말처럼 갈기가 하얀 파도들이 호메로스의 신선한 시처럼 시원하게 물결쳤고, 다른 쪽에서는 기름과 빛이 가득 찬 아테나의 올리브나무와, 아폴론의 월계수와, 모든 술과 노래의 기적을 일으키는 디오니소스의 포도가 펼쳐졌다. 검소하고 건조한 대지에서는 돌멩이들이 햇빛에 장미처럼 붉게 물들었고, 산들은 운동선수처럼 완전히 알몸을 드러내고 쉬면서 평화롭게 햇볕을 쬐며 공중에서 푸르른 나래를 쳤고, 광채가 아른거렸다.

나는 나아갔고, 땅과 하늘 전체가 나와 함께 여행을 하는 듯한 기분을 느꼈다. 주변의 모든 기적이 내 몸속으로 스며들었다. 나는 꽃이 피었고, 웃었으며, 활줄처럼 떨었다. 그 일요일에 내 영혼은 없어졌고, 종달새처럼 지저귀며 아침 빛 속으로 사라졌다.

나는 언덕 꼭대기로 올라가 좁다란 장밋빛 해안과, 바다와, 섬들의 희미한 윤곽을 둘러보았다. 그 기쁨! 처녀의 몸을 지닌 그리스는 파도 속에서 헤엄을 치다가 떠올랐고, 태양은 신랑처럼 그녀 위에 엎드렸다. 바다는 돌멩이들과 물을 길들였고, 물질의 지둔함과 거침을 떨쳐 버리고 본질만을 간직했다.

나는 아티카 지역을 익히려고 돌아다녔는지도 모른다. 하지만 사실은 내 영혼에 익숙해지려고 나는 방황했다. 나는 나무와, 산과, 고독에서 영혼을 찾으려고 했지만 실패했다. 나는 마음이 즐겁지 않았으니, 그것은 추구하던 바를 찾지 못했다는 확실한 증거였다.

어느 날 한낮에 꼭 한 번 나는 그것을 찾았다고 믿었다. 나는 혼자서 수니온까지 갔다. 벌써 여름이어서 소나무의 갈라진 껍질 틈에서는 송진이 흘러 대기에 방향(芳香)이 가득했다. 메뚜기 한 마리가 내 어깨에 앉았고, 우리들은 얼마 동안 같이 여행을 했다. 내 몸에서는 온통 소나무 냄새가 났고, 나는 소나무가 되었다. 그러자 소나무 숲에서 나온 나는 포세이돈 신전의 하얀 기둥들과 그 사이로 눈부시게 반짝이는 파랗고 신성한 바다를 보았다. 나는 무릎이 떨려 걸음을 멈추었다. 이것이 아름다움이라고 나는 생각했다. 이것이 기쁨의 절정, 날지 못하는 승리여서 인간은 더 이상 높이 오르지 못한다. 이것이 그리스이다.

기쁨이 어찌나 벅찼든지 나는 그리스의 아름다움을 보며 잠깐 동안 두 가지 상처가 아물었고, 비록 덧없다 하더라도 바로 그 덧없음으로 인해서 세상은 가치를 지닌다고 믿었다. 나는 젊은 여인의 얼굴 뒤에서 미래의 쪼글쪼글한 노파를 미리 찾아보려는 시도가 잘못이며, 오히려 노파의 얼굴에서 이제는 사라져 버린 소녀의 신선함과 젊음을 재창조하고 다시 이룩해야 된다고 믿었다.

아티카의 풍경은 정말로 형언할 길이 없을 정도로, 가슴을 찡하게 할 만큼 매혹적이었다. 이곳 아티카에서는 만물이 소박하고, 분명하며, 균형 잡힌 맥박에 종속된다는 느낌을 받는다. 검소하고 메마른 흙과, 히메투스와 펜텔리쿠스의 우아한 곡선과, 은빛 잎사귀가 달린 올리브나무와, 야윈 수도자 같은 삼나무와, 햇빛을 받으며 짓궂게 노려보는 바위와, 그리고 무엇보다도 만물에 옷을 입혔다 벗겼다 하는 장난스럽고 투명하고 완전히 영적인 빛 — 이곳에서는 모두가 귀족적인 우아함과 여유를 지녔다.

아티카의 풍경은 이상적인 인간의 특성을 규정 지어서, 건강하고도 보기 좋은 몸매에 과묵하고 피상적인 부유함으로부터 해방되었으며, 힘을 지녔지만 그 힘을 억누를 능력도 갖추고, 상상력을 제한할 줄 아는 사람이라고 정의한다. 때때로 아티카의 풍경은 소박함의 언저리에 다다른다. 하지만 경계선을 넘지는 않으며, 유쾌하고 친근한 진지함에서 멈춘다. 우아함은 낭만으로, 그리고 마찬가지로 힘은 가혹함으로 타락하지 않는다. 모두가 훌륭하게 조화를 이루며 규칙적이다. 심지어는 미덕까지도 넘치지 않고 인간적인 면모를 어기지 않으며, 더 나아가면 잔인하게 비인간적이거나 신성해질 단계에 이르기 전에 멈춘다. 아티카의 풍경은 뽐내지 않고, 미사여구에 탐닉하지 않으며, 신파조로 기절하는 발작으로 타락하지 않고, 차분하고 힘찬 설득력을 지니며, 해야 할 얘기만 한다. 가장 단순한 방법으로 그것은 본질을 형성한다.

하지만 이렇게 엄숙한 가운데 가끔 미소가 보이니 — 완전히 황폐한 산등성이의 은빛 올리브나무 두세 그루와, 시원스럽게 푸르른 소나무들과, 눈부시게 하얀 말라붙은 강바닥 가장자리의 협죽도(夾竹桃)와, 이글거리는 시퍼런 돌멩이들 사이의 야생 제비꽃들이 그렇다. 상반되는 모든 요소들이 여기에서는 함께 어울려 뒤섞이고, 뜻을 모아서, 가장 숭고한 기적의 조화를 이룩한다.

기적은 어떻게 일어났던가? 엄숙함이 어디에서 그토록 깊은 은총을, 은총이 어디에서 그토록 깊은 엄숙함을 얻었던가? 힘이 어떻게 폭력을 피했을까? 분명히 이 모두가 그리스의 기적을 이룬다.

아티카를 돌아다니다 보면, 겸손함과 고상함과 힘의 가장 훌륭한 교훈을 대지로부터 얻게 되리라는 예감을 느끼는 순간들을 맞는다.

아티카의 시골을 방랑할 때마다, 처음에는 이유도 모르면서, 나는 파르테논 신전을 보고 또 보려고 아크로폴리스로 올라갔다. 신전은 나에게는 신비였다. 그것은 볼 때마다 달랐고, 꼼짝 않으면서도 쉴 새 없이 변하며 살아나고 굽이쳐서, 빛을 가지고 사람의 눈과 장난을 치는 듯싶었다. 하지만 그토록 여러 해 동안 보고 싶어 하다가 마침내 처음으로 내가 앞에 섰을 때, 파르테논은 꼼짝도 않는 원시 짐승의 유해처럼 보였고, 내 가슴은 어린 송아지처럼 두근거리지 않았다. (이것은 평생 동안 나에게 뚜렷한 증거 노릇을 했다. 해돋이나, 그림이나, 여인이나, 어떤 사상 때문에 어린 송아지처럼 가슴이 두근거리면 나는 그것이 행복임을 알았다.) 처음으로 파르테논 앞에 섰을 때 나는 가슴이 두근거리지 않았다. 그 건물은 숫자와 기하학 같은 지성의 잔치여서, 대리석으로 이룩한 흠잡을 데 없는 사상이요, 인간의 마음에 닿지 않는다는 가장 소중하고 아름다운 미덕 이외의 모든 미덕을 지닌 이성의 숭고한 업적처럼 보였다.

나는 파르테논이 2나 4처럼 짝수라고 생각했다. 나는 짝수가 마음에 들지 않아서 전혀 좋아하지 않았다. 그런 숫자들의 삶은 너무 편안하게 마련되어서, 위치가 너무 견고하고, 위치를 바꾸려는 마음이 전혀 없었다. 그들은 만족하고, 보수적이고, 걱정이 없었으며, 모든 문제를 해결하고, 모든 욕망을 실현하며, 차분해졌다. 내 마음의 맥동(脈動)에 맞는 것은 홀수였다. 홀수의 삶은 전혀 편안하지 않다. 홀수는 있는 그대로의 세상을 좋아하지 않아서, 그것을 바꿔 보고, 보태고, 더 밀어 보려고 한다. 그것은 한쪽 발로 땅을 딛고 다른 발은 떼어 떠나려고 한다. 어디로 갈까? 잠깐 멈춰 숨을 돌리고 새로운 추진력을 얻기 위해 다음 짝수로 간다.

대리석으로 지은 냉정한 합리성은 낡은 것을 모두 때려 부수고 새로운 세계를 세우려는 젊은이의 반항적 마음에는 불쾌하게 느껴진다. 마음의 충동을 지나치게 짧은 고삐에 잡아매려고 지혜를 모았던 자는 지나치게 신중하고 노망든 자였으리라. 파르테논으로 등을 돌려 댄 나는 바다까지 뻗어 나간 멋진 경치에 심취했다. 태양이 중천에 떠서 그림자가 없고 빛이 장난을 치지 않는 — 숭고하고, 완벽하고, 가식이 없는 — 절정의 시간 정오였다. 나는 찬란하게 불타는 하얀 도시와, 살라미스 주변에서 반짝이는 신성한 바다와, 발가벗고 기분 좋게 햇볕을 쬐며 둘러선 산들을 보았다. 환상에 잠긴 나는 뒤에 버티고 선 파르테논을 잊었다.

그러나 아티카의 올리브나무 숲과 사로니크 만에서 다시 돌아올 때마다 조화는 베일을 하나씩 천천히 벗어던지고 내 마음속에서 점점 모습을 드러냈다. 아크로폴리스로 다시 올라갈 때마다 파르테논은 곧 멈추려는 추처럼 조금씩 흔들리며 숨을 쉬는 듯싶었다.

이런 성숙의 깨우침은 몇 달, 아니 몇 년 동안이나 계속되었다. 완전히 성숙해서 파르테논 앞에 서고, 내 가슴이 어린 송아지처럼 두근거렸던 때가 정확히 어느 날인지 나는 기억하지 못한다. 내 앞에 치솟은 신전은 얼마나 찬란한 우승배였고, 이성과 감정의 조화였으며, 인간의 노력이 이룬 숭고한 결실이었던가! 공간은 정복되었고, 큼과 작음의 차이는 사라졌다. 인간에 의해 조각된 좁다랗고 마술적인 평행 사변형에 무한성이 스며들어 한가하게 자리를 잡고 휴식을 취했다. 시간도 마찬가지로 정복되었고, 숭고한 순간이 영원으로 바뀌었다.

나는 따스하게 태양을 머금은 대리석을 쳐다보았다. 내 시선은 손처럼 돌멩이들을 만져 더듬고 숨은 신비를 벗겼으며, 고정된 눈길은 떠나기를 거부했다. 나는 평행선처럼 보이면서, 눈에 띄지 않을 만큼 서로 가까이 기대며 부드러움과 힘이 조화를 이루어, 맡겨진 성스러운 박공들을 떠받드는 기둥들을 보았다. 그토록 빈틈없이 곧은 선들을 창조하는 굴곡은 없었다. 그토록 이해하고, 그토록 사랑하며 숫자와 음악이 짝을 이룬 적은 없었다.

이것이 아테네에서 학생으로 지내던 4년 동안의 경험에서 가장 큰 기쁨이었다고 나는 믿는다. 내가 호흡한 공기는 단 한 번도 여자의 숨결로 흐려진 적이 없었다. 그러나 나는 무척 좋아했던 친구가 몇 사람 있었다. 나는 그들과 등산을 했고, 여름에는 바다에서 같이 수영을 즐겼다. 우리들은 덧없는 일상적인 일들에 대한 잡담을 했고, 가끔 파티를 열면 어떤 친구들은 사귀는 여자를 데리고 왔다. 우리들은 젊었기 때문에 이유도 없이 웃었고, 또한 우리들은 젊었기 때문에 이유도 없이 슬퍼했다. 우리들은 힘이 너무 많이 남아돌아서 질식을 당하기 때문에 한숨을 지었으며, 젊고 지치지 않는 어린 들소 같았다.

얼마나 많은 가능성이 우리들에게 손을 내밀었던가! 나는 친구들의 눈을 하나씩 들여다보면서 그들의 힘이 어느 쪽으로 불타서 흔적을 남길 것인지 점을 치려고 애썼다. 한 사람은 입을 열면 소중히 여기던 어떤 사상이나 광적인 어리석음을 털어놓기 시작했으며, 그의 열정에는 당장 불이 붙었으니, 조금도 헛디딤이 없이 거센 에피그램적*epigrammatic*인 힘으로 그가 펼쳐 내는 사상에 귀를 기울이면서 나는 벅찬 기쁨을 느꼈다. 내가 입을 열어 얘기를 할 때마다 곧바로 후회했던 터라, 나는 그의 얘기 들으면 부러움을 느꼈다. 나는 말이 쉽게 제대로 나오지 않았고, 어쩌다가 내 견해를 뒷받침하는 이론을 전개하려면 그에 못지않게 정확한 반대 이론이 당장 머리에 떠오르게 마련이었다. 거짓말을 하기가 창피해지면 나는 갑자기 입을 다물고는 했다. 다른 친구는 말수가 적었다. 지극히 말을 아끼던 그는 법과 대학에서 교실 수업을 할 때 이외에는 절대로 입을 열지 않았는데, 뒤엉킨 매듭 같은 법에 관한 문제들을 그가 일부러 지어냈다가 요술 같은 솜씨로 그것을 풀어 버리는 동안 교수와 우리들은 모두 감탄하며 그의 얘기에 귀를 기울였다. 또 다른 사람은 군중을 다스리는 위대한 선동가였다. 그는 정치에 관여했고, 시위를 선동했으며, 연설을 많이 했고, 감옥에 들어갔다가 나와서 다시 투쟁을 계속했다. 우리들은 틀림없이 그가 언젠가는 위대한 정치인이 될 것이라고 말했다. 얼굴이 창백하고 말투가 상냥하며 파르스름한 눈에 손은 여자처럼 고운 채식주의자인 또 다른 사람은 굉장히 고생을 한 결과로 모임을 만들어서, 〈손보다 발을 깨끗이〉라는 글자를 써넣은 하얀 백합을 상징으로 삼았다. 그는 달을 좋아했다. 「내가 흠모하는 여인은 달뿐이야.」 그가 자주 말했다. 또 다른 한 사람은 손을 대지 않은 백합처럼 파리하고, 우울하고, 손가락이 가느다랗고, 푸른 눈은 큼직했다. 그는 시를 썼다. 나는 지금 그의 시를 거의 한 편도 외우지 못하지만 외로울 때 혼자 그가 쓴 시구를 읊으면 눈물이 고인다. 어느 날 밤 이 젊은이가 카이사리아니 수도원 밖 올리브나무에 목을 맸기 때문이다.

저마다 터지지 않은 꽃봉오리처럼 가득 찬 영혼을 지닌 다른 사람들도 많았다. 언제 그들이 꽃피고, 언제 그들이 열매를 맺으려나? 나는 혼자 생각했다. 〈하느님이시여, 나로 하여금 그런 날을 볼 때까지 살게 해주시고 내 마음속의 꽃봉오리들이 터져 어떤 열매를 맺게 될지 보게 해주소서〉 하고 나는 기도했다. 나는 작별이라도 고하는 듯 초조하고 형언하기 어려운 슬픔을 느끼며 친구들을 보았다. 자연이 싹틀 때 불어닥치는 세월의 태풍이 그들의 영혼을 홀랑 벗기고 무자비하게 날려 버릴까 봐 두려웠기 때문이다.

아테네를 떠날 때, 나는 평생 받아 본 것이라고는 두 개뿐인 월계관을 이미 탄 이후였다. 하나는 검술로 받았다. 그것은 무겁고, 하얗고 파란 리본으로 엮었으며, 델포이 계곡에서 꺾어 왔다고 알려진 월계수로 만들었다. 그것은 거짓말이었다. 그런 거짓말은 나도 알았고 모두들 알았지만, 그래도 이 거짓말이 잎사귀에 광채를 부여했다. 다른 월계관은 극작 경연에서 받았다. 왜 그랬는지는 모르겠지만 어느 날 나는 피에 불이 붙었고, 우울과 정열이 가득한 격정적인 희곡을 썼다. 그것은 사랑을 얘기했고, 나는 〈동이 트면〉이라고 제목을 붙였다. 분명히 나는 세상 사람들에게 보다 뛰어나고 보다 고결한 도덕성과, 보다 큰 자유와, 새로운 광명을 베풀어 준다고 믿었다. 심사를 맡았던 근엄하고, 말끔히 면도한 데다 정장을 입은 교수는 제출된 작품들 가운데 내 희곡이 가장 우수하다고 평했다. 하지만 두려움을 이기지 못해서였던지 그는 내 희곡의 오만한 구절들과 자유분방한 선정주의를 (흠잡을 데 없는 고상한 말투로) 비난했다. 「우리들은 시인에게 월계관을 내려 주지만, 성스러운 땅에서 그를 축출합니다.」 그가 결론지어 말했다. 경험도 없고 수염도 나지 않았던 학생인 나는 널따란 대학 강당에서 그 말을 들었다. 귀밑까지 얼굴이 새빨개진 나는 자리에서 일어나, 월계관을 심사 위원의 책상에 남겨 두고 나가 버렸다.

나에게는 외무부에서 외교관보로 일하던 친구가 있었다. 우리들은 얼마 전에 서부 유럽으로 함께 여행을 떠나자고 계획을 세웠던 터였다. 「검술에서 탄 월계관을 가지고 가면 좋겠어.」 어느 날 그가 나에게 말했다. 「북쪽으로 가면 월계수 잎사귀를 구하기가 어려운데, 국을 끓이려면 그게 있어야 하거든.」

나는 월계관을 버리지 않고 벽에 걸어 두었다. 세월이 흘렀다. 마침내 꿈이 실현되어 친구와 독일로 떠나게 되었을 때, 나는 월계관을 가지고 갔다. 2년 동안에 우리들은 국을 끓이느라고 월계수 잎사귀를 모두 뜯어 썼다.

크레타로 돌아오다 — 크노소스

 학창 시절의 마지막 해 여름에 나는 크레타로 돌아갔다. 어머니는 여느 때처럼 마당이 내다보이는 창문 옆에 앉아서 기다리고 있었다. 어머니는 양말을 깁는 중이었다. 저녁때였고, 누이동생은 박하나무와 마저럼[1]에 물을 주기 시작했다. 우물 위로 얹은 지붕에는 알차고 아직 익지 않은 포도송이들이 묵직했다.

 집 안은 아무것도 변하지 않았다. 소파, 거울, 전등, 모든 것이 제자리 그대로였으며, 콧수염을 잔뜩 기르고, 가슴에 털이 나고, 허리에 권총을 차고, 거칠고, 기분이 내키는 대로 선과 악을 다 행했던 정열에 지배되던 인간들인 21년도의 영웅들이 벽마다 걸렸다. 카라이스카키스[2]는 스투르나라스에게 이런 편지를 썼다. 〈가장 용맹한 형제 니콜라오스 대장이여, 나는 당신의 편지와 글을 읽었소. 내 경기병은 나팔과 투벨레키아를 다 갖추었소. 나는 기분 내키는 대로 아무것이나 연주합니다!〉 투벨레키아는 터키의 악기이고 나팔은 그리스의 악기였다. 이들 영웅은 그냥 순수한 영혼이 아니라, 위대한 인간들이었다. 그리고 위대한 인간은

---

1 약용 식물.
2 Georgios Karaiskakis(1780?~1827). 1821년 그리스 독립 전쟁의 지도자.

위험하다. 나는 그런 똥물 속에서 파란 자유의 꽃이 어떻게 양분을 찾아 싹이 트는지를 가끔 궁금하게 생각했다. 증오, 배반, 알력, 용맹함, 조국에 대한 열렬한 사랑 잘롱곤[3]의 춤!

화창한 이튿날 아침에 나는 몇 년이나 만나지 못했던 동창생들을 찾아갔다. 동지회의 회원들은 알아보지 못할 지경이었다. 삶이 그들을 벌써 깔아뭉개서 납작하게 만들었던 것이다. 동지회 얘기를 하면서 그들은 웃음을 터뜨렸다. 한 사람은 목소리가 좋아서 결혼식과, 세례식과, 축제 때마다 초청되었다. 그는 먹고, 마시고, 노래했다. 사람들은 그의 달콤한 목소리에 감탄했고, 그는 그들의 흠모를 누렸다. 그는 타락의 길로 들어섰고, 술을 너무 많이 마셨기 때문에 벌써 손이 떨렸다. 다른 사람은 기타를 배웠다. 그는 친구들과 어울려 정열적인 가락과 흥겨운 민요를 연주했다. 그들은 둘 다 잘 먹고 만족했으며, 코가 벌써 빨개지는 중이었다. 그들은 비누 공장에 취직해서 돈을 벌고, 삶을 즐기며, 혼처를 물색했다.

그들을 지켜보고 얘기를 들었지만, 나는 목이 메어 말을 하지 못했다. 그렇다면 불꽃이 그토록 빨리 타버려 잿더미만 남는가? 영혼이란 그토록 육체와 밀접한 관계인가? 그들은 모든 젊은 여자의 지참금이 얼마이고, 가장 맛있는 요리는 어디에 가면 먹을 수 있고, 어느 술집의 포도주가 가장 좋은지를 알았다.

나는 방금 장례식에서 돌아온 듯 속이 뒤집히는 기분을 느끼며 자리를 떴다. 하찮은 미덕이 하찮은 악보다 훨씬 위험하다고 나는 생각했다. 만일 두 사람이 노래와 연주를 그렇게 잘하지 않았

---

3 에피루스의 절벽으로, 1803년 12월 18일에 그리스 여인 57명이 터키인들에게 붙잡히기보다는 여기서 죽음을 택했다. 아기들을 먼저 절벽으로 던진 다음, 그들은 원을 이루고 춤을 추며 빠져 죽었다고 한다.

더라면 잔치에 초대되지 않았을 터이고, 술이 취해 시간을 낭비하지 않아 구원을 받았으리라. 하지만 노래를 멋지게 부르고 기타를 연주하던 그들은 몰락하기 시작했다.

이튿날 먼발치서 그들이 눈에 띄자 나는 다른 길로 피해 갔다. 세계를 구하려던 그토록 많은 위대한 계획이, 그토록 수많은 우정과 갈망이 너무나 빨리 내 마음속에서 시들어 버렸기 때문에 나는 부끄러웠다. 바람이 불자 젊음의 꽃이 만발했던 나무가 헐벗었다. 젊음의 나무는 아무 열매도 맺지 않으려는가? 나는 궁금했다. 그렇다면 바다를 가르며 함대가 나아가서 이렇듯 나라를 벗어나기도 전에 침몰해 버린다는 말인가?

쥐엄나무 열매와 썩은 불수감의 다정한 냄새를 다시금 맡기 위해서 나는 홀로 좁다란 골목길들을 배회하며 자꾸만 항구로 나갔다. 때로는 단테를, 때로는 호메로스를...... 나는 항상 책을 들고 갔다. 불멸의 시들을 읽으면서 나는 인간이 불멸의 잠재성을 지녔으며, 세상의 집과 사람들과 기쁨과 모욕 따위의 이질적인 표면이, 이른바 삶이라는 불규칙한 혼돈이, 조화를 이룰 힘을 갖추었다고 느꼈다.

어느 날 나는 에이레 아가씨의 집으로 찾아갔다. 그녀는 떠나 버렸다. 나는 내가 한 행동과 하지 못한 행동에 대해서 이상하게 씁쓸한 회한을 느끼며 두 번째로 그 앞을 지나갔다. 마치 나는 범죄를 저질렀고, 희생자의 주변에서 서성거리는 듯싶었다. 나는 잠을 이루지 못했다. 어느 날 밤 터키인들의 주거 지역을 지나가다가 나는 구슬프게 흐느끼는 정열로 가득 찬 목소리로 동양의 연가를 부르는 여자의 노래를 들었다. 노랫소리는 울적하고 무척 깊고 음울했으며, 여인의 사타구니에서 흘러나와 절망과 애절한 우울로 밤을 가득 채웠다. 더 나아가지 못하고 나는 걸음을 멈추고는 벽에 머리를 기대어 귀를 기울였다. 나는 호흡을 가다듬을 수가 없었다. 질식한 내 영혼은 더 이상 흙의 우리 안에 담겨 있지 못하고 두개골을 뚫고 흘러나와 도망칠까 말까 머뭇거렸다. 아니다, 노래하는 여인의 가슴은 사랑 때문에, 남자와 여자의 교미라는 신비 때문에, 아들을 바라는 기쁨과 희망 때문에 울렁거리지는 않았다. 그것은 외침 때문에, 도덕과 수치와 희망이라는 감옥의 철창을 부수고 나와 어둠 속에서 기다리며 유혹하는 무서운 〈연인〉에게, 우리들이 〈신〉이라고 일컫는 자에게 몸을 맡기고, 자신을 망각하고, 하나가 되라는 명령 때문에 울렁거린다. 구슬프게 떨리는 여인의 목소리를 들으면서 그날 밤 나는 사랑과, 죽음과, 신이 하나이며 똑같다고 느꼈다. 세월의 흐름에 따라 나는 심연과 우리 마음속에서 그리고 혼돈의 심연 속에서 숨어 기다리는 무서운 삼위일체를 더욱 깊이 의식하게 되었다. 그것은 삼위일체가 아니라 비잔티움의 어느 신비주의자가 〈투쟁적인 단자(單子, *Militant Monad*)〉라고 이름지은 것이었다.

    노래를 부르던 여자가 조용해졌다. 나는 벽에서 몸을 떼었다. 세상이 다시 혼돈으로부터 솟아 나왔다. 집들은 자리를 잡았고, 길거리가 다시금 앞에 펼쳐져서 나는 걸을 수 있게 되었다. 나는 밤새도록 방황했다. 내 이성은 침묵했고, 혼란한 마음을 가라앉히거나 그 형태를 바꿀 아무런 생각도 떠오르지 않았다. 육체가 이끄는 대로 나는 바다 위의 삼중 성벽을 따라 거닐었다. 하늘은 반짝였고, 만물이 찬란한 빛을 받았다. 성좌들이 자리를 바꾸어 서쪽으로 기울더니 사라졌고, 내 영혼도 함께 사라졌다. 무척이나 서늘한 산들바람이 산에서 불어와 창 틈으로 집 안에 스며들어서 땀 흘리며 잠든 사람들을 식혀 주었다. 나는 깊은 침묵 속에서 도시가 숨 쉬는 소리를 들었다.

크레타로 돌아오다 — 크노소스

그날 밤 또다시 나는 에이레 아가씨의 집 앞을 지나갔다. 나는 몇 시간째 걸었는데, 그럴 생각도 없었고 의식도 못 했지만 점점 작아지는 나선을 그리며 돌아서 자꾸만 중앙에 위치한 그녀의 집으로 가까이 다가갔다. 나를 부르는 소리가, 거역하지 못할 오만하고 꾸짖는 외침이 그녀의 집에서 울려 나오는 듯싶었다. 하지만 동틀 녘이 가까워 창문과 문이 닫힌 그녀의 집 앞에 다시 한 번 다다르기 직전에 번갯불이 내 머릿속에서 갈라지며 빛을 발산했다. 그것은 외치는 소리가 아니라 그날 저녁에 터키인 지역을 지나가다가 들었던 울적하고 원시적인 여인의 노래였다. 노래는 이제 내 머릿속에서 형태를 잃고는 버림받아 짝이 없는 외로운 짐승의 울부짖음으로 변했다.

노래, 짐승의 울부짖음, 에이레 아가씨의 절규 — 이 모두가 밧줄이 되어 내 목을 졸랐다. 나는 언젠가 나이 많은 이슬람교도의 입을 통해 들었던 근엄한 격언이 머리에 떠올랐다. 〈만일 여자가 같이 자자고 부르는데 가지 않으면 저주를 받을지어다. 신은 이것을 용서하지 않는다. 너는 지옥의 밑바닥에 유다와 자리를 같이하리라.〉 나는 이 말에 겁이 났다. 식은땀을 흘리면서 나는 다친 짐승처럼 비틀거리며 집으로 걸음을 서둘렀다.

삐걱거리는 소리에 아버지가 잠을 깨지 않도록 발돋움을 하고 층계를 올라가서 나는 침대로 몸을 던졌다. 나는 떨었다. 화끈화끈 덥다가도 어느새 부르르 몸을 떨었다. 분명히 나는 몸에 열이 있었다. 잠이 독거미처럼 찾아와서 거미줄로 나를 감았다. 이튿날 정오경에 잠을 깬 나는 아직도 계속해서 떨었다.

고뇌는 사흘 동안 계속되었다. 그것은 고뇌라기보다 마음 한가운데 맺힌 응어리였고, 입 맛은 독처럼 썼다. 마당 한가운데 선 아카시아와, 열매가 묵직하게 달린 나무와, 수를 놓는 여동생과,

힘든 집안일의 멍에를 지고 소리 없이 드나드는 어머니를 창문으로 물끄러미 내다보려니까, 응어리가 가슴에서 목구멍으로 올라왔다. 나는 목이 졸리었다. 나는 천국에서 추방당하는 기분을 느꼈다. 아니, 추방이 아니라, 나는 스스로 천국의 울타리를 뛰어넘어 도망쳤고, 닫힌 문밖에서 내가 저지른 행동을 후회하며 풀이 죽어 방황하는 기분이었다.

나흘째 되던 날 나는 아침 일찍 잠자리에서 일어나 뚜렷한 목적도 없고 무엇을 해야 할지도 모르면서 펜을 들고 글을 쓰기 시작했다.

이것이 내 생애에서 결정적인 순간이 되었다. 그날 아침, 아마도 이렇게 함으로써 내 마음속의 고뇌가 문을 열고 빠져나갔는지도 모른다. (분명하게 형태를 갖추지는 않았어도 나는 이런 생각을 했던 모양이지만) 만일 고뇌가 윤곽을 갖추고, 만일 어휘가 고뇌에 구체적인 양상을 부여한다면, 나는 그 모습을 보고 더 이상 두려워하지 않을지도 모른다. 나는 중대한 죄를 범했다. 하지만 저지른 죄를 고해한다면 나는 안도감을 느끼게 될지도 모른다.

따라서 나는 어휘들을 동원하고, 읽었던 시와, 성자들의 전기와, 소설들을 되내뿜었는지도 모른다. 나도 모르게 여기저기서 훔쳐 가며 나는 글을 쓰기 시작했다. 그러나 맨 처음 종이에다 적어 놓은 어휘들을 보고 나는 놀랐다. 나는 그런 생각을 머릿속에 가지고 살지 않았었다. 나는 그런 내용들을 쓰기를 거부했었는데, 어째서 그것을 썼을까? (해방이 되었다고 확신했으면서도) 첫 성적인 접촉으로부터 영원히 해방되지 못한 듯, 나는 에이레 아가씨에 대해서 정열과 환상적 의미로 가득 찬 얘기를 구체화하기 시작했다. 그런 다정한 말을 나는 전혀 그녀에게 한 적이 없었고, 그녀를 만졌을 때 지금 종이 위에다 늘어놓은 그런 황홀감도 나는 전혀 느끼지 않았었다. 거짓말, 모두가 거짓말이었지만, 그래도 나는 지금 앞에 놓인 종이에다 거짓말을 장황하게 늘어놓았고, 놀랍게도 그녀에게서 굉장한 쾌감을 맛보았음을 깨달았다. 그렇다면 모든 거짓이 정말이었을까? 나는 쾌감을 경험하는 동안 어째서 그것을 의식하지 못했을까? 이제 와서야 글로 써가면서 나는 왜 그것을 처음으로 깨닫게 되었을까?

글을 쓰면서 나는 으쓱했다. 마음 내키는 대로, 내 기분에 맞도록 현실을 멋대로 변형시키던 나는 신이 아니겠는가? 나는 분리시키기가 불가능할 만큼 진리와 거짓을 함께 뒤섞었다. 아니다, 이제는 진리나 허위 따위는 없어졌고, 누구에게서도 허락을 받지 않고도 모두를 자유롭게 내가 아무렇게나 짓이겨도 좋은 말랑말랑한 밀가루 반죽이 되었다. 확실성 자체보다도 훨씬 확실한 불확실성은 틀림없이 존재한다. 그리고 진리라는 이름으로 통하는 인간성의 1층짜리 건물보다 한층 더 높은 거짓이 존재한다.

등이 약간 굽었고 별로 대단치 않은 에이레 아가씨는 내 작품 속에서 알아보지 못할 만큼 달라졌고, 털이 뽑힌 수탉 같던 나는 내 소유가 아닌 여러 빛깔의 커다란 깃털을 몸에 붙였다.

나는 며칠 사이에 작품을 끝냈다. 원고를 모아서 나는 빨간 비잔티움체 글자로 〈뱀과 백합〉이라는 제목을 써넣었고, 자리에서 일어나 창가로 가서 심호흡을 했다. 에이레 아가씨는 이제 나를 괴롭히지 않았고, 종이 위에 누운 그녀는 절대로 다시는 종이에서 떨어져 나오지 못하리라. 나는 구원되었다!

구름이 하늘을 뒤덮었고 대기가 흐려지더니 비가 내렸다. 널찍한 포도 잎사귀들이 반짝였고, 알찬 포도송이들이 유리처럼 빛났다. 나는 항상 갓 파헤친 무덤을 연상시키는 젖은 흙의 향기를 들이마셨다. 하지만 오늘은 죽음의 악취에 홀려서인지 내 마음은 감미로운 향기로 가득했다. 물에 흠뻑 젖은 참새가 날아와 창턱에서 비를 피했다. 머리 위 지붕에서는 비둘기 떼처럼 빗발이 꾸르륵거리고 쪼아 대었다.

나는 놓치고 싶지 않은 작은 생명체처럼, 비에 젖은 참새처럼, 잿가루가 되었던 에이레 아가씨와 내가 화해를 했기 때문에 다시 생명을 얻은 사과를 손에 쥐기라도 한 듯, 아직도 원고를 꼭 움켜쥔 채였다.

나는 마당으로 나가 비를 맞으며 화분들 사이를 오락가락하면서, 하늘이 나를 가엾게 여겨 내려 준 비를 메마르고 목마른 나무처럼 쾌감을 느끼면서 맛보았다. 비는 나에게 항상 형언하기 어려운 기쁨을, 부끄럽지 않았다면 성적인 기쁨이라고 부르고 싶었던 그런 즐거움을 주었다. 나는 대지가, 목마른 대지가 된 기분이었고, 내 몸속 깊숙이 들어가 숨은 여성적인 요소가 눈을 떠서 남자를 받아들이듯 하늘을 받아들였……. 마음이 타버리지 않았으므로 나는 환희에 차서 빗속을 걸었다. 어휘로 새롭게 빚어 굳혀 놓은 형태 이외에는 나는 그 후 다시는 에이레 아가씨를 생각하지 않았다. 그녀는 이제 종이 위에 누워 있었다. 그토록 오랫동안 내 가슴속에 축적되었던 고뇌는 진실이 아니었고, 상상력에 의해 새로 태어난 존재가 진실이었다. 상상의 힘으로 나는 현실을 지워 버리고 안도감을 느꼈다.

현실과 상상, 창조하는 신과 창조하는 인간 사이의 투쟁은 얼마 동안 내 마음을 도취시켰다. 「내가 갈 길은 이것이고 이것이 내 의무이다.」 빗속에서 오락가락하며 나는 마당에서 소리쳤다. 인간은 저마다 맞서 싸울 적의 정체를 결정짓는다. 비록 그것이 파멸을 뜻할지언정, 나는 신과 싸우게 되어서 기뻤다. 그는 흙을 빚어 세상을 창조했고, 나는 어휘를 빚는다. 신은 지금처럼 땅 위를 기어다니는 인간을 만들었고, 나는 꿈을 이루는 공기와 상상력으로 시간의 횡포에 항거하는 인간을, 보다 영적인 인간을 빚어내리라. 신의 인간은 죽지만, 내가 창조한 인간은 살리라!

이토록 악마적인 나의 교만함을 돌이켜보면 나는 부끄러움을 느낀다. 하지만 그때 나는 젊었고, 젊다 함은 세상을 무너뜨리고 그 자리에다 훨씬 훌륭한 새로운 세계를 건설하려는 뻔뻔스러움을 소유했다는 뜻이다.

내 가슴은 고뇌로 부풀었다. 비록 과거의 불안이 한쪽 구석에 말없이 주눅이 들어 쪼그린 채 도사렸어도, 새로운 불안이 밀어닥쳤다. 내 앞에 불쑥 나타난 길은 위험하고 지극히 가파른 것이었다. 여태껏 모르던 길이 어떻게 갑자기 나타났는가? 누가 내면의 문을 열고는 구원의 문이라고 생각되는 쪽으로 손짓해 불렀던가? 충족시키지 못한 사랑의 고통이 그랬던가, 아니면 어릴 적에 읽었던 전설의 성자들이 문을 열어 주었나? 아니면 내가 싸워서 돕지 못하리라는 것을 알았던 크레타가 내 손에 다른 무기를 쥐어 준 것일까?

이튿날인 일요일 아침 교회의 종이 울리고 기독교인들이 예배를 보러 성 미나스 교회로 향할 때 나는 생각을 다른 방향으로 바꿔 보려고 다른 성지로 향했다. 나는 최근에 크노소스의 역사 깊은 땅에서 발굴된 성 크레타에게 경배를 하려고 찾아갔다.

크레타의 신비는 지극히 깊다. 크레타 섬에 발을 디디는 모든 사람은 핏속으로 따스하고 온화하게 퍼지는 신비한 힘을 의식하고, 영혼이 자라기 시작함을 깨닫는다. 하지만 지금까지 흙 속에 파묻혀 있던 엄청나게 다양하고 다채로운 문명이, 그토록 위대한 위엄과 싱그러운 기쁨이 넘치는 문명이 발견된 이후로 신비는 더욱 깊어지고 풍요해졌다.

나는 도시를 벗어나 새로운 묘지로 뻗어 나간 길을 따라갔다. 감탄하고 흐느껴 우는 소리를 들으며 나는 걸음을 서둘렀다. 메갈로카스트로의 유지이며 이웃에 살던 지체 높은 상인이 이틀 전에 죽어서 새로 마련한 묘지에 묻힐 예정이었다. 그는 젊은 나이에 죽었고, 친구들이 시체를 옮겨 가자 그의 아내는 관에 매달려 놓아주려고 하지 않았다. 그때 내가 옆을 지나갔다. 독자는 기억하겠지만, 4학년 때 어느 날 이웃에 살던 안니카의 뼈를 무덤에서 추려 내는 장면을 본 이후로, 나는 시체를 볼 엄두가 나지 않았으므로 시선을 돌렸다. 나는 두려움에 사로잡혔다. 머리카락도 없고, 눈도 없고, 입술도 없는 안니카가 눈앞으로 튀어나와 나를 붙잡아 다시 무릎에 앉히려고 달려온다. 물론 정말 그렇지 않다는 사실은 알지만, 진실보다 참된 무엇이 존재함도 아는 까닭에 나는 무서워져서 시체를 볼 때마다 걸음을 서두른다.

나는 올리브나무 숲과 포도원으로 둘러싸였다. 거두기는커녕 아직 시작되지도 않았고, 포도송이들은 땅에 닿을 지경으로 묵직하게 매달렸다. 대기에서는 무화과 잎사귀 냄새가 풍겼다. 노부인이 가까이 다가왔다. 그녀는 걸음을 멈추었다. 팔에 낀 바구니를 덮은 잎사귀 두세 개를 들추더니 노부인은 무화과 두 개를 꺼내 나한테 주었다.

「저를 아세요, 할머니?」 내가 물었다.

노부인은 놀라서 나를 쳐다보았다. 「그렇지 않단다, 애야. 모르는 사람한테 뭘 주면 안 된단 말이냐? 너는 인간이지? 나도 그래. 그만하면 충분하지 않아?」

소녀처럼 밝게 웃으면서 그녀는 다시 카스트로를 향해 터벅터벅 걸어갔다.

무화과에서는 단물이 흘렀고, 여태껏 먹어 본 과일들 가운데 가장 맛있게 여겨졌다. 무화과를 먹는 동안 노부인의 말이 머릿속에 되살아났다. 너는 인간이다. 나도 그렇다. 그만하면 충분하다!

내 옆에 그림자가 하나 졌다. 눈을 돌려보니 가톨릭 신부였다. 그는 나를 쳐다보고 미소를 지었다.

「난 아베[4] 뮈니에예요.」 손을 잡으면서 그가 말했다. 「나하고 얘기 좀 할까요? 난 현대 그리스어를 몰라요. 고대어밖에 — $M\tilde{\eta}\nu\iota\nu\ \check{\alpha}\epsilon\iota\delta\epsilon,\ \vartheta\epsilon\acute{\alpha},\ \Pi\eta\lambda\eta\ddot{\iota}\acute{\alpha}\delta\epsilon\omega\ \mathrm{A}\chi\iota\lambda\tilde{\eta}os$[5]……」

「……$o\dot{\upsilon}\lambda o\mu \acute{\epsilon}\nu\eta\nu,\ \dot{\eta}\ \mu\upsilon\rho\acute{\iota}\ \mathrm{A}\chi\alpha\iota o\hat{\iota}s\ \check{\alpha}\lambda\gamma\epsilon'\ \check{\epsilon}\vartheta\eta\kappa\epsilon$[6]……」 내가 말을 이었다.

웃어 대면서 우리들은 계속해서 불멸의 시구를 낭송하며 나아갔다. 나중에 나는 이마에 백발 한 다발을 펄럭이며 웃어 대고 시를 읊던 아베가 고결하고 이지적인 인물로 명성이 높았음을 알게 되었다. 파리에서 그는 이름난 무신론자 여럿을 신자로 만들었다. 번득이는 이성의 소유자인 그는 속세를 자주 돌아다니며 유명한 여인들과 농담과 얘기를 나누었지만, 그의 장난스럽고 유동적인 표면의 뒤에서는 굳건하고 흔들리지 않는 바위처럼 십자가에 못 박힌 그리스도가 드러났다. 아니, 십자가에 못 박힌 그리스도가 아니라 부활한 그리스도였다. 관리인이 서둘러 마중을 나와 유적에 대한 설명을 했다. 그는 소박하고 유쾌한 크레타인이었고, 헐렁헐렁한 통바지 차림에 큼직한 지팡이를 들고 있었다. 그의 이름은 다윗이었다. 크노소스에서 관리인과 안내인 노릇을 오랫동

---

4 프랑스어로 성직자에 대한 경칭.
5 호메로스의 『일리아스』의 첫 귀절. 〈여신들이여, 펠레우스의 아들 아킬레우스의 분노를 노래하라.〉
6 〈수천의 아카이아인들의 목숨을 앗아 간.〉

안 하는 사이에 그는 배운 것이 많았다. 그는 궁전이 자기 집인 양 얘기를 하며 주인처럼 우리들을 안으로 맞아들였다.

그는 앞장서서 가며 지팡이로 유적들을 가리켰다.

「앞에 보이는 거대한 궁전은 길이가 60미터이고 폭이 29미터입니다. 여기가 장식을 한 커다란 항아리들을 두는 저장실이고요. 왕은 사람들을 먹여 살리려고 여기에다 야채를 저장했어요. 항아리 속에서는 포도주와 올리브기름의 침전물뿐 아니라 올리브 속씨와, 콩과, 병아리콩과, 밀과, 보리와, 렌즈콩도 발견되죠. 큰불이 나서 모두 숯이 되었지만요.」

우리들은 위층으로 올라갔다. 여기저기 짧고 굵은 기둥들은 검정이나 보랏빛으로 칠했다. 통로에는 꽃과, 방패와, 들소의 벽화가 있었다. 우리들은 높다란 테라스에 이르렀다. 사방으로 쾌적하고 정든 풍경이 펼쳐졌고, 지평선의 중앙에는 반듯하게 누운 제우스의 머리인 요우츠타스가 놓였다. 반쯤 무너지고 반쯤 복구한 궁전은 수천 년이 흘렀어도 다시금 크레타의 남성적인 햇살을 즐기며 찬란하게 반짝였다. 궁전에서는 균형이 잡히고 기하학적인 그리스의 건축이 눈에 띄지 않았다. 상상력과, 우아함과, 인간의 창조력이 발휘한 자유로운 솜씨가 이곳을 다스린다. 궁전은 생명체처럼, 나무처럼, 세월이 흐름에 따라 서서히 자라고 불어났다. 그것은 미리 계산하고 고정된 계획에 따라 단 한 번에 짓지 않고, 항상 새로운 시대의 필요성과 조화를 이루고 희롱을 하며 손질을 가하는 사이에 자라났다. 이곳에서는 융통성이 없고 속이지도 못할 논리에 인간이 끌려다니지 않았다. 지성은 쓸모가 많았지만, 주인이 아니라 하인이었다. 주인은 다른 것, 다른 사람이었다. 그것을 무엇이라고 불러야 옳을까?

아베에게로 돌아선 나는 내가 생각했던 바를 털어놓고 그의 견해를 물었다.

「주인이 누구였는지를 알고 싶다고요.」 그는 미소를 지으며 대답했다. 「하느님 이외에 뭐라고 성직자가 대답할 것 같아요? 크레타인들의 신이 주인이어서, 사람들의 손과 마음은 신의 안내를 받아 창조를 했답니다. 신이 건축 주임이었죠. 그리고 크레타의 신은 섬을 감싸 안은 바다처럼 유연하고 장난이 심했어요. 그렇기 때문에 경치와, 궁전과, 그림과, 바다는 그토록 티없는 조화와 통일성을 이룩했어요.」

돌층계를 내려가면서 우리들은 벽에 그려 놓은 들소와, 백합과, 푸른 바다의 물고기, 그리고 마치 그들의 어머니나 마찬가지인 물 때문에 질식을 당하기가 싫어서 훨씬 정화된 대기를 호흡하고 싶다는 듯 지느러미를 펼치고 파도를 뛰어넘는 날치들의 그림을 말없이 구경했다. 우리들은 극장에서 발을 멈추었다. 안내인은 열기를 띠었다.

「여기서 투우가 벌어졌어요.」 자부심으로 표정이 밝아지며 그가 말했다. 「하지만 크레타의 투우는 스페인의 투우처럼 야만적이지 않았어요. 그곳에서는 소를 죽이고 말의 배가 터진다는 얘기를 들었습니다. 여기에서는 투우란 피를 흘리지 않는 경기였어요. 인간과 소가 같이 놀았죠. 투우사가 소의 뿔을 잡으면 소는 화가 나서 머리로 치받고, 그러면 투우사는 추진력을 얻어 유연하게 재주를 넘어서 소의 잔등에 떨어져요. 그런 다음에 그는 두 번째로 재주를 넘어 소의 꼬리 쪽으로 떨어지고, 그러면 기다리던 젊은 아가씨가 그를 안아 줍니다.」

아베는 극장의 석조 계단식 관객석을 응시하면서, 무슨 얘기인지 알아내려고 애쓰는 기색이 역력했다. 나는 관리인의 얘기를 그에게 통역해 주었다.

그는 내 팔을 잡았다. 우리들은 다시 걸었다.

「피를 흘리지 않고 신과 경기를 벌이기란 무척 어려운 일이에요.」 그가 중얼거렸다.

신성함의 상징으로서 양쪽에 날이 달린 도끼를 꼭대기에 새겼으며, 반들반들 윤을 낸 정사각형 석회 기둥 앞에서 우리들은 걸음을 멈추었다. 아베는 두 손을 맞잡고, 잠깐 무릎을 꿇고는 기도를 드리듯 입술을 우물거렸다.

나는 놀랐다. 「뭐예요 — 기도를 하시잖아요?」 내가 그에게 물었다.

「젊은이, 물론 난 기도를 했어요. 모든 종족과 모든 시대는 저마다 신에게 나름대로의 가면을 부여해요. 하지만 모든 종족과 시대가 부여하는 모든 가면의 뒤에는 절대로 변하지 않는 똑같은 신이 항상 존재하죠.」

그는 잠잠해졌다가 잠시 후에 말했다. 「우리들에게는 십자가가 신성함의 상징이고, 아주 오랜 옛날 당신들의 선조들은 양쪽에 날이 선 도끼를 섬겼어요. 하지만 나는 피상적인 상징들은 제쳐 놓고, 십자가와 양날 도끼 뒤에 존재하는 똑같은 신을 찾아내어 경배합니다.」

그때 나는 무척 젊었었다. 그날 나는 그의 말을 이해하지 못했지만, 몇 년 후에는 내 이성이 그 말들을 받아들여 열매를 맺었다. 그 후에 나 또한 모든 종교적 상징들의 뒤에 존재하는 영원하고 불변한 신의 모습을 가려낼 능력을 얻었다. 그리고 더 나중에 이성이 너무 자라고 마음이 지나치게 대담해졌을 때 나는 신의 얼굴 뒤에서 무엇인가를 — 혼돈을, 무섭고 스산한 어둠을 가려내게 되었다. 그럴 의도는 아니었겠지만, 그날 크노소스에서 아베는 나에게 길을 열어 주었다. 나는 그가 보여 준 길을 따랐지만, 그가 원하던 곳에서 멈추지 않았다. 악마적인 호기심에 사로잡힌 나는 더 나아가서 혼돈을 발견했다.

우리들은 두 기둥 사이에 앉았다. 불타는 하늘은 강철처럼 반짝였다. 궁전을 둘러싼 올리브나무 숲에서는 귀뚜라미 소리가 요란했다. 안내인은 기둥에 기대어 허리춤에서 쌈지를 꺼내 담배를 말기 시작했다. 우리들은 아무도 얘기를 하지 않았다. 우리들은 그 시간과 장소의 신성함을 의식했고, 침묵만이 거기에 어울린다고 생각했다. 머리 위로 비둘기 두 마리가 날아가 기둥 꼭대기에 앉았다. 이곳에서 크레타인들이 숭배하는 위대한 여신의 성스러운 새들이었다. 때때로 새들은 기둥 꼭대기에 앉고, 때로는 젖이 분 여신의 두 젖가슴 사이에 안겼다.

「비둘기들이로군요……」 내 목소리에 새들이 놀라 기둥에서 달아날까 봐 나는 조용조용히 말했다.

아베가 손가락을 입술에 대었다. 「조용히 해요.」 그가 나지막이 말했다.

궁금한 것들이 잔뜩 있었지만 나는 얘기를 하지 않았다. 아몬드처럼 생긴 커다란 눈과, 치렁치렁한 검은 머리카락에, 탐욕스러운 입술이 두껍고, 젖가슴을 드러낸 위압적인 어머니들과, 꿩이나 메추라기 같은 새들과, 파란 원숭이들과, 머리에 공작의 깃털을 꽂은 군주들과, 무시무시하고 신성한 소와, 성스러운 뱀을 팔에다 감은 온순한 여사제와, 꽃이 만발한 정원의 푸른 소년들을 그린 훌륭한 벽화가 내 눈에 선했다. 저 기쁨과, 힘과, 엄청난 부유함, 신비로 가득 찬 세계와, 크레타 땅 깊은 곳에서 솟아난 아틀란티스. 거대하고 검은 눈으로 우리들을 응시하던 세계는 아직도 입을 다문 채였다.

이것은 어떤 세계인가? 나는 혼자 생각했다. 그것은 언제 입을 열어 얘기를 할 것인가? 지금 우리가 밟는 바로 이 땅에서 선조들은 어떤 업적을 달성했던가?

크레타가 유럽과, 아시아와, 아프리카의 첫 교량 역할을 했다. 당시에는 완전히 암흑이었던 유럽을 깨우친 첫 장소가 크레타였다. 그리고 신을 인간의 수준으로 끌어내린 숙명적인 사명을 성취한 것도 역시 이곳 크레타였다. 여기 크레타를 거치면서 이집트와 아시리아의 괴이하고 꿈쩍도 않던 조각들은 작아지고 우아해졌으며, 몸이 움직이고 미소를 지었으며, 신의 용모와 체격은 인간의 용모와 체격을 갖추었다. 민첩함과, 우아함과, 동양적인 사치로 가득 찬 새롭고 독창적인 인간이, 그리스의 후손들이라는 다른 인간이 크레타 땅에서 살았고 즐겼다.

작고 순한 언덕들과, 잎사귀가 적은 올리브나무들과, 바위들 틈에서 자라는 가늘고 천천히 흔들리는 삼나무들을 둘러보면서, 눈에 보이지 않는 염소 떼의 경쾌한 화음과 딸랑거리는 종소리를 들으면서, 언덕을 타고 넘는 향기로운 바닷바람을 호흡하노라니, 해묵은 크레타의 비밀은 그 어느 때보다도 깊이 내 마음속으로 스며들면서 모호한 윤곽을 점점 분명하게 드러냈다. 크레타의 비밀은 세속을 초월한 문제들이 아니라, 세상 인간의 삶이 지닌 문제들을 끊임없이 자아내는 하찮은 일들과 관련이 있었다.

「무슨 생각을 하죠?」 아베가 나에게 물었다.

「크레타요…….」 내가 대답했다.

「나도 크레타 생각을 했어요.」 그가 말했다. 「크레타와 내 영혼요……. 만일 다시 태어나게 된다면 나는 이곳에서 빛을 보고 싶어요. 어떤 보이지 않는 마력이 이곳에는 존재하죠……. 자, 갑시다.」

몸을 일으킨 우리들은 보기 드문 광경을 마지막으로 천천히 둘러보았다. 나는 그곳을 다시 보겠지만, 아베는 한숨을 지으며 나지막이 말했다. 「안녕…… 마지막으로 작별을 고하노라.」

그는 기둥과, 궁정과, 벽화에 손을 흔들어 주었다.

「안녕. 지구의 끝에서 찾아온 가톨릭 성직자가 그대에게 경배하노라. 그는 경배했노라. 그러니 작별을 고하자.」

우리들은 돌아가기 시작했다. 아베는 무섭게 덥고 먼지가 나는 길에 지쳤다. 우리들은 금요일마다 춤을 추는 이슬람교 탁발승들이 사는 작은 수도원에서 걸음을 멈추었다. 둥근 문은 초록빛이었고, 상인방에는 무함마드의 성스러운 상징인 청동으로 만든 펼친 손이 장식되었다. 우리들은 말끔한 마당으로 들어갔다. 마당에는 커다랗고 하얀 자갈을 깔았고, 가장자리에는 화분과 넝쿨들이 마구 엉켰으며, 가운데에는 열매가 잔뜩 달린 월계수가 있었다. 우리들은 월계수 그늘에 멈춰 숨을 돌렸다. 탁발승 한 사람이 골방에서 우리들을 내다보았다. 그는 다가와서 우리들에게 인사를 하느라고 가슴과, 입술과, 이마에 손을 가져갔다. 그는 길고 파란 겉옷에 하얀 모직으로 만든 높다란 모자를 썼다. 그는 수염이 새까맣고 뾰족했으며, 은귀고리를 오른쪽 귀에 달았다. 그가 손뼉을 쳤다. 통통한 맨발의 소년이 와서 우리들에게 둥글 의자를 내놓았다. 우리들은 의자에 앉았다. 탁발승은 주변에 놓인 꽃들에 대해서, 다음에는 월계수의 창끝 같은 잎사귀들 사이로 반짝이는 바다에 대해서 얘기했다. 마침내 그는 춤에 대한 얘기를 시작했다.

「춤을 추지 못하는 인간은 기도를 하지 못해요. 천사들은 입이 있어도 얘기할 능력이 없습니다. 그들은 춤으로 신에게 얘기하니까요.」

「승려님, 당신은 신을 무엇이라고 부릅니까?」 아베가 물었다.

「신에게는 이름이 없습니다.」 탁발승이 대답했다. 「신은 이름으로 얽어매기에는 너무 커요. 이름은 감옥이고, 신은 자유입니다.」

「하지만 신을 부르고 싶으면, 뭐라고 부르죠?」 아베가 끈질기게 물었다.

탁발승은 머리를 숙이고 생각에 잠겼다. 마침내 그는 입을 열었다.

「〈아!〉 — 나는 신을 그렇게 불러요. 알라가 아니라 〈아!〉예요.」

이 말에 아베는 당황했다. 「그 말이 맞아.」 그는 중얼거렸다.

통통하고 어린 탁발승이 이번에는 커피와, 냉수와, 커다란 포도송이 두 개를 담은 쟁반을 들고 다시 나타났다. 머리 위 지붕에서 비둘기 한 쌍이 장난을 치며 꾸르륵거렸다. 크노소스에서 본 것과 똑같은 비둘기들일까? 우리들이 잠깐 동안 침묵을 지키자 수도원은 사랑의 한숨으로 가득 찼다. 나는 아베에게로 시선을 돌렸다. 그는 눈물이 가득 고인 눈으로 비둘기와 그 너머 하늘을 올려다보았다.

그는 내 눈길을 의식했다.

「세상은 아름다워요.」 그는 미소를 지으며 말했다. 「그래요, 태양의 나라에서는 — 푸른 하늘과, 비둘기와, 포도가 있으면 어디나 세상은 아름다워요. 그리고 월계수가 그늘을 지어 주고요.」

그는 한껏 만족해서 포도를 한 알씩 먹었다. 지금이라는 순간이 절대로 끝나지 않기를 바라는 기색이 역력했다.

「틀림없이 내가 천국에 간다고 하더라도, 나는 가장 먼 길로 가게 해달라고 하느님께 기구하겠어요.」

무함마드의 수도원에서 어찌나 행복감을 느꼈던지 우리들은 떠나고 싶지가 않았다.

주변의 골방에서 다른 탁발승들이 나왔다. 젊은 승려들은 얼굴이 창백하고 눈이 이글거렸으며, 신을 열심히 추구하는 듯싶었다. 분명히 신을 찾았을 만큼 나이가 많은 승려들은 뺨이 불그레하고 눈은 광채로 가득했다. 그들은 우리 둘레에 쪼그리고 앉았다. 어떤 승려들은 가죽 허리띠에서 염주를 풀고는 가톨릭 성직자를 흥미 있게 물끄러미 쳐다보며 소리 없이 기도를 했다. 다른 사람들은 기다란 담뱃대를 꺼내 들고, 눈을 반쯤 감고는 기분 좋게 조용히 담배를 피우기 시작했다.

「정말 벅찬 기쁨이로군요.」 아베가 나지막한 목소리로 말했다. 「이 모든 얼굴들에서, 여기에서도 역시 하느님의 모습이 환하게 빛납니다.」

그는 애원하듯 내 어깨를 잡았다.

「탁발승들은 종교적인 단체예요. 그들의 계율이 무엇인지 물어봐 주세요.」

하얀 수염을 길게 기른, 가장 나이 많은 승려가 담뱃대를 무릎에 놓았다.

「가난요.」 그가 대답했다. 「가난입니다. 아무것도 소유하지 않고, 아무런 짐도 지지 않으며, 꽃이 만발한 길을 따라 신에게로 가는 거예요. 웃음과, 춤과, 기쁨이 우리들의 손을 잡고 이끄는 새로운 대천사랍니다.」

아베가 다시 나에게로 시선을 돌렸다. 「그들은 신 앞에 나아갈 준비를 어떻게 갖추는지 물어봐요. 단식을 하나요?」

「아뇨, 아니에요.」 어느 젊은 탁발승이 웃으면서 대답했다. 「우린 먹고, 마시며, 인간에게 먹고 마실 것을 베풀어 주는 신을 찬양합니다.」

「어떻게 찬양하나요?」 아베가 끈질기게 물었다.

「춤으로요.」 수염이 하얗고 기다란 가장 나이 많은 탁발승이 대답했다.

「춤요?」아베가 물었다. 「왜요?」

「춤은 자아를 제거하고, 일단 자아가 제거되면 신을 만나지 못하게 막는 모든 장애물이 없어지기 때문이죠.」

아베의 두 눈이 반짝였다.

「성 프란체스코 교파로군요!」늙은 탁발승의 손을 움켜쥐며 그가 소리쳤다. 「성 프란체스코가 그랬어요. 그는 세상을 춤추며 건너가 하늘로 올라갔어요. 그는 자주 이런 말을 했죠.〈우리들은 신의 광대에 지나지 않을지니, 인간의 마음을 위로하고 기쁨을 줄 따름이니라.〉그러니까 젊은이, 또 한 번 깨달았겠지만 — 항상 변하지 않는 똑같은 신이죠.」

「그렇다면 말입니다.」나는 섣불리 반박을 했다. 「왜 선교사들은 이 세상 구석구석을 찾아가서 원주민들로 하여금 그들의 마음에 맞는 신의 모습을 버리고 그 대신 외국의 모습을 부여하도록 설득합니까?」

아베가 몸을 일으켰다.

「그 질문에는 대답하기가 무척 어렵군요.」그가 말했다. 「당신은 파리로 가서 공부를 끝마쳐야 해요. 나를 찾아와요.」

그는 교활한 미소를 지었다.

「아마 그때쯤에는 내가 해답을 찾았겠죠.」

우리들은 탁발승들과 작별했다. 그들은 미소를 짓고 절을 하며 바깥문까지 우리들을 배웅하고는, 다시 한 번 가슴과, 입과, 이마에 손을 가져갔다.

문간에서 아베가 나에게 말했다. 「우리들은 모두 똑같은 신을 섬긴다고 그들에게 말해 줘요. 나는 검은 승복을 입은 탁발승이라고요.」

그리스 순례

 만일 내가 우수한 성적으로 학위를 딴다면 가고 싶은 곳으로 어디든 1년 동안 여행을 보내 주마고 아버지가 약속했다. 대가가 엄청났기 때문에 나는 공부에 온 정성을 다 쏟았다. 기막히게 똑똑한 크레타 친구 한 사람이 나하고 같이 시험을 치르게 되었다. 중대한 날이 왔다. 두 사람 다 지극히 불안해하며 함께 학교로 출발했다. 나는 알았던 내용을 다 잊어버렸다. 내 기억력은 공백 상태였고, 겁이 났다.
「하나라도 뭐 머릿속에 남았니?」 친구가 나에게 물었다.
「전혀.」
「나도 그래. 맥줏집에 가서 술 좀 마시고 흠뻑 취해 혓바닥을 녹이자. 우리 아버진 그런 식으로 전쟁터엘 나갔어 — 술에 취해서 말야.」
「가자.」
우리들은 마시고 또 마셔서 기분이 좋아졌다.
「넌 세상이 어떻게 보이니?」 친구가 물었다.
「둘로 보여.」
「나도 그래. 제대로 걸어갈 수 있겠어?」

나는 일어서서 몇 발자국 걸어 보았다.

「그래.」 내가 대답했다.

「그럼 가자. 로마의 법이여 — 몸조심하라!」

처음에 우리들은 팔짱을 끼고 출발했지만, 나중에는 저마다 용기를 내어 부축을 받지 않으면서 걸었다.

「여, 우리들의 영웅 박코스여!」 내가 소리쳤다. 「유스티니아누스와 그의 신법령은 목을 비틀어라. 쭉 뻗어 버리게 땅바닥에 내동댕이를 쳐라!」

「왜 박코스는 들먹이지?」 친구가 물었다. 「우린 포도주가 아니라 맥주를 마셨는데.」

「틀림없어?」

「내 말을 못 믿겠어? 다시 가서 물어보자.」

우리들은 되돌아갔다.

「맥주야, 맥주라니까.」 허리가 부러져라 웃어 대면서 술집 주인이 다짐했다. 「여보게들, 어디로 가는 길인가?」

「법과 졸업 시험을 보러요.」

「잠깐만 기다리게. 희한한 구경거리가 될 것 같으니 나도 같이 감세.」

그는 앞치마를 벗고 우리들의 뒤를 따라왔다. 교수들이 우리를 기다렸다. 줄을 지어 버티고 앉은 그들은 하나같이 각다귀처럼 보였다. 우리들의 두뇌가 불을 뿜었다. 우리들은 굉장한 기품을 과시하며 질문을 듣고는, 매우 자주 라틴어로 꼬리를 달아 가며, 약간 건방진 침착함까지 보이면서 대답했다. 우리들의 혀는 쉴 새 없이 나불거렸고, 우리들은 둘 다 최고 점수를 받았다.

우리들은 너무나 기뻤다. 친구는 크레타에 법률 사무소를 차리고 정치에 투신할 계획을 세웠으며, 나는 도피의 문이 열렸기 때문에 기뻤다. 평생 동안 내가 간직했던 가장 큰 욕망들 가운데 하나는 여행이어서 — 미지의 나라들을 보고 만지며, 미지의 바다에서 헤엄치고, 지구를 돌면서 새로운 땅과 바다와 사람들을 보고 굶주린 듯 새로운 사상을 받아들이고, 처음이자 마지막으로 모든 사물을 보고, 천천히 오랫동안 시선을 던진 다음에 눈을 감고는 그 풍요함이 저마다 조용히, 아니면 태풍처럼 내 마음속에서 침전하다가 마침내는 오랜 세월에 걸쳐서 고운체로 걸러지게 하고, 모든 기쁨과 슬픔으로부터 본체를 짜내고 싶었다. 이런 마음의 연금술은 모든 사람이 누릴 자격이 있는 위대한 기쁨이라고 나는 믿었다.

어렸을 때 아버지가 새해 선물로 나에게 준 카나리아는 오래전에 죽어 버렸다. 아니, 〈죽어 버렸다〉라는 표현을 하고 나는 얼굴이 붉어졌는데, 사실은 사람처럼 〈돌아갔다〉는 뜻을 전하고 싶었었다. 아니면 〈노래를 신에게 바쳤다〉가 더 좋은 말일지도 모른다. 우리들은 새를 정원에 묻어 주었다. 누이동생은 울었지만, 내가 살아 있는 한 그것이 멸하지 않으리라는 사실을 알았던 나는 차분했다. 「나는 네가 멸하지 않게 하리라.」 나는 흙을 덮으며 속삭였다. 「우리들은 함께 살고 함께 길을 가리라.」

나이를 더 먹어 크레타를 떠나 세계를 방랑하게 되었을 때, 나는 항상 카나리아가 내 머리에 앉아서 똑같은 후렴을 끊임없이 반복하는 노랫소리가 들려오는 듯한 기분을 느꼈다. 〈일어나서 떠나요. 여기 앉아 뭘 해요? 우린 진주조개가 아니라 새예요. 어서 일어나 떠나요.〉 내 머리는 지구가 되었고, 지구의 극(極)에 앉은 카나리아는 따스한 목을 하늘로 들고 노래했다.

나는 옛날에 하렘의 궁녀들이 저녁마다 새로 목욕을 하고 향수를 뿌리고는 정원에 줄을 지어 서서 젖가슴을 내놓고 군주가 선택하기를 기다렸다는 얘기를 들었다. 그는 손에 들고 있던 손수건을 궁녀들의 겨드랑이에 밀어 넣었다가 냄새를 맡아 보았다. 그는 그날 저녁에 체취가 가장 마음에 드는 여자를 골랐다.

내 앞에 줄지어 늘어선 여러 나라들은 군주의 궁녀들 같았다.

조급하고 탐욕스럽게 나는 지도를 훑어보았다. 어디로 갈까? 어느 대륙, 어느 바다부터 먼저 볼까? 모든 나라들이 나를 손짓해 불렀다. 세계는 진실로 광활했지만, 게으른 자들이 뭐라고 하든지 간에 인간의 삶 또한 그에 못지않게 광활하다. 우리들은 모든 나라를 보고 즐길 시간을 넉넉히 소유했다.

그러니 그리스부터 시작함이 어떠하겠는가!

나의 그리스 순례는 석 달 동안 계속되었다. 오랜 세월이 지난 지금까지도 산과, 섬과, 마을과, 수도원과, 해안선들을 회고해 보면, 내 가슴은 흥분과 행복감으로 울렁거린다. 그리스를 여행함은 크나큰 기쁨이요 고뇌이다.

나는 그리스를 여행하면서 추상적인 사고를 통해서는 보거나 만지기 어려운 힘과 우아함의 결합을 눈으로 보고 손으로 만져 터득하기 시작했다. 나는 완전성의 두 요소인 아레스와 아프로디테가 세계의 어느 다른 곳에서도 항상 미소 짓고, 소박한 그리스의 땅에서처럼 그토록 유기적으로 결합된 적이 있었다고는 생각하지 않는다. 어떤 지역들은 교만하고 준엄하며, 또 어떤 지역은 여성적인 다정함으로 가득하고, 그런가 하면 진지하면서도 유쾌하고 자비로운 곳도 있다. 하지만 정신력이 모든 곳에 파급되었고, 신전과 신화와 영웅을 통해 저마다 올바르고 적절한 형태로 얼을 이어받았다. 따라서 눈으로 보고 이성적으로 생각하며 그리스를 여행하는 사람이라면 누구나 끊임없는 정신적 승리라는 마술의 힘으로 일관된 본체를 경험하게 된다. 그리스에서는 정신이란 물질의 계속이요 꽃이며, 신화란 가장 긍정적인 현실의 단순하고 종합적인 표현임을 인간은 확인한다. 오랜 세월에 걸쳐 정신은 그리스의 돌을 딛고 서 있었으며, 어디를 가든지 우리는 그 신성한 자취를 발견하리라.

그리스의 여러 지역은 두 가지 본질을 지녔고, 거기에서 파생하는 감정도 두 가지 본질을 나타낸다. 가혹함과 부드러움은 나란히 서서 성교를 하는 남자와 여자처럼 서로 돕는다. 그런 부드러움과 가혹함의 원천으로는 스파르타가 있다. 앞에는 절벽투성이인 딱딱하고 교만한 지배자 타이게토스가 버티고 섰으며, 사랑에 빠져 발밑에 길게 누운 여자처럼 저 아래에는 열매가 풍성하고 유혹적인 평원이 펼쳐진다. 그리스의 시나이 산인 타이게토스에서는 민족의 무자비한 신이 지극히 준엄한 계명을 내린다. 삶은 전쟁이고 세상은 싸움터이니, 네 임무는 오직 승리뿐이니라. 잠을 자거나, 몸치장을 하거나, 웃거나, 떠들지 마라. 네 삶의 목적은 투쟁뿐일지니 싸우라! 그런가 하면 타이게토스의 발치에는 헬레네가 있다. 네가 야만스러워져서 대지의 부드러움을 꾸짖으려 하면, 갑자기 꽃이 만발한 레몬나무처럼 헬레네의 숨결에 네 마음이 비틀거린다.

스파르타 평원은 정말로 그토록 다정하고 탐욕스럽다는 말인가? 나는 모르겠다. 서양 협죽도의 향기가 그토록 취하게 만드는가, 아니면 모든 도취가 많은 입맞춤을 받으며 여기저기 멀리 떠돌아다닌 헬레네의 몸에서 풍겨 나오는가? 만일 에우로타스가 헬레네의 영원한 신화의 지류로서 흐르지 않았더라면, 지금의 유혹적인 우아함은 지니지 못했으리라. 우리들이 잘 알다시피 땅과, 바다와, 강들은 사랑받는 위대한 이름들과 결합되어 우리의 마음속으로 흘러들기 때문이다. 에우로타스의 소박한 강둑을 따라 걷노라면 네 손과, 머리카락과, 생각은 네가 사랑하고 만졌던 여인보다 훨씬 참되고, 훨씬 구체적인 상상 속의 여인이 지닌 향기와 뒤엉킨다. 오늘날의 세상이 피에 빠져 죽어 가고, 오늘날의 무정부주의적 지옥에서 격렬한 감정이 몸부림치기는 해도, 영원하고 더럽혀지지 않은 헬레네는 비록 세월이 눈앞에서 흘러가더라도 훌륭한 시구의 대기 속에서 꼼짝 않고 자리를 지킨다.

흙은 향기롭고, 레몬 꽃잎에 매달린 이슬방울은 햇빛을 받으며 뛰놀았다. 갑자기 부드러운 산들바람이 불어 꽃이 내 이마에 닿으며 이슬을 뿌렸다. 보이지 않는 손의 감촉을 느끼며 나는 몸이 떨렸다. 대지는 갓 목욕을 하고, 울면서 웃는 헬레네 같았다. 그녀는 레몬꽃을 수놓은 베일을 올리고, 뺨에다 손을 대며, 처녀성은 끊임없이 새로워지면서, 가장 힘센 남자를 따랐다. 그리고 눈처럼 발목이 새하얀 두 다리를 들어올리니, 동그란 그녀의 발바닥은 피로 반짝였다.

호메로스가 입김을 불어넣지 않았다면 헬레네는 어찌 되었을까? 세상을 살다 죽어 간 수많은 다른 아름다운 여자들과 마찬가지였으리라. 요즈음에도 산골 마을에서 예쁜 처녀들이 자주 납치를 당하듯 그녀는 납치를 당했으리라. 그리고 비록 납치가 전쟁의 불씨가 되었더라도, 시인이 손을 내밀어 구하지 않았더라면 전쟁과, 여인과, 살육은 모두 사라졌으리라. 헬레네가 구원을 받은 까닭은 시인의 덕택이었고, 작은 강 에우로타스가 불멸성을 지니게 된 까닭은 호메로스의 덕택이었다. 헬레네의 미소가 스파르타의 대기에 넘친다. 거기에서 그치지 않고 그녀는 우리의 혈관 속으로 스며든다. 모든 남자는 그녀와 한 몸이 되었고, 오늘날까지 모든 여자는 그녀의 찬란함을 내뿜는다. 헬레네는 사랑의 절규가 되었다. 그녀는 여러 세기를 거치면서, 모든 남자에게서 키스의 갈망과 영속성을 자극한다. 그녀는 우리들이 가슴에 껴안는 모든 여인을, 심지어는 가장 못생긴 여자까지도 헬레네로 변신시킨다.

스파르타의 왕비 때문에 성욕은 환희의 존귀성을 얻고, 어떤 잊혀진 포옹에 대한 비밀스러운 그리움이 우리 마음속의 야수를 달랜다. 우리들이 울거나 소리치면 헬레네는 우리들이 마시는 쓰디쓴 약에 마술의 약초를 넣어 고통을 완전히 잊게 한다. 그녀는 손에 뱀들을 쫓는 향기를 뿜는 꽃을 들었다. 그녀의 손길이 닿으면 추한 아이들이 아름다워진다. 그녀는 옛적 박코스 예식에 쓰이던 염소에 걸터앉아서 끈을 매지 않은 샌들을 신은 발을 흔들고, 온 세상은 포도원이 된다. 언젠가 고대 시인 스테시코로스는 그녀에 대해서 자신의 시에 좋지 못한 구절을 썼다가 당장 눈이 멀어 버렸다. 그러자 그는 회개하고 두려워 떨며 리라를 들고 커다란 잔치 자리의 그리스인들 앞에 서서 유명한 「취소하는 시」를 읊었다.

> 내가 헬레네에 대해서 한 얘기는 옳지 않으니
> 그대는 빠른 배를 타지도 않았고
> 트로이아 성으로 가지도 않았더라.

그는 두 손을 높이 들고 울었으며, 갑자기 눈물 속에 빛이 잠겨 그의 눈가로 스며들었다.

우리 조상들은 그녀를 섬기는 뜻에서 〈헬레네이아〉라는 미인대회를 개최했다. 진실로 세상은 체력을 겨루는 경쟁터이며, 헬레네는 삶을 초월하며 감히 이루지 못할 업적이요, 존재하지 않는 환상일지도 모른다. 옛사람들에게 세월이 알려 준 어떤 신비한 전설에 의하면, 아카이아인들은 진짜 헬레네를 찾아오기 위해 트로이아와 싸우지 않았으며, 그녀의 상(像)만이 트로이아에서 발견되었고, 진짜 헬레네는 사람의 입김에 더럽혀지지 않은 채로 이집트의 성스러운 신전에 피신해 숨었다고 한다. 누가 알겠는가 — 우리들도 역시 이 땅에서 헬레네의 영상만을 위해 싸우고, 울고, 죽이지나 않는지를. 그런가 하면 (하데스의 유령들이 살아 있는 사람의 피를 마시고 다시 살아났다지만) 헬레네의 유령은 수천 년에 걸쳐 그토록 많은 피를 마시고도 다시 살아나지 못하려는지 누가 알겠는가? 나는 모르겠다. 결국 영상이 육체와 결합해서 언젠가는 따스하고 참된 헬레네의 몸을 우리들이 껴안게 되려는지 나는 모르겠다.

용맹한 무사 타이게토스와 그의 아내 헬레네. 에우로타스의 협죽도 속에서 헬레네의 향기를 숨 쉬며 나는 자아를 망각했다. 나는 부끄러움을 느꼈다. 힘찬 대기를 더 호흡하기 위해 나는 어느 날 아침 타이게토스를 오르려고 길을 나섰다.

산의 환호, 소나무의 향기, 불타는 바위들, 하늘에서 날아다니는 매들, 깊은 적막감 — 이 모두가 내 마음을 감싸 주었다. 나는 즐거운 마음으로 여러 시간 동안 산을 올랐다. 그러나 한낮이 되자 하늘에 검은 구름이 몰려들었다. 둔탁한 천둥소리가 울렸다. 폭풍우가 뒤쫓아 오는 기분을 느끼며 나는 산을 달려 내려오기 시작했다. 나는 이 바위에서 저 바위로 뛰면서, 폭풍우에게 붙잡히지 않으려고 경쟁을 벌이며 달렸다. 그러나 갑자기 소나무들이 떨었고, 세상이 어두워졌으며, 나는 번갯불의 섬광에 쫓겼다. 나는 회오리바람에 붙잡혔다. 땅바닥에 몸을 던진 나는 눈을 감고 기다렸다. 산 전체가 진동했고, 내 옆에서 소나무 두 그루가 반으로 갈라져 산비탈을 요란하게 굴러 내려갔다. 공기에서는 유황 냄새가 났다. 순식간에 폭우가 마구 쏟아졌다. 바람이 수그러들었고, 거대한 목걸이들처럼 물이 하늘에서 퍼부었다. 빗발에 두들겨맞은 백리향과, 층층이꽃과, 쑥과, 박하가 향기를 뿜었고, 산에서는 온통 김이 무럭무럭 피어올랐다.

몸을 일으킨 나는 얼굴과, 머리와, 손에 힘찬 빗발을 즐겁게 의식하며 다시 내려가기 시작했다. 제우스가 있는 힘을 다해 대지로 내려왔고, 숨이 막힌 아내는 한껏 웃으며 남성의 물을 받아들였다.

곧 하늘이 개었다. 폭우는 성령의 난폭한 강림이었고, 어느새 끝나 버렸다. 그러자 바로 해가 졌다. 저 아래 멀리, 나는 미스트라 위쪽으로 빌레하르두이스의 언덕 꼭대기에서 프랑크 성채의 폐허가 빗물로 방금 목욕한 모습을 보았다. 하늘은 온통 초록과 황금빛이 되었다.

이튿날 나는 과수원과 삼나무 숲을 지나 그리스의 폼페이인 미스트라를 찾아가는 순례자가 되었다. 현대 그리스의 탄생지인 성스러운 미스트라 산은 레몬과 오렌지나무, 좁고 꼬불꼬불한 오솔길, 거리에서 노는 벌거벗은 아이들, 물을 길러 가는 여자들, 꽃이 만발한 나무 밑에 앉아서 수를 놓는 소녀들처럼, 가장 힘든 사람들까지도 자극을 받을 만한 계시와 숨은 매력을 지녔다. 대지에 다시 생명이 움터 조상들의 산을 오르려고 투쟁했다. 푸르고 인적 없는 이곳이 미스트라의 첫 지역이었다. 더 나아가면 나무가 없고 먼지만 나는 오름길이 시작된다. 무너진 집들 사이로 나아가면 아름답고 태양을 담뿍 받은 비잔틴 성당 페리블레프토스와, 메트로폴리와, 아그히오이 테오도로이와, 아펜디코와, 판다

나사에 다다른다. 성당들이 여기저기 일어선 이곳이 미스트라의 두 번째 지역이다.

나는 목이 말랐다. 나는 물을 한 잔 얻어 마시려고 판다나사 수녀원으로 들어갔다. 마당은 빛났고, 방들은 티 하나 없이 말끔하게 닦였으며, 소파는 수를 놓은 담요로 덮였다. 수녀들이 달려 나와 나를 맞아 주었다. 젊은 여자들도 있었고 관절염으로 몸이 뻣뻣한 사람들도 있었는데, 먹고 살기 위해 무척 고생을 한 탓에 모두들 얼굴이 매우 창백했다. 그들은 밤샘을 하고, 기도를 드리고, 굶주린 배를 채울 만큼 식량이 넉넉할 때가 한 번도 없었다. 시간이 나면 그들은 수틀에 앉아 빨간 비단실로 조그만 장미나 십자가, 수도원, 카네이션을 잔뜩 꽂은 화병, 작은 삼나무 따위의 전통적인 수를 놓았다. 혼숫감이라도 보여 주듯 그들이 수놓은 그림을 자랑스럽게 펼쳐 보이면 슬픔이 와락 밀어닥친다. 그들은 미소를 지으며 아무 얘기도 않지만, 신랑은 존재하지 않기 때문이다.

성모의 감미로운 숨결을 담아 두기 위해 사랑과 인내심으로 만든 작은 비잔틴 상아 성합(聖盒)처럼 판다나사는 꿀같이 파르스름한 석양 속에서 반짝였다. 초석에서부터 둥근 천장의 선정적인 곡선에 이르기까지, 이곳 성당은 얼마나 놀라운 통일성과, 집중력과, 우아함을 지녔는가! 매혹적인 성당은 전체가 따스하고 활동적인 생명체처럼 살아서 평화롭게 숨을 쉰다. 모든 돌과, 조각과, 그림과, 수녀들은, 마치 어느 날 한낮에 같은 산고(産苦)의 경련을 통해 모두 한꺼번에 태어난 듯 수녀원의 유기적인 요소들로 존재한다.

나는 비잔틴 그림에서 그토록 부드럽고도 따스한 인간적 이해를 전혀 기대하지 못했었다. 여태껏 나는 빨간 글자로 뒤덮인 양피지 원고를 들고는 자연을 경멸하고 사막으로 도망치며 구원을 받기 원한다면 죽어야 한다고 소리치는 사나운 수도자의 모습만을 보아 왔다. 그러나 이제 이곳에는 찬란한 빛깔들이, 그리고 지극히 부드러운 얼굴들이 존재했다. 인자하게 미소를 지으며 초라한 짐승을 타고 앉아 예루살렘으로 들어가는 그리스도와, 종려나무 가지를 들고 뒤를 따르는 제자들과, 지나가며 흩어지는 구름을 보듯 황홀한 눈으로 그들을 쳐다보는 백성……. 그리고 내가 아펜디코에서 본 천사는 곱슬거리는 머리카락을 큼직한 머리 끈으로 묶었으며, 아름답고 튼튼한 몸집은 녹슨 놋쇠처럼 초록빛이었다. 충동적이고 씩씩한 걸음걸이에 단단하고 둥근 두 무릎을 보니 갈 길을 서두르는 신랑 같았는데 — 하지만 저렇게 즐거운 표정으로 서둘러 어디로 가는가?

마침 예수의 수난일 밤샘 기도가 시작됨을 알리는 종소리가 부드럽고 은은하게 울리기 시작했다. 나는 지붕이 둥글고 따뜻한 교회 안으로 들어갔다. 중앙에는 레몬꽃을 잔뜩 덮은 단집이 놓였고, 꽃 위에는 끊임없이 죽고 끊임없이 부활하는 주님이 누웠다. 그는 한때 아도니스라고 불렸고, 지금은 그리스도이다. 검고 긴 옷을 입은 얼굴이 창백한 여자들이 주님 둘레에 무릎을 꿇고 앉아, 주님을 굽어보며 탄식했다. 교회 전체가 벌통처럼 밀랍 냄새를 풍겼다. 나는 에페소스[1]의 아르테미스 신전에서, 또한 밀랍과 깃털로 지은 델포이의 아폴론 신전에서 보았던 멜리사라는 다른 여사제들의 방향(芳香)을 생각했다.

갑자기 여자들의 통곡이, 주체할 수 없는 만가(輓歌)가 터져 나왔다. 인간의 고통이 신을 부활시키는 힘이라는 것을 알기는 했

---

[1] 소아시아의 옛 도읍.

지만, 이곳 헬레네의 왕국에서 나는 통곡할 마음의 준비가 전혀 되어 있지 않았다. 어둠은 아직 깔리지 않았지만 나는 몸을 일으켜 폐허가 된 장원들과, 땅바닥으로 무너져 내린 탑들과, 정상에는 바위의 왕관처럼 빌레하르두인스의 이름난 성채가 솟은 언덕을 다시 오르기 시작했다. 커다란 성문은 열린 채 마당이 텅 비어 있었다. 나는 무너져 가는 층계를 올라 망루에 이르렀고, 놀란 까마귀들이 솟구쳤다. 나는 납작한 오두막들에서 피어오르는 연기와 비옥한 평원을 내려다보았는데, 수레가 삐걱거리는 소리와 정열이 넘치는 노래가 들려오는 듯싶었다. 주변의 대기가 큰 한숨을 지었다. 하늘에는 혼령들이 가득했다. 프랑크 영주들의 금발 머리 딸들과 더불어 정복자로 펠로폰네소스에 와서 그리스 처녀들과 결혼하고는 그리스의 피가 섞여 고향을 잊게 된 갑옷을 입은 기사들이 무덤에서 소생했다. 까마귀처럼 새까만 머리카락에 눈이 커다랗고 피부가 검은 여인들에게 승리자들은 패배했다.

며칠 후에 나는 또 다른 광경을 즐겼다. 플라타너스가 그늘을 던져 주고 버들꽃이 만발한 말라붙은 강바닥을 건너면 마을과, 사람과, 염소와, 양 떼가 전혀 없는, 완전히 버림받아 사향초와 백리향의 향기가 풍기는 험악한 산을 오르게 된다. 한 굽이 돌면 다음에는 펠로폰네소스의 심장부에서, 유명한 바사에의 아폴론 신전이 불쑥 자태를 드러낸다. 그것은 산을 이루고 있는 것과 똑같은 회색 바위로 건축되었고, 첫눈에 벌써 신전과 터의 놀라운 화합을 느끼게 된다. 그것은 산의 한 조각이고, 바위 한 덩이이며, 비록 다른 여러 바위들 틈에 틀어박힌 하나의 바위이지만 얼을 잉태했다. 신전의 기둥에 조각된 내용과 위치한 자리는 산의 험준함과 한적함에서 정수를 뽑아 표현한다. 그것은 마치 신전이 주변 경치의 두개골이어서, 지붕을 얹은 구역에서 터를 지키는 이성(理性)에게 끊임없이 감시를 받는 성스러운 언덕으로 이루어진 집단 같았다. 이곳에서는 완벽한 경치를 통해 계속 표현되는 고대인들의 예술성에 놀라 숨을 몰아쉬게 되지는 않는다. 그것은 숨이 차지 않게끔 아주 조심스럽고 능숙하게 인간의 오솔길을 따라 우리들을 산꼭대기로 이끌어 올리기 때문이다. 산 전체가 음침한 덩치 속에 갇혀서 영겁이 지나도록 표현 방법을 찾아내려고 갈망하다가, 마침내 아폴론 신전을 얻자 안심했다고 말해도 좋으리라. 안심했다는 말은 스스로의 의미를 찾아 환희를 느꼈음을 뜻한다.

그리스의 땅을 밟으면서 나는 날마다 고대 그리스 문명이 공중에 뜬 초현실적인 꽃이 아니라, 땅에 뿌리를 깊이 내리고 흙을 먹어서 꽃으로 변형시키는 나무임을 점점 더 분명히 의식하게 되었다. 그리고 흙을 더 먹으면 먹을수록 더욱 오묘한 꽃을 피웠다. 고대인들의 찬란한 간결함과, 균형과, 평온함은 소박하고 조화를 이룬 종족이 쉽게 달성하는 자연스러운 경지는 아니었다. 그것은 고통스럽고 위험한 전투를 거쳐 힘들여 얻은 전리품이었다. 그리스의 평온함은 섬세하고 비극적이어서, 힘겹고 오랜 투쟁 끝에 대결하던 무서운 힘들이 서로 타협을 이루어 비잔틴 신비주의가 내세우는 초연함에 다다른 균형이었다. 다시 말하면, 그것은 노력의 정상이었다.

그리스의 산과, 마을과, 흙에 비물질적이고 경쾌한 양상을 부여하던 요소는 빛이었다. 이탈리아에서는 빛이 부드럽고 여성적이며, 이오니아에서는 지극히 상냥하며 동양적 그리움으로 가득하고, 이집트에서는 짙고 육감적이다. 그리스에서는 빛이 완전히 영적이다. 이런 빛 속에서 사물을 뚜렷하게 볼 능력을 갖춘 인간은 혼돈에 질서를 부여하고, 조화를 이루는 데 성공했다.

키가 작고 늙은 여자가 신전 옆의 관리인 오두막에서 나왔다. 그녀는 무화과 두 개와 포도 한 송이를 손에 들었다. 이토록 높은 고지에서 처음 영근 과일을 그녀는 나에게 선물로 주려고 했다. 그녀는 다정하고 마른 명랑한 노부인이었는데, 젊은 시절에는 틀림없이 눈부신 미녀였으리라.

「이름이 뭐예요?」 내가 그녀에게 물었다.

「마리아요.」

하지만 내가 이름을 적으려고 연필을 꺼내자 그녀는 쪼글쪼글한 손을 내밀어 막았다.

「마리이차예요.」 처녀처럼 교태를 부리며 그녀가 말했다. 「마리이차요.」

글로 적혀 이름이 영원히 남게 될 터이기에 그녀는 소중한 다른 이름을 쓰고 싶었던 듯하다. 이것은 그녀의 추억에서 가장 아름다운 순간이 되리라.

「마리이차라고요…….」 내가 제대로 듣지 못했을까 봐 걱정이 되었는지 그녀가 다시 말했다.

나는 가장 초라한 육체 속에서도 영원한 여성이 뿌리박혔음을 알고는 마음이 즐거워졌다.

「사방에 흩어진 이건 다 뭔가요?」 나는 그녀에게 물었다.

「보면 몰라요? 돌멩이죠.」

「그럼 사람들은 이걸 구경하려고 세상 구석구석에서부터 일부러 찾아오나요?」

노부인이 잠깐 머뭇거렸다. 그러더니 목소리를 낮춰 그녀가 물었다. 「당신 외국인이에요?」

「아뇨, 그리스인입니다.」

용기를 얻은 그녀는 고개를 끄덕였다.

「멍충이 같은 외국인들!」 웃음을 터뜨리며 그녀가 소리쳤다.

고대 신전이나 기적을 행하는 성상을 간직한 유명한 성당들을 지키면서도 그들이 맡아 보살피는 성자나 고대 대리석 귀신들을 속인처럼 비웃는 노부인을 보는 것이 이때가 처음은 아니었다. 그들은 날마다 그런 대상들과 접하고, 그러다 보면 친숙함이 경멸을 자아낸다.

늙은 마리이차는 자신이 준 기분 좋게 시큼한 포도를 뜯어먹는 나를 만족스러운 표정으로 지켜보았다.

「정치에 대해서는 어떻게 생각하시나요?」 그녀를 놀리느라고 내가 물었다.

「이봐요, 젊은이.」 예기치 않았던 자부심을 보이며 그녀가 대답했다. 「우리들은 세상에서 벗어나 이렇게 높은 곳에서 사니까, 그런 시끄러운 얘기는 듣지 않아요.」

우리들 ─ 그것은 〈신전과 나〉를 의미했다. 그리고 그녀는 〈벗어났다〉는 말을 〈우월하다〉는 뜻으로 사용했다. 나는 기뻤다. 노부인의 말은 신전 자체보다도 더 내 마음을 만족시켰다.

나는 기둥들 아래로 오락가락 돌아다녔다. 이틀이나 비가 내렸으므로 깨진 대리석의 구멍에는 맑은 물이 괴어 꼼짝도 하지 않았다. 몸을 숙여 나는 빗물의 표면을 가로질러 유령들처럼 지나가는 솜털 같은 흰 구름을 보았다. 한때 극동에서는 구름이 지나가는 물이 가득 찬 웅덩이를 신성하게 섬겼다는 글을 어디선가 읽었었다.

평원으로 돌아가던 길에 나는 돌멩이 위에 무릎을 꿇고 앉은 늙은 남자를 보았다. 수로 위에서 허리를 굽히고 흐르는 물을 쳐다보던 그의 얼굴은 형언하기 힘든 황홀감으로 넘쳤다. 마치 그의 코와 입과 뺨은 사라지고, 두 눈만 남아 바위들 사이로 흐르는 물을 따라가는 듯싶었다. 나는 그에게로 다가갔다.

「무엇을 보고 계신가요, 할아버지?」 나는 그에게 물었다.

그는 머리도 들지 않고 물에서 눈을 떼지도 않으면서 대답했다. 「내 인생을, 거의 다 흘러가 버린 내 인생을······.」

산과, 강과, 바다와, 계곡들, 그리스의 모든 것은 〈인간화〉해서, 거의 인간의 언어에 가까운 말로 인간에게 이야기한다. 그들은 인간을 괴롭히거나 벅차게 압도하지 않고, 친구와 동료가 된다. 동양의 불안정하고 혼란한 함성은 그리스의 빛을 거치는 동안 점점 투명해지며, 인간화하면서 로고스로, 이성으로 변형된다. 그리스는 위대한 투쟁을 거쳐 야수를 인간으로, 동양의 노예 근성을 자유로, 야만적 도취를 명석한 합리성으로 바꿔 놓는 여과기이다. 무형에 형태를, 측정이 불가능한 사물에 척도를 부여하며, 맹목적으로 맞서 싸우는 힘들에게 균형을 잡아 주는 사명은 세파에 시달린 그리스라는 바다와 땅의 힘에서 나온다.

그리스를 여행하면 참된 기쁨을, 위대한 풍요함을 얻는다. 그리스의 흙은 피와, 땀과, 눈물로 너무나 속속들이 젖었고, 그리스의 산들은 너무나 많은 인간의 투쟁을 보았기에, 여기 이 산과 해안에서 백인종의 그리고 모든 인류의 운명이 위기에 처했었음을 생각해 보면 나는 전율한다. 짐승에서 인간으로의 기적적인 변신이 이루어진 곳은 틀림없이 우아함과 흥겨움이 넘치는 이런 바닷가에서였으리라. 톱처럼 수많은 젖이 달린 아스타르테[2]가 소아시아에서 닻을 내렸고, 야만적이고 조잡한 목상(木像)을 받은 그리

---

[2] 옛 페키니아의 시동과 티레의 여신으로, 그리스에서는 아프로디테와 같이 생각되었다.

스인들이 거기에서 야수성을 씻어 내고 인간의 젖가슴만 남기고는 존귀한 인간의 육체를 부여한 곳은 그리스의 바닷가였으리라. 소아시아에서 그리스인들은 원시적인 본능과, 난장판 술잔치와, 야수 같은 고함을, 아스타르테를 받았다. 그들은 본능을 사랑으로, 물어뜯는 입을 키스로, 술잔치를 종교적인 예식으로, 고함을 사랑의 속삭임으로 변모시켰다. 아스타르테를 그들은 아프로디테로 변형시켰다.

영적인, 그리고 또한 지리적인 그리스의 위치는 신비한 사명감과 책임감을 지닌다. 끊임없이 움직이는 두 격류가 땅과 바다에서 충돌을 일으키기 때문에 그리스는 항상 지리적으로, 정신적으로 끊임없는 소용돌이를 일으키는 곳이다. 이러한 숙명적인 위치는 그리스의 운명과 전 세계의 운명에 기초적인 영향력을 끼쳤다.

나는 홀로 걸어서, 올리브나무 지팡이를 손에 들고 여행 가방을 어깨에 걸머지고는 그리스를 보고, 냄새 맡고, 만져 보았다. 그리고 그리스가 점점 더 내 마음속으로 침투하자 나는 그리스의 땅과 바다가 지닌 신비로운 본체가 점점 심오하게 깊어진다고 느꼈다. 모든 순간마다 그리스의 경치는 약간 달라지면서도 그대로여서, 아름다움이 출렁이고 새로워진다. 그것은 심오한 일관성을 지니면서도 끊임없이 다채로운 새로움을 지닌다. 주변에서 눈에 보이는 세계를 사랑하고 이해하며 구체적인 양상을 부여하는 관찰에서 생겨난 고대 그리스인들의 예술을 바로 이런 율동이 지배했을지도 모르겠다. 위대한 고전 시대의 작품을 보라. 그것은 움직이지 않는 것이 아니라, 눈에 띄지 않는 삶의 진동으로 넘친다. 비행(飛行)의 절정에서 머뭇거리는 수리가 날개를 쳐도 우리 눈에는 움직이지 않는 듯 보이는 것처럼, 고대 조각품은 눈에 띄지 않지만 살아서 움직인다. 예술적 전통을 지속시키고 예술의 미래가 나아갈 길을 마련하는 어느 불멸의 순간에 그것은 시간의 세 겹 분출을 고정시켜 완벽한 평정을 이룬다.

투쟁이라는 수단을 통해 그리스인들은 모든 지역을 신성하게 만들었고, 명확한 실체를 형성하는 고귀한 의미에 종속시켰다. 아름다움과 세련된 정열을 통해 그들은 각 지역의 물질적인 본질을 형이상학적인 차원으로 변모시켰다. 풀과, 흙과, 돌을 밀어내고, 그들은 땅 밑 깊은 곳의 차분하고도 차분한 영혼을 찾아내었다. 그들은 영혼을 때로는 우아한 신전으로, 때로는 신화로, 때로는 행복하고 토착적인 신으로 만들었다.

몇 시간씩이나 나는 올림피아의 성스러운 풍경을, 고귀함과 명상적인 고요함을 둘러보았고, 알페이오스[3]의 길을 올라 서늘한 바닷바람이 불어와서 물이 펼쳐진 서쪽만 터놓고는 가혹한 북풍과 무더운 남풍을 막으려고 굽이치는 언덕들 사이의 기분 좋고 아늑한 계곡을 물끄러미 응시했다. 그리스의 다른 어느 곳도 그토록 다정하고 강렬하게 평화로움과 화합이라는 감정을 불러일으키지 못한다. 실수를 모르는 눈으로 고대인들은 그곳을 4년마다 한 번씩 모든 그리스의 종족이 우애를 나누려고 모이는 장소로 지정했고, 그렇게 함으로써 그들은 그곳을 의미로 가득 채웠으며, 화해와 평정을 도모했다.

그리스는 시기와, 증오와, 내란으로 갈기갈기 찢겨졌다. 민주정체와, 귀족주의와, 폭정이 서로 죽이기만 계속했다. 폐쇄된 골짜기들과, 격리된 섬들과, 외딴 바닷가들과, 독립된 작은 도시 국가들은 서로 증오로 찢겨져 머리가 수없이 많은 하나의 생명체

---

3 강의 신.

를 창조했고, 가슴속에서는 저마다 격정이 들끓었다. 그러다가 갑자기 4년에 한 번씩 꽃으로 치장한 사자(使者) 스폰도포로이는 여름철에 성스러운 계곡을 떠나 그리스 세계의 머나먼 구석구석까지 달려갔다. 그들은 경기가 열리는 〈성스러운 달〉 히에로메니아가 왔음을 포고하고, 전면적인 휴전을 선언하면서, 경기를 벌이자며 친구와 적을 다 같이 올림피아로 초청했다. 펠로폰네소스와 그리스 대륙 전체에서, 마케도니아와 테살리아와 에피루스와 트라케에서, 흑해와 소아시아와 이집트와 키레네의 바닷가에서, 마그나 그라이키아와 시칠리아에서, 운동선수들과 순례자들은 성스러운 헬레니즘 세계가 운동 경기를 벌이는 요람으로 달려갔다. 노예나, 범죄자나, 외국인이나, 여자들은 이곳에 발을 들여놓지 못하게 했다. 그리스의 자유인들만 왔다.

겉으로 나타나거나 속에 담긴 운동의 미덕을 그토록 완전하게 이해했던 민족은 또 없었다. 자연의 힘이나, 야생 짐승이나, 굶주림이나, 목마름이나, 질병 같은 주변의 적을 물리치는 날마다의 많은 부담 때문에, 어쩌다 기운이 남으면 오히려 다행일 지경이었다. 남은 힘이 운동 경기에서 소모되게 마련이다. 운동이 시작되는 순간에 문명도 싹이 튼다. 적으로부터 스스로 보호하며 지상에 존속하기 위해 생존의 투쟁이 계속되는 한 문명은 태어나지 못한다. 삶이 기초적인 욕구를 충족시키고 약간의 여유를 누리기 시작하는 순간에 문명은 태어난다.

이러한 여유는 어떻게 쓰였고, 여러 사회 계층에 어떻게 분배되었으며, 어떻게 최대한으로 증가시키고 가꾸었던가. 종족과 시대가 저마다 이런 문제들을 어떻게 해결했느냐에 따라서 해당 문명의 가치와 실체가 심판을 받는다.

나는 알티스의 폐허를 이리저리 거닐면서 즐거운 마음으로 신전을 짓는 데 사용된 조가비가 박힌 돌들을 구경했다. 이 돌들을 기독교인들이 때려 부수었고, 지진이 황폐케 했다. 비와 알페이오스의 홍수가 놀라운 무지개빛 광채를 씻어 버렸다. 동상들이 불에 타서 몇 개 남지 않았지만, 우리들의 마음을 위로하기에는 그만해도 충분하다. 나는 황금과 상아로 만든 피디아스[4]의 조각품이 서 있었다고 전해지는 웅덩이에서 피어난 박하나무 가지를 두세 개 꺾었고, 영원한 향기가 내 손가락에 감돌았다.

이렇게 신비로운 곳에서 인간이 씨름을 벌였고, 그보다 먼저 신들이 이곳에서 씨름을 했다. 왕국을 빼앗으려고 제우스는 아버지 크로노스와 싸웠다. 빛의 신 아폴론은 달리기에서 헤르메스를 물리쳤고, 권투에서는 아레스를 물리쳤으니 — 이성은 시간을 정복했고, 빛은 거짓과 폭력의 검은 힘을 정복했다. 신들의 다음에는 영웅들이 이곳에서 겨루었다. 아시아에서 온 펠롭스는 피에 굶주린 야만인 오이노마오스를 물리치고, 말을 길들이는 그의 딸 히포다메이아와 결혼했다. 우아함과 평온함이 넘치는 이오니아의 발달된 문명은 이곳의 세련되지 못한 토착인들을 물리치고는 말을 부리게 되었으며, 인간의 힘을 굳게 다졌다. 또 다른 영웅 헤라클레스는 아우게이아스 왕[5]의 외양간을 청소한 다음 이곳에 와서 새로운 신 제우스에게 굉장한 제물을 바쳤다. 불에 태운 제물들이 남긴 잿가루로 그는 제단을 만들고 첫 번째 올림픽 경기를 선포했다. 이 신성한 제단은 새로운 제물의 재가 쌓여 자꾸만 높아졌고, 올림피아는 그리스의 온갖 백성들이 그들의 청동 같은 몸을 만들어 내는 터전으로 점점 더 자라났다.

---

4 Phidias(B.C. 480?~B.C. 430?). 그리스의 조각가.
5 30년 동안 한 번도 청소를 하지 않은 그의 외양간을 헤라클레스가 강물을 끌어들여 하루 만에 청소했다.

그들은 오직 몸을 아름답게 하려고만 그러지는 않았다. 그리스인들은 예술 지상주의를 섬긴 적이 없었다. 아름다움에는 항상 목적이 있어서, 삶에 보탬이 되어야 했다. 고대인들은 조화를 이룬 건전한 마음을 담는 그릇을 마련하기 위해 몸을 튼튼하고 아름답게 가꾸었다. 그리고 그보다도 폴리스[6]의 방어가 지상의 목적이었다.

그리스인들에게는 저마다 사회의 일원으로서 시민 생활을 준비하는 과정에서 체조가 필수적인 조건이었다. 완전한 시민이란 경기장과 체육 학교를 자주 드나들어서 튼튼하고도 조화를 이루는, 그러니까 아름다운 몸을 가꾸어서 종족을 지킬 준비를 갖춘 남자였다. 고전 시대의 조각품을 보면 묘사된 남자가 자유인인지 노예인지를 한눈에 알게 된다. 그의 몸이 그것을 나타낸다. 평온한 몸가짐, 철저히 훈련된 감정, 아름다운 체격, 이것들이 자유인의 특징이다. 노예는 항상 제멋대로 아무렇게나 행동하고 몸은 뚱뚱하거나 병든 사람으로 나타난다. 술의 신 디오니소스는 정신을 못 차릴 만큼 취한 그의 노예와 부하들인 실레노스들과 사티로스[7]들이 점잖지 못한 행동을 하고 음탕한 춤을 추는 동안에도 점잖게 서 있다.

마음과 몸의 조화 — 그것이 그리스인들에게는 으뜸가는 이상이었다. 한쪽이 과잉되면 그들은 야만인이라고 여겼다. 그리스가 쇠퇴하기 시작하자 운동선수의 몸은 비대해져서 정신을 죽이기 시작했다. 에우리피데스가 처음으로 탄식한 사람들 가운데 하나였으니, 그는 정신력이 운동 경기 때문에 위기를 맞았다고 했다. 나중에 갈렌이 이런 비난에 가담했다. 「그들은 먹고, 자고, 뱃속

---

[6] 도시 국가.
[7] 반인 반수(半人半獸)인 숲의 신으로 술과 여자를 좋아한다.

을 비우고, 흙과 먼지 속에서 뒹굴기만 하니 — 운동선수들이 어떻게 살아가는지를 보라.」 몸과 마음의 균형을 완벽하게 유지하면서 영광의 시절에 끊임없이 공훈을 세우던 위대한 헤라클레스는 몸집이 크고, 교양이 없으며, 포도주만 퍼마시고, 소나 잡아먹는 위인으로 점점 몰락했다. 그리고 위대한 시대에는 젊은 육체의 이상형을 창조하던 예술가들이 이제는 무겁고 야만적인 운동인의 몸을 꾸밈없는 사실주의적 눈으로 보고 묘사하게 되었다.

어디에서나 마찬가지이지만 그리스에서는 사실주의가 지배하기 시작하자 문명이 몰락했다. 따라서 사실적이고, 과장되며, 사상이 없고, 초인간적 이상이 결여된 헬레니즘 시대가 온다. 혼돈에서 파르테논으로, 그러고는 파르테논에서 다시 혼돈으로 — 거대하고 무자비한 맥박, 감정과 정열이 마구 날뛴다. 자유로운 인간은 훈련의 힘을 상실해서 본능의 엄격한 균형을 유지시키던 고삐가 손아귀에서 풀려 나간다. 격정, 감정, 사실주의…… 신비주의적이고 우울한 열망이 사람들의 얼굴에 넘친다. 무서운 신화적 환상은 기껏해야 장식적인 요소에 지나지 않는다. 아프로디테는 평범한 여자처럼 옷을 벗어던지고, 제우스는 우아하고 짓궂은 성격을 띠게 되며, 헤라클레스는 야수로 되돌아간다. 펠로폰네소스 전쟁 이후에 그리스는 붕괴하기 시작했다. 조국에 대한 신념은 상실되었고, 개인적 이기주의가 충일한다. 무대의 주인공은 이제 신이나 이상화한 젊음이 아니라, 쾌락과 정욕을 탐하고 회의적이며 방탕한 돈 많은 물질주의자 시민이다. 재능은 이미 천재성과 대치되었고, 이제는 기호가 재능과 자리를 바꾼다. 미술 작품은 아이들과, 아양떠는 여자들과, 사실적인 장면들과, 잔인하거나 이지적인 남자들투성이다.

나는 마치 내가 도착할 때쯤에는 흙이 유적들을 몽땅 삼켜 버릴까 봐 걱정이라도 되는 듯 서둘러서, 아직 남아 있는 프락시텔레스[8]의 헤르메스와, 헤라클레스의 무훈과, 기막힌 두 개의 박공(博栱)을 구경하려고 박물관으로 뻗어 나간 언덕길을 올랐다. 왜 땅이 그것들을 삼켜 버리는가? 아마도 인간의 숭고한 노력이 초인간적인 영원의 법을 침범했기 때문인지도 모른다. (그리하여 우리들의 삶과 노력은 비극적이고 영웅적인 강렬함을 얻는다. 그러한 순간을 영원으로 변형시키자. 다른 어떤 형태의 불멸성도 존재하지 않는다.)

박물관의 거대한 전시관 앞에 선 나는 마음이 놓였다. 아폴론, 헤라클레스, 니케,[9] 켄타우로스들, 라피타이[10]는 모두 그대로 살아서 아침 햇살 속에서 평화롭게 빛났다. 나는 기뻤다. 우리들의 세계는 탈인간(脫人間)의 법을 섬긴다. 우리들이 살아야 할 운명을 타고난 숙명적인 시기에는 어느 순간에 폭탄이 떨어져 인간의 가장 소중한 기념물을 잿더미로 만들어 버릴지 모른다. 이제는 예술 작품을 마주하면 엄습하는 영원한 작별의 위험이 기쁨과 한덩어리가 된다.

이곳의 거대한 두 박공각을 보면 예술의 목적에 대해 어느 극동의 현인이 한 얘기가 얼마나 정확한지를 느끼게 된다. 「예술은 육체가 아니라 육체를 창조한 힘의 재현이다.」 창조력은 이곳, 특히 서쪽 박공의 투명한 표면 속에서 뚜렷하게 힘을 한껏 발휘한다. 잔치는 금방 끝났고, 술 취한 켄타우로스들은 라피타이 여인들을 잡으러 쫓아간다. 그들 가운데 하나가 앞으로 뛰쳐나가 여자를 껴안으며 큼직한 손으로 젖가슴을 주무른다. 그녀는 고통으

---

8 Praxiteles. 기원전 4세기 그리스의 조각가.
9 승리의 여신.
10 켄타우로스와 혈연 관계인 종족으로 호메로스의 서사시에 처음 등장한다.

로, 그리고 아마도 신비하고 형언할 수 없는 쾌감 때문에 기절한 듯싶다. 다른 곳에서는 서로 깨물고 칼로 찌르는 투사들이 보인다. 야수를 풀어놓아 난폭한 격정이 동물적으로 폭발하고, 인간과 유인원의 중간 시기에 펼쳐졌을 옛적 광경들이 눈앞에 다시 펼쳐진다. 그러나 신비주의적인 고요함이 모든 놀랍고도 원시적인 격정을 뒤덮었으니, 광란하는 사람들의 한가운데 ─ 모든 투사들의 눈에는 보이지 않지만 ─ 아폴론이 완벽한 침착성을 나타내며 서서 오른쪽 팔을, 오직 오른쪽 팔만을 수평으로 뻗었기 때문이다.

비록 이렇게 거대한 장면을 창조한 조각가는 파르테논보다도 여러 해 전에 이미 고루한 미술가의 처녀다운 어색함을 초월하기는 했어도, 아직 고전 시대의 예술적 완벽함에는 이르지 못했다. 그는 아직도 공격 중이어서 정상에는 다다르지 못했고, 승리를 성취하려는 정열적이고 초조한 욕망에 불탄다. 그는 하나의 평정을 깨뜨렸지만 다음 평정에는 이르지 못해서 맹렬히 숨을 몰아쉬며 마지막 목적지를 향해 달린다. 이곳의 박공각이 우리들을 그토록 깊이 감동시켰다면, 그것이 인간의 가장 높은 정상을, 극치의 정상을 아직도 얻지 못했기 때문이리라. 아직도 괴로워하며 투쟁하는 영웅을 우리는 본다.

여기에는 또 다른 즐거움도 존재한다. 박공각에서는 신과, 자유인과, 여자와, 노예와, 짐승 등 모든 계층이 구분된다. 신은 떳떳하고 침착하게 힘을 자랑하며 한가운데 서 있다. 주변의 무서운 광경에도 그는 동요하지 않는다. 그는 자신의 분노와 격정을 스스로 가누면서도 무관심하지는 않아서, 조용히 팔을 뻗어 좋아하는 자에게 승리를 내려 준다. 라피타이 자유인들 또한 얼굴에 인간의 낙인을 지니고 꿋꿋하게 버틴다. 그들은 아우성치지 않고, 전율에 희생되지도 않는다. 하지만 그들은 신이 아니라 인간이어서 입술에 조금쯤 경련을 일으키고, 이맛살을 찌푸려 괴로워하는 표정을 나타낸다. 여자들은 훨씬 더 많은 고통을 받지만, 그들의 고통은 시커먼 욕망과 뒤엉킨다. 자기도 모르는 사이에 그들은 무시무시한 남성이라는 야수에 기꺼이 붙잡혀 그들을 위해 기꺼이 피를 흘린다. 그런가 하면 노예들은 주제넘게 아는 척하면서 다른 노예들을 둘러본다. 그들은 엄격한 자제력이 결핍되었다. 이곳의 박공이 창조된 시대에는 언저리에 길게 누운 형태들이 신들을 상징하지는 않았으리라. 신들은 절대로 그렇게 뒹굴지 않았고, 그들이 지닌 신격의 위엄을 절대로 잊지 않았다. 그러고는 마지막으로 술 취하고 방탕한 짐승 켄타우로스가 보인다. 아우성을 치고 깨물면서 그들은 여자들과 소년들에게 덤벼든다. 마음은 텅 비었고, 따라서 그들의 힘에 질서를, 그리고 그들의 욕정에 고귀함을 부여할 힘이 조금도 없다.

삶의 모든 계층이 저마다의 모습을 제대로 간직한 이 순간은 보기 드문 순간이다. 대리석으로 깎아 놓은 순간 속에는 신의 초연함과, 자유인의 자제력과, 짐승의 광포함과, 노예의 사실적인 재현이라는 모든 요소가 공존한다. 몇 세대가 흘러가면 가장 천한 마지막 두 가지 요소가 지배할 때가 온다. 현실적인 정열이 퍼져 나가서 자유인과 신들의 모습을 뭉개 버린다. 고삐가 헐거워지고 예술은 도망쳐 몰락한다. 올림피아 박공의 힘찬 비극성과 파르테논의 신적인 초연함은 페르가모스[11]의 자유분방한 말장난으로 이어진다.

박공에서 우리들은 하나의 잇닿은 섬광 속에 공존하는 전성기와, 전성기 이전과, 전성기 이후의 모든 씨앗을 보게 되는 즐거움

---

11 아시아의 도시 페르가몬의 명조. 페르가몬은 트로이아 시에 있는 성채.

을 얻는다. 절정이란 가장 어렵고 위험한 균형이며, 혼돈 위에 얹힌 순간적인 평정이다. 한쪽이 조금만 더 무거워도 기울어진다.

박공은 또 다른 즐거움을 우리 모두에게 베푼다. 그것을 쳐다보면 여러 가지 의문이 솟아난다. 그것은 그리스의 군대가 페르시아인들을 물리쳤고, 안도감과 자랑과 힘의 기쁜 파도가 온 세상을 뒤덮은 직후에 조각되었다. 그리스는 스스로의 힘을 의식했다. 그리스의 외부와 내부 세계는 새로워졌고, 신과 인간들은 새로운 빛을 받았다. 이제는 신전과 동상과 그림과 시, 다른 모든 것들도 마찬가지로 새로워져야 했다. 야만인들에 대한 그리스의 승리를 새기는 영구한 기념비가 세워져야 했다. 기념비는 어떤 조각 형태를 취했어야 하는가?

위대한 예술가는 일상적인 현실의 꺼풀을 초월해서 영원한 불변의 상징을 본다. 살아가는 사람들의 발작적이고 흔히 표리부동한 행위 뒤에서 예술가는 인간의 영혼을 휩쓸어 가는 거대한 물살을 찾아낸다. 그는 덧없는 사건들을 취해서 불사(不死)의 환경 속에 재배치한다. 위대한 예술가는 영원성의 희화와, 사실적 재현을 고려한다.

그런 까닭에 고전 시대의 그리스에서는 조각가들뿐 아니라 모든 위대한 예술가들이 당시 모든 승리의 기념비를 영구하게 틀림없이 해두기 위해서 신화의 상징적이고 상승시킨 상황 속에 역사를 다시 펼쳐 놓았다. 페르시아인들과 전쟁을 벌이는 당시의 그리스인들을 재현하는 대신에 그들은 라피타이와 켄타우로스를 내세웠다. 라피타이인들과 켄타우로스의 뒤에서 우리들은 거대하고 영원한 적인 이성과 야수, 문명과 야만성을 발견하게 된다. 따라서 어느 특정한 시간에 벌어진 역사적 사건은 시간을 벗어나 전체 종족과 그 종족의 옛적 환상들과 결부되었다. 마지막으로 그것은 종족을 벗어나 범인간(凡人間)적인 불사의 기념비가 되었다. 상징적인 상승을 통해 그리스의 승리는 이렇듯 모든 인류의 승리로 격이 높아졌다.

이런 모든 원칙은 제우스의 신전을 장식한 열두 개의 메토프[12]에도 마찬가지로 적용된다. 그것은 헤라클레스의 열두 가지 모험을 나타낸다. 갈라지고 황폐한 상태로 보존되어 박물관 벽에 걸린 메토프들은 깊이 감동시키고, 자랑스럽게 해주지 않는가! 젊기는 해도 활력이 넘치는 인간의 지성 아테나가 운동선수 옆에 서서 도와주는 모습을 보라. 그런 식으로 아테나는 조금 전에 그리스인들을 돕기 위해 아크로폴리스에서 마라톤과 살라미스로 훌쩍 뛰어갔었는지도 모른다. 메토프를 더 살펴보면, 아테나는 힘이 들어서 조금 지쳤지만 자랑스럽게 바위에 앉는다. 승리해서 당당하게 돌아와 전리품으로 스팀팔로스[13] 호수의 새들을 바치는 운동선수를 쳐다보는 아테나의 눈길은 얼마나 흐뭇해 보이는가! 그리고 또 살펴보면, 그녀가 무거운 세계를 걸머지는 그의 뒤에 서서 도와주려고 다정하게 두 손을 드는 모습도 보인다.

비록 예술가는 틀림없이 그가 살던 시대의 그리스인들을 찬양하고 싶었겠지만, 위대한 조상이요 종족의 지휘자인 헤라클레스에게로 겸손하게 찬사를 돌렸다. 송가(頌歌)는 이렇게 말하는 듯했다 — 승리는 우리 세대가 아니라, 종족의 천재성이 달성했도다. 그것은 끈질기고 꿋꿋한 운동선수였던 우리 조상이 이룩했도다. 이렇듯 상징적으로 표현한 찬양은 더욱 광범위하게 자유인의 모든 인종에게 적용된다. 승리를 이룩한 자는 우리 그리스인들이

---

12 도리스식 건축 양식에서 두 개의 세 줄기 가로 홈 장식 사이에 끼인 네모진 벽면을 말한다.
13 아르카디아의 산.

아니라고 하는 찬양의 말은 승리가 우리 종족의 힘으로만 이룩되지 않았고, 끊임없이 무훈을 세워 가며 야수와, 야만인들과, 죽음을 정복하고 나아간 모든 사람이 성취했노라고 얘기한다.

나는 박물관 문을 지나 소나무가 그늘을 드리운 안뜰로 나갔다. 이곳에서 나는 갑작스럽게 주눅이 들었다. 왜 우리 현대인은 고대 그리스인들의 초연하고 영웅적인 통찰과 나름대로의 균형을 이루지 못하는가? 모든 순례자는 박물관 문을 지나 오늘의 태양을 맞은 다음에 틀림없이 올림피아의 꿈으로부터 벗어나고, 고뇌를 느끼며, 이런 기초적인 질문을 혼자 던져 보게 된다. 고대인들의 후손임을 의식하기에 우리 그리스인들에게는 이런 주눅이 배가된다. 그리하여 좋든 싫든 간에 우리들은 위대한 조상들과 맞먹을 경지에 이르러야 하며, 거기에서 그치지 않고 아들은 누구나 부모보다 훌륭해야 한다는 의무를 스스로 걸머진다.

그리스인이 그의 조국을 돌아다니면서 땅 밑의 준엄하고 분노한 목소리들을 듣지 않아도 된다면 얼마나 좋으랴! 하지만 그리스인에게는 그리스의 여행이 놀랍고도 피곤한 고문이 된다. 그리스의 땅 어느 곳에 서면 고뇌가 엄습한다. 그곳은 온갖 목소리를 내며 부르는 시체들이 층층이 쌓인 깊은 무덤이고, 목소리는 시체의 불멸한 한 부분이다. 수많은 목소리들 가운데 어느 것을 선택해야 하는가? 목소리는 저마다 영혼이고, 영혼은 저마다 육체를 갈망하며, 그들의 소리에 귀를 기울이면 마음은 무척 심한 괴로움을 느낀다. 가장 소중한 영혼들은 흔히 가장 훌륭하지는 않은 법이어서, 마음은 결정을 내리지 못하고 주저한다.

어느 날 한낮에 스파르타와 미스트라의 중간쯤 되는 곳의 에우로타스 강가의 꽃이 만발한 협죽도 밑에서 걸음을 멈춘 나는 이러한 무섭고도 오래된 이성과 감정 사이의 투쟁을 의식했었다. 자유분방한 내 마음은 비잔티움의 콘스탄티누스 팔라이올로구스의 창백하고 죽음으로 밀봉된 시체를 소생시키기 위해서, 피로 얼룩졌으며 오래 간직하지 못할 비잔티움의 왕관을 그가 미스트라의 언덕에서 받았던 1449년 1월 6일로 시간의 바퀴를 되돌려 놓으려고 앞으로 달려 나갔다. 조상의 수많은 숨찬 소리가, 종족의 수많은 갈망이 마음의 욕망을 따르라고 우리들을 부추기지만, 이성은 고집스럽게 저항한다. 성난 얼굴을 스파르타 쪽으로 돌리면서 이성은 창백한 황제를 세월의 강 카이아다스로 집어던지고 강인한 스파르타의 젊은이들에게로 향하는데 — 그것은 숙명적으로 우리들이 태어난 무서운 순간이 우리들에게서 요구하는 바로 그것이야말로 이성이 원하는 바이기 때문이다. 만일 열매를 맺는 삶을 원한다면 우리들은 우리가 사는 시대의 무시무시한 숨결과 조화를 이루는 판단을 내려야만 한다.

그리스를 돌아다니는 그리스인의 여행은 이런 숙명적인 과정을 통해 그의 의무를 찾으려는 힘겨운 추구로 변한다. 어찌해야 조상들에게 부끄럽지 않을까? 어떻게 해야 조금도 손상하지 않으면서 민족의 전통을 지속시킬 수 있을까? 그의 두 어깨에는, 살아 숨 쉬는 모든 그리스인의 어깨에는 엄격하고 벗어나기 어려운 책임감이 무겁게 짓누른다. 이름 자체가 마술적인 무적의 힘을 지닌다. 그리스에서는 태어난 모든 사람이 영원한 그리스의 전설을 이어받을 의무를 타고난다.

현대 그리스인의 마음은 조국의 어느 지역에서도 탐미적인 경외감의 냉담한 전율을 느끼지 않는다. 지역마다 마라톤, 살라미스, 올림피아, 테르모필레, 미스트라 같은 이름이 붙었고, 이곳에서는 수치를 당했고 저곳에서는 영광을 누렸다는 추억이 저마다의 이름에 얽혔다. 순식간에 지역은 눈물을 많이 흘리고 두루 섭렵한 역사로 변형되고, 그리스인 순례자는 영혼 전체가 소용돌이에 휘말린다. 그리스의 모든 지역은 전 세계에 영향을 주는 성공과 실패로 넘치고 인간의 투쟁으로 가득해서, 우리들이 피하지 못할 준엄한 교훈으로 바뀌었다. 그것은 함성이 되고, 그런 함성에 귀를 기울이는 것이 우리들의 의무이다.

그리스의 위치는 참으로 비극적이어서, 모든 현대 그리스인의 어깨에 위험하고도 지극히 수행하기 어려운 의무를 부과한다. 우리들은 무척 무거운 책임감을 떠맡는다. 동양에서 새로운 세력이 일어나고, 서양에서 새로운 세력이 일어나며, 항상 그렇듯 상충하는 두 추진력 사이에 끼인 그리스는 또다시 소용돌이를 이룬다. 이성과 경험적 추구의 전통에 따라 서양은 세계를 정복하려고 나서며, 무서운 잠재력의 충동을 받은 동양도 마찬가지로 세계를 정복하려고 달려 나간다. 중간에 위치한 그리스는 세계의 지리적이고 정신적인 교차로이다. 거대한 두 추진력을 절충시켜 총체를 찾아내는 사명 또한 그리스의 의무이다. 과연 성공할 것인가?

그것은 성스럽고도 가장 뼈아픈 숙명이다. 그리스의 여행이 끝날 즈음 내 마음은 비극적이고 예상치 않았던 의문들로 가득 찼다. 아름다움에서 시작하여 우리 시대의 고뇌와 모든 그리스인에게 부여된 오늘날의 의무까지 살펴보았다. 오늘날에는 생각하고, 사랑하고, 투쟁하는, 그러니까 살아 숨 쉬는 인간은 더 이상 아름다움이나 감상하며 제멋대로 한가하게 돌아다닐 여유가 없다. 오늘날에는 불길처럼 투쟁이 번져 나가고, 어떤 소방대도 우리들에게 안전을 보장하지 못한다. 모든 인간은 저마다 인류 전체와 더불어 투쟁하고 불타오른다. 그리고 그리스 민족은 다른 민족들보다 더 많이 투쟁하고 타오른다. 그것이 그리스의 숙명이다.

하나의 순환이 끝났다. 내 눈은 그리스로 가득 찼다. 석 달 동안에 내 이성이 무르익은 듯싶었다. 지성적 투쟁에서 얻은 가장 소중한 전리품은 무엇이었나? 내 생각에 그것은 동양과 서양 사이에 위치한 그리스의 역사적 사명을 훨씬 분명하게 파악했고, 그리스의 숭고한 업적은 아름다움이 아니라 자유를 찾으려는 투쟁임을 깨달았으며, 그리스의 비극적인 운명과 모든 그리스인이 무거운 의무를 지고 있음을 보다 깊이 의식했다는 점이다.

나는 그리스의 순례가 끝나자마자 성숙의 시기를 맞을 만큼 무르익었다. 나를 이끌어 성인의 세계로 안내한 것은 아름다움이 아니라 책임감이었다.

석 달 동안의 여행을 마치고 돌아와 아버지의 집으로 들어섰을 때, 나는 이 쓰디쓴 열매를 손에 들고 있었다.

이탈리아

나는 아버지의 집으로 돌아갔다. 그곳에서 어머니의 다정한 침묵과 아버지의 엄격한 눈길을 받으며 나는 여행을 돌이켜 보고, 기쁨과 슬픔을 정리했다. 이제 내 머릿속에서 발언권을 얻은 책임감을 나는 더 이상 피할 길이 없었다. 땅이 입을 열고 죽은 자가 소생하여 (운명이 그러했기 때문에) 옛날부터 나름대로 자유를 위해 투쟁한 그리스가 거대한 크레타임을 밝혀 주었다. 그렇다면 내 의무는 무엇인가? 나는 그 의무를 위해 몸과 영혼을 다 바쳐 일하고 투쟁해야 한다.

하지만 무엇으로부터, 누구로부터 나는 자유를 찾아야 하는가? 이런 어려운 질문들에 대해서 나는 답을 하지 못했다. 한 가지 내가 느낀 바는 총을 들고 산으로 가서 터키인들과 싸우는 일은 내 역할이 아니라는 점이었다. 내 무기는 달랐다. 더구나 나는 적이 누구인지를 판단하지 못했다. 한 가지 내가 분명히 느꼈던 바는 어떤 결정을 내리든지 간에 나는 최대한 명예롭게 내 의무를 수행해야 한다는 사실이었다. 인내와 명예 ─ 그것은 분명했다. 오직 그것만이 분명했다.

수도원장이 아버지를 찾아와서 내가 선생들의 말을 듣지 않는다고 불평했던 일을 기억하는가? 내가 보는 앞에서 아버지가 그에게 대답했다. 「난 저 애가 거짓말을 하거나 다른 아이들에게 얻어맞을 때에만 걱정을 합니다. 그 두 가지 경우에만 말예요. 다른 건 하고 싶은 대로 하게 놔두어야죠!」 아버지의 말을 나는 깊이 새겼고, 이 말을 듣지 않았더라면 내 인생은 완전히 달라졌으리라고 믿는다. 아들을 키우면서 아버지는 갓 태어난 새끼를 키우는 늑대의 어둡고 빈틈없는 어떤 본능에 따른 듯싶다.

나는 집을 떠나지 않았다. 나는 이제 친구가 없었으니, 동지회는 어린애 장난이었으며, 회원들은 사방으로 흩어졌다. 그리스 순례 이후로 나를 괴롭히던 새로운 근심거리들을 제쳐 놓고 나는 이탈리아의 르네상스와 그것이 잉태한 위대한 영혼을 공부함으로써 새롭게 관심을 돌렸다. 나는 1년 동안 여행하라고 준 아버지의 선물을 마저 쓰기 위해 이탈리아를 여행하려고 결심한 터였다.

그래서 어느 날 아침 나는 또다시 집을 떠났다. 어머니가 울면서 물었다. 「언제까지 넌 방랑만 할 생각이니? 언제까지 말이야?」 (젊음은 너무나 매정해서) 나는 이렇게 대답하고 싶었다. 〈죽을 때까지요, 어머니, 죽을 때까지 말예요.〉 하지만 나는 자제했다. 나는 어머니의 손에 입을 맞추었고, 바다는 나를 멀리 데려갔다. 젊고 건강하며 스물다섯이라는 나이에 (모든 대상을 초연하게 똑같은 정열로 사랑하지 못하게, 마음을 편협하게 만들지 않도록) 남자이건 여자이건 누구도 특별히 사랑하지 않고, 어깨에 여행 가방을 걸머지고 이탈리아의 한쪽 끝에서 다른 쪽 끝까지 걸어서 홀로 여행을 하는데, 때는 봄이요 여름이 올 터이며, 다음에는 열매와 비와 더불어 가을과 겨울이 올지니 ─ 그보다 더 큰 행복을 바란다면 그것은 뻔뻔스러운 짓이 아니겠는가!

나에게는 부족한 바가 없었다고 생각된다. 몸과 마음과 영혼,

이 세 가지 광포한 야수는 다 같이 환희를 느꼈고, 다 같이 만족했으며, 그들의 굶주림은 다 같이 사라졌다. 영혼과의 신혼여행 기간 동안 줄곧 평생 처음으로 나는 몸과 마음과 영혼이 같은 흙으로 빚어졌음을 절실하게 느꼈다. 인간은 늙거나 병들었거나 불운이 닥칠 때만 그런 요소들이 내면에서 서로 분열하고 맞서 싸운다. 때로는 육체가 지배하고 싶어 하며, 때로는 영혼이 반란의 깃발을 올리고 도망치려 한다. 그리고 이성은 무감각하게 물러서서 붕괴의 과정을 지켜보고 점검한다. 그러나 인간이 어리고 튼튼할 때는 그 세 가지가 같은 젖을 빨면서 세 쌍둥이처럼 우애로 단결되지 않던가!

나는 눈을 감는다. 젊음이 되찾아 오고, 조화가 내 마음속에서 다시 이루어진다. 바닷가와 산, 높다란 종루와 작은 그늘진 광장을 갖춘 마을들이 다시금 눈앞을 스치고 — 플라타너스와, 꽃이 만발한 분수와, 그 언저리의 돌로 만든 긴 의자들, 저녁에 지팡이에 기대고 앉아 조용히 얘기를 나누는 노인들의 모습이 오랜 세월에 걸쳐, 수백 년에 걸쳐 거듭거듭 되풀이된다. 주변의 대기까지도 시간처럼 예스러웠다. 그리고 만족할 줄 모르던 내 마음은 유명한 그림을 처음 보았을 때 얼마나 흥분했던가! 나는 두근거리는 가슴이 진정되고, 모든 아름다움을 마음이 흡수할 때까지 무릎이 굳어진 듯 문간에 서서 한없이 기다린다. 내가 제대로 예감했듯이, 아름다움은 무자비하기 때문이다. 인간이 아름다움을 쳐다보는 것이 아니라, 아름다움이 인간을 쳐다보며 용서하지 않는다.

나는 이 도시에서 저 도시로 분주히 돌아다녔다. 그림과, 조각품과, 성당과, 궁정들, 얼마나 엄청난 탐욕과 갈망이었던가! 내 굶주림과 갈증은 풀어질 줄 몰랐다. 사랑스러운 산들바람이 내 이마를 자꾸만 스쳤다. 여인이나, 사상이나, 신과의 접촉에서 나는 평생 그런 기쁨을 다시는 맛보지 못했다. 아직은 추상적인 고민에 사로잡히지 않았던 나는 보고, 듣고, 만지는 쾌감을 발견했다. 내면의 세계는 바깥 세계와 하나가 되었다. 나는 세계를 만져 보았고, 그 감촉은 내 몸처럼 따뜻했다. 이 무렵 나에게 신을 창조하라고 했다면 나는 뺨에 솜털이 잔뜩 나고, 무릎이 꿋꿋하며, 가슴이 가냘프고, 고대 코로스[1]처럼 세계를 어깨에 걸머졌으며, 사춘기의 몸을 지닌 신을 만들어 냈으리라.

이곳 이탈리아에서는 삶의 사과가 단단하고 흠집이 없었다. 그리스는 완전히 달랐다. 흙이 지극히 나에게 가까웠고, 너무나 나 자신의 일부 같아서 그리스 순례는 고통스러울 때가 많았다. 그리스의 고통을 너무나 잘 알았던 나는 그리스의 아름다운 얼굴 뒤에 숨은 참된 모습을 보고 함께 괴로워했다. 하지만 이탈리아는 외국 땅이었다. 거기에도 역시 고통이 존재했지만 나는 그것을 알지 못했고, 알았더라도 별로 가슴이 아프지는 않았으리라. 이곳에서는 아름다움의 얼굴에 상처가 하나도 없는 듯 느껴졌다.

나는 아직도 사춘기의 솜털을 벗지 못했던 소박한 촌뜨기였고, 처음으로 외국을 혼자 자유롭게 돌아다니는 기쁨이 어찌나 컸던지 때로는 겁이 잔뜩 났다. 겁이 난 까닭은 신이란 질투심이 많은 존재들이며, 행복감을 의식하는 행위가 후브리스[2]임을 잘 알았기 때문이었다. 그들의 눈을 홀리기 위해서 나는 행복감을 줄여 보려는 우스꽝스러운 계획에 의존했다. 나는 피렌체에서 어찌나 신이 났던지 인간에게 주어진 권리의 한계를 넘어섰음을 깨달았다. 나는 고통의 방법을 찾아내야 했으므로, 너무 작아서 발에 맞지

---

[1] 건장한 청년을 조각한 그리스 미술품.
[2] 〈교만함〉이라는 뜻의 그리스어.

않는 신발을 샀다. 나는 아침에 그 신발을 신고는 너무나 고통스러워 걷지 못하고 까마귀처럼 깡충깡충 뛰었다. 그날 나는 점심때까지 줄곧 괴로웠다. 하지만 신발을 바꿔 신고 오후에 산책을 나가니 얼마나 즐거웠던가! 나는 날다시피 가벼운 걸음으로 활기차게 돌아다녔다. 세상은 다시 천국이 되었다. 나는 아르노 강둑을 따라 산책하고, 다리를 두 개 지나 산미니아토를 올랐다. 저녁이 되자 서늘한 산들바람이 불어왔고, 사람들은 마지막 햇살을 받아 황금 옷을 걸치고 지나다녔다. 하지만 이튿날 아침에 나는 작은 신발을 신고 다시금 비참해졌다. 그러나 이제는 신들이 간섭할 까닭이 없었다. 나는 그들이 인간에게서 징수하는 공물을 분명히 바칠 만큼 바쳤다.

모두가 어린애처럼 너무나 단순했다. 나를 괴롭히는 문제가 하나도 없었으며, 삶의 사과 속에는 벌레가 들어 있지 않았다. 겉만 봐도 만족스러워서 나는 그 뒤에 무엇이 숨어 있는지 찾으려고 하지 않았다. 고대 그리스의 어느 화가가 언젠가 휘장에 그림을 그린 다음 자신의 경쟁자인 화가를 불러 작품을 평해 달라고 부탁했다. 「그럼 휘장을 치우고 그림을 봅시다!」〈바로 휘장이 그림인데요〉라고 화가가 대답했다. 지금 내가 보는 산과, 나무와, 바다와, 사람들의 휘장이 그림이었고, 나는 순수하고 탐욕스러운 기쁨을 느끼며 그것을 즐겼다.

사춘기 시절의 첫 반항이 힘의 방향을 바꾸었다. 나는 지구가 우주의 중심이 아니며, 인간은 짐승의 후손이고, 그들 인간 또한 조상들보다 총명하고 부도덕한 짐승이라는 모욕적인 개념들을 소화했다. 나를 찾아와 잠깐 동안 피가 끓어오르게 했던 〈여자〉는 종이에 옮겨 놓은 다음에는 다시 돌아와 평온한 내 삶을 어지럽히지 않았다. 여자들이 남자와 똑같은 영혼과 가치를 지녔다고 아무리 내 이성이 따지고 나서도 유럽화한 마음보다는 거들떠보고 싶지도 않다고 비웃는 아프리카의 해묵은 마음이 여자들을 꺼리게 했고, 그들을 믿거나 내 마음을 깊이 파고들어 사로잡게 허락하지 않았다. 여자들은 남자의 장식품에 지나지 않았고, 그보다도 골칫거리나 그냥 필요한 존재일 따름이었다.

크레타에 은둔해 살면서 여자가 절대로 가까이 오지 못하게 했던 사나운 밭지기 코스탄디스가 생각난다. 갑자기 코스탄디스가 결혼한다는 소문이 퍼졌다. 「웬일이야, 코스탄디스?」 내가 물었다. 「도대체 어떻게 된 일이야? 정말 결혼하나?」 그랬더니 그가 대답했다. 「그럼 어쩝니까, 나리? 내가 감기에 걸리면 물이라도 떠다 줄 사람이 있어야겠다는 생각이 들더군요.」 그리고 나이가 50도 더 먹어서 결혼한 어떤 사람은 이런 핑계를 대었다. 「글쎄, 별수 없잖아? 다른 사람들처럼 내 베개에도 곱슬머리카락이 좀 떨어져 있었으면 좋겠다는 생각이 들어서 말이야.」

그들의 말마따나 때로는 필요에 의해서, 때로는 장식품으로.

이탈리아로의 꿈같은 여행 동안에 줄곧 나는 형이상학적인 문제나 사랑에 대한 걱정을 하지 않아서 자유로웠다. 내 기쁨은 더럽혀지지 않았다.

그러나 오랜 세월이 지난 지금 그때의 기쁨을 회상하려고 하면 나는 놀라게 된다. 가장 이지적인 관념들이 내 속에서 침전되어 나와 한 몸이 되었고, 그것들을 이제는 추억이라고 일컬을 수도 없다. 그것들은 기억으로부터 내 핏줄로 흘러들어가서 자연스러운 본능처럼 살고 활동한다. 무엇을 결정하면 나는 자주 나중에, 판단을 내린 것이 내가 아니라 이러저러한 그림이나, 이러저러한 르네상스의 힘찬 탑이나, 피렌체의 옛 구역 좁은 길거리에 단테가 새긴 구절이 나에게 끼친 영향력에 의해서 그런 결정을 내리게 되었다는 생각이 든다.

내 기억 속에 붙박혀 엄청난 부드러움과 슬픔을 보이며 나를 응시하는 것은 지적인 기쁨이 아니라 인간의 따스함에 훨씬 가까운 구체적인 다른 것들이다. 이것저것 다 따지고 나면 젊은 시절에서 나에게 남은 것이라고는 무척 초라하고 하찮은 열매들뿐이어서, 팔레르모의 울타리에서 시들어 가던 장미와, 나폴리의 지저분한 뒷골목에서 울던 맨발의 어린 소녀와, 베로나의 고딕 창문에 앉은 큼직하고 하얀 얼룩의 검은 고양이 따위이다. 주어진 모든 대상들 가운데 인간의 기억력이 무엇을 선별하여 간직하는지는 하나의 신비이다. 〈평생 꿈꾸었지만 누릴 기회가 없었던 세 가지는 바닷가의 작은 집과, 새장의 카나리아와, 박하 한 그릇이었노라〉고 임종의 자리에서 한숨지은 위대한 정복자는 누구였던가? 이탈리아 여행 전체에서 지극히 쓰라린 두 가지 추억이 내 마음속에 자리를 잡았다. 비록 내 탓은 전혀 아니었지만, 그 추억은 죽을 때까지 항상 마음속에 그대로 남아서 나를 꾸짖으리라.

이것이 첫 번째 추억이다 ─ .

거의 밤이 다 되었을 때였다. 하루 종일 억수 같은 비가 내렸다. 온몸이 흠뻑 젖어서 나는 칼라브리아의 어느 작은 마을에 도착했다. 몸을 말릴 불가와 잠을 잘 구석을 찾아야만 했다. 길거리는 한적했고 문들은 잠겼다. 낯선 이의 숨결을 냄새 맡은 개들이 마당 안에서 짖기 시작했다. 이 지역의 농부들은 거칠고, 염세주의적이며, 낯선 사람들을 의심했다. 나는 집집마다 문 앞에서 머뭇거리다 손을 뻗었지만, 감히 문을 두드리지는 못했다.

저녁마다 등불을 들고 혹시 낯선 사람이 찾아오지 않았는지 마을을 돌아다니던 크레타의 돌아가신 할아버지를 생각해 보라. 할아버지는 낯선 이를 집으로 데려다가 음식과 잠자리를 마련해 주고, 아침에는 포도주 한 잔과 빵을 대접해 보냈다. 이곳 칼라브리아의 마을에는 그런 할아버지가 없었다.

갑자기 마을 언저리에서 문이 열리는 것을 보았다. 머리를 내밀어 들여다보니 음침한 복도 끝에 불을 지피고는 노부인이 그 앞에 쪼그리고 앉아 있었다. 그녀는 요리를 하는 듯싶었다. 향기를 맡아 보니 소나무였나 보다. 나는 문턱을 넘어 안으로 들어가다가 방의 가운데 놓인 기다란 탁자에 부딪쳤다. 마침내 나는 불가로 가서 동글 의자에 앉았다. 노부인은 다른 동글 의자에 쪼그리고 앉아 나무 숟가락으로 국을 저었다. 그녀가 얼굴을 돌리지 않은 채 나를 곁눈질로 힐끗 쳐다보았다. 하지만 그녀는 아무 말도 하지 않았다. 나는 저고리를 벗어 말리기 시작했다. 따스함처럼 행복감이 발에서부터 종아리로, 허벅지로, 가슴으로 번져 올라옴을 느꼈다. 나는 탐욕스럽게 솥에서 올라오는 김을 들이마셨다. 콩을 구워 음식을 마련하는 모양이었는데, 향기가 그윽했다. 행복이 인간에게 어울리려면 어느 정도로 속되어야 하는지를 나는 다시 한 번 깨달았다. 천국에서, 그리고 마음속에서 우리들이 추구해야 할 대상은 희귀한 새가 아니다. 행복은 자기 집 마당에서 발견되는 새이다.

노부인은 몸을 일으켜 옆에 설치된 선반에서 국그릇을 두 개 꺼내 놓았다. 그녀는 그릇을 채웠고, 온 세상이 콩의 향기로 넘쳤다. 그녀는 등잔에 불을 켜서 기다란 탁자에 놓았다. 그러더니 나무 숟가락 두 개와 검은 빵 한 덩어리를 내놓았다. 우리들은 서로 마주 보고 앉았다. 그녀는 성호를 긋더니 재빨리 나를 힐끗 쳐다보았다. 나는 눈치를 챘다. 나도 성호를 긋고는 식사를 시작했다. 우리 둘 다 배가 고팠으므로 얘기는 전혀 하지 않았다. 무슨 일이 벌어지는지 보려고 나는 말을 꺼내지 않기로 작정했다. 그녀는 벙어리일까, 아니면 성자들처럼 온순하고 친절한 정신병자일까? 나는 궁금했다. 식사가 끝나자마자 그녀는 탁자 오른쪽의 긴 의자에 내 잠자리를 마련해 주었다. 자리에 누웠고 그녀도 다른 쪽 긴 의자에 누웠다. 밖에서는 비가 마구 퍼부었다. 상당히 오랫동안 나는 지붕에서 후드득거리는 빗소리와 노부인의 차분하고 조용한 숨소리에 귀를 기울였다. 그녀는 피곤했는지 눕자마자 잠들었다. 빗소리와 노부인의 고른 숨결에 나도 차츰차츰 잠이 들었다. 잠에서 깨었을 때 나는 문틈으로 새어 들어오는 빛을 보았다.

노부인은 벌써 일어나 아침 우유를 준비하려고 냄비를 불에 얹고 있었다. 나는 희미한 빛 속에서 그녀를 보았다. 쪼그라들고 허리가 굽은 그녀는 한 줌밖에 안 될 듯싶었다. 두 다리가 어찌나 부었던지 걸음을 옮길 때마다 숨을 몰아쉬어야 했다. 그러나 커다랗고 새까만 눈은 젊었고, 늙지 않는 광채가 반짝였다. 젊었을 때 그녀는 얼마나 아름다웠을까, 나는 불가피하게 추해지는 인간의 숙명을 저주하며 혼자 생각했다. 또다시 서로 마주 보며 앉은 우리들은 우유를 마셨다. 그런 다음에 나는 몸을 일으키고 여행 가방을 어깨에 메었다. 내가 지갑을 꺼냈더니 노부인의 얼굴이 새빨개졌다.

「아뇨, 아니에요.」 손을 저으면서 그녀가 중얼거렸다.

내가 놀라서 쳐다보는 동안 그녀의 주름진 얼굴이 갑자기 환해졌다.

「잘 가세요. 신의 은총을 받길 바라요.」 그녀가 말했다. 「나한테 해준 좋은 일에 주님이 답을 해주길 바라요. 남편이 죽은 이후로 난 그렇게 잠을 잘 잔 적이 한 번도 없었어요.」

그리고 훨씬 가슴 아픈 두 번째 추억은 이것이다 — .

이른 봄에 나는 이탈리아의 가장 거룩한 도시 아시시에 도착했다. 정원과, 지붕과, 마당과, 하늘 — 눈에 보이지는 않았어도 하느님을 섬기는 착하고 가난한 자의 존재가 어디에나 넘쳤다. 일요일이었다. 성당의 육중한 종들이 울렸고, 성 클라라[3] 수녀원의 은방울 같은 날카로운 종소리가 작은 광장 건너에서 응답을 했다. 성 클라라와 성 프란체스코는 공중에서 만났고, 죽음과 성덕(聖德)으로 불멸해진 두 목소리는 헤어질 줄 몰랐다. 〈프란체스코 님, 우리 수녀원의 가엾은 수녀들을 언제 보러 오시겠어요?〉 〈가시나무에 하얀 꽃이 만발하면……〉 그리고 보라! 이제 가시나무에는 영원한 꽃이 만발했고, 신이 맺어 준 한 쌍의 비둘기는 영원히 헤어지지 않고 아시시 상공에서 끝없이 날개를 친다.

나는 좁은 길거리를 올라갔다. 여기저기 문이 열리고, 여자들이 나타났는데, 새로 목욕을 하고, 라벤더 향수를 뿌리고, 머리를 조심스럽게 빗었으며, 그들은 남들을 보고 또한 자신을 남에게 보이기 위해 서둘러 성당으로 향했다. 봄철이면 태양의 나라에서는 성당이 주님의 휴게실이고, 주님의 친구들은 남자나 여자나 다 같이 그곳에 가서 줄지어 놓은 의자에 앉아 신과, 그러고는 이웃들과 얘기를 나눈다. 하얀 레이스와 까맣거나 빨간 드레스를 입고 신을 섬기는 자들이 오고 간다. 하느님이 작은 종을 울리고 다정한 목소리로 성당의 주인인 성 프란체스코를 찬양한다. 그런 다음에 손님들은 일어나 작별 인사를 하고 문으로 향한다. 성자를 찾아왔던 그들은 방문을 끝냈다. 천국은 만족해서 웃고, 아래 땅에서는 술집들이 문을 연다.

---

3 클라라는 프란체스코와 함께 클라라 수녀회를 세웠다.

나는 에리체타 백작 부인의 궁전에서 머물기 위해 소개장을 가지고 그녀를 찾아가기로 되어 있었다. 나는 그녀가 충직한 하녀 에르멜린다만 데리고 혼자 사는 나이 많은 귀족이어서 누가 같이 지내면 아주 기뻐하리라는 얘기를 들었다. 한때 아시시에서 가장 사랑스러운 여인이었던 그녀는 스물여섯 살에 미망인이 되었고, 그 후 어느 남자도 가까이하지 않았다. 그녀는 광활한 올리브 밭과 포도원을 소유했으며, 전에는 아침마다 암말을 타고 나가 땅을 돌아보았지만, 이제는 늙어 항상 추위를 느꼈으므로 정숙했던 일생을 후회하듯 말없이 처량하게 불가에 앉아서 시간을 보냈다. 나는 그녀에게 얘기를 걸고, 아직 그녀가 스물여섯 살인 듯 쳐다보면서, 비록 너무 늦기는 했더라도 그녀에게 기쁨을 주라는 충고를 들었다.

화창한 봄날이었다. 제비들이 돌아왔고, 들판에는 온통 하얗고 작은 실국화가 피었으며, 산들바람은 따스하고 향기로웠다. 그러나 거대한 저택에서는 불이 타올랐고, 늙은 백작 부인은 흰머리에 파란 비단 수건을 쓰고 불 앞의 나지막한 안락의자에 앉았다. 소개장을 무릎에 놓더니 그녀는 나를 돌아다보았다. 외길을 올라오느라고 열이 나서 얼굴이 달아오른 나는 셔츠 앞자락을 풀어헤쳤다. 짧은 반바지를 입고 있던 내 무릎이 불빛에 빛났다. 나는 스물다섯 살이었다.

「좋아요.」 나에게 미소를 지으며 그녀가 말했다. 「그리스 전체가 불쑥 내 집으로 들어왔군요. 잘 왔어요.」

나중에 여주인에게서 지참금을 받게 될 젊은 〈양녀〉 에르멜린다가 나타났다. 그녀는 쟁반을 가져다가 나지막한 식탁을 정돈하고는 우유와, 버터와, 토스트와, 과일을 차려 놓았다.

「난 아주 기뻐요.」 백작 부인이 말했다. 「이제 난 혼자가 아니니까요.」

「저도 그렇습니다.」 내가 대답했다. 「여기서는 고귀함과 아름다움과 친절함의 의미를 이해하게 되는군요.」

백작 부인의 창백한 뺨이 빨개졌지만, 그녀는 아무 말도 하지 않았다. 나는 그녀의 눈을 스치는 광채를 보았다. 고귀함과, 아름다움과, 친절함이 뭐 어쨌다는 얘긴가! 그녀는 화가 나고 짜증을 느끼며 틀림없이 속으로 그렇게 생각했으리라. 젊음, 중요한 것은 오직 젊음뿐, 나머지는 다 필요 없다!

그녀는 벨벳 닫집을 얹은 널찍한 침대를 갖춘 큼직한 방을 나에게 내주었다. 커다란 두 창문으로 길거리가 내다보였고, 수녀들이 머리 양쪽으로 하얀 자락을 늘어뜨리고 말없이 오락가락하는 성 클라라 수녀원의 마당도 보였다. 종루와, 지붕과, 마당은 온통 비둘기들이 뒤덮였고, 수녀원 전체는 거대한 한 마리의 암비둘기처럼 사랑에 젖어 한숨을 지었다. 「수녀들이 무엇하러 비둘기들을 저렇게 많이 기르나요?」 어느 날 백작 부인이 나에게 물었다. 「창피한 일이에요! 그들은 비둘기가 얼마나 시끄럽고 더러운지, 얼마나 꼴불견인지도 모르나 보죠? 쫓아 버리거나 잡아먹어 없애 버려야죠! 처치해야 해요!」

나는 아시시에서 석 달을 묵었다. 성 프란체스코와 에리체타 백작 부인이 나를 떠나지 못하게 그곳에 붙잡아 두었다. 나는 어디로 가야 하나? 삶의 목적이 행복이라면 왜 떠나는가? 날마다 내가 찾아간 성 프란체스코보다 더 소중하고 믿음직한 반려자나, 살아 있는 성 클라라였던 백작 부인보다 매력 있는 동반자를 어디서 찾겠는가? 나는 올리브나무 숲과 포도밭 사이로 성자의 발자취를 따라 화창한 움브리아를 하루 종일 거닐었다. 봄은 전체가 태양 수도사를 맞으려고 아시시의 땅에서 다시 한 번 소생한 성 프란체스코와 꽃의 시종들로 이루어진 빨갛고 노랗고 새하얀 피오레티[4]의 행렬처럼 보였다. 그리고 바람 수도사와, 불 수녀와, 명랑한 꼬마 물 수도사와…… 즐거운 크레타 청년도 그들과 함께였다.

저녁마다 나는 기분 좋게 지쳐서 집으로 돌아갔다. 백작 부인은 불을 피워 놓고 옷을 차려입고, 머리를 손질하고, 얼굴에 분을 살짝 바르고는 나지막한 안락의자에 앉아 팔짱을 끼고 기다렸다. 항상 그렇듯이 구슬프게 말없이 눈을 감고 앉아서 기다리다가 문소리를 듣고 내 발자국임을 확인하면 그녀는 눈을 떴다. 그녀는 옆에 놓인 안락의자를 가리키고는 손을 뻗어 내 무릎을 만졌다.

「얘기를 해요, 얘기를요. 입을 열고는 그치지 말아요. 나에게는 기쁨이라곤 이것뿐이에요.」

그러면 나는 입을 열어 그녀에게 크레타와, 부모와, 이웃에 사는 여자들과, 크레타의 독립 전쟁과, 크레타 땅에 발을 디디던 때의 게오르기오스 왕자에 대한 얘기를 했는데…… 섬 전체가 월계수와 은매화로 장식되었고, 기다랗고 하얀 수염에 몸은 칼에 베여 상처투성이인 늙은 투사들이 머리를 굽혀 그리스 공작의 손에 입을 맞추었으며, 서로 한데 엉켜 뒹굴었고, 눈물이 앞을 가려 보이지가 않았고……. 또 어떤 때에는 에이레 아가씨와 함께 프실로리티를 오르던 일과, 작은 교회에 단둘이 남았을 때 우리들은 무엇을 했던가, 그러고는 결국 헤어졌다는 얘기를 해주었다.

「하지만 왜요, 왜 헤어졌나요?」 놀란 백작 부인이 물었다. 「아가씨가 당신을 행복하게 해주지 못했나요?」

「아뇨, 아주 행복했어요.」

---

[4] *fioretti*. 꽃.

이탈리아

「그런데요?」

「하지만 바로 그것이 이유였어요, 백작 부인.」

「무슨 소린지 모르겠는데요.」

「젊은 남자에게 필요한 이상의 행복감이었죠. 난 위기를 맞았어요.」

「무슨 위기요?」

「나에게는 두 가지 가능성밖에 없어서, 내가 행복감에 점점 길이 들어서 강렬함과 영광을 몽땅 상실하느냐, 아니면 그런 감정에 익숙해지지 않아서 전과 마찬가지로 항상 그것을 대단하게 생각하며 완전히 자아를 상실하느냐 하는 것이었죠. 난 언젠가 꿀에 빠져 죽은 벌을 보고는 교훈을 얻었어요.」

백작 부인은 한참 동안 명상에 잠겼다.

「당신은 남자예요.」 마침내 그녀가 다시 말문을 열었다. 「그런 것 말고 다른 생각도 하겠죠. 하지만 우리 여자들은······.」

그날 저녁에 우리들은 다른 얘기를 하지 않았다. 둘 다 자정까지 불을 물끄러미 쳐다보기만 했다.

가끔 그녀는 에르멜린다를 시켜 「오늘 오후에 백작 부인이 당신을 찾아와도 되겠어요?」라고 물었다. 나는 당장 밖으로 나가 단것과 꽃을 사가지고 돌아와서 그녀를 기다렸다. 약속된 시간에 그녀가 머뭇거리며 수줍게 내 방의 문을 두드렸다. 내가 달려가 문을 열어 주면, 그녀는 열다섯 살 난 소녀이며 처음으로 총각과 외출이라도 하는 듯 부끄러워 얼굴을 잔뜩 붉히며 들어왔다. 한참 동안 그녀는 어쩔 줄을 모르고 전혀 얘기를 못 하다가 마룻바닥에서 눈을 떼지 않으면서 자신 없는 목소리로 짤막하게 내 말에 대답을 했다. 나는 마음이 찢어지는 듯했다. 지극히 늙은 나이에 절망적인 찬란함을 보여 주며, 수줍음과 처녀성이 어떻게 다시 진실한 여인에게서 죽지 않고 되살아났던가!

마침내 떠나야 했던 날 백작 부인은 두 팔로 내 목을 껴안고는 그녀를 만나러 아시시로 다시 돌아오겠다는 다짐을 나에게서 받아 냈다.

「빨리요, 빨리 돌아와요.」 그녀는 미소를 지으려고 했지만, 눈물이 글썽거려 웃음이 나오지 않았다. 「내가 떠나 버릴지도 모르니까 빨리 돌아와야 해요.」 그녀는 〈죽는다〉는 말을 절대로 쓰지 않고 항상 〈떠난다〉고 했다.

나는 약속을 지켰다. 여러 해가 지난 다음, 나는 그녀의 고해 신부인 돈 디오니기에게서 전갈을 받았다. 〈백작 부인이 떠나려 하니 서둘러 오시기 바랍니다.〉

스페인에 머물고 있던 나는 전보를 치고 당장 출발했다.

하얀 장미를 한 아름 안고 나는 떨리는 손으로 그녀의 저택을 찾아가 문을 두드렸다. 그녀는 죽었는가, 살았는가? 에르멜린다가 문을 열어 주었지만 나는 감히 묻지 못했다. 나는 그녀에게 장미를 주었다.

「백작 부인이 당신을 기다리고 계세요.」 그녀가 말했다. 「이제는 걸을 힘도 없어서 침대에 누워 지내신답니다.」

백작 부인은 침대에서 일어나 앉아서 기다리고 있었다. 그녀는 머리를 빗고, 보석으로 몸치장을 하고, 창백한 뺨에 루주를 조금 바르고, 주름살을 숨기기 위해 목에는 분홍빛 리본을 맸다. 그리고 그녀가 손톱에 윤을 낸 것을 나는 그때 처음 보았다. 백작 부인이 두 팔을 벌렸고, 나는 그녀의 품에 안겼다. 그런 다음 나는 침대가에 앉아서 그녀를 쳐다보았다. 여든이라는 나이에 그녀는 그토록 아름다웠고, 눈은 애정과 고뇌로 가득했다.

「난 떠나요.」 그녀는 나지막한 목소리로 말했다. 「난 떠나요······.」

그녀를 위로하기 위해 말을 꺼내려 했지만 그녀는 작별을 하려는 듯 내 손을 붙잡았다.
「난 떠나요…….」 그녀가 다시 중얼거렸다.
 밤이 되었다. 에르멜린다가 등잔에 불을 켜기 위해 들어오려고 했지만 백작 부인이 들어오지 못하게 했다.
 나는 어둑어둑함 속에서 희미하게 빛나는 그녀의 얼굴을 보았고, 그녀의 두 눈은 밤으로 가득한 두 개의 커다란 구멍이 되었다. 그리고 어둠이 길어지자 나는 백작 부인이 소리 없이, 힘없이 떠나고 있음을 깨달았다.
 몇 시간 후 자정이 가까워 오자, 그녀는 떠나갔다.

나의 벗 시인 — 아토스 산

　산과, 바다와, 도시와, 사람들 — 세계라는 육체로부터 영혼을 단절시키기란 지극히 어려운 일이다. 영혼은 낙지이고, 이런 모든 것은 흡반이다.

　이탈리아는 내 영혼을 차지했고, 내 영혼은 이탈리아를 차지했다. 우리들은 이제 한 덩어리를 이루어 서로 분리가 되지 않는다. 세상의 어떤 힘도 인간의 영혼처럼 제국주의적이지는 못하다. 영혼은 점유하기도 하고 점유를 당하기도 하지만, 항상 제국이 너무 좁다고 느낀다. 답답해진 영혼은 자유롭게 숨 쉬기 위해 전 세계를 정복한다.

　서부 유럽으로의 내 처녀 여행은 그러했다. 그때는 깨닫지 못했지만, 내 머릿속에서는 지역적 경계선들이 사라지기 시작했다. 세상이 그리스보다 훨씬 풍요하고 넓으며, 아름다움과 고통과 힘은 크레타와 그리스가 부여한 이상의 얼굴을 갖추기도 한다는 사실을 나는 알았다. 불멸성으로 여겨질 만큼 찬란한 몸을, 르네상스 그림의 아름다운 몸들을 물끄러미 쳐다보는 동안에 나는 얼마나 자주 그런 그림의 구실이 된 모든 신적인 형체들이 썩어 없어져 흙이 되었기 때문에, 인간의 아름다움과 영광이 태양의 빛을 보지만 촌음(寸陰)에 지나지 않기 때문에 참지 못할 슬픔과 분노에 사로잡혔던가. 두 개의 커다란 상처가 다시금 내 마음속에서 터졌다. 첫 유럽 여행 이후로 아름다움은 항상 내 입술에 죽음의 뒷맛을 남겼다. 그런 결과로 내 영혼은 풍요해졌고, 반항의 새로운 근거를 얻었다. 아름다운 모습이 무(無)로 사라지는 동안 신은 뒤로 물러서서 그것을 불멸하게 만들기 위해 손 하나 까딱하지 않겠다는 태도를 젊음의 단순한 영혼이 쉽게 용납하지 못하기 때문이다. 만일 내가 신이라면 나는 불멸성을 마구 나누어 주고, 아름다운 육체와 과감한 영혼이 다시는 죽게 내버려 두지 않겠다고 젊은이는 생각한다. 아름다운 자와 추한 자를, 용감한 자와 비겁한 자를 모두 똑같이 똥구덩이에 밀어 넣고는 구별도 하지 않으며 발로 짓밟아 몽땅 똥물로 만드는 신은 과연 어떤 작자란 말인가? 그는 외롭지 않거나 전능하지 않고 — 아니면 그저 이해조차 못 하는지도 모른다! 마음을 부끄럽게 하지 않는 신을 젊은이는 남모르게, 흔히 자기도 모르게, 속으로 혼자 가꾸기 시작한다.

누가 에르네스트 르낭[1]에게 영혼의 불멸성을 믿느냐고 물었을 때, 교활하고 늙은 그 재간꾼은 이렇게 대답했다. 「무엇 때문에 우리 단골 구멍가게 주인이 불멸해야 하는지 난 모르겠소. 그리고 나도 말이오. 하지만 위대한 영혼은 육체를 떠나도 죽지 말아야 할 이유는 있답니다.」

나는 그렇듯 상처를 받고 그리스로 돌아왔다. 나는 아직 온통 무질서하고 미해결인 상태로, 지적인 반항과 정신적 혼란으로 들끓는 중이었다. 나는 내 삶을 어찌해야 할지 몰랐으며, 무엇보다

---

[1] Joseph-Ernest Renan(1823~1892). 프랑스의 역사가이자 언어학자.

도 나는 영원한 문제들에 대한 해답을, 나의 해답을 우선 찾아내고, 내가 무엇이 될지는 다음에 결정해야 했다. 만일 이 땅에서 장엄한 삶의 목적조차 발견하지 못한다면, 덧없고 하찮은 내 인생의 목적을 어찌 찾겠느냐고 나는 혼자 생각했다. 그리고 만일 삶에 목적을 부여하지 않는다면, 어찌 나는 행동에 참여할 수 있겠는가? 나는 불가능하고 헛된 일이라는 생각이 들어서 객관적인 삶의 목적을 찾아내는 데는 관심이 없었고, 내가 내 자유 의지에 따라 정신적이고 지적인 필요성에 입각해서 삶에 어떤 목적을 부여해야 하는지에 대해서는 관심을 가졌다. 목적이 참되냐 아니냐는 그때 나에게는 별로 큰 의미가 없었다. 중요한 일은 내 자아와 부합하는 목적을 발견하고(어떻게 해서든지 만들어 내고), 그 목적을 따름으로써 내 특유의 욕망과 능력을 최대한으로 풀어내는 것이었다. 그렇다면 마침내 나는 우주의 총체와 조화를 이루며 함께 일하게 될 터이기 때문이다.

이런 형이상학적 문제를 젊은 시절에 품고 살아가는 것이 병이라면, 그 시절의 나는 중태였다.

아테네에는 아무도 없었다. 친구들은 생활의 하찮은 근심 걱정에 마음과 이성이 시들어 버렸다.

「우린 사고할 시간이 없어.」 한 사람이 말했다.

「우린 사랑할 시간이 없어.」 다른 사람이 말했다.

「그래, 인생의 목적에 관심이 있다 이거지?」 세 번째 사람이 웃으면서 나에게 말했다. 「가엾은 친구, 그런 걱정은 뭐하러 해?」

나는 머리 위로 날아가는 어떤 새의 이름을 알고 싶어 했을 때 농부가 한 대답이 머리에 떠올랐다. 그는 한심하다는 눈초리로 나를 쳐다보았다. 「가엾은 양반, 왜 신경을 써요? 잡아먹지도 못할 새인데.」

내 친구와 가까이 지내던, 시내에서 이름난 한량이 비웃듯이 곁눈질을 하며 앞으로 나서더니 읊었다 — .

아주 고상한 노래를 하나 부르세
똥 싸고, 먹고, 방귀 뀌고, 마시는 게 인생이라네.

지성인들이라고 해야 하찮은 시기심과, 시시한 언쟁과, 잡담과, 교만함뿐이었다. 나는 내면의 함성을 쏟아 내어 자신이 터져 나가지 않도록 하려고 글을 쓰기 시작했다. 나는 덱사메니 광장에 있는 커다랗고 위험한 말벌 같은 문인들의 벌집으로 자주 올라가서 한쪽 구석에 앉아 귀를 기울였다. 나는 잡담을 않고, 술집을 자주 드나들지 않고, 카드놀이도 하지 않았으며 — 나는 역겨운 존재였다. 나의 처음 세 가지 비극은 마음속에서 고통스럽게 형태를 감추는 중이었다. 미래의 시구들은 아직 음악이었고, 단순한 음향을 초월하여 언어가 되기 위해 투쟁했다.

위대한 세 인물 오디세우스, 니키포로스 포카스, 그리스도는 내 마음속에서 얼굴을 감추고 내 몸에서 분리되었고, 나 또한 자유가 되게끔 스스로 해방이 되려고 애를 썼다. 어릴 적에 성인들의 전기를 그토록 열심히 읽었고, 나도 성자가 되기를 갈망했으며, 다음에는 정복자와 탐험가와 돈키호테 같은 영웅들에 대한 책을 마찬가지로 열심히 읽었기 때문인지는 몰라도, 나는 평생 위대한 영웅적 인물들의 영향을 받았다. 어쩌다가 영웅성과 성스러움을 겸비한 인물이 나타난다면, 그는 인간의 본보기였다. 영웅이나 성자가 될 능력이 없었던 나는 글을 씀으로써 내 무능함에 대한 위안을 조금이나마 얻으려고 시도했다.

나는 울음을 터뜨리지 않으려고 웃어 대기만 하는 계집아이로구나, 나는 내 영혼에게 자주 말했다. 그래, 계집아이지, 한심한 영혼아. 너는 굶주렸지만 포도주를 마시고 고기와 빵을 먹는 대신 하얀 종이를 꺼내어 〈포도주, 고기, 빵〉이라는 단어들을 써 넣고는 그 종이를 먹는다.

그러던 어느 날 어둠 속에서 광채가 빛났다. 나는 소나무에 둘러싸인 키피시아의 어느 작은 집에서 혼자 은거하던 중이었다. 나는 염세주의자였던 적이 없었으며, 항상 사람들을 (먼발치서) 사랑했고, 누구라도 나를 찾아오기만 하면 크레타인의 기질이 눈을 떠서 그를 집 안으로 맞아들이기 위해 하루를 쉬었다. 얼마 동안 나는 즐거워하며 그의 얘기에 귀를 기울이고, 그의 사상에 젖었으며, 혹시 도울 길이 보이면 기꺼이 그렇게 했다. 하지만 대화와 접촉이 길어지면 곧 나는 자아 속으로 물러나고, 혼자 남기를 바랐다. 사람들은 내가 그들을 필요로 하지 않고, 그들과의 대화가 없이도 살아갈 수 있음을 알았는데, 그들은 이것을 전혀 용서하지 못했다. 얼마 동안 같이 살면서 내가 싫증을 느끼지 않았을 사람은 아무도 없었으리라.

그러나 어느 날 나는 빛을 보았다. 그날 키피시아에서 나는 내 나이 또래였고, 내가 끊임없이 좋아하고 존경했으며, 없을 때보다는 같이 지내야 기분이 더 좋은 몇 안 되는 사람들 가운데 하나인 젊은이를 만났다. 그는 기막히게 미남이었고, 스스로 그렇다는 사실을 의식했으며, 위대한 서정 시인이었고, 스스로 그런 사실 또한 의식하고 살았다. 그가 쓴 길고 멋진 시를 나는 거듭거듭 읽으며 그의 시작법(詩作法)과, 어휘와, 시적 분위기와, 마술적 조화에서 무궁무진한 기쁨을 얻었다. 이 시인은 독수리 족속이어서, 날개를 한 번만 쳐도 정상에 도달했다. 나중에 산문까지 쓰려는 포부를 보였을 때, 나는 그가 정말로 독수리여서 날기를 그만 두고 대신 땅 위를 걸으려고 시도하면 걸어 다니는 독수리처럼 몸이 무겁고 어색해짐을 깨달았다. 하늘이 그의 영토였다. 그는 날개가 달렸고, 딱딱한 육지의 이성을 지니지는 않았다. 그는 아득하게 먼 곳을 보았다. 그는 그림으로 사고했다. 그에게는 시적인 상징들이 굳건하고 논리적인 이론이었다. 그가 추론(推論)에 휩쓸려 벗어날 길을 찾아내지 못할 때면 눈부신 영상이 섬광처럼 그의 마음을 스치거나, 아니면 미친 듯 웃어 대며 도피의 길을 찾았다.

그러나 그는 굉장히 장엄한 위엄을, 보기 드문 매력과 고귀함을 지녔다. 그가 얘기하는 모습을 지켜보면 눈은 황홀경에 빠져 반짝이고, 시를 읊는 그의 목소리를 들으면 창문들이 짤랑짤랑 울렸으며, 포도잎이나 제비꽃을 머리에 꽂고 이 궁전에서 저 궁전으로 떠돌아다니며 시를 통해 아직도 야수 같은 사람들을 길들이던 방랑 시인들이, 고대 그리스의 음유 시인들이 어떠했는지를 알게 된다. 이 젊은이를 처음 본 순간부터 나는 정말로 그가 인류에게 영광을 베푼다는 사실을 느꼈다.

우리들은 당장 친구가 되었다. 우리들은 어찌나 달랐던지 한눈에 서로 상대방이 필요하며, 우리 두 사람이 합쳐 완전한 하나의 인간을 이루리라고 예측했다. 나는 농부처럼 피부가 거칠고 과묵하며 조잡했다. 의문과 형이상학적 투쟁으로 가득 찬 나는 아름다운 얼굴 뒤에 숨은 해골을 투시했으므로 외적인 매력에는 속지 않았다. 나는 순박하지 않았고, 무엇에 대해서도 자신이 없었다. 나는 군주로 태어나지 않았지만 군주가 되려고 투쟁했다. 그는 쾌활하고, 위엄 있게 호언장담하고, 자신만만했으며, 고귀한 육체와 더불어 자신이 불멸하다는 소박하고 힘찬 신념의 소유자였다. 그는 확실히 군주로 태어났으므로 군주가 되기 위해 괴로워하거나 투쟁할 필요가 없었다. (이것도 그는 확신했지만) 이미 정상을 차지했기 때문에 그는 정상을 탐내지도 않았다. 그는 자기가 특출하며 유일함을 믿었다. 그는 살았거나 죽은 어느 위대한 예술가와 자신을 비교할 만한 겸손을 보이려고 하지 않았으며, 이런 단순함이 그에게 엄청난 자신감과 힘을 주었다.

언젠가 나는 쫓아오는 수벌 떼를 이끌고 신혼여행에 나선 여왕벌이 하늘로 날아오르는 얘기를 그에게 해주었다. 한 마리만 성공해서 신랑이 된다. 그는 여왕과 교미를 하고 나머지는 모두 땅에 떨어져 죽는다.

「구혼자들은 모두 만족스러워하며 죽지.」 내가 그에게 말했다. 「그건 마치 모두들 한 몸이 된 듯, 그들이 모두 신방의 기쁨을 신랑과 함께 나누는 것과 마찬가지이기 때문이야.」

그러나 내 친구는 요란하게 웃어 대기만 했다.

「자네가 하는 얘기를 난 통 이해를 못 하겠어. 신랑은 나, 오직 나 혼자뿐이야!」

「그들의 정신은 〈나〉가 아니라 〈우리 모두〉라고 일컬어야 해.」 나는 웃으면서 대답했다. 그리고 나는 어느 유명한 신비주의자의 말을 상기시켜 주었다. 「나에게 왕관을 씌워 주는 것을 보니 다른 사람들이 승리자들이겠구나.」

우리들이 더 친해진 다음 어느 날 나는 그에게 말했다. 「우리 사이의 커다란 차이점은 이거야, 앙겔로스 — 자네는 구원의 길을 찾았다고 믿으며, 그렇게 믿음으로써 자넨 구원을 받는데, 나는 구원이 존재하지 않는다고 믿기 때문에 그 믿음으로 해서 구원을 받지.」

그러나 그의 마음속 깊은 곳에는 지극히 힘겹고 지극히 부드러운 약점이 숨겨져 있었으니, 그는 사랑과 흠모를 받아야 할 철저한 필요성을 느꼈다. 그의 의기양양한 얼굴과 호언장담하는 자존심을 투시해 보면, 지나가는 모든 사람들에게 손을 내미는 당황한 귀족의 모습이 드러났다. 오랫동안 그와 친했던 냉소적인 한 친구가 어느 날 나에게 말했다. 「왕처럼 굴지만 사실은 왕비에 지나지 않아.」

그의 외적인 삶에서 나타나는 허세에 대해서 역겨움이나 질투를 느낀 많은 사람들이 그를 위선자나 허풍쟁이라고 생각했으며, 그가 아무것도 믿지 않고, 그의 모든 말과 행동은 거짓과 겉치레이며, 항상 멋진 깃털을 펼치고 뽐내는 공작이나 마찬가지여서 털만 뽑아 버리면 하찮고 흔한 닭에 지나지 않는다고 했다.

아니, 그는 위선자가 아니었다. 큰소리와, 교만한 허풍, 세상에서 자기만 특출해서 마음대로 기적을 행할 능력을 지녔다는 자만심 — 이런 모든 외적인 삶은 그가 지닌 심오한 내적인 확신과 철저히 일치되는 성실성을 보여 주었다. 그는 특출한 척하지 않았으며, 진심으로 특출하다고 굳게 믿었다. 그는 타지 않으리라는 확신을 가지고 불에 손을 넣을 자신이 있었고, 어떤 총알도 전혀 자기를 건드리지 않으리라는 확신을 가지고 걱정도 없으며 전투에 뛰어들 그런 사람이었다. 그는 자기가 먹은 음식은 무엇이든 다 정신력으로 바뀐다고 확신했기 때문에 많이 먹었고, 많이 먹는다는 사실을 자랑했다. 「다른 친구들은 말이야……」 그는 웃음을 터뜨리며 가끔 말했다. 「다른 친구들은 말씀이야……」

어느 날 아테네의 옛 거리를 산책하다가 그가 말했다. 「난 내 속에 신이 존재함을 어찌나 강렬하게 느끼는지, 지금 이 순간에도 자네가 내 손을 만지면 불꽃이 튈 거야.」

나는 아무 말도 하지 않았다.

「아니, 내 말을 안 믿어?」 아무 응답이 없는 나를 보고 그가 물었다. 「자, 만져 봐!」 그가 손을 내밀었다.

나는 그에게 창피를 주고 싶지 않았다. 「좋아!」 내가 말했다. 「믿겠어. 왜 내가 꼭 확인을 해야 하지?」

손에서 당연히 불꽃이 튀지 않으리라고 나는 확신했다. 아니, 정말 믿었던가? 혹시 누가 아나…… 확인해 보지 않았던 것이 지금은 후회가 된다.

앙겔로스가 위선자라는 말인가? 순진하고 겸손한 척했다면 그 말이 옳을지도 모른다. 하지만 그는 세상에서 가장 진지한 사람이었다. 나는 그 사실을 어느 날 장난의 한계를 넘어 위험하고 무서운 광기의 상태로 들어가던 어떤 사건을 목격함으로써 확인했다.

우리들은 바닷가 송림의 시골집에서 묵었다. 우리들은 함께 먼 거리를 산책하고, 단테와, 구약 성서와, 호메로스를 읽었으며, 그는 우렁찬 목소리로 자기가 쓴 시를 낭송해 주었다. 우리들이 처음으로 사귀던 약혼 시절이라고 할 무렵이었다. 나는 가장 높은 욕망의 차원에서 이외에는 숨을 쉬지 못하는 인물을 마침내 찾아내어 너무나 기뻤다. 우리들은 세계를 파괴하고 다시 세웠다. 우리 둘 다 영혼이 전능하다고 확신했는데, 차이점이라면 그는 자신의 영혼을, 나는 인류 전체의 영혼을 그렇게 생각했다는 것이다.

어느 날 늦은 오후, 저녁 산책을 나가려고 문간에 서서 바다를 쳐다보고 있는데, 생각지도 않게 마을 우편집배원이 달려왔다. 그는 자루에서 편지를 꺼내어 내 친구에게 주었다. 그러더니 그는 흥분하고 겁이 난 목소리로 친구의 귀에다 대고 말했다. 「굉장히 커다란 소포도 같이 왔어요.」

하지만 친구는 듣지 못했다. 새빨개진 얼굴로 그는 편지를 읽었다. 그는 편지를 나에게 건네주었다.

「읽어 봐…….」

나는 편지를 받아서 읽었다. 〈친애하는 부드하키, 가엾게도 우리 이웃에 살던 양복장이가 방금 죽었습니다. 그를 당신에게 보냅니다. 다시 살려 놓으시기를 부탁드립니다.〉 편지는 그의 아내가 보낸 것이었다.

친구는 고민스러운 표정을 지었다. 「자네 생각에 내가…… 그게 어려운 일일까?」

나는 머리를 저었다. 「난 모르겠어. 무슨 일이나…… 그래, 무척 어렵지.」

하지만 우편집배원은 조급했다.

「소포는 어떻게 할까요?」 떠나려고 벌써 발을 떼면서 그가 물었다.

〈전해 줘요!〉라고 퉁명스럽게 대답한 친구는 돌아서서 격려해 주기를 바라는 눈으로 나를 쳐다보았다.

하지만 나는 극도로 당황해서 아무 말도 못 했다.

우리들은 말없이 서서 기다렸다. 해가 지려는 참이어서 바다는 짙은 장밋빛으로 변했다. 친구는 입술을 깨물며 기다렸다.

곧 마을 사람 두 명이 관을 메고 나타났다. 속에는 양복장이가 들어 있었다.

「위층으로 올려 줘요!」 친구가 명령했다. 그의 환한 얼굴이 어두워졌다.

그는 다시 한 번 돌아서서 나를 쳐다보았다. 「어떻게 생각해?」 그는 내 오른쪽 눈동자를 들여다보며 초조하게 물었다. 「자넨 내가 그런 능력을 지녔다고 생각해?」

「한번 해봐.」 내가 대답했다. 「나는 산책이나 가겠어.」

나는 바닷가를 따라 걸었다. 바다와 소나무 향기를 깊이 들이마시며 나는 혼자 생각했다. 그가 위선자인지, 아니면 불가능한 일을 바라고 시도할 만큼 위험할 정도로 모험적인 인간인지 밝혀지리라. 시체를 부활시키려고 시도할까, 아니면 비웃음을 살까봐 두려워서 교활한 여우처럼 몰래 빠져나가 살그머니 침대로 들어갈까? 그는 어찌할 것인가? 오늘 밤에 진실이 밝혀지리라······. 흥분한 마음으로 아주 빨리 걸으며, 친구의 영혼이 이런 식으로 내 눈앞에서 시험을 받게 되었다는 생각에 나는 전율했다.

태양은 이미 수평선 너머로 기울었다. 소나무 숲에서 부엉이들의 구슬프고 부드러운 울음소리가 들려오기 시작했다. 멀리 산봉우리들이 어슴푸레한 땅거미 속으로 스러졌다.

집으로 돌아가기가 거북스러워 나는 일부러 오랫동안 거닐었다. 우선 시체의 존재가 마음에 걸렸는데, 시체만 보면 나는 두려움과 역겨움으로 떨었다. 또한 나는 이런 중대한 순간에 친구가 어떤 행동을 하는지 보아야 하는 필연성을 조금이라도 더 뒤로 미루고 싶었다.

집에 도착해 보니 내 방 위에 있는 친구의 방은 불이 환히 밝혀져 있었다. 저녁을 먹고 싶은 기분이 아니어서 나는 잠자리에 들었다. 하지만 어떻게 잠을 자겠는가? 밤새도록 나는 위에서 볼멘소리로 울부짖고, 침대가 삐걱거리고, 곧 이어서 상당히 오랫동안 서성거리는 무거운 발자국 소리와, 다음에는 다시 신음과 삐걱 대는 소리를 들었다. 밤이 새도록. 때때로 나는 숨이 차는 듯 깊은 한숨을 짓고 창문을 여는 소리도 들었다. 동틀 녘이 되자 나는 지치다 못해 잠이 들었다. 잠이 깨어 밑으로 내려갔을 때는 벌써 상당히 늦은 시간이었다. 친구는 입도 대지 않은 우유를 앞에 놓고 식탁에 앉아 있었다. 그를 보자 나는 점점 겁이 났다. 그는 파리한 입술에 죽은 사람처럼 창백했고, 눈자위가 큼직하게 시커먼 빛으로 변했다. 나는 말을 걸지 않았다. 나는 초조하게 그의 옆에 앉아서 기다렸다.

「난 능력껏 다 했어.」 자신을 변호하듯 마침내 그가 말했다. 「선지자 엘리사가 죽은 사람을 어떻게 소생시켰는지 기억해? 그는 온몸으로 시체를 덮고 엎드려 시체의 입에 자기 입을 대고는 울면서 숨을 불어넣었어. 나도 그대로 했지.」

그는 잠깐 침묵을 지키더니 말을 이었다. 「밤새도록…… 밤새도록 말이야. 하지만 소용이 없었어!」

나는 놀라고 감탄을 하면서 친구를 물끄러미 쳐다보았다. 그가 한심한 짓을 한 것은 사실이지만, 거기서 그치지 않고 광기의 비극적 경계선을 넘었다가 이제는 다시 돌아와 지친 몸으로 내 옆에 앉았다.

그가 일어서서 문으로 갔다. 커다란 땀방울이 맺힌 이마를 닦으며, 그는 앞에 펼쳐진 바다를 쳐다보았다.

「이젠 어떻게 하지?」 나를 돌아다보며 그가 물었다.

「신부님을 불러 시체를 묻어야지.」 내가 대답했다. 「그리고 우린 바닷가로 산책이나 나가자고.」

나는 떨리는 손을 내밀었다. 구두와 양말을 벗고 우리들은 모래밭을 따라 바닷물을 밟으며 기분 전환을 했다. 얘기는 하지 않았지만 나는 그가 물의 시원함과 잔잔한 파문에 마음이 가라앉고 있음을 알았다.

「난 부끄러워…….」 나중에 그가 나지막이 말했다. 「이건 영혼이 전능하지 않다는 걸 의미할까?」

「아직은 그렇지 않지.」 내가 대답했다. 「하지만 앞으로 전능해질 때가 올 거야. 자넨 인간의 한계를 넘어서고 싶은 욕망에서 기막히게 용감한 일을 했지만, 절망과 두려움을 느끼지 않으면서 스스로 한계를 인정하는 행동 역시 기막히게 훌륭한 일이야. 몽둥이에 머리를 자꾸만 부딪히면 머리가 엉망으로 깨지는 사람도 많겠지만, 언젠가는 몽둥이도 부러지고 마니까.」

「몽둥이를 부러뜨리는 머리가 내 머리여야 한다는 것 — 내가 바라는 바가 그것이야.」 커다란 자갈을 자꾸만 바다로 던지면서 그가 말했다. 「내 머리.」 그가 소리쳤다. 「오직 내 머리만 말야!」

나는 미소를 지었다. 〈내 것, 내 것〉과 〈나, 나〉라는 관념이 내 친구에게는 무서운 감옥, 창문이나 문도 없는 지하 감옥이었다.

「인간이 도달할 수 있는 가장 높은 정상이 무엇인지 알아?」 그를 위로하려고 애를 쓰면서 내가 물었다. 「그건 자신을, 자아를 정복하는 거야. 그 정상에 도달하면, 앙겔로스, 그런 다음에야 우린 구원을 받아.」

그는 아무 말도 않고 발뒤꿈치로 파도를 미친 듯이 걷어 찼다.

분위기가 답답해졌다.

「집으로 가지.」 그가 말했다. 「난 피곤해.」

그는 피곤한 것이 아니라 화가 난 것이었다.

우리들은 집으로 돌아가는 길에 단 한마디도 얘기를 주고받지 않았다. 우리들은 빨리 걸었다. 산들바람이 일고 바다는 한숨을 지었다. 공기는 축축하고 찝찔했다.

집에 도착하자 나는 불운한 사건을 쫓으려는 예식이라도 거행하듯 친구의 놀랄 만큼 다양한 책들을 가리켰다.

「이봐.」 내가 말했다. 「내가 눈을 감고 책을 한 권 뽑겠어. 그 책으로 결정을 하지.」

「뭘 결정해?」 친구가 짜증을 부리며 물었다.

「우리들이 내일 무엇을 할지를.」

눈을 감고 손으로 더듬어서 나는 책을 하나 잡았다. 친구가 그것을 내 손에서 낚아채더니 펴보았다. 그것은 수도원과 수사들과 종루들과 삼나무와 밑에서는 바다가 사납게 몰아치는, 깎아지른 듯한 절벽 위에 지은 골방들의 사진을 실은 커다란 사진첩이었다.

「아토스 산이다!」 내가 외쳤다.

친구의 얼굴이 환해졌다.

「바로 내가 원하던 바야!」 그가 소리쳤다. 「난 여러 해 전부터 그걸 원했어. 가자!」

그는 두 팔을 벌리고 나를 꼭 껴안았다.

「준비됐어?」 그가 물었다. 「우린 사람을 잡아먹는 도깨비잖아? 그러니 십 리 장화를 신어야겠지? 그래, 십 리 장화를 신고 거룩한 산〔聖山〕을 밟기로 해.」

비가 내렸다. 아토스 정상은 짙은 안개에 휩싸여 사라졌다. 바다는 끈끈하고, 시커멓고, 조용했다. 빗물로 새까매진 밤나무들 사이로 수도원 하나가 하얗게 빛났다. 하늘이 나무 꼭대기에 내려앉았고, 땅으로 촉촉이 스며드는 빗발이 계속해서 소리 없이 내렸다. 비에 흠뻑 젖은 수사 대여섯 명이 삼나무들처럼 선창가에 섰다.

우리들을 성산의 작은 항구 다프니로 데려다 줄 거룻배 안에서 옆에 앉은 두 수사가 잡담을 나누었다. 까만 수염이 듬성듬성 돋고 겨드랑이에 묵직한 자루를 낀 젊은 수사가 말했다. 「그놈이 지저귀는 소리만 들어도 세상만사를 잊을 지경이죠. 아버지의 어머니 목소리보다도 다정하다니까요.」

다른 수사가 대꾸를 했다. 「그까짓 걸 가지고 뭘 그래? 우리 수도원에는 〈주님이여, 이 소리를 들으소서〉라거나, 〈그리스도가 소생하셨도다〉라고 노래하는 지빠귀가 있는데, 사람을 환장하게 만드는 새야. 우린 그 새를 지빠귀 신부님이라고 부르는데, 우리들하고 성당에도 같이 가고, 사순절에는 줄곧 단식도 해.」

「그렇다면 그건 지빠귀가 아니에요, 라브렌디오스 신부님.」 한참 생각에 잠겼다가 젊은 수사가 말했다. 「그래요, 지빠귀일 리가 없어요.」

우리들은 성스러운 땅에 발을 디뎠다. 선창가에 서서 기다리던 수사들은 손님 가운데 남자 옷을 입은 여자가 숨어 있지는 않은지 찾으려고 배에서 내리는 사람들을 하나씩 능숙한 눈으로 살펴보았다. 성산이 성모에게 봉헌된 이후로 천 년 동안 어떤 여자도 이곳에 발을 디디거나, 여자의 숨결이 공기를 더럽히거나, 심지어는 양이나 염소나, 닭이나, 고양이 따위 짐승의 암컷들도 발을 들여놓은 적이 한 번도 없었다. 대기에는 오직 남성의 숨결만 섞였다.

우리들과 함께 여행을 한 두 사람은 노새처럼 짐을 잔뜩 지고 우리들의 뒤를 따라왔다. 그들은 처지지 않으려고 걸음을 재촉했다.

「순례자들이신가요?」 미소를 지으며 젊은 수사가 물었다. 「성모님의 가호가 있기를 바랍니다.」

은둔자들은 항상 얘기를 나누고 싶어 한다. 열기를 올리며 두 사람은 기적과, 성지(聖址)와, 높은 절벽 꼭대기에서 두 손을 들고 기도를 드리는 고행자들에 대한 얘기를 했다.

「그리고 그들이 두 손을 쳐들고 있는 한 세계가 무너질 염려는 없어요.」 젊은 수사가 말했다. 「그 사람들이 세상을 치켜들었으니까 말예요.」

「〈거룩한 산〉에 여자가 한 번도 발을 들여놓지 않았다는 얘기가 정말인가요?」 내가 물었다.

「한 번도, 단 한 번도 없어요.」 나이 많은 수사가 대답하고는 하늘에다 침을 뱉으며 중얼거렸다. 「사탄아, 물러가라! 때로는 남자로 변장하고 배를 타고 올 만큼 뻔뻔스러운 여자들도 나타나죠. 하지만 감시하는 수사가 찾아내어 당장 쫓아 버려요.」

「어떻게 알아내나요?」 친구가 웃으면서 물었다.

「냄새로요.」 젊은 수사가 대답했다. 「저 신부님이 부둣가에서 보초를 선 적이 있으니까 가서 물어보세요.」

친구는 늙은 수사에게로 갔다. 「여자들은 냄새가 다른가요, 신부님? 무슨 냄새가 나죠?」

「고약한 악취가 나요.」 걸음을 재촉하며 늙은 수사가 말했다.

비가 걷히기 시작했다. 지대가 높아지니까 바람이 일었던지, 구름이 흩어지고 햇빛이 조금씩 드러났다. 순식간에 대지는 아직 눈물을 흘리면서도 미소를 지었고, 무척 엷은 무지개가 해와 함께 공중에 떠서 하늘과 젖은 흙의 우정을 맺어 주었다.

「성모의 허리띠로다!」 두 수사가 성호를 그으며 소리쳤다.

튼튼한 참나무 지팡이를 짚고, 등에는 자루를 진 우리들은 반쯤 낙엽이 진 밤나무와, 피스타치오와, 잎사귀가 넓적한 월계수들이 우거진 숲을 지나 카리에스로 가는 자갈길을 올라갔다. 하늘에서는 향 냄새가 나는 듯했다. 우리들은 바다와 산과 밤나무 숲으로 이루어졌으며 둥근 천장 대신 하늘이 지붕을 덮은 거대한 성당으로 들어간 기분이었다. 나는 답답하게 느껴지기 시작한 무거운 침묵을 깨뜨리고 싶어서 친구에게로 시선을 돌렸다.

「우리 얘기나 좀 할까?」 내가 제안했다.

「얘기를 나누는 중이잖아.」 내 어깨를 가볍게 만지면서 친구가 대답했다. 「천사들의 입인 침묵으로 우리들은 얘기를 했어.」

그러더니 그는 갑자기 화가 난 표정을 지었다.

「우리들이 무슨 얘기를 하겠어? 모두가 아름답고, 우리 마음에 날개가 돋쳐 날아가고 싶으며, 천국으로 가는 길을 우리들이 간다는 얘기를 할까? 말, 말, 말, 말뿐이지. 입을 다물자고!」

지빠귀 두 마리가 호두나무에서 튀어나왔고, 젖은 나뭇가지들이 흔들려 우리 얼굴에 빗방울이 흩뿌렸다.

「새의 왕국에도 수사들이 있는데 — 지빠귀가 수사죠.」 나이 많은 신부가 말했다. 「거룩한 산에는 지빠귀가 아주 많답니다.」

「별은 어떤가요, 라브렌디오스 신부님?」 젊은이가 물었다. 「그들 가운데에도 수사가 있나요?」

「별들은 모두 전에는 수사였지. 이곳 지상에서 그들은 그리스도의 신앙을 섬겼고, 순교를 하고, 아브라함의 품으로 올라가 안겼어. 아직 몰랐겠지만, 천국이 아브라함의 품이야.」

나는 그들의 얘기를 들으면서 모든 사물을 변형시켜 꿈에 종속되게 하는 전능한 힘인 인간의 영혼에 감탄했다. 믿는 사람들은 불멸의 그리스도를 영원한 북극성으로 삼아 천국과 지상이 둘 다 빙글빙글 돌며 신을 섬기게 만들었다. 그들에게는 그리스도가 모든 근심 걱정을 풀어 주는 〈위대한 해답〉이었다. 모든 사물이 설명되며, 빛을 받고, 제자리를 찾으면 영혼은 편안히 쉬게 된다. 신앙이 없는 자들만이 회의를 품고, 오직 그들만이 투쟁하며, 길을 잃고 절망에 빠진다.

하지만 거룩한 산에 도착한 지 며칠 후에 반쯤 미친 수도자가 어안이 벙벙해질 어떤 얘기를 했다. 그는 바다 위로 튀어나온 동굴에 쪼그리고 앉아 황홀한 광기에 잠긴 상태로 살았다.

「가엾은 사람, 그만 정신이 나가 버리고 말았나 보군요.」 나는 그의 약을 올리려고 말했다.

그가 웃었다. 「난 정신을 팔아 그 대가로 신을 받았어요. 다시 말하면 난 가짜 허섭스레기를 주고 천국을 산 셈이에요. 어때요, 내가 수지맞는 장사를 하지 않았나요?」

잠깐 침묵을 지키더니 그는 말을 이었다. 「그리고 알려 주고 싶은 사실이 또 있어요. 옛날 후궁에 아내를 삼백예순다섯이나 거느린 위대한 왕이 살았답니다. 그는 무척 잘생겼고, 잘 먹고, 잘 지냈어요. 어느 날 그는 수도원에 가서 고행자를 만났죠. 그는 불쌍하다는 듯 고행자를 쳐다보았어요. 〈정말 굉장한 희생을 치르시는군요.〉 그가 말했죠. 〈당신의 희생이 더 커요.〉 고행자가 대답했어요. 〈어째서요?〉 〈나는 덧없는 삶을 버렸는데, 당신은 영원한 삶을 버렸으니까요.〉」

밤나무 숲 뒤 어딘가 가까운 곳에서 저녁 기도 시간을 알리는 종이 울렸다. 길을 한 굽이 돌고 나니 수사들의 마을이 시야에 들어왔다. 우리들은 걸음을 서둘렀다.

잡화상, 야채 장수, 요리사, 봇짐 장수, 길거리 청소부들 — 모두가 다 수사들이었다. 여자가 없고, 아이가 없고, 웃음이 없어서 처량하고 견디기 힘든 남자들만의 마을이었다. 모두가 수염뿐이어서 까맣고, 노랗고, 갈색이고, 회색이고, 새하얗고, 뾰족하기도 하고, 종 모양으로 생긴 빗자루처럼 퍼지기도 하고, 또는 무성하거나 곱슬거리거나, 잘 자란 꽃양배추처럼 무성한 수염들뿐이었다.

우리들은 스무 개 수도원의 책임자들이 모이는 저택 프로타톤으로 갔다. 성직자석에 올라앉은 그들은 의심이 가득 찬 교활한 눈을 재빨리 돌리며 우리들을 살펴보았다. 우리들은 신앙이 독실한 기독교인들이며 경배를 드리러 찾아왔노라고 신분을 밝혔다. 우리들은 아직 젊었으므로 세상 풍파를 맛보기 전에, 결혼하기 전에, 이곳 성모의 꽃밭으로 와서 성모의 은총을 받아 깨우쳐 참된 길을 보게 되기를 원한다고 말했다.

우렁찬 목소리로 시적인 위풍을 보이며 내 친구는 점점 열을 올렸다. 수사들은 입을 벌린 채로, 어떤 사람은 수염을 꼭 움켜쥐고, 그의 얘기를 들었다. 친구가 얘기하는 동안 나는 점점 더 그가 하는 말의 의미를 이해하고, 우리들이 거룩한 산을 찾아온 참된 이유를 깨닫게 되었다. 틀림없이 친구도 몰랐다가 얘기를 하는 동안에 깨달았으리라.

몸을 앞으로 내밀고 수사들은 서로 귓속말을 주고받더니 한꺼번에 일어나서 모든 수도원과 골방에 들려 가는 곳마다 경배를 드리고, 우리들이 사은의 봉헌을 끝냈다는 표시를 성모가 보여 줄 때까지 머물러도 좋다는 허락을 글로 써주었다.

우리들의 여행이 시작되었다. 황홀할 지경으로 행복해진 우리들은 수도원에서 수도원으로, 기적에서 기적으로 여행하며, 끊임없이 여행길에서 화제에 오른 세 가지 주제 — 신, 인간의 운명, 우리들의 특별한 의무 — 에 대해서 고대의 순례자들처럼 조용한 목소리로 대화를 나누었다. 나는 저녁마다 그날의 수확을 일기에 기록했다. 40년이 지난 지금 그것은 세월이 흘러 누렇게 변색되었지만, 일기장을 한 장씩 넘기려니까 성스럽고 믿어지지 않는 나날이 머릿속에서 되살아난다. 지극히 하찮은 모든 단어에 이르기까지 내 마음속에서 기쁨과 열망을, 또한 영혼을 구원하려고 친구와 내가 겪었던 젊은 시절의 불안감과 미친 듯한 도전들이, 젊음의 모든 교만함과 고귀함과 소박한 순진성이 다시금 머리에 떠오른다.

이비론 수도원, 11월 19일. 아침에 바닷가를 산책하다. 성수가 솟는 작은 샘, 옆에는 자그마한 성당, 안에는 뺨으로 피가 흘러내리는 성모의 성상, 어부 수사 두 사람이 그물을 거두어들이면 속에서는 물고기들이 춤추고.

수도원으로 돌아가다. 성문의 성녀 포르타이티사는 놀라운 기적! 커다랗고 구슬픈 두 눈, 자그마하고 곡선을 이룬 입, 꿋꿋한 턱 — 기쁨, 슬픔, 인간의 모든 즐거움과 아픔.

그리고 밤, 괴이하게 커다란 달이 떴는데, 하얗게 반짝이며 한숨짓는 바다를 보았을 때의 신성한 순간. 오늘 밤은 달이 영원성의 빛을 내어 정말로 사명을 다한다던 친구의 말.

우리들은 서로 몸을 기대고 나지막한 목소리로 얘기했다. 우리들은 획기적인 결심을 내리고, 모든 순간에 영원성을 경험해야만 한다고 말했다.

기침하고 침뱉고 끊임없이 긁적거리는, 병들어 창백한 수사 한 사람이 어디를 가나 말없이 우리의 뒤를 따라다녔다. 하지만 얼굴은 행복감으로 빛났다.

「틀림없이 미친 사람이야.」 친구가 말했다.

「틀림없이 성자일 거야.」 내가 말했다. 「얼굴이 빛나는 걸 봤지? 햇빛을 받은 듯이 말야.」

「난 라브렌디오스 신부예요.」 그가 말했다. 「바보죠. 아마 내 얘길 들었을 텐데요.」

「아직 살아서 천국에 들어갔으니 당신은 운이 참 좋군요.」 친구가 말했다. 「당신은 얼굴에서 광채가 나요.」

「주님을 찬양합시다.」 성호를 그으며 수사가 대답했다. 「남들이 거짓이라고 부르는 걸 난 천국이라고 하죠. 하지만 난 문을 여느라고 고생이 심했어요.」

「무슨 문요?」

「천국으로 통하는 문요. 처음 수도원에 들어왔을 때 나는 무서워서 벌벌 떨며 울었어요. 나는 천국을 생각하며 울었고, 지옥을 생각하며 울었어요. 하지만 어느 날 아침 잠이 깬 나는 이런 생각을 했죠. 무엇 때문에 우나? 하느님은 우리 아버지가 아니신가?

우리들은 그의 아들이 아닌가? 그렇다면 왜 무서워하는가? 그날부터 나한테는 바보라는 별명이 붙었죠.」

그는 옷 속에서 말라붙은 빵을 꺼내 우리들에게 주었다.

「천사들의 빵이에요.」 그가 말했다. 「먹어요! 날개가 돋을 테니 먹으란 말예요!」

스타브로니키타 수도원, 11월 21일. 바다 위로 놀랄 만큼 높이 솟은 곳이다. 크레타 출신의 퇴물인 늙은 문지기. 그는 내 손을 움켜잡았다.

「실례지만, 누구신가요?」

「크레타인요!」

「들어와요!」

어느 골방에서 젊은 수련 수사 몇 사람이 비잔티움 음악을 배우느라고 처음 대목을 큰소리로 불렀다. 그들은 더럽고 어린애 같은 손으로 불을 켠 촛불처럼 전통을 받들었다.

수도원에서 본 바다의 경치, 팽팽하게 당긴 거대한 활!

수도원으로 더 들어가니 이해심과 신적인 진지함이 넘치는 스무 살 난 그리스도의 머리. 높직하고 매끄러운 이마, 살찌고 하얀 가슴, 깊고 우수에 찬 두 눈. 포르타이티사의 참된 아들……. 또 다른 커다란 성상은 진주조개의 성자 니콜라스. 커다란 진주조개가 하나 이마에 박혔고, 손에서는 소금물이 뚝뚝 떨어지는 듯.

나는 크레타인 문지기와 잡담을 나누었다.

「왜 수사가 되었죠?」

「어느 날 숙모님이 복음을 읽어 주고, 세상이 덧없다는 말을 했어요.」

식탁에서 시중을 들던 필레몬 신부를 잊으면 안 된다. 천사처럼 온통 불타오르고, 다마스쿠스 강철로 만든 칼처럼 몸이 유연한. 복종하고 시중들기를 굉장히 즐기던 그는 명령을 받고 싶어서 어쩔 줄을 몰랐다. 너무 기뻐서 그는 끊임없이 웃기만 했다.

「언제쯤 내가 신을 만날 차례가 오나요?」 나는 그에게 물었다.

「쉽죠. 아주 쉬워요.」 그가 대답했다. 「눈을 뜨기만 하면 하느님을 보게 되니까요.」

판토크라토로스 수도원. 동트기 직전에 수도원 마당에서 들려오는 황홀한 선율을 들었다. 지극히 감미로운 소리. 창가로 달려간 나는 희미한 새벽빛 속에서 수사를 보았다. 그는 등 뒤로 까만 칼림마프코[2]를 늘어뜨린 모자를 썼다. 그는 작은 망치로 네모난 목탁을 규칙적으로 두드렸다. 그는 아침 기도에 수사들을 부르느라 이 골방에서 저 골방으로 돌아다니며 천천히 마당을 지나갔다. 역시 잠이 깬 친구는 내 옆에서 창문으로 몸을 내밀었고, 우리들은 기분이 좋아서 열심히 귀를 기울였다. 목탁 소리가 그친 다음에 우리들은 옷을 입고 예배당으로 내려갔다. 그리스도와 성모의 성상대 앞에서 타오르는 두 개의 쇠초롱 이외에는 완전히 암흑이었고, 장미향과 밀랍 냄새가 코를 찔렀다.

나무들이 바스락거리고 바다가 한숨짓듯 부드럽게, 조용히 아침 기도의 찬송이 시작되었다. 대수도원장이 촛불을 켜 들고 내려오지 않은 수사가 혹시 없는지 확인하려고 골방마다 둘러본 다음 얼어붙은 성수에 성수기를 담그고는 수사들의 이마에 차례로 성수를 뿌렸다. 나중에 수도원 안을 거닐면서 우리들은 이곳의 삶에 대한 얘기를 했다. 얼마나 성스러운 율동이고, 수많은 세대에 걸

---

2 *kalýmmafko*. 그리스 정교 수사들의 모자에 다는 천.

쳐 얼마나 멋지게 가꾼 껍데기인가 — 하지만 이제 속에서는 이 조가비를 창조하고 다듬은 진주조개가 죽어 버렸다.「우린 기독교의 고행을 개선해야 해.」우리들은 꼭 그렇게 하겠다고 맹세했다.「우린 다시 한 번 창조력의 새로운 입김을 불어넣어야 해. 꼭 그래야지. 우리들이 거룩한 산을 찾아온 이유는 바로 그거야.」

바토페디 수도원. 신의 다정한 부드러움으로 가득 찬 감미로운 아침에, 마치 천지 창조의 닷새째 되는 날이어서 하느님이 아직 인간을 빚어 그의 작업을 망쳐 놓지 않았을 때 하늘에서 직접 내려 준 듯싶은 아침에, 우리들은 이름난 바토페디로 갔다. 동녘이 장미꽃처럼 한 겹씩 터왔고, 수평선 뒤에서 자그마하고 뺨이 발그레한 구름이 아기 천사들처럼 나타나 점점 커져서 땅으로 내려오는 것 같았다. 아직도 날개가 이슬에 젖은 지빠귀 한 마리가 길 한가운데 내려앉아 우리들을 쳐다보았다. 그러나 지빠귀가 아니라 우리들과 낯익은 착한 혼령이라는 듯, 새는 우리들을 무서워하지도 않고 길을 비켜 주지도 않았다. 바위에 앉은 어린 부엉이는 빛에 벌써 어지러워져서, 어둠이 돌아오기를 기다리며 꼼짝도 하지 않았다.

우리들은 얘기를 주고받지 않았다. 우리 두 사람 다 아무리 나지막하고 달콤하더라도 이곳에서 인간의 목소리가 날카롭고 시끄럽게 진동하면 우리들을 감싼 마술의 장막이 모두 찢겨 벗어지리라고 느꼈다. 낮게 드리운 소나무 가지를 헤치며 나아가느라고 우리들의 얼굴과 손은 아침 이슬이 튀어 젖어 버렸다.

나는 행복감으로 숨이 막혔다. 나는 친구를 쳐다보고 얼마나 벅찬 기쁨이냐는 말을 꺼내려고 했다. 하지만 감히 그러지 못했다. 나는 얘기를 하자마자 마력이 사라질 것이라고 느꼈다. 나는 스파르타 북쪽에 위치한 타이게토스에서 어느 날 오후 늦게 여우 한 마리를 본 일이 기억나는데, 털이 수북한 꼬리를 꼿꼿하게 치켜세우고, 목을 길게 뽑고 조심스럽게 나아가던 여우는 길고 보랏빛인 그림자를 돌맹이들 위에 던졌다. 나는 그 짐승이 내 체취를 맡고 도망치지 않도록 숨을 멈추었지만, 이미 너무 늦어서 나도 모르게 아주 작디작은 외침이 입에서 저절로 흘러나왔다. 여우는 소리를 듣고 어느 방향으로 달아났는지 미처 내가 찾아보기도 전에 사라져 버렸다……. 인간의 행복이란 항상 그렇다고 나는 생각했다.

어느새 수도원에 다다랐고, 우리들은 갑자기 얘기하고 웃는 소리를 들었다. 바깥문 앞 기다란 돌 의자에 앉아서 혈색이 좋은 두 수사가 문지기와 농담을 주고받았다.

우리들은 뱀이라도 만난 듯 우뚝 걸음을 멈추었다. 친구가 나를 쳐다보았다. 「한낱 꿈이었어.」 머리를 설레설레 흔들며 그가 말했다. 「우린 잠깐 동안 이곳에는 인간이 존재하지 않는다고 믿었지.」

「부끄러운 일이야.」 내가 대답했다. 「다른 천국보다 훨씬, 훨씬 더 훌륭하고 참된 천국이었지. 신의 나무들 밑에서 아내와 남편이 아니라 두 친구가 거닐었어. 한데 우린 언월도(偃月刀)를 들고 달려온 천사가 아니라 목소리로 무장한 인간에게 추방을 당한 꼴이야.」

두 수사는 문지기를 놀리면서 큰소리로 떠들고 마구 웃음을 터뜨렸다. 하지만 그들은 우리들을 보자마자 잠잠해졌다. 배를 움켜잡고 일어선 그들은 우리들이 입을 맞추도록 손을 내밀었다.

「잘 왔어요.」 그들이 말했다. 「하느님의 가호가 있기를.」

「잘 지내시는 모양이군요, 신부님들.」 그들의 붉은 뺨과 불룩 튀어나온 배를 힐끗 쳐다보며 친구가 대답했다. 그는 우리들을 천국에서 쫓아낸 그들을 아직도 용서할 마음이 없었다.

「우린 거짓된 세계와 쾌락을 버렸어요.」 수염이 노란 첫 번째 수사가 말했다.

우리들은 입을 다물었다. 하지만 수염이 검은 다른 수사가 따졌다. 「왜 그렇게 놀란 눈으로 우리들을 쳐다보죠? 기도는 고기보다 더 우리들을 살찌게 해요.」

그들이 우리들 가까이로 다가왔고, 그들의 입에서 풍기는 마늘 냄새는 참기가 힘들었다.

「안으로 들어가 예배를 봅시다.」 마늘 냄새가 나는 두 수사를 어서 피하려고 우리들이 말했다.

수염이 비단처럼 하얗고 뺨이 발그레하며, 보나마나 상당히 편하게 지내는 듯싶은 빈틈없고 눈이 파란 접대원 수사가 따라왔다. 우리들은 환영의 말을 한 다음에 길을 안내하는 그의 뒤를 쫓아갔다. 수도원은 부유해서 객실과, 새로 페인트를 칠한 문과 창문들, 전기, 바다를 굽어보는 과수원들을 갖춘 하나의 도시 같았다. 수사들은 이미 식당을 나와 햇볕을 쬐며 소화를 시키느라 골방 바깥에 나와 있었다. 우리들은 성모의 유명한 성상들인 파라미티아, 크테토리사, 베마타리사, 안티포네트리아, 에스파그메네, 엘라이오브로티다에게 경배를 드렸다. 소중한 성물함(聖物函)이 열렸고, 우리들은 성모의 성스러운 허리띠에 입을 맞추었다. 내가 어렸을 적에 성물함을 크레타로 가지고 왔던 두 수사가 머리에 떠올랐다. 주민들이 성 미니스 성당으로 몰려가서 경배를 드리고는 수사들의 작은 자루를 은화와 금화와 귀고리와 결혼 팔찌로 가득 채워 주었다. 나는 성모에게 바칠 선물이 하나도 없어서 호주머니를 뒤져 연필 한 자루를 꺼내 자루 속에 집어넣었었다.

우리들은 마당으로 나가 손님 방으로 올라갔다. 신의 모든 풍요함으로 충만한 진수성찬이 우리들을 위해 준비되었다.

「여긴 대접이 융숭하군.」 훌륭한 음식을 즐기던 친구가 말했다. 「정말 훌륭해. 바토페디의 수사라도 된 기분이야.」

「불쌍한 거지 프로드로모스[3]의 건강을 위해 축배를 들지.」 내가 제안했다. 「가엾고도 굶주린 프로드로모스 말이야. 수도원에서 식사를 하는 대수도원장들을 생각하며 샘이 나서 침깨나 흘렸지! 그리고 황제에게 불평은 또 얼마나 늘어놓았고! 그가 쓴 시구를 기억해?」

「물론 기억하지 —.

〈대수도원장들을 생각하면, 황제여,

나는 미칠 지경으로 분노하오.

고급 생선은 저희들끼리만 배불리 먹고

나한테는 말라빠진 다랑어만 준다오.

그들은 녹초가 될 때까지 키오스 포도주를 퍼마시고

내 불쌍한 뱃속은 식초로 부글거리오!〉」

친구는 킬킬거리며 웃었지만 곧 어두운 그림자가 그의 얼굴을 덮었다. 「우리들이 웃다니, 부끄러운 일이야.」 그가 말했다. 「이 수도원 때문에 나는 가슴이 터질 것 같아. 수사들을 봤지? 모두들 하나같이 잘 먹어! 만일 그리스도가 다시 와서 바토페디에 들르면, 그들에게 분노의 채찍을 휘두르겠지. 자, 떠나세.」

「어디로 가? 우리 마음은 이곳 수도원뿐 아니라 온 세상 때문에 찢어지는데 — 그걸 못 느끼겠어? 어디에나 배고픈 사람들이

---

3 Prodromos. 12세기 비잔티움의 작가로 구걸을 하는 괴벽이 있었다. 후에 수사가 되어 가난에 시달리다 죽었다고 한다.

사는가 하면 포식하고 입 맛을 다시는 사람들도 살고, 어디에나 양과 늑대들이 있어. 세상에는 아직도 깨뜨리지 못할 법이 하나 남았는데 — 잡아먹느냐, 잡아먹히느냐 하는 정글의 법이지.」

「그럼 구원이 존재하지 않는다는 뜻일까? 다른 짐승을 잡아먹지도 않고 잡아먹히지도 않을 만큼 강하면서도 선한 동물은 없을까?」

「언젠가는 나타날지 모르지만, 지금은 하나도 없어. 수천 년 전에 어떤 동물이 그런 목적을 달성하려고 도전을 벌였었지만, 아직 그런 시절은 오지 않았어.」

「어떤 동물이었는데?」

「원숭이야. 우린 아직 중간밖에 오지 못한 직립 원인이야. 참고 기다려야 해.」

「신은 참고 기다릴 여유가 있어. 신은 불멸하니까. 시간쯤이야 신에게 무슨 상관이겠어? 하지만 인간은 어때?」

「인간도 불멸해.」 내가 대답했다.

「하지만 인간 전체가 그렇지는 않아. 인간 내면의 불멸한 부분만이 참고 기다릴 줄 알지.」

우리들은 식탁에서 일어나 바닷가로 내려갔다. 해가 지려는 참이었고, 잎사귀는 하나도 움직이지 않았다. 갈매기 두 마리가 날개를 접고 하얀 가슴으로 즐겁게 바다를 밀어내었다.

「부부인가 봐.」 감탄의 눈길로 쳐다보면서 친구가 말했다.

「아니면 두 친구이거나.」 그들을 떼어 놓으려고 자갈을 집어던지며 내가 말했다.

망가진 창과, 벌레 먹은 방패와, 양철 투구와, 위엄과 허풍으로 가득 찬 마음으로 돈키호테적인 투쟁을 벌이던 우리들의 당시 모습을 이렇게 늙은 나이에 낡아 빠진 일기장에서 읽어 내려가면서 나는 차마 웃음이 나오지 않는다. 미덕과 정의에 따라, 자신의 마음에 따라 세상을 재창조하는 것이 맡은 바 의무라고 생각하던 젊음은 행복했다. 광기로 삶을 시작하지 못하는 사람은 재난을 맞으리라.

우리들은 거룩한 산을 두루 돌아다녔고, 그곳 분위기에 젖을수록 우리들의 마음은 불이 붙어 맹렬하게 타올랐다. 우리들의 결심과 맹세는 얼마나 거창했던가! 상상 속에서만이 아니라 천사들의 날개가 우리 몸을 도와준다고 믿으며 이 수도원에서 저 수도원으로 우리들은 얼마나 가볍게 날 듯이 바위들 사이로 뛰어다녔던가! 분명히 그런 환경에서는 광기에, 그리고 때로는 성스러움과 영웅성에 도취된다. 하지만 나중에, 우리들을 무겁게 짓누르던 시절에 친구와 나는 성스럽고 돈키호테적이었던 때를 다시는 입에 올리지 않았다. 아, 꺼질 줄 모르던 불길이 꺼졌기 때문이 아니라, 우리들은 태만했으며 힘이 욕망에 미치지 못했기 때문에 부끄럽게 생각했다. 항상 그랬듯이 우리들은 아직도 새롭고 보다 훌륭한 세계를 창조하고 싶었지만 그럴 능력이 없음을 깨달았다. 나는 그것을 인정했지만 친구는 그런 생각을 평생 마음속으로만 간직했다. 그랬기 때문에 그는 나보다도 더 괴로워하고 몸부림을 쳤다.

여러 해가 지난 어느 날 저녁, 바다 위로 커다란 수확의 달이 처량하게 솟아오르고 우리들이 스페차이 수도원을 떠날 때, 나는 꼭 한 번 친구에게 이런 말을 했다. 「앙겔로스, 기억하겠지……?」 하지만 그는 내가 아토스의 달을 회상하고 있음을 깨달고는 파랗게 질렸다. 내 입에 손을 대고 얘기하지 말라면서 그는 걸음을 재촉했다.

지금 나는 낡은 일기장 위로 몸을 숙이고 한 장씩 넘긴다.

카라칼루 수도원. 아토스의 기슭과 정상을 구름이 가렸으므로 가운데는 넓은 지역에 걸쳐 반짝이는 눈이 그대로 남았다. 비가 내리기 시작하는데 ― 햇빛의 소나기. 길잡이가 앞으로 달려가 총을 쏘았다. 전나무 숲 뒤에서 수도원의 종소리가 축제 때처럼 울리고, 대수도원장은 직위를 상징하는 높다란 홀장(笏杖)을 들고 감독관들과 함께 문간에 나타나 우리들을 맞아 주었다.

우리들은 길고, 좁다랗고, 기둥을 파랗거나 까맣게 칠한 식당으로 들어갔다. 근엄하고, 과묵하고, 수염이 시커먼 대수도원장은 식탁의 상석에 앉고, 그의 위에는 검정과 초록빛 물감으로 그린 미간을 찌푸린 그리스도의 그림이 걸렸다. 층을 높인 작은 설교단에서 젊은 나이의 파리한 강론 수사가 단조롭게 읊조리는 목소리로 성자들의 전기를 낭독했다. 모두들 접시 위로 머리를 숙이고 얘기를 하지 않았다. 대수도원장은 빵과 음식에는 거의 손도 대지 않다가, 갑자기 오른쪽에 놓인 작은 종을 집어 세 번 울렸다. 반밖에 못 먹은 음식을 그대로 씹으면서 수사들이 모두 벌떡 일어났다. 식탁에서 시중을 들던 수사가 달려가서 대수도원장 앞에 꿇어 엎드려 강복을 받았다. 강론 수사도 똑같은 행동을 하면서 혹시 강독을 잘못했다면 용서해 달라고 애원했다. 작은 쟁반에 담겨 성체가 들어오고, 수사들은 저마다 그 빵을 조금씩 손으로 뜯어 성스러운 안티도로[4]처럼 씹었다.

그날 밤 우리들은 자리에 누워 새벽이 될 때까지 얘기를 나누었다. 우리들은 그리스도를 새로운 방법으로 사랑할 시기가 무르

---

4 그리스 정교 의식에서의 영성체.

익었고, 세상이 무르익었다고 말했다. 그날 우리들은 수도원 묘지 밖에 서서 기다리던 어느 수사를 만났다. 묘지 입구 위에 걸린 그림들이 무덤에서 소생하는 그리스도여야 어울릴 텐데 어째서 하나같이 십자가에 못 박힌 모습만 보여 주느냐고 우리들이 물었더니 수사가 화를 냈다.「우리들은 십자가에 못 박힌 그리스도를 섬깁니다.」그가 대답했다.「복음서에 그리스도가 웃는 대목이 하나라도 나옵니까? 주님은 항상 한숨을 짓고, 몹시 괴로워하고, 흐느껴 울며 — 항상 십자가에 못 박히죠.」

잠을 이루지 못하던 우리들은 얘기를 계속했다.「그리스도가 웃게끔 만들어야만 할 때가 왔어. 그래, 꼭 그래야지! 고뇌와 울음, 십자가는 이제 그만이야. 그리스도는 그리스의 힘세고 행복한 신들을 함께 모아 가슴에 품고, 그들을 모두 동화시켜야 해. 유대인 그리스도가 그리스인이 될 때가 되었다고.」

「그리고 그런 일을 누가 해내느냐 하면 — 그건 우리들이지!」선서를 하듯 손을 들며 친구가 외쳤다.

「그래, 우리들이야!」나는 맞장구를 쳤다. 나는 그 순간에 온 세상의 무엇도 인간의 영혼을 거역하지 못한다고 느꼈다.

「우리 절대로 헤어지지 말자!」친구가 소리쳤다.「우린 밭을 가는 두 마리의 소처럼 멍에를 같이 져야 해.」

여러 해가 지난 다음 우리들은 깨달았다. 우리들은 소처럼 멍에를 같이 지고 허공을 갈았음을.

필로테우 수도원. 안개 속의 멋진 산책. 담쟁이에 목이 졸린 우아하고 늘씬한 포플러들. 이오안니키오스라는 수사의 역겨운 승리 — 한없이 수다를 떠는 빨강 머리. 악마들에게 홀린 그의 누이 칼리르호이에 대한 얘기가 끝이 없다. 틀림없이 수사 자신도 호드야와 이슈마엘이라는 두 악마에게 홀렸다. 저주받은 악마들은 항상 신을 거역하고 이오안니키오스를 거역했다. 그들은 사순절에 고기를 먹으려 했고, 이오안니키오스를 충동질해서 밤중에 발돋움을 하고 층계를 내려가 부엌으로 들어가서 저녁때 남은 음식을 모두 먹어 치우게 했다. 더구나 동틀 녘마다 저주받아 마땅한 호드야와 이슈마엘은 목탁 소리가 울리면 이렇게 소리쳤다.
「난 안 가겠어! 난 안 가겠어!」

우리들은 수도원 마당으로 나갔다. 자갈밭에는 여기저기 잡초가 자랐고, 주변의 벽들과 골방들은 습기와 때로 시커먼 빛깔이었다. 가운데 세운 예배당으로 들어가 우리들은 기적을 행하는 〈부드러운 입맞춤의 성모〉 성상에 경배했다. 넘치는 다정함을 보이며 성모는 아기 예수의 뺨에 자기의 뺨을 대고, 한없이 구슬픈 눈으로 허공을 응시했다.

「성모님의 눈을 잘 봐요.」 우리들을 안내하던 수사가 말했다. 「무엇이 보이죠?」

우리들은 가까이 가서 보았다.

「아무것도 안 보여요.」 우리 두 사람이 대답했다.

「신앙을 가진 사람이라면 누구나 십자가에 못 박힌 그리스도가 보입니다.」 우리들에게 준엄한 눈초리를 던지며 수사가 말했다.

그는 기다란 뼈가 담긴 성물함을 열었다.

「경배하시오! 크리소스토무스[5]의 오른쪽 팔입니다. 성호를 그으시오!」

아그히아스 라브라스 수도원. 왕관을 벗어 버리고 이곳에 숨어 수

---

5 Chrysostom(349~407). 안티오키아의 웅변가.

도자 생활을 하려던 열망을 지녔던 비극의 황제 니키포로스 포카스가 건설했다는 유명한 대수도원 라브라스를 어서 보고 싶어서 우리들은 날이 밝자마자 길을 떠났다. 여자들에 대한 또 다른 욕망이 놓아주지 않아서 황제는 속세를 떠날 날을 자꾸만 뒤로 미루고 다시 미루면서 기다렸다. 그러다가 결국 가장 신임했던 친구가 칼을 들고 찾아와서 그의 목을 베어 버렸다.

우리들은 목적지에 도착했다. 하나는 니키포로스 포카스의 고해 성직자인 성 아타나시우스가 심고, 다른 하나는 그의 제자 에우티미우스가 심었다는 잎이 무성하게 자란 삼나무 두 그루가 마당에 우뚝 서 있었다. 정상이 완전히 눈으로 뒤덮인 아토스가 판토크라토르[6]처럼 수도원 위로 솟았다.

우리들은 성물 안치소로 안내를 받아 수도원의 보물이라는 바실리우스 대성인[7]의 두개골, 테오도르 스트라텔라테스의 턱뼈와 크리소스토무스의 왼쪽 팔과, 수많은 다른 뼈들을 구경했다. 우리들을 위해 온통 보석과 진주로 장식한 멋진 십자가 함을 여니 속에는 〈진짜 십자가〉의 커다란 조각 하나가 모습을 드러냈다. 수사의 목소리는 감격으로 떨렸지만, 나는 어느 참된 기독교인이 언젠가 하던 얘기가 머리에 떠올랐다. 「어느 나무나 모두 십자가를 만드는 재료가 되니까 모든 나뭇조각은 〈진짜〉랍니다.」 다음에는 비단에 장미와 백합을 수놓고 금으로 만든 니키포로스 포카스의 옷. 그리고 어마어마한 초록빛과 빨간 보석이 잔뜩 달린 그의 금관. 그리고 그가 직접 쓴 복음……. 그러고는 낡아서 벌레 먹은 경리 장부들이 한 무더기.

친구와 나는 입이 벌어지도록 감탄했지만, 감동하지는 않았다.

---

6 Pantocrator. 우주의 지배자.
7 Basilius. 4세기 그리스의 유명한 성자.

무엇보다도 더욱 깊이, 훨씬 더 큰 고마움을 느낀 것은 도서관 입구의 꽃이 만발한 모과나무의 향기였다. 내가 그토록 좋아하던 모과의 향기, 포도주나 여인이나 세상의 다른 모든 찬란함보다도 더 나를 도취시키던 감미롭고도 강렬한 향취를 들이마시며 나는 온몸으로 환희를 느꼈다.

이튿날 아침 우리들은 동트기 전에 아토스 정상을 향해 출발했다. 수도원에서는 아직 목탁 소리가 울리지 않았고, 새들도 아직 잠이 깨지 않았다. 하늘은 우윳빛으로 완전히 개었으며, 샛별은 날개가 여섯인 치품천사(熾品天使)처럼 멀리 동천에서 빛났다.

전에는 밀수업자였던 키가 작고 안짱다리인 루카스 신부가 앞장서서 우리들에게 길을 안내했다. 가끔 그는 걸음을 멈추고 우리들과, 바다와, 환락과, 터키인들과의 분쟁에 대한 얘기를 나누었다. 그가 속세에서 보낸 과거는 마치 동화 같아서, 아우성과 저주와 여자들로 가득 찬 훨씬 위험하고 거친 혹성에서 벌어진 사건들처럼 여겨졌다. 그는 이 동화를 되새기고 자꾸만 되풀이해서 얘기하며 즐거워했다. 비록 과거의 생활을 버리기는 했어도, 그는 그것을 모두 수사복 속에 감춰 담아 가지고 다녔다.

그는 얘기가 하고 싶어 커다란 전나무 밑에서 걸음을 멈추었다.

「젊은이들, 좀 쉬는 게 어때요? 몇 마디 얘기나 나누면서요. 난 당장이라도 속이 터질 듯한 기분이에요.」

그는 허리띠 밑에 감춰 놓은 쌈지를 꺼내어 담배를 말고는 얘기를 시작했다.

「지금 수사복을 걸치고 있는 이 몸을 사람들은 터키인들에게 공포의 대상이었던 레오니다스 대장 ― 칼리므노스의 레오니다스 대장이라고 불렀죠. 나는 그야말로 지옥의 밀수업자요 무법자였답니다. 그럼 어쩌다가 내가 수사복을 입게 되었는가 하는 애긴 나중에 해주겠어요. 내 마음속에서 밀수업자의 기질이 죽지 않았다는 정도만 말해 두겠어요. 임금님처럼 술을 마시게 해주고 밥을 잘 먹여 주는데도, 아무리 개처럼 내 마음속을 쇠사슬로 묶어 놓는다 해도 뱃놈 기질이 죽을 리 없었으니까요. 성직자 루카스는 다른 수사들과 함께 식당에서는 빵과 올리브를 먹지만, 일단 골방으로 가서 문을 잠가 버리면 레오니다스를 위한 식탁을 차려 놓고 고기를 먹어요. 보시다시피 난 한 사람이 아니라 두 사람이죠. 알겠어요? 난 그 얘기를 하고 싶었어요. 고해를 하면 죄의 사함을 받으니까요. 얘기를 하고 나니 기분이 좋아졌네요. 그럼 갑시다.」

「루카스 대장 만세!」 마구 웃어 대며 친구가 소리쳤다. 「당신은 어려운 일을 해냈어요. 하지만 이것이 모두 사탄의 짓이라는 의심을 해본 적은 없었나요?」

「물론 의심하죠, 물론요.」 교활하게 눈을 찡긋하며 수사가 말했다. 「나는 아침마다 그런 의심이 들지만, 저녁때쯤 되면 다 잊어버려요.」

「잊어버리지 않게 손수건에다 매듭을 지어 놓으시죠.」 내가 제안했다.

그는 담배를 깊이 한 모금 빨고는 콧구멍으로 연기를 내뿜었다.

「난 손수건이 없어요.」 그가 말했다.

우리들은 다시 산을 오르기 시작했다. 소나무와, 전나무와, 무시무시한 벼랑. 오늘은 잔잔해진 바다가 부드러운 아침 햇살을 받으며 펼쳐졌다. 점점 더 날이 밝아 오자 멀리 임브로스와, 렘노스와, 사모트라키의 성스러운 섬들이 물에 닿지 않고 공중에 떠 있는 듯 보였다.

우리들은 눈이 쌓인 곳에 이르렀다. 루카스 신부는 조심스럽게 천천히 나아갔다. 우리들은 미끄러지고 쓰러지면서 얼어붙어 위험한 눈 위로 고생을 하며 전진했다. 산은 가파르고, 가혹할 만큼 비정했다. 내 앞에서 걷던 친구가 갑자기 걸음을 멈추고 허리를 숙여 한없이 깊은 절벽을 굽어보았다. 현기증으로 기가 죽은 그는 나를 보고 중얼거렸다. 「돌아가지.」

「하지만 그건 창피한 일이잖아?」 그를 꾸짖듯 쳐다보며 내가 말했다. 나는 정상에 다다르고 싶은 욕망이 무척 강했다.

「그래, 그래.」 그는 굴욕을 느끼며 나지막이 말했다. 「앞으로!」 그리고 그는 다시 오르기 시작했다.

우리들이 정상에 올랐을 때는 태양이 높이 솟았다. 우리 둘 다 피곤해서 숨을 헐떡였지만, 목적을 달성했기 때문에 얼굴은 빛났다.

우리들은 그리스도의 현성용(顯聖容)[8]에 봉납된 작은 성당에 들어가 예배를 드렸다. 그러는 동안에 루카스 신부는 오던 길에 주워 모은 나뭇가지로 불을 지피고는 자루에서 커피를 조금 꺼내어 끓였다. 바람이 불기 시작해서 추위를 느낀 우리들은 커다란 바위 뒤에 웅크리고 모여 앉아 앞에 펼쳐진 가없고 조용한 바다와, 하얗고 눈부시게 떠가는 섬들과, 저 멀리 공중에 납빛으로 드리운 미지의 산들을 물끄러미 쳐다보았다.

「이곳 성스러운 산봉우리에서는 콘스탄티노플이 보인다고들 하더군요.」 루카스는 왕도(王都)를 찾아보려는 듯 부릅뜬 눈으로 동쪽을 쳐다보았다.

「직접 그곳을 본 적이 있나요, 루카스 신부님?」

---

8 「마태오의 복음서」 17장 참조. 〈엿새 후에 예수께서는 베드로와 야고보와 야고보의 동생 요한만을 데리시고 따로 높은 산으로 올라가셨다. 그때 예수의 모습이 그들 앞에서 변하여 얼굴은 해와 같이 빛나고 옷은 빛과 같이 눈부셨다.〉

나의 벗 시인 — 아토스 산

수사가 한숨을 지었다. 「아뇨, 난 그럴 덕망을 전혀 쌓지 못했어요. 우리 몸의 눈만으로는 부족한가 봐요. 영혼의 눈도 필요한데, 안타깝게도 내 영혼은 근시랍니다.」

「하지만 당신은 신을 보잖아요.」 내가 말했다.

「신이야 눈으로 보는 대상이 아니니까요!」 수사가 대답했다. 「신은 간이나 폐보다도 우리들 가까운 곳에 계시답니다.」

친구는 맥이 빠져 잠잠했다. 틀림없이 그는 잠깐 동안 비겁해졌던 그의 육체를 용서하기가 힘들었던 모양이었다. 갑자기 그는 더 이상 자제하지 못하게 되었다. 그는 손을 내밀어 내 손을 힘차게 잡았다.

「제발 잊어 줘.」 그가 말했다. 「다시는 그러지 않겠다고 맹세할 테니까.」

이오사파이온, 12월 6일. 내 명명일(命名日)인 오늘 하루를 우리들은 이오사파이온의 이름난 화실에서 지냈다. 수사 화가가 열 명이었다. 매주일 그들은 한 사람씩 차례대로 청소, 빨래, 요리 따위의 집안일을 맡아 했고, 다른 사람들은 그림을 그렸다. 머리를 곱게 빗고 혈색이 좋은 그리스도와, 멋진 가운을 걸친 아름다운 성모와, 성스러움이라고는 전혀 없이 뺨은 발그레하고 유쾌한 성자들을 전자술(轉字術)로 그려 넣은 도자기들이 이곳 화실에서 그리스의 방방곡곡으로 퍼져 나갔다. 수사들은 소박하고, 인정이 많고, 친절하고, 자부심이 강했으며, 훌륭한 음식과 훌륭한 포도주 그리고 고양이의 거세를 즐겼다. 저녁을 먹은 후 몇 시간씩이나 우리들은 불을 활활 지펴 놓고 모여 앉아 세상과 천국에 대한 얘기를 주고받았다. 키가 작고 토실토실하며 평발인 수사 아카키오스 신부는 성 안토니우스를 그리느라고 하루를 다 보내고 나서 무릎에 앉은 통통하고 검은 고양이를 쓰다듬으며 성자 같은 은둔자들에 대한 감동적인 얘기를 했다. 얘기를 들어 보니 어느 날 젊은 여자가 성자를 찾아가서 이런 말을 했다고 한다. 「저는 하느님의 계명을 모두 지켰고, 정성껏 주님을 섬겼습니다. 주님은 저를 위해 천국의 문을 열어 주시겠죠.」 그러자 성 안토니우스가 그녀에게 물었다. 「당신에게는 가난이 곧 부유함이 되었습니까?」 「아닙니다, 아바.[9]」 「불명예는 명예가 되고요?」 「아닙니다, 아바.」 「적들은 친구가 되고요?」 「아닙니다, 아바.」 「그렇다면 아가씨, 지금 당신은 아무것도 갖지 못했으니 어서 가서 정진하세요.」

과식을 한데다 불이 무척 덥고, 으스스한 수도자에 대한 생각을 하느라고 땀을 흘리던 순박한 아카키오스를 쳐다보니 그가 하루 종일 뺨이 발그레한 안토니우스를 그렸으리라는 생각이 자꾸만 떠올라서 〈이봐요, 지금 당신은 아무것도 갖지 못했으니 어서 가서 정진하세요〉라는 말을 하고 싶은 잔혹한 욕망에 사로잡혔다. 그러나 나는 입을 열지 않았다. 비곗덩어리와, 타성과, 비겁함이 영혼을 둘러싸서, 깊은 감옥 안에 갇힌 영혼이 아무리 발버둥치더라도 비계와, 타성과, 비겁함은 엉뚱하게 완전히 다른 짓만 저지른다. 나는 비겁함 때문에 말을 하지 못했다.

그날 밤 잠자리에 들자 나는 친구에게 그것을 고백했다.

「자넨 비겁한 것이 아니라 예의를 지키느라고 자제했을 뿐이야.」 그는 나를 위로하느라고 말했다. 「그렇게 훌륭한 사람의 마음을 슬프게 해주고 싶지 않다는 연민에서, 그리고 아마 자네가 말해 봤자 아무 효과도 없으리라는 확신 때문에서였겠지.」

「아니, 아냐.」 내가 반박했다.

---

9 성직자에 대한 경칭.

「자네가 어떻게 생각하든, 우리들은 자네가 내세우는 예의나, 연민이나, 편의 따위의 하찮은 미덕을 정복해야만 해. 나는 사랑스러운 모습으로 우리들을 너무 간단히 기만하는 하찮은 미덕보다는 중대한 악을 덜 두려워해. 나로서는 가장 최악의 설명을 내세우고 싶은데, 나는 영혼이 수치를 느껴 다시는 똑같은 짓을 되풀이하고 싶지 않아서였다고, 그러니까 그것이 비겁함에서 나온 행동이라는 얘기를 하고 싶어.」

이튿날 아침 우리들은 유리로 벽을 두른 암자의 베란다에서 뺨이 발그레한 성자들과 통통하게 살찐 성모를 그리던 수사복을 입은 열 명의 화가들과 자리를 같이 하고는 우유를 마시고, 살짝 구워 맛 좋은 밀빵과, 그 빵과 함께 나오는 푸짐한 양념을 먹었다. 커다란 창문들을 통해 지극히 맑은 겨울 햇살과 꿀처럼 감미로운 소나무 향기가 흘러들어왔다. 우리들은 웃고 얘기했다. 이곳은 거룩한 산이 아니었다. 이곳에서는 그리스도가 부활하여 우리들과 함께 웃었다. 성자들이 행한 기적을 얘기하던 수사들의 눈은 믿음으로 (아니면 믿어지지 않는다는 듯) 깜박거렸고, 얼굴은 은은한 광채로 이글거렸다.

아가피오스 신부는 자신이 그려서 맞은편 벽에 걸어 놓은 그림을 가리키며 우리의 관심을 그쪽으로 돌렸다. 그는 화가들 가운데 가장 젊었으며, 입술은 빨갛고 검은 수염에서는 윤기가 흘렀다.

「위대한 수도자 아르세니오스예요.」 자기 작품에 도취되어 그가 말했다. 「그리고 그의 발치에 무릎을 꿇고 앉은 여자는 그의 앞에 꿇어 엎드리기 위해 산을 넘고 바다를 건너 찾아온 로마의 아름다운 귀족이죠. 하지만 수도자가 손으로 바다를 가리키며 이맛살을 찌푸리는 걸 보세요. (난 그가 화를 내며 그녀를 쫓아 버리는 모습을 보여 주고 싶어요.) 〈가시오.〉 그가 말하죠. 〈그리고 나를 찾아와 만났다는 얘기를 아무에게도 하지 말아요. 그랬다가는 바다가 한길이 되고, 여자들이 내 고적한 삶으로 몰려들어 올 테니까요.〉 〈저를 위해 기도해 주세요, 신부님.〉 여자가 애원합니다. 〈여인이여.〉 수도자가 대답하죠. 〈나로 하여금 당신을 잊게 해달라고 하느님께 기도하겠소.〉」

화가는 얼굴을 돌려 교활한 눈으로 우리들을 쳐다보더니 물었다. 「〈나로 하여금 당신을 잊게 해달라고 하느님께 기도하겠소〉란 무엇을 의미할까요?」

수사가 무엇을 염두에 두었는지 몰랐기 때문에 우리들은 침묵을 지켰다.

「수도자가 여인의 아름다움에 자극을 받았으므로, 그녀를 잊기 위해서는 하느님의 도움이 필요했다는 뜻이었겠죠.」 수사가 설명했다.

「그래서 수도자는 여자를 잊었나요?」 수사에게 눈을 찡긋하며 친구가 물었다.

「그런 일이 어찌 잊혀지겠어요?」라고 대답을 했지만, 늙은 하바꾹의 칼날 같은 눈초리로 입술을 깨물던 표정으로 미루어 보아, 그는 공연히 그런 얘기를 했음을 후회하는 모양이었다.

성 바울로 수도원. 배를 타고 성 바울로 수도원까지 멋진 여행. 바다는 천 가지 빛깔 — 파르스름하고 초록빛이며, 진주조개 빛이기도 하다. 핏빛으로 새빨간 울퉁불퉁한 바위들, 시커먼 동굴들, 멧비둘기들, 그러고는 갑자기 평탄하게 뻗어 나간 하얗고 눈부신 모래.

친구는 오늘 기분이 좋았는데, 그의 요란한 웃음소리에 배가 흔들릴 지경이었다. 나는 그에게 중국말로 화를 내보라고 했으며, 그는 놀랍게도 기다리기라도 했다는 듯 당장 엉터리 중국말을 지어내어 떠들어 대기 시작했다. 나는 너무 재미있어서 배 밖으로 떨어질 뻔했다. 「그럼 아랍어로 연애를 걸어 봐.」 내 말에 그는 보이지 않는 아랍 여인에게 주체하기 어려운 정열을 쏟으며 사랑을 고백하기 시작했다. 그러는 사이에 우리들은 어느새 성 바울로 항구에 도착해서 수도원으로 가는 가파르고 힘든 길을 올랐다.

문지기는 케팔로니아[10] 사람이었다. 심술궂고 늙은 사람으로, 농담도 잘했다. 시간을 보내려고 그는 칼을 들고 문 뒤에 앉아서 나무로 작은 그리스도와, 성자와, 악마 따위를 조각했다. 그는 우리들을 자세히 살펴보았다.

「이런 멍청이들, 여긴 무엇하러 왔소?」 그가 웃으면서 물었다.

「경배를 드리려고요, 할아버지.」

「무엇에다 경배를 드려요? 제정신으로 그런 소릴 하는 거요?」

「수도원에서요.」

「무슨 수도원? 수도원은 없어요 — 다 옛날 얘기지! 세상이 수도원이오. 내 충고를 듣고 세상으로 돌아가요!」

우리들은 입이 딱 벌어져서 그를 멍하니 쳐다보았다. 그는 정말로 우리들을 딱하게 생각하는 눈치였다.

「그냥 농담으로 해본 소리요.」 마침내 그가 말했다. 「안으로 들어와요. 잘 왔어요.」

우리들은 들어가서 마당을 빙 둘러싼 골방들을 구경했다. 수사가 손으로 가리켰다. 「하느님의 벌집을 봐요.」 그가 비꼬아 말했

---

10 이오니아 제도에서 가장 큰 섬.

다.「구멍집들을 보라고요. 한때는 꿀벌들이 들어가 살았는데, 이제는 수벌들만 살고 있으니, 가슴깨나 아픈 일이죠! 하느님의 가호가 내리기를.」그는 말을 덧붙이고 웃음을 터뜨렸다.

우리들은 아무 말도 하지 않았지만 속이 뒤집혔다. 성스러운 수도원은 신성한 알맹이가 그토록 비어 버렸다는 말인가? 속에 들었던 성스러운 나비가 날아가서, 수사들이 떠나서 텅 빈 껍질만 남았다는 말인가!

지친 발걸음으로 우리들은 손님 접대를 위해 따로 마련된 건물로 가는 돌층계를 올라갔다. 친구가 가엾다는 듯 내 팔을 잡아 주었다.「참아야 해.」그가 말했다.「기분 나쁘게 생각하지 말고. 우리들의 영혼이 강한 동안에는 그들은 멸망하지 않아. 세상을 쓰러지게 하는 영혼의 몰락은 따로 있지. 세상을 떠받드는 기둥 말이야. 그런 기둥은 몇 개 안 되지만, 그래도 넉넉해.」

그는 나를 세차게 흔들었다.「끝까지 버티거라, 미솔롱히!」[11] 웃으면서 그가 말했다.

우리들은 건물로 들어갔다. 덩치가 큰 대여섯 명의 감독관이 배 위에다 손을 포개고 대수도원장 주변에 둘러앉았다. 검정 비단 두건을 두르고, 손이 하얗고, 여자 같은 얼굴에 검은 수염이 곱슬거리는 우아한 몸매의 대수도원장은 중앙에 자리를 잡았다. 그는 우리들이 입을 맞추게끔 지극히 멋진 동작으로 손을 내밀고는 세상이 어떻게 돌아가며, 혹시 신문을 가지고 오지 않았느냐고 물었다.

「영국에서는 어떤 일들이 일어났나요?」

감독관 한 사람이 물었다.「독일은 사정이 어떻죠? 전쟁이 터

---

11 그리스 독립 전쟁 때 미솔롱히의 영웅적인 저항에 비유한 말.

질까요?」

「전쟁도 하느님의 뜻이죠.」 옆에 앉은 수사에게 눈을 찡긋하며 다른 사람이 말했다. 「독일 사람들은 혼이 좀 나야 돼요.」

이 말에 뚱뚱하고 키가 7척인 사람이 의자를 걷어차며 벌떡 일어섰다.

「독일인들은 영국, 프랑스, 러시아 사람들을 몽땅 단숨에 쓸어 버릴 힘이 있어요. 내 말이 틀리면 코를 베어 버려도 좋아요! 독일인은 현대의 메시아입니다. 독일인이 세상을 구원할 거예요!」

「앉아요, 게르마노스!」[12] 대수도원장이 웃음을 참으려고 하얀 손을 입에 대며 말했다.

그는 우리들에게 얼굴을 돌렸다. 「저 사람 얘기는 듣지 말아요. 그의 이름은 게르마노스인데, 그래서 게르마노필 *Germanophile*,[13] 이 되었어요. 수사들이 그를 놀려 대죠.」

하지만 대화가 차분해지려는 찰나, 문이 발길에 차여 덜컥 열리더니 젓가락처럼 앙상하고 멍청한 수사가 두개골이 깨어져 수염과 찢어진 수사복에 피를 철철 흘리며 뛰어들어왔다.

「대수도원장님.」 그가 소리쳤다. 「보세요, 지난번 선거에서 당신에게 투표를 했다는 이유로 예수 반대자들이 나를 죽이려고 해요!」

얼굴이 새파랗게 질려 대수도원장이 몸을 일으켰다.

「밖으로 나가시오!」 그가 소리쳤다. 「손님이 계시다는 걸 모르겠소!」

그러나 수사는 나갈 생각을 하지 않았다. 그는 갈기갈기 찢어지고 피가 뚝뚝 떨어지는 모자를 벗었다.

---

12 〈독일인〉이라는 뜻도 된다.
13 친독일파.

「나는 성 바울로가 그의 수도원이 얼마나 몰락했는지를 볼 수 있게끔 이것을 성 바울로 성상 앞에다 걸어 놓겠어요.」

감독관들은 흥분 상태로 일어나서 그를 달래기 시작했다. 그는 저항했지만 조금씩조금씩 밖으로 끌려 나갔다. 그러는 사이에 우리들은 기회를 잡았다. 수사들 사이로 빠져나와 우리들은 방에서 나갔다.

우리들은 회랑으로 내려가 말없이 서성거렸다. 문지기는 우리들을 보고 왜 그러는지를 이해했다. 깎고 있던 작은 성자와 악마들을 버리고 그는 유쾌하게 웃어 대며 우리들에게로 다가왔다.

「나쁘게 생각하지는 말아요.」 그가 말했다. 「인노켄트 신부를 보셨겠죠? 내가 그의 골통을 박살냈지만, 다시 아물 테니까 걱정 말아요. 이번이 처음은 아니죠.」

「하지만 이런 일이 수도원에서 자주 일어납니까?」 친구가 물었다. 「이를테면 악마가 여기까지도 들어오나요?」

「그야 두말할 나위도 없어요! 무슨 수를 써서라도 악마가 어떻게 해서든지 들어와요. 옛날 옛적에 삼백예순다섯 수사가 사는 수도원이 있었어요. 수사들은 저마다 하얗고 빨갛고 까만 갑옷 세 벌에, 말 세 마리를 소유했어요. 그들은 아침에는 하얀 말, 오후에는 빨간 말, 밤에는 검정 말을 타고 악마가 들어오지 못하게 날마다 세 번씩 수도원을 순찰했죠.」

「그래도 악마가 들어왔나요?」

교활한 수사가 웃었다.

「농담을 하자는 건가요? 그들이 말을 타고 수도원에서 돌아다니는 동안 줄곧 악마는 안에서 대수도원장의 자리에 앉아 있었죠. 대수도원장이 악마였으니까요.」

「당신은 어때요, 문지기 성자님?」 친구가 물었다. 「악마를 한 번이라도 보셨습니까?」

「그야 당연하죠. 물론 난 악마를 봤어요.」

「그래, 어떻게 생겼던가요?」

「통통하고 수염을 기르지 않으며 금발에 솜털이 났어요. 나이는 열두 살이었고요.」

그는 우리들을 쳐다보고 눈을 찡긋 감았다. 「이곳의 거룩하신 대수도원장님을 만났겠죠. 당신들 눈에는 어떻게 보입디까? 두 사람에게 신의 가호가 있기를!」

마구 웃어 대면서 그는 다시 문 뒤에 눌러앉았다.

수사 대여섯 명이 와서 우리들을 둘러쌌다. 인노켄트의 으스러진 머리를 잊게 하려는 생각에서 그들은 우리들로 하여금 은으로 만든 선물함에 경건하게 보존하던 성자들의 온갖 뼈와, 동방박사의 선물인 황금과 유향(乳香)과 몰약(沒藥)에 경배를 드리게 했다. 그들이 시키는 대로 우리들은 허리를 굽혀 유물들의 냄새를 맡았다. 수백 년이 지났는데도 선물들이 향기를 잃지 않았으니 얼마나 굉장한 기적이냐고 그들은 말했다.

마당으로 나가 우리들만 남게 되자 문지기가 머리를 끄덕였다. 우리들은 그에게로 갔다.

「냄새가 나죠?」 껄껄 웃으면서 그가 말했다. 「굉장한 기적이겠죠! 유물에다 화장수를 뿌리면 화장수 냄새가 나게 마련이에요. 꿀풀 향유를 뿌리면 꿀풀 냄새가 나고요. 그리고 만일 휘발유를 부으면 휘발유 냄새가 난답니다. 그거야말로 굉장한 기적이겠지요. 오늘은 어떤 냄새가 납디까?」

「장미꽃요.」 친구가 말했다.

「그럼 장미 향수를 뿌린 모양이군요, 아시겠죠!」

그는 조각을 하던 나뭇조각을 안고 숨이 넘어갈 정도로 웃어 댔다.

「이젠 떠나요. 혹시 내가 당신들하고 얘기하는 걸 그들이 보면 난 뜨거운 물벼락을 맞을 테니까요. 그들은 나를 미친놈이라고 생각하고, 난 그들을 가짜라고 생각하니까, 악마가 우리들을 한 사람도 안 남기고 모두 잡아갈 거예요!」

디오니시우 수도원. 우리들은 아침 일찍 거룻배를 타고 디오니시우로 향했다.

뱃사공 베네딕트 신부는 그곳이 거룩한 산에서 가장 엄격한 수도원이라고 했다. 그곳 수도원에서는 아무리 마음이 즐거워도 웃으면 안 되고, 아무리 포도주를 많이 마셔도 취하면 안 되었다. 그리고 그곳 마당에는 월계수를 심어 놓았는데, 자세히 보면 잎사귀마다 십자가에 못 박힌 그리스도가 보인다는 얘기였다.

주교 한 사람이 우리들과 동행했다. 그는 휴가를 떠나려고 다프니 항구로 가는 길이었다.

「베네딕트 신부님, 우주 전체는 그리스도가 못 박힌 십자가예요. 월계수 잎사귀들뿐 아니라, 당신하고 나 그리고 땅바닥의 돌멩이들 또한 마찬가지죠.」

나는 그의 주장이 너무 심하다고 느꼈다.

「실례합니다만 주교님, 저는 그리스도가 어디에서나 부활한다고 생각하는데요.」

주교는 머리를 저었다.

「당신은 아직 멀었어요, 젊은이, 아직 멀었어요.」 그가 나에게 대답했다. 「우린 부활한 그리스도를 보겠지만, 그건 우리가 죽은 다음의 일이에요. 지금, 그리고 죽는 그날까지 우리들이 세상에서 걸어가는 길은 십자가예요.」

우리들과 아주 가까운 곳에서 돌고래 한 마리가 단단하고 유연한 등을 햇빛에 반짝이며 잔잔한 물에서 힘차게 뛰어올랐다. 돌고래는 물로 뛰어들었다가 다시 나타나 즐겁게 솟구쳤는데 — 바다 전체가 그의 영토였다. 갑자기 먼 곳에서 또 한 마리의 돌고래가 나타났고, 두 마리는 곧장 상대방을 향해 달려갔다. 그들은 만나서 뒹굴더니 꼬리를 들고 나란히 헤엄쳐 나가며 춤을 추었다.

나는 너무나 기뻤다. 나는 두 마리의 돌고래를 손으로 가리켰다. 「그리스도가 십자가에 못 박혔나요, 아니면 부활했나요?」 나는 의기양양하게 말했다. 「저 돌고래 두 마리는 우리들에게 무엇을 말해 주나요?」

그러나 우리들은 디오니시우에 이르렀고, 주교는 대답할 틈이 없었다.

마당으로 들어선 순간, 우리들은 겁에 질려 우뚝 멈춰 섰다. 우리들은 종신형을 치르기 위해 눅눅하고 어두운 감옥으로 들어가는 기분이었다. 주변에 둘러선 기둥들은 짤막하고 검은빛이었으며, 반달문들은 탁한 주황빛으로 칠했다. 벽들은 구석구석 악마와, 지옥 불과, 젖가슴에서 두 줄로 피가 철철 흘러내리는 창녀들과, 뿔이 달린 무시무시한 용 따위의 하나같이 인간을 사랑이 아니라 두려움의 힘을 빌려 천국으로 데려가려고 사람들에게 겁을 주려는 성당의 가혹한 갈망을 나타내는 묵시록적이고도 소름 끼치는 그림들로 가득했다.

손님들의 뒷바라지를 해주는 접대 수사가 나왔다. 공포에 사로잡혀 그림들을 노려보는 우리 두 사람을 보고 그는 얇고 누르스름한 입술을 독살스럽게 벌렸는데 — 그는 한창 젊은 데다 옷도 잘 입고 혈색이 좋은 우리들을 보자 증오심이 끓어오르는 듯싶었다.

「눈을 크게 떠요.」 그가 말했다.

「찡그리느라 얼굴을 구기지 말고요. 봐요! 인간의 육체는 불과, 악마와, 창녀로 가득해요. 당신들이 보는 추악함은 감옥이 아니라 인간의 내면이랍니다.」

「인간은 신의 모습을 따서 창조되었어요.」 친구가 반박했다. 「신은 이런 추악함이 아니라, 다른 무엇이죠.」

「과거에는 그랬죠.」 수사가 소리를 질렀다. 「하지만 이제는 그렇지 않아요. 당신들이 사는 세계에서는 영혼도 역시 육체가 되었어요. 죄악이 영혼을 품에 안고 젖을 먹이죠.」

「그렇다면 어떻게 해야 하나요?」 내가 물었다. 「구원으로의 문은 없습니까?」

「있죠, 있어요. 하지만 문은 좁고, 어둡고, 위험해요. 사람이 쉽게 들어갈 수는 없죠.」

「어떤 문을 얘기하는 건가요?」

「봐요!」

그는 수도원으로 들어가는 입구를 손으로 가리켰다.

「우리들은 아직 준비가 되지 않았어요.」 수사의 말에 불안해진 친구가 말했다. 「나중에 우리들이 늙어 기운이 없을 때라면 몰라도. 육체도 역시 하느님의 작품이죠.」

독살스러운 미소가 수사의 입술에 번졌다.

「육체는 악마의 작품입니다.」 그가 소리를 질렀다. 「하느님의 작품이 영혼이라는 사실을 속세의 밀정인 당신들도 지금쯤은 알 텐데요.」

우리들이 건드릴까 봐 겁이라도 나는 듯 옷으로 몸을 단단히 감싸고 그는 오렌지 빛의 둥근 문 뒤로 사라졌다.

마당 한가운데 우리들만 남았다.

「여길 떠나지.」 친구가 말했다. 「그리스도가 이곳에 살지 않는다는 건 분명해.」

두셋 골방의 문이 열렸다. 송장 같은 수사들이 나타나서 우리들을 보고는 뭐라고 중얼거리더니 다시 문을 닫았다.

「여긴 사랑이 없어.」 친구가 고집스럽게 말했다. 「여길 떠나자고.」

「저 사람들이 불쌍하지 않아?」 내가 물었다. 「여기서 며칠 머물면서 참된 그리스도를 가르치는 게 어때? 그럴 생각 없어?」

「저 사람들한테? 어림도 없어! 헛수고야.」

「헛될 건 없지. 그들이 구원을 받지 못하더라도 우린 불가능한 일의 증인은 될 테니까.」

「진담으로 하는 소리야?」 놀란 눈으로 나를 쳐다보며 친구가 물었다.

「그건 나도 모르겠어!」 갑자기 심한 무기력함을 느끼며 내가 대답했다. 「내가 정말 그런 일을 해낼는지 말야! 진짜 남자라면 여기 머물러 선전 포고를 하라고 마음속에서 뭔가 나한테 타이르는구먼. 하지만 슬프게도 사탄인 이성은 나를 그냥 놓아두질 않아.」

두 수사가 용기를 내어 우리들에게로 오더니 안으로 안내했다. 그들은 우리들에게 수도원을 두루 보여 주었다. 우리들은 멧돼지의 머리가 달린 거인 성 크리스토포루스의 벽화와 괴이한 송곳니를 구경했다. 그런 다음에 그들은 우리들에게 세례 요한의 오른쪽 팔에 경배하라고 했다. 식당에는 양쪽 손에 창을 하나씩 꼿꼿하게 세워 들고 새하얀 발로 초록빛 땅을 디디고 선 불처럼 새빨간 두 치품천사들이 있었고, 왼쪽 벽에는 눈부신 초록빛 나뭇가지 양쪽에 새들이 앉았고, 가느다란 삼나무 앞에는 두 천사 사이에 성모가 앉은 그림이 있었으며, 둥근 천장에서는 판토크라토르가 커다랗고 빨간 글자가 쓰인 끈을 입에서 풀어 냈다. 수사들은 판토크라토르를 가리켰다.

「저 글자들이 무슨 뜻인지 알겠어요? 〈서로 사랑하라.〉 그 말을 막대기에다 하면 꽃이 피지만 인간에게 하면 꽃이 피지 않아요. 우린 모두 지옥에 떨어질 운명입니다.」

묘지는 바다를 굽어보는 발코니처럼 꾸밈이 없고 아름다웠다. 바람과 소금기에 삭아 버린 나무 십자가가 대여섯 개뿐.

갑자기 하얀 비둘기 떼가 물을 향해 우리 머리 위로 날아갔다. 눈에 굶주림과 살기가 등등한 수사 한 사람이 비둘기들을 잡아먹고 싶은 듯 탐욕스럽게 손을 위로 뻗었다.

「제기랄, 총만 있었다면 그냥!」 심한 굶주림으로 이를 갈며 그가 중얼거렸다.

드디어 우리들의 순례가 끝나 가는 참이었다. 떠나기 며칠 전에 나는 바다 위 높직이 황량한 암자들이 바위들 틈에 틀어박힌 카룰리아로 올라가려고 혼자 길을 나섰다. 거룩한 산의 가장 거칠고 성자다운 수도자들은 그곳 동굴 속에 은거하며 다른 인간을 보고 위안을 얻지 못하게끔 서로 멀리 떨어져서 세상 사람들의 죄악을 위해 기도를 드렸다. 그들은 저마다 작은 바구니를 물 위에 매달아 놓았는데, 가끔 우연히 지나가는 쪽배들은 이 바구니들을 끌어당겨 수도자들이 굶어 죽지 않도록 빵이나 올리브 등 가지고 온 것을 무엇이든 넣어 주었다. 이곳의 사나운 수도자들 가운데에는 미쳐 버리는 사람이 많았다. 날개가 돋아났다고 믿으며 그들은 절벽에서 날아가 밑으로 떨어졌다. 밑의 바닷가는 뼈로 뒤덮였다.

내가 찾아갔을 무렵 이곳의 은둔자들 가운데는 성스러움으로 이름난 수사 〈동굴의 마카리오스〉가 있었다. 내가 카룰리아로 떠난 까닭은 그를 만나기 위해서였다. 나는 성스러운 산에 첫발을 디뎠을 때 그런 결심을 했었다. 나는 그에게 절하고, 그의 손에 입을 맞추고, 고해를 하고 싶었다. 그때까지만 해도 별로 죄를 많이 짓지는 않았다고 생각했으므로 내가 저지른 죄들이 아니라, 일곱 성사와 십계명에 대해서 건방진 소리를 하고, 내 나름대로의 계명을 수립하라고 자꾸만 나를 자극하던 악마적인 교만함을 고해할 작정이었다.

하나같이 바위에 쇠 십자가를 박아 놓은 절벽 옆구리의 컴컴한 동굴 암자에 내가 도착한 때는 거의 정오경이었다. 어느 동굴에서 나오는 해골을 보고 나는 겁에 질렸다. 마치 최후의 심판이 벌써 우리 눈앞에 닥쳤으며, 이 해골은 육체를 몸에 걸치기 전에 땅에서 솟아 나온 듯싶었다. 공포와 역겨움에 휩싸이기도 했지만 나는 고백하지 않은 비밀의 감격도 느꼈다. 감히 가까이 갈 용기가 나지 않아 나는 멀찌감치서 길을 물었다. 아무 말도 없이 그는 앙상한 팔을 들어 높다란 위쪽 벼랑 맨 끝의 시커먼 동굴을 가리켰다.

나는 날카로운 모서리에 몸을 찢기면서 다시 바위를 기어올랐다. 동굴에 다다르자 나는 몸을 내밀어 안을 들여다보았다. 완전한 어둠, 똥과 향의 냄새. 오른쪽 바위 틈에서 작은 항아리 하나가 차츰차츰 드러났고, 그러고는 아무것도 없었다. 나는 소리쳐 불러 보려고 했지만 어둠 속의 침묵이 어찌나 불안하고 신성했던지 감히 그러지 못했다. 여기에서는 인간의 목소리가 죄악이요 신성 모독이라고 느껴졌다.

마침내 눈이 어둠에 익숙해졌고, 눈알이 튀어나오도록 열심히 안을 들여다보니 은은한 인광이, 창백한 얼굴과 앙상한 두 팔이 동굴 깊은 곳에서 움직였으며, 다정하고 숨찬 목소리가 들려왔다.

「어서 와요!」

용기를 내어 동굴로 들어간 나는 목소리를 향해 나아갔다. 고행자는 땅바닥에 웅크린 자세였다. 그가 머리를 들었고, 나는 희미한 빛 속에서 머리카락이 빠지고, 눈이 움푹 들어가고, 밤샘 기도와 굶주림으로 야윈 얼굴이 형언하기 어려운 행복감으로 빛나고 있음을 보게 되었다. 머리카락이 몽땅 빠진 그의 머리는 해골처럼 빛났다.

「은총을 내려 주십시오, 수도자님.」 뼈가 앙상한 그의 손에 입을 맞추려고 머리를 숙이며 내가 말했다.

한참 동안 우리 두 사람은 얘기를 하지 않았다. 나는 날개를 짓눌러서 하늘로 올라가지 못하게 막던 육체를 소멸시켜 버린 영혼을 열심히 지켜보았다. 믿음을 지닌 영혼은 무자비하게 인간을 잡아먹는 야수이다. 그것은 그를, 살과 눈과 머리카락과 모든 부분을 삼켜 버린다.

나는 무슨 말을 어디서부터 어떻게 시작해야 할지 몰랐다. 눈앞의 초라한 몸은 무시무시한 학살 후의 싸움터 같았고, 나는 거기에서 사탄이 할퀴고 물어뜯은 상처들을 보았다. 결국 나는 용기를 냈다.

「아직도 악마와 싸우고 계신가요, 마카리오스 수도자님?」 나는 그에게 물었다.

「이제는 그렇지 않아. 지금은 늙었고, 악마도 나와 함께 늙었어. 악마에게는 힘이 없지…… 나는 신과 싸우는 중이야.」

「신과요!」 나는 놀라서 소리쳤다. 「그럼 당신은 이기리라고 생각하나요?」

「나는 지고 싶어. 나에게는 아직 뼈가 남았는데, 뼈가 저항을 계속하지.」

「고된 삶을 사시는군요, 수도자님. 저도 구원을 받고 싶어요.

다른 길은 없습니까?」

「훨씬 편한 길 말인가?」 가련하다는 듯 미소를 지으며 고행자가 물었다.

「보다 인간적인 방법요, 수도자님.」

「하나, 꼭 하나 있지.」

「그게 뭔가요?」

「오름의 길. 한 계단씩 올라가는 거야. 배부름에서 굶주림으로, 축인 목구멍에서 목마름으로, 기쁨에서 고통으로. 신은 굶주림과, 목마름과, 고통의 정상에 앉았고, 악마는 안락한 삶의 정상에 앉았어. 선택을 해야지.」

「전 아직 젊어요. 세상이 좋습니다. 전 선택할 시간이 있어요.」

손의 다섯 뼈를 내밀어 고행자는 내 무릎을 밀었다.

「정신을 차려. 죽음이 깨우기 전에 스스로 눈을 떠야지.」

나는 전율했다.

「전 젊어요.」 용기를 얻으려고 나는 다시 말했다.

「죽음은 젊음을 좋아해. 지옥은 젊음을 좋아해. 삶은 자그마한 촛불, 쉽게 꺼지지. 조심해 — 정신을 차려!」

그는 잠깐 동안 침묵을 지키고 나서 말을 이었다. 「준비가 되었나?」

분노와 집념에 사로잡혀 나는 소리쳤다. 「아뇨!」

「젊음의 교만! 너는 그런 소리를 하고, 그걸 자랑스럽게 생각하지. 소리는 그만 질러. 두렵지 않나?」

「두렵지 않은 사람이 어디 있어요? 네, 전 두려워요. 그럼 당신은 어때요, 거룩하신 수도자님, 당신도 역시 두렵지 않은가요? 당신은 굶주리고, 목마르고, 고통을 받아서, 가장 높은 곳에 곧 도달하겠죠. 천국의 문이 당신 눈앞에 나타납니다. 하지만 문이 열려서 당신을 받아들일까요? 그럴까요? 확신하십니까?」

눈물 두 방울이 그의 눈가에서 흘러내렸다. 그는 한숨을 지었다. 그러더니 잠깐 침묵이 흐른 다음에,「난 신의 선함을 믿어. 인간의 죄를 정복하고 용서하는 건 그것이야.」

「저도 역시 신의 선함을 믿습니다. 그리고 그것은 제 젊음의 교만도 용서할지 모르죠.」

「신의 선함에만 의지하려는 우리들에게 화가 미칠지어다. 그렇다면 은덕과 사악함은 나란히 천국으로 들어가겠지.」

「그렇다면 수도자님, 신의 선함은 그것을 용납할 만큼 위대하지 못한가요?」

이 말을 하는 사이에 내 마음속에서는 지옥의 불이 꺼지고, 사탄이, 돌아온 탕자가 천국으로 올라가 눈물을 흘리며 〈아버지〉의 손에 입을 맞추게 될 때 완전한 조화의 시간, 완전한 구원의 시간이 오리라는 생각이 ― 불경한지도 모르겠지만 어쩌면 성스러움의 세 단계를 거쳤을지도 모르는 생각이 ― 스쳐 지나갔다.「저는 죄를 범했나이다!」사탄이 외치면 〈아버지〉는 두 팔을 벌리고 말하리라.「잘 왔다, 아들아, 잘 왔구나. 그토록 너를 괴롭힌 나를 용서해 다오.」

그러나 나는 감히 생각하던 바를 솔직하게 표현하지 못했다. 대신에 나는 그 뜻을 전할 완곡한 방법을 택했다.

「제가 들은 바로는요, 수도자님, 누구인지는 지금 생각나지 않지만 어떤 성자가 천국에서 안락을 찾을 수 없었다고 말했답니다. 그가 한숨짓는 소리를 듣고 신이 그를 불렀어요.〈왜 그러느냐? 무엇 때문에 한숨을 지었느냐?〉신이 물었어요.〈행복하지가 않으냐?〉

〈천국의 한가운데 흐느껴 우는 샘이 있는데, 제가 어떻게 행복하겠습니까?〉 성자가 대답했어요.

〈어떤 샘 말이냐?〉

〈저주받은 자들의 눈물요.〉」

고행자는 떨리는 손으로 성호를 그었다.

「너는 누구냐?」 죽을 것 같이 숨이 넘어가는 목소리로 그가 물었다. 「물러가라, 사탄아!」

그는 성호를 세 번 더 긋고는 하늘에다 침을 뱉었다. 「물러가라, 사탄아.」 그가 다시 말했다. 그의 목소리는 이제 힘찼다.

나는 희미한 빛 속에서 광채를 내는 그의 헐벗은 무릎을 만졌다. 내 손이 얼어붙었다.

「수도자님.」 내가 말했다. 「저는 사탄도 아니고, 당신을 유혹하러 온 자도 아닙니다. 저는 회의를 느끼지 않고 순진하고 소박하게, 농부인 우리 할아버지가 믿었듯이 믿고 싶은 젊은이입니다. 저는 그러고 싶지만 뜻대로 되지가 않아요.」

「불행한 젊은이, 화가 미칠지어다, 화가 미칠지어다. 너는 이성에게 잡아먹히고, 〈나〉에게, 자신에게, 자아에게 잡아먹힐지니라. 악마가 지옥으로 떨어졌을 때 너하고 똑같이 주장하며 구원을 받으려 했다는 걸 너는 아느냐? 악마는 신을 보고 〈나〉를 내세웠느니라.

그래, 그래, 듣거라, 젊은이, 잘 듣고 이걸 마음에 새겨 두어라. 지옥에서 벌을 받는 건 오직 하나, 자아이니라. 그래, 자아, 모든 저주가 거기에 내릴 터이다!」

나는 고집스럽게 머리를 저었다. 「바로 그 자아 때문에, 자아의 의식 때문에 인간은 짐승과 차이가 납니다. 그것을 가볍게 생각지 마십시오, 마카리오스 수도자님.」

「자아에 대한 의식 때문에 인간은 신으로부터 분리가 되지. 처음에는 모든 것이 신의 품 안에서 만족하고 신과 일체가 되었었어. 너, 나, 그라는 건 없었고, 네 것, 내 것 따위도 없었으며, 둘이 아니라 오직 하나만 존재했지. 하나의 우주, 하나의 존재. 그것이, 오직 그것만이 네가 듣던 천국이었느니라. 거기서부터 우리 모두가 비롯되었어. 영혼이 기억하는 바가 그것이고, 영혼은 그것으로 돌아가기를 갈망하지. 죽음은 은총이니라! 죽음이 무엇이라고 생각하나? 그것은 노새이니, 그 노새를 타고 떠나라.」

그가 얘기를 했고, 얘기를 할수록 그의 얼굴에서는 점점 더 환한 광채가 났다. 감미롭고 만족스러운 미소가 그의 입술에서 흘러나와 얼굴 전체로 번졌다. 그가 천국에 빠져 들고 있음이 역력해 보였다.

「왜 미소를 지으십니까, 수도자님?」 내가 물었다.

「어찌 미소를 짓지 않을 수 있겠느냐? 나는 행복하단다. 날마다, 시간마다, 나는 노새의 발굽 소리를 듣고, 죽음이 다가오는 소리를 듣게 되니까.」

나는 삶을 거부하는 격렬한 사람에게 고해할 뜻으로 바위를 기어올랐지만, 아직 때가 너무 이르다는 사실을 깨달았다. 내 마음 속에서는 아직도 삶이 증발하지 못했다. 나는 눈에 보이는 세계를 무척 사랑했다. 악마는 아직도 내 마음속에서 찬란하게 빛을 발산했고, 신의 눈부신 찬란함 속에서 스러지지 않았다. 나중에, 나중에 내가 늙어 기운이 없을 때, 내 마음속에서 악마의 기운이 다할 때라면 모르겠지만, 하고 나는 혼자 생각했다.

나는 일어섰다. 노인이 머리를 들었다.

「떠나겠느냐?」 그가 말했다. 「행운을 빈다. 신의 가호가 함께 하기를.」

그러고는 잠시 후에 비웃듯, 「세상에 안부나 전해 다오.」

「천국에 안부나 전해 주세요.」 내가 말대꾸를 했다. 「그리고 이 것은 우리들 탓이 아니라 신의 탓이라고 신에게 전해 주세요. 신이 세상을 이토록 아름답게 만들었기 때문이라고요.」

하지만 모든 수사들이 행복하거나 확신을 가지지는 못했다. 나는 특히 이그나티우스 신부가 기억난다. 수사들이 침실로 간 다음 친구와 나는 매일 밤 늦게까지 손님방에서 잠을 자지 않고 얘기를 나누었다. 우리들은 위대한 정신적인 주제와 인간이 신에 도달하는 여러 길에 대해서 의논했다. 거기에서 그치지 않고 우리들은 수사들의 입을 거치면서 너무나 하찮은 존재가 된 신이라는 어휘에 보다 신선한 의미를 부여하려고 노력했다. 어느 날 밤 자정이 되었을 때 우리들이 얘기를 나누려니까 컴컴한 구석에서 감정이 격해 숨 막힌 목소리가 들려왔다.

「여기 앉아서 당신들이 하는 얘기를 영원히 들었으면 좋겠군요. 난 다른 천국은 원하지 않아요!」

그는 이그나티우스 신부였다. 그는 어두컴컴한 구석에 쭈그리고 앉아서 우리 얘기를 들었다. 분명히 그는 우리 얘기를 자세히 듣지 못했지만 대화 속에서 자꾸만 되풀이되던 〈신〉과 〈사랑〉과 〈의무〉라는 말에, 무엇보다도 우리들의 목소리가 지닌 따스함과 어조에 감동했다. 그리고 아마도 등불 때문이었겠지만, 창백해 보이던 우리들의 얼굴에.

우리들은 친구가 되었다. 그날 밤 이후로 그는 항상 우리들과 자리를 같이 하면서, 얘기는 하지 않고 듣기만 했다. 수사들끼리 하는 얘기를 초월한 대화에 그가 굶주렸음이 확실했다. 우리들이 떠나기 전날 밤에 그는 나를 자신의 골방으로 불렀다. 시간이 늦어 친구는 피곤해서 잠자리에 든 다음이었다.

「난 고백을 해야겠어요.」 그가 말했다. 「앉아요.」

나는 그가 내놓은 둥글 의자에 앉았다. 나는 그를 쳐다보았다. 듬성듬성하고 새하얀 수염이 달빛에 반짝였다. 검은 수사복은 세월에 낡아 푸르죽죽했으며, 닳고 때가 올라 번들거렸다. 그는 움푹 들어간 뺨에 얼굴은 갈아 놓은 밭처럼 깊은 주름살투성이었다. 퀭하고 새까만 눈 위에는 뻣뻣한 눈썹이 무성하게 뒤덮었다. 그에게서는 향과 올리브기름이 썩은 냄새가 났다. 오른쪽 엄지발가락이 커다랗고 엉성하게 만든 구두의 찢어진 틈으로 비어져 나왔다.

이미 내린 결심을 이제는 후회하듯 그는 한참 동안 침묵을 지켰다.

마침내 그가 말했다. 「제발 부탁이니 참고 내 얘기를 들어 줘요. 내가 고백을 끝내기 전에는 얘기를 하거나 자리를 뜨지 말아요. 나를 불쌍히 여긴다면요.」

그의 목소리가 떨렸다.

「커피 좀 들겠어요?」 어려운 순간을 뒤로 미루고 싶은 듯 그가 물었다. 하지만 대답을 기다리지도 않고 그는 허름한 침대에 앉아 수염을 꽉 움켜쥐고는 어찌할 바를 몰라 깊은 생각에 잠겼다. 나는 그를 가엾게 생각했다.

「주저하실 필요 없어요, 이그나티우스 신부님.」 내가 말했다. 「나는 선한 사람이고, 인간의 고통도 어느 정도 이해합니다. 자유롭게 얘기하시고 마음을 놓으세요.」

「이건 고통의 문제가 아니에요.」 갑자기 노쇠한 목소리에 힘이 실리며 그가 말했다. 「고통이 아니라 기쁨이죠. 기쁨은 저주를 받나요, 아니면 축복을 받나요? 여러 해 동안 나는 해답을 찾으려고 고뇌했지만 실패했어요. 그래서 난 당신을 찾았습니다. 난 도움이 필요해요. 아시겠어요?」

이렇게 말문을 열고 나서 그는 당장 마음을 털어놓았다. 그는 이제 머뭇거리지 않았다. 성호를 긋고는 십자가에 못 박힌 그리스도의 성상 옆에 놓인 등잔을 응시하며 얘기를 시작했다.

「젊은이, 나는 오랜 세월에 걸쳐 신을 보려고 했지만 성공하지 못했죠. 여러 해 동안 나는 꿇어 엎드려서 ─ 자, 굳은살이 박힌 내 손을 봐요. 그 후 오랫동안 난 이렇게 외쳤죠.〈그래, 좋다, 나는 가치 없는 인간이니 신을 보지 못하게 하라. 하지만 단 한 순간이라도 환희를 느끼고, 내가 기독교인이며 수도원에서 보낸 세월이 헛되지 않았음을 알게끔 신의 보이지 않는 존재를 보게 해다오.〉나는 소리치고, 울고, 단식했지만 소용이 없었어요! 내 마음은 신이 들어오게끔 열리지가 않았어요. 사탄이 문을 잠그고 열쇠를 내놓지 않았기 때문이죠.」

나를 잘 보려고 눈썹을 올리며 그는 나에게로 시선을 돌렸다.

「내가 왜 이 얘기를 모두 당신한테 할까요?」나를 꾸짖듯이 그가 물었다.「당신은 누구인가요? 어디서 오셨죠? 거룩한 산에는 무슨 볼일로 오셨고요? 왜 나는 당신을 믿고, 여태껏 고해 신부에게도 털어놓지 않았으며 내 마음을 짓누르고 나를 지옥으로 밀어 넣는 비밀을 얘기하려 할까요? 왜요?」

그는 당황해서 나를 쳐다보며 대답을 기다렸다.

「그건 신의 뜻일지도 모릅니다.」내가 대답했다.「아마도 당신 얘기를 들으라고 신이 나를 거룩한 산으로 보냈는지도 모르죠, 이그나티우스 신부님. 당신이 얘기하던 정신적인 부담을 주님이 어떤 방법으로 덜어 줄지 인간의 마음으로서는 알 길이 없겠죠.」

수사는 머리를 수그리고 생각에 잠겨 얼마 동안 자신을 망각했다.

「혹시……」마침내 그가 말했다. 용기를 얻은 그는 이제 말을 더듬지도 않으면서 얘기를 계속했다.

「그러니까 말이죠, 나는 줄곧 나 자신을 괴롭혔고, 내 삶이 낭비될 것이라고 느꼈어요. 기도와, 단식과, 고독 — 조금이라도 도움이 되는 게 하나도 없었어요. 나는 이것이 나를 신에게로 이끌어가는 길이 아닐지도 모른다는 회의를 느꼈어요. 틀림없이 다른 길이, 다른 길이 있을 텐데, 그것은 어떤 길일까? 그러던 어느 날 대수도원장이 나에게 수도원의 소유인 테살로니키 근처의 사유지로 가서 감독관으로 일하라는 명령을 내렸어요. 여름 수확기였고, 소작인들이 속이지 못하도록 내가 가서 감시를 해야 했어요.

나는 21년 동안 수도원 밖으로 나간 적이 없었고, 아이들을 데리고 다니는 사람들을 보지 못했으며, 웃음소리도 못 들었고, 여자는 구경도 못 했어요. 바깥의 평야는 숨 막히게 더웠죠. 내 나이는 마흔 살쯤이었는데, 21년을 감옥에서 보냈고, 이제야 문이 열려 맑은 공기를 숨 쉬게 되었어요. 나는 땅바닥에서 뒹굴며 노는 아이들과, 어깨에 항아리를 메고 샘터로 물을 길러 가는 여자와, 귀에 박하나무 가지를 끼고 술집에서 술을 마시는 젊은 남자들의 모습을 잊어버렸었죠. 사유지 입구에서 어떤 여자가 아기를 안고 젖을 먹였어요. 순간적으로 — 하느님의 용서를 빕니다만 — 나는 그녀를 성모 마리아라고 생각해서 머리를 숙여 경배하려고 했어요. 정말이지 나는 20년 동안 여자를 보지 못해서 머리가 어지러웠으니까요.

여자는 나를 보자마자 옷의 단추를 채워 젖가슴을 가렸어요. 그러더니 그녀는 몸을 구부려 내 손에 입을 맞추려고 했죠. 〈어서 오세요, 신부님.〉 그녀가 말했어요. 〈우리들에게 축복을 내려 주세요.〉

하지만 나는 이유도 없이 화가 났어요. 손을 잡아 빼며 나는 소

리를 질렀어요. 〈남자들이 보는 곳에서 젖을 먹이지 말아요. 안으로 들어가요!〉

그녀는 얼굴을 붉혔죠. 머리에 두른 수건을 끌어당겨 입을 가리더군요. 그러더니 그녀는 겁이 나서 숨도 쉬지 않고 안으로 들어갔어요.」

수사는 두 눈을 감고 분명히 문간과, 여인과, 풀어헤친 옷을 머릿속에 그려 보는 듯싶었다.

「얘기를 계속하세요.」 잠깐 동안 침묵을 지키는 그를 쳐다보며 내가 말했다.

「오름길은 거기서 시작되죠.」 수사가 대답했다. 「상승은 — 아니, 하락이죠. 당신이 말참견을 않고 자리를 뜨지 않기로 우린 약속했어요. 그건 내 탓이 아니라 사탄, 아니 사탄도 아니고, 모두가 신이 하시는 일이에요. 성경 말씀에 나뭇잎 하나가 떨어져도 하느님의 뜻이라고 했어요. 더구나 영혼이라면······ 난 양심의 가책을 씻으려고 이런 얘기를 하지만 소용이 없어요. 낮에는 가만히 있다가도 밤이면 양심이 머리를 들고 〈그건 네 잘못이다!〉라고 소리를 질러요.

난 문간에 서서 젖을 먹이던 여자 얘기를 당신에게 했어요. 그녀의 젖가슴을 본 순간부터 나는 더 이상 평화를 찾을 수가 없게 됐죠. 위대한 수도자 성 안토니우스가 말했어요. 〈마음이 평화로울 때 참새가 우는 소리가 들리면 평화로움이 사라지니라.〉 참새가 울어도 마음이 어지러운 판에, 여인의 벌거벗은 젖가슴이라면 어느 정도이겠어요! 수도원으로 들어왔을 때 난 아직 나이가 젊었고, 여자를 전혀 알지 못했었다는 사실을 잊지 마세요. 왜 내가 〈안다〉는 표현을 썼을까요? 전혀 여자를 만져 본 적이 없었죠. 그러니 어땠겠어요? 내가 어떻게 사탄을 쫓을 힘이 있었겠어요? 나는 단식하고 기도를 드렸으며, 타작할 때 소를 때리는 채찍을 들어 온몸이 상처투성이가 될 때까지 내 몸을 미친 듯이 때렸어요. 이번에도 소용이 없었어요! 등잔 심지를 조금만 낮춰도 희미한 불빛 속에서 빛나는 하얀 젖가슴이 눈에 선했죠. 그러던 어느 날 밤에 지금 생각해도 소름이 끼칠 만큼 무서운 꿈을 꾸었어요.」

입 안이 바싹 말라서 그는 갑자기 말문이 막혀 버렸다.

하지만 나는 매정하게 물었다. 「어떤 꿈이었는데요?」

그는 숨을 멈추고 이마의 땀을 닦았다.

「난 여인의 육체가 아니라, 하얀 젖가슴을 꿈에 보았어요. 짙은 어둠, 그 짙은 어둠 한가운데 하얀 젖가슴이, 그리고 수사복에 모자를 쓰고 수염을 기른 내가 거기 매달려…… 젖을 빨았어요!」

그는 송아지처럼 한숨을 짓더니 잠잠해졌다.

「얘기를 계속하세요, 어서요.」 나는 잔인하게 말했다. 얘기를 들으려는 욕망이 친절함을 짓눌렀다. 그것은 호기심이 아니라, 그토록 얘기하고 싶으면서도 마음대로 못 하는 불우한 사람에 대한 깊은 연민이었다.

「왜 그렇게 다그치나요 — 내가 불쌍하지도 않아요?」 애절하게 나를 쳐다보며 수사가 물었다.

「아뇨.」 내가 대답했다. 그러나 나는 당장 부끄러워졌다. 「네, 그래요, 나는 당신을 동정하고, 그렇기 때문에 재촉을 하죠. 두고 보세요 — 얘기를 하고 나면 당장 속이 후련해질 겁니다.」

「당신 말이 맞아요……. 그래요, 얘기를 하고 나면 곧 나는 마음이 놓이겠죠. 그럼 들어 봐요. 저녁마다 문간에서 본 여자가 나한테 음식 한 접시와 포도주 한 잔을 저녁 식사로 가져다주었어요. 처음엔 먹었지만, 나중에는 며칠 동안 입에도 대지 않았어요. 아침마다 그릇을 가지러 오면 그녀는 왜 식사를 하지 않았느냐고 묻고 싶은 듯 잠깐 머뭇거렸어요. 하지만 감히 입을 열지 못하더군요. 그러던 어느 날 저녁에…… 그날은 일요일이어서 그녀는 밭에서 김을 매느라고 고생하지 않고 푹 쉰 것 같았어요. 생각이 나는데, 그녀는 머리를 감고 빨간 수를 놓은 몸에 꼭 끼는 조끼를 입었죠. 바깥은 더웠고, 저고리의 단추를 몇 개 풀어서 목덜미가 약간 드러났어요. 마을 여인들의 관습에 따라 월계수 기름을 머리에 발랐는지 냄새가 감미로웠고요. 이유는 모르겠지만 그녀는 마룻바닥에 월계수 잎사귀를 뿌리고 은매화로 장식한 부활절의 성당을 연상시켰어요. 사방에서 월계수와 부활의 냄새가 났어요.

그녀는 음식 접시와 포도주를 식탁에 놓고는 용기를 내었는데 — 목욕을 했기 때문인지, 푹 쉬었기 때문인지, 이유는 모르겠어요. (목욕, 약간의 향수, 풀어 놓은 단추 — 사람을 지옥으로 밀어 넣도록 사탄을 도울 만한 건 얼마든지 있어요.) 어쨌든 이번에는 용기를 내어 그녀는 나가지 않고 그냥 제자리에 서서 기다렸어요.

〈요즈음 왜 식사를 하지 않으시나요, 이그나티우스 신부님?〉 근심과 동정이 넘치는 목소리로 그녀가 물었어요. 솔직히 얘기하면, 그녀는 아들이 며칠째 젖을 먹지 않아서 병이라도 났나 걱정을 하는 듯싶었어요.

나는 대답하지 않았습니다. 그래도 그녀는 나가지 않았어요. 왜 그랬는지 아세요? 당신은 아직 젊으니까 모르겠죠. 여자의 자궁 속에 들어앉은 악마는 잠을 자지 않고 일을 해요.

〈그러다가 건강을 해치시겠어요, 이그나티우스 신부님.〉 그녀가 말했어요. 〈육체도 하느님이 만드셨으니 우리들이 먹여 줘야만 해요.〉

〈사탄아, 물러가라.〉 나는 혼자 중얼거리면서 눈을 들어 그녀를 보지 않으려고 버티었어요.

갑자기 나는 물에 빠져 죽으려는 사람처럼 고함을 쳤습니다. 〈가시오!〉

여자는 겁이 나서 문 쪽으로 뛰어갔죠. 하지만 문으로 가까이 가는 그녀를 보자 나도 겁이 났던 게 확실해요. 앞으로 달려 나가 나는 그녀의 머리채를 휘어잡았어요. 나는 십자가에 못 박힌 그리스도가 보지 못하도록 등불을 껐어요. 빛은 사라졌고, 어둠은 악마가 사는 곳이죠. 아직도 그녀의 머리카락을 움켜쥔 나는 그녀를 침대로 밀어 던졌어요. 나는 송아지처럼 울부짖었고, 그녀는 조용했어요. 나는 그녀의 조끼를 잡아 끌어당기고는 저고리의 단추를 단숨에 모두 풀었어요.

그러고는 얼마나 오랜 세월이 지났나요? 30년? 40년? 아뇨, 그렇지 않아요. 시간은 꼼짝 않고 정지했죠. 꼼짝 않고 정지한 시간을 혹시 보았나요? 난 봤어요. 30년 동안 나는 그녀의 저고리 단추를 풀었고, 거기에는 끝이 없어서 늘 단추가 하나 더 남았죠!

나는 그녀를 보내 주지 않고 새벽까지 붙잡아 두었어요. 그 기쁨, 정말 마음이 가벼워지는 기막힌 부활이었죠! 평생 나는 십자가에 못 박혀 살았지만, 그날 밤 부활했어요. 하지만 그 밖에도 무언가 무서운 힘이, 내 생각에는 그것만이 내 죄를 이루는 무서운 부분이 존재했어요. 그렇기 때문에 수수께끼를 풀기 위해서 난 당신을 이 골방으로 불렀어요. 무서운 부분이란 무엇이냐 하면, 정말 처음으로 나는 신이 나에게 가까이, 두 팔을 벌리고 가까이 다가옴을 느꼈어요. 어찌나 감사하게 생각했던지 그날 밤은 동이 틀 때까지 밤새도록 기도를 드렸으며, 내 마음은 활짝 열려 신을 받아들였어요! 전에 성서에서 읽기는 했어도 미처 몰랐지만, 오, 평생 비인간적이었고 기쁨을 몰랐던 내 생애에서 처음으로 나는 신이 어느 정도 선하고, 어느 만큼 인간을 사랑하며, 얼마나 인간을 불쌍히 여겼기에 여자를 창조하고, 우리들을 가장 확실하고 가까운 길을 따라 천국으로 이끌어 가게끔 여자에게 우아함을 부여했음을 깨달았어요. 여인은 기도나 단식이나 그리고 ― 용서를 빕니다, 주님 ― 은덕보다도 더 강해요.」

방금 자신이 한 얘기에 겁이 나서 그는 말을 멈추었다. 십자가에 못 박힌 그리스도를 쳐다보던 그의 눈썹에 파묻힌 눈에서 눈물이 두 방울 흘러내렸다.

「주여, 용서하소서!」 그는 소리를 지르고는 세상을 보지 않으려고 눈을 감았다.

하지만 그는 곧 기운을 차리고는 눈을 뜨고 나를 쳐다보았다. 나는 무슨 말을 하려고 했다. 아무 할 말도 없었지만 침묵을 견디기가 힘들었고, 늙은 눈에서 흘러내리는 눈물이 두려웠다. 하지만 내가 말을 꺼낼 틈도 없이 그는 내 입을 막으려는 듯 손을 내밀었다.

「잠깐만요.」 그가 말했다. 「내 얘기가 끝나지 않았으니까요. 동틀 녘에 여인은 황급히 일어나 옷을 입더니 조용히 문을 열고 나갔어요. 나는 눈을 감고 침대에 누워 울기 시작했습니다. 하지만 그건 골방에서 흘린 가슴 아프고 뼈에 사무친 눈물이 아니라, 하느님이 내 방으로 찾아와 베개 위로 굽어보는 듯 형언하기 힘든 감미로움을 지닌 눈물이었어요. 나는 손만 뻗으면 신이 닿으리라고 느꼈어요. 하지만 나는 의심 많은 도마가 아니었고, 신을 만지려고 손가락을 뻗어 볼 필요는 없었어요. 한 여인이 나에게 확신을 주었어요 ― 다시 말하지만, 기도나 단식이 아닌 여자가요. 주님을 내 방으로 데려온 사람은 여인이었어요!

30년인가 40년 전의 그날 밤 이후로 나는 항상 죄도 신을 섬기는 데 필요한 방법인가 하는 생각을 해보았습니다. 남들이 다 하는 얘기라면 무엇인지 뻔하니까, 당신이 무슨 얘기를 할는지 나도 알아요. 회개만 한다면 괜찮다고 하겠죠. 하지만 나는 속죄하지 않아요. 나는 떳떳하게 말하겠는데, 하느님의 번갯불이 떨어져 내가 잿가루가 되는 한이 있어도 나는 뉘우치지 않을 것이고, 앞으로도 회개는 하지 않겠어요! 기회가 생긴다면 난 또 그러겠어요.」

그는 모자를 벗고 머리를 긁었다. 하얀 머리카락이 쏟아져 그의 얼굴을 덮었다. 잠깐 동안 그는 멍하니 생각에 잠겼다. 그가 이런 얘기를 더 계속하기를 주저한다는 사실을 나는 눈치 챘지만, 결국 그는 결정을 내렸다.

「또는 내가 한 행동이 죄악이 아닐 가능성도 있을까요? 그리고 혹시 죄가 아니라면, 그럼 원죄와 뱀과 금단의 사과는 무엇을 의미합니까? 나는 이해를 못 하겠고, 그래서 당신을 이리로 불렀어요. 혹시 당신은 이해할지 모르겠다고 생각해서 부른 거예요. 나는 생명이라곤 두세 개의 뼈만 남았어요. 난 죽기 전에 이해를 하고 싶습니다……. 당신은 왜 아무 얘기도 안 하죠? 당신도 나 못지않게 혼란을 느끼는 모양이로군요.」

내가 무슨 말을 하겠는가? 죄악도 신을 섬기는 길인가? 이런 문제로 고민하기는 그때가 처음이었다. 은덕의 길과 나란히 더 넓고 훨씬 평탄한 길이, 죄악의 길이 인간을 신에게로 이끌어 가는가?

「이그나티우스 신부님.」 내가 대답했다. 「난 아직 젊습니다. 나는 많은 죄를 짓거나, 많은 고통을 받을 만한 시간이 없었기 때문에 당신 질문에 대답할 자격이 없어요. 난 내 이성을 믿지 못하니까 심판할 생각도 없고요. 나는 마음도 믿지 않아요. 하나는 항상 벌하고, 또 하나는 항상 용서하죠. 어느 쪽이 옳은지를 내가 어떻게 판단합니까? 이그나티우스 신부님, 신에게로 인도한다고 당신이 얘기한 죄악의 길은 너무 즐겁고 편하다고 이성이 얘기하면, 나는 그것을 받아들이기를 거부합니다. 그런가 하면 마음은 인간이 순교와, 굶주림과, 헐벗음과, 초라함에 시달리기를 바랄 만큼 신이 잔인하거나 부당할 리 없다고 말합니다. 이를테면 하느님의 집으로 들어갈 사람들이란 육체적으로 지치거나 미친 사람들뿐일까요? 난 그걸 납득하지 못해요……. 그러니까 말입니다, 이그나티우스 신부님, 양쪽 관점이 다 옳다고 믿는 내가 어떤 결론을 내리겠어요?」

얘기를 하는 동안 나는 속으로 새로운 십계명이 필요하다고 생각했다. 새로운 십계명이! 하지만 새로운 십계명이 죄악과 미덕을 어떻게 분류할지 나는 알아낼 수가 없었다. 새로운 십계명이, 새로운 십계명이 절대적으로 필요하다. 나는 다만 그런 생각만 속으로 자꾸 되뇌었다. 누가 그것을 우리들에게 줄 것인가?

희미한 빛이 골방의 작은 창문을 밝히기 시작했고, 수도원 마당에서는 이 골방에서 저 골방으로 옮겨 가며 수사들을 아침 기도에 불러 모으느라고 목탁을 두드리는 소리가 들려왔다.

이그나티우스 신부가 힐끗 창문을 쳐다보았다.

「벌써 날이 밝았군요.」 놀라서 그가 중얼거렸다. 「벌써 날이 밝았어요.」

그는 몸을 끌고 구석으로 갔다. 등이 쑤셔서 신음하며 허리를 굽힌 그는 주수병(酒水甁)을 집어 들고 십자가로 가서 앞에 걸린 등잔에다 기름을 부었다. 자그마한 불꽃이 새로운 생명을 받아, 가시 면류관에서 이마와 두 뺨으로 피를 흘리는 누렇고 고뇌하는 그리스도의 얼굴을 비추었다.

수사는 한참 동안 그리스도의 얼굴에서 눈을 떼지 않았다. 그러더니 한숨을 지으며 나를 향해 돌아섰다.

「간단히 얘기하면, 당신은 나에게 아무런 해답도 주지 못하나요? 아무 해답도요?」

그의 말투에는 조롱이 섞인 듯싶었다. 나는 동글 의자에서 몸을 일으켰다. 수사의 옆에 서서 나는 그와 함께 십자가에 못 박힌 그리스도를 물끄러미 쳐다보았다. 나는 피곤해서 잠을 자고 싶었다.

「그렇습니다.」 내가 대답했다.

「아, 어쨌든 상관없어요.」 수사가 말했다. 그는 아침 기도에 가려고 구석에서 지팡이를 집어 들었다. 그러더니 그는 다시 한 번 성상 앞에서 경배를 드렸다. 쪼그라들고 핏기를 잃은 그의 얼굴이 등잔불 밑에서 빛났다. 그는 그리스도를 손가락으로 가리켰다.

「주님이 해답을 주셨어요.」 그가 말했다.

바로 그때 문을 두드리는 소리가 들렸다. 「이그나티우스 신부님……」

「갑니다, 대수도원장님.」 빗장을 벗기며 수사가 대답했다.

색이 바랜 누런 일기장을 뒤적이다 보니 아무것도 죽지 않았음이 분명해졌다. 모든 것은 내 마음속에 잠들어 있었을 따름이다. 지금 모두 눈을 떠서, 반쯤은 알아보지도 못할 낡은 일기장에서 일어나 다시금 수도원과, 수사와, 그림과, 바다가 되지 않는가! 그리고 내 친구 또한 그때와 마찬가지로 미남이고, 한창 젊으며, 호메로스적인 웃음에 독수리 같은 눈이 파랗고, 가슴은 시로 넘치며 역시 흙에서 소생하지 않는가! 인간이 미처 다 받아들이지 못할 만큼 주었고, 사람들이 그에게 줄 수 없을 만큼 요구했으며, 자랑스럽고 상처받은 영혼의 쓸쓸한 미소 이외에는 아무것도 남지 않아 버림을 받고 슬프게 죽어 갔다. 혜성처럼 그는 한순간 어둠을 정복했다가 다음 순간에 스러졌다. 우리들은 모두 그렇게 죽어 갈 터이며, 대지 또한 그렇게 죽어 가는데, 우리들을 잉태했다가 파괴하는 신은 이런 진실에서 아무런 타당한 이유를 내세울 수도 없으며, 아무런 위안도 주지 못한다.

우리들은 거룩한 산을 40일 동안 여행했다. 마침내 우리들이 순례를 끝내고 떠나려고 성탄절 전야에 다프니로 돌아갔을 때, 전혀 예기치도 못했던 가장 결정적인 기적이 우리들을 기다렸다. 한겨울이었는데도 초라하고 작은 어느 과수원에서는 아몬드나무에 꽃이 피었던 것이다!

친구의 팔을 잡고 나는 꽃이 핀 나무를 가리켰다.

「앙겔로스.」 내가 말했다. 「순례를 하는 동안 줄곧 우리 마음은 수많은 복잡한 문제로 괴로움을 받았어. 그런데 이제 답을 얻었구나!」

꽃이 핀 나무에서 푸른 눈을 떼지 않은 채 친구는 기적을 행하는 거룩한 성상 앞에서처럼 성호를 그었다. 그는 한참 동안 말문이 막혀 서 있었다. 그러더니 그는 천천히 말했다. 「짤막한 하이카이〔俳諧〕가 내 입에서 솟아 나오는구나.」

그는 다시 아몬드나무를 쳐다보았다.

나는 아몬드나무에게 말했노라.
「누이여, 신의 얘기를 해다오.」
아몬드나무에 꽃이 활짝 피었다.

예루살렘

다시 혼자가 된 나는 눈을 감고 거룩한 산에서 얻은 바가 무엇인지를 따져 보았다. 그토록 많은 즐거움과 감동적인 경험에서, 친구와 나를 괴롭히던 그토록 많은 문제들에서 무엇이 내 마음속에 침전했던가? 거룩한 산으로 갔을 때 나는 무엇을 추구했으며, 그곳에서 무엇을 얻었는가?

지구는 우주의 중심이 아니며 인간은 신의 손으로 직접 빚어낸 특혜를 받은 존재가 아니라고 선생이 얘기했던 사춘기 시절에 받은 두 가지 옛 상처는 오래전에 아물었지만, 우리는 어디에서 왔으며 어디로 가느냐는 형이상학적인 두 고뇌가 거룩한 산에서 다시금 터졌다. 그리스도가 한 가지 해답을 주었다. 그는 많은 상처를 아물게 하는 방향(芳香)을 제공했다. 하지만 그리스도의 방향이 내 상처들을 아물게 했던가? 얼마 동안은 수도자의 삶이 지닌 신성한 목탁의 울림과, 새벽 기도와, 성가 영창과, 그림이 내 고뇌를 진정시켰다. 그리스도의 투쟁을 직접 경험하며 나는 나의 투쟁이 용기와, 부드러움과, 희망을 얻었다고 느꼈다. 하지만 매혹은 곧 사라졌고, 내 영혼은 다시금 버림을 받았다. 어째서? 무엇이 부족했으며, 누가 부족했던가? 거룩한 산을 찾아갔을 때 내 영혼은 무엇을 추구했으며, 그곳에서 무엇을 찾는 데 실패했던가?

세월이 흐름에 따라 나는 내가 평생 추구하던 무엇을, 나보다 훨씬 크고 나와 함께 투쟁에 참여할 친구이며 적인 무엇을 찾으려고 거룩한 산으로 갔었다는 것을 인식하게 되었다. 여인이 아니라 사상을, 어떤 다른 무엇을. 어떤 다른 사람을. 그것, 그 사람이 내 영혼에 없었으며, 그랬기 때문에 영혼은 숨이 막혔다.

그곳에서 머물 때가 아니라 나중에서야 나는 누구인가를 거룩한 산에서 찾는 데 실패했음을 깨달았다. 그것이 바로 아토스의 여행 전체에서 내가 얻은 결실이 아닌가 하고 나는 생각했다.

거룩한 산을 방황하면서 내가 발견한 것이라고는 (처음에는 그렇게 여겼지만) 지나가는 수사들에게 다친 두 손을 벌리던 역전의 투사였다. 그의 헐벗은 발에서는 피가 흘렀으며, 굶주림으로 뺨은 움푹 들어갔고, 옷은 너덜너덜해서 앙상한 몸을 드러냈다. 눈물이 가득한 눈으로 부들부들 떨며 그는 집집마다 문을 두드렸지만 아무도 받아 주지 않았다. 그는 이 수도원에서 저 수도원으로 쫓겨 다녔고, 그의 너절한 외투를 뒤쫓아 가며 개들이 짖어 댔다. 어느 날 저녁 나는 바위에 앉아 한적한 바다를 물끄러미 쳐다보는 그를 보았다. 나는 전나무 뒤에 숨어서 그를 살펴보았다. 그는 오랫동안 잠잠히 앉았더니 더 이상 참지 못하겠다는 듯 갑자기 소리를 질렀다. 「여우들은 굴에라도 들어가는데, 나는 누울 곳도 없구나!」 마음속에서 섬광이 스쳤으며, 나는 신을 보고 그의 손에 입을 맞추기 위해 달려갔다. 나는 어린아이였을 때부터 줄곧 신을 사랑했다. 지금 나는 사방을 두리번거렸지만 신은 보이지 않았다. 슬픔을 느끼며 나는 신이 앉았던 바위에 앉았다. 오, 집도 없이 추위에 떨며 방황하지 않도록 신이 들어와 내 마음을 열어 주기만 했었더라면! 나는 인간이 더 이상 올림포스의 신들을 믿지 않고 거부하던 무렵에 살았던 철학자 프로클로스를 생각했다. 아크로폴리스의 기슭에 지은 오두막에서 잠들었던 프로클로스는 한밤중에 누가 문을 두드리는 소리를 들었다. 누구인지 보려고 벌떡 일어나 달려간 그는 갑옷과 투구를 모두 갖춰 입은 아테나를 문간에서 발견했다. 「프로클로스여.」 그녀가 말했다. 「어디를 가나 나는 거절을 당했도다. 나는 그대의 머릿속에서 은신처를 구하려고 찾아왔노라!」

그녀와 마찬가지로 그리스도가 내 마음속에서 은신처를 구한다면!

아토스 산에서 돌아온 나는 그리스도가 집도 없이 굶주려 방황하고, 위험에 처했으며, 이제는 그가 인간에게 구원을 받아야 할 차례라고 느꼈다.

나는 굉장한 슬픔과 연민에 사로잡혔다. 안락함과 평온함의 삶으로 되돌아가고 싶지 않았던 나는 길을 나서 마케도니아의 산으로 며칠씩이고 나아갔으며, 마침내는 어린아이들과 돼지들이 무리를 지어 진흙 속에서 철벅거리고, 쇠똥을 잔뜩 바른 오두막집들로 이루어진 어둡고, 초라하고, 재앙이 닥친 작은 마을을 발견했다. 남자들이 얼굴을 찌푸리며 나를 쳐다보았고, 내가 인사를 해도 그들은 대답이 없었다. 여자들은 나를 보자마자 문을 닫아 버렸다.

나에게는 바로 이런 곳이 어울린다고 나는 혼자 생각했다. 오, 내 영혼이여, 이 끔찍한 사람들이 사는 끔찍한 마을에서 너는 인내의 힘을 발휘할 수 있으리라.

상처받은 투사가 내 머리를 떠나지 않았다. 육체적인 금욕을 행하고 싶었던 나는 마을에서 겨울을 지내기로 작정했다.

내가 범죄자나, 비밀 결사 대원이나, 미친 사람이 아니라는 사실을 무척이나 힘들여 나는 어느 늙은 목자에게 마침내 납득시키는 데 성공했다. 그는 오두막의 한쪽 구석을 내주고, 날마다 우유와 빵을 조금씩 나눠 주기로 했다. 나무라면 얼마든지 있었으므로 나는 불가에 앉아 책을 읽었다. 나는 성서와 호메로스밖에 가져가지 않았기 때문에, 때로는 그리스도의 사랑과 겸손함의 말을 읽었고, 또 때로는 〈그리스인들의 조상〉이 쓴 불멸의 시구를 읽었다. 〈너는 선하고 평화롭고 참아야 하며, 한쪽 뺨을 맞으면 다른 쪽 뺨을 내주어야 하며, 현세의 삶은 가치가 없으며, 참된 삶은 천국에서 찾아야 한다〉고 성서가 가르쳤다. 〈너는 강해야 하며, 포도주와 여자와 전쟁을 사랑하고, 인간의 존엄성과 자부심을 드높이기 위해 죽이고 죽어야 하며, 이 땅의 삶을 사랑하고, 하데스의 왕이 되느니 살아서 노예가 되라〉고 그리스의 할아버지인 호메로스가 말했다.

코가 크고, 기름지고, 큼직한 발에는 굳은살이 박히고, 넓적다리는 털투성이고, 수염이 뾰족하고, 머리카락은 걸레처럼 길고 더러우며, 술과 마늘 냄새를 풍기는 아카이아인들이 내 마음의 언저리에서 솟아올랐다. 그리고 순수하게 빛 속에서 찬란하며, 발이 핏속에 잠기고, 다치지 않아 불멸한 헬레네가 성벽에서 산책했고, 하늘의 구름 속에서는 제신들이 편안히 왕좌에 앉아서 서로 죽이는 인간을 구경하며 시간을 보냈다.

고적한 이곳에서 나는 귀를 쫑긋하고 두 세이렌의 소리를 들었다. 나는 양쪽 얘기에 다 귀를 기울였다. 그들의 발톱은 내 뱃속을 파고들어 나를 깊이 매혹시켰고, 나는 두 세이렌의 귀신들 가운데 누구에게 뼈를 바쳐야 할지 알지 못했다.

밖에서는 눈이 내렸는데, 나는 자그마한 창문을 통해 마을의 추악함 위로 내리는 눈송이들을 가끔 내다보았다. 아침마다 지나가는 양 떼의 종소리에 나는 잠이 깨었다. 나는 침대에서 뛰쳐나와 그들과 함께 눈 덮인 오솔길을 올라가며 가난과, 추위와, 죽은 양에 대한 얘기를 양치기와 나누었다. 나는 양치기에게서 유쾌한 얘기를 들은 적이 없었고, 가난과 추위와 죽은 양에 관한 얘기뿐이었다.

　모든 것이 푹신한 눈으로 뒤덮이고, 마을의 종들이 구슬프게 울리기 시작하면 틀림없이 누가 죽은 날이었다. 마을 사람들은 집 안에 틀어박혀 지냈다. 움직이지 않는 대기 속에서 가끔 노새의 종소리가 울렸다. 창문을 통해 나는 이리저리 날아다니는 굶주린 까마귀들을 보았다. 나는 불을 지폈고, 따스함이 어머니처럼 부드러운 품에 나를 안았다. 나는 무척 행복하다고 느꼈다. 하지만 갑자기, 마치 기쁨이 반역적이고 커다란 죄악이라는 듯, 내 마음속에서는 죽은 아들에게 어머니가 불러 주는 자장가처럼 조용하고, 절망적이고, 부드러운 흐느낌이 터져 나왔다.

　이런 내적인 흐느낌을 듣는 것이 이때가 처음은 아니었다. 내가 슬픔을 느낄 때마다 그것은 조금씩 맑아져서, 멀리서 벌이 붕붕거리는 소리 같았다. 그러나 행복할 때면 그것은 걷잡을 수 없이 요란해졌다. 나는 가끔 두려워서 소리쳤다.「내 속에서 누가 우는가? 무엇 때문에? 내가 무엇을 잘못했는가?」

　밤이 되었다. 불을 쳐다보고 앉았으려니까 내 마음이 저항을 했다. 마음은 함께 통곡하기를 거부했다. 왜 나는 울고 탄식해야 하는가? 내 영혼을 짓누르는 큰 슬픔은 없었다. 따뜻함과 조용함이 나와 함께였고, 집의 촌스러운 공기는 능금과 꿀풀의 향기를 풍겼으며, 불가에 앉아 호메로스를 읽으니 나는 행복했다.「나는 행복하다.」내가 외쳤다.「나에게 무엇이 부족한가? 부족한 바가 없다! 그렇다면 누가, 무엇이 내 속에서 흐느끼는가? 그는 무엇을 원하는가? 그는 나에게서 무엇을 바라는가?」

얼핏 나는 문을 두드리는 소리를 들었다. 나는 일어났지만, 아무도 없었다. 하늘은 완전히 개었으며, 별들은 숯불처럼 타올랐다. 나는 혹시 인간의 발자국이 눈에 띄지 않을까 해서 별빛 속의 눈 덮인 길을 살펴보았다. 아무것도 없었다. 나는 귀에 손을 대고 들어 보았다. 마을 언저리 눈 속에서 헤매는 카론이라도 보았는지 개가 애처롭게 짖었다. 늙었지만 튼튼하고, 겉으로 보기에는 불멸의 존재 같았던 양치기가 이틀 전 계곡으로 떨어져 하루 종일에 걸쳐 죽어 갔으며, 온 마을은 그의 죽음에 대한 고뇌로 시끄럽게 울렸다. 이제 그는 잠잠해졌고, 개가 통곡하는 울음소리뿐, 아무 소리도 들리지 않았다.

그가 틀림없이 죽었을 것이라고 나는 무서워 떨면서 생각했다. 죽음이 나를 분노케 했다. 재림과 미래의 삶에 대한 위로의 말들이 아직은 나를 유혹하지 못했지만, 그렇다고 해서 두려워하지 않으며 죽음에 맞설 힘을 나는 얻지 못했다.

나는 늙은 할아버지의 무릎에서 안식처를 찾으려는 듯 다시금 호메로스에 빠져 들어갔다. 불멸의 시구들이 또다시 파도처럼 밀려와 내 관자놀이에서 부서졌다. 수백 년을 가로질러 나는 신들과 인간들이 창을 휘두르는 소리를 들었으며, 늙은 남자들에 둘러싸여 트로이아의 성벽을 천천히 거니는 헬레네를 지켜보면서 상념을 잊으려고 애썼다. 그러나 죽음이 내 머리에서 떠나지 않았다. 오, 인간의 마음이 전능하여 죽음과 투쟁할 만큼 힘이 넘친다면, 만일 막달라 여자 마리아 — 창녀 막달라 마리아 — 처럼 사랑하는 시체를 부활시킬 능력을 얻는다면!

나는 속이 뒤집히는 기분을 느꼈다. 슬프도다. 내가 어찌 주님을 부활시키고 마음의 평화를 얻겠는가! 그는 아직도 내 몸속에서 죽은 채로, 자꾸만 흐느껴 우는 것 같았다. 그는 일어나려고 애썼지만 인간의 도움 없이는 불가능했고, 그렇기 때문에 그는 나를 무척 못마땅하게 생각했다. 내가 어떻게 그를 구원하고 — 나도 구원을 받겠는가?

할아버지라면 터키인들과 유대인들은 그리스도의 못 박힘에 대해서 똑같이 책임을 져야 한다고 생각했을 터이므로, 범선을 타고 해협으로 나가 터키 범선들을 쳐부수었으리라. 할아버지는 그런 식으로 기분을 풀고 안도감을 느꼈으리라. 아버지라면 암말을 타고 이교도들을 공격해서, 밤에 싸움터에서 돌아와 기독교 세계의 적들이 썼던 피로 물든 터번을 십자가에 못 박힌 그리스도의 성상 밑 우리 집 성상대에 걸었으리라. 그러면 아버지도 마음의 평화를 얻고, 나름대로 그리스도가 가슴속에서 부활함을 느꼈으리라. 누가 뭐라고 해도 아버지는 무사였고, 그에게는 전쟁이 구원을 전하면서도 받는 길이었다.

하지만 그런 핏줄의 찌꺼기인 나는 무슨 힘을 지녔는가?

크레타의 산 높은 곳에서는 드물기는 하지만 가끔 사람을 잡아먹는 귀신들의 집안에 빙충이가 태어난다. 나이 많은 어른이 그를 보고, 다시 한 번 보고, 이해를 못 해서 쩔쩔맨다. 도대체 이런 쓰레기가, 이런 약골이 어떻게 그의 사타구니에서 나왔을까? 그는 자기가 낳은 아들들을 불러 모으고는 그를 어떻게 해야 할지 묻는다.

「우리 집안에 수치스러운 존재로다.」 그가 소리친다. 「애들아, 이게 도대체 어찌 된 영문이냐? 양치기일 리도 없는데, 무슨 짓을 하려고 끼어들었을까? 투사일 리도 없어서 죽일 용기도 없겠지. 우리 집안에서는 수치스러운 존재이니, 학교 선생이나 시키자!」

슬프도다, 나는 우리 집안의 학교 선생이었다.

하지만 왜 저항하는가? 나는 그냥 자포자기를 해도 된다. 선조들이 아무리 경멸한다 할지라도 나에게도 무기가 있으니, 나도 전쟁터로 가리라.

바깥에서는 눈이 내렸다. 신은 자신이 내리는 눈으로 세상의 흉한 모습을 자비롭게 덮었다. 내가 묵던 마케도니아 오두막의 울타리에 걸린 누더기들은 고귀하고 하얀 털옷이 되었고, 잠든 엉겅퀴들이 온통 꽃을 피웠다. 가끔 아기가 울고, 개가 짖고, 남자가 말하는 소리가 들려왔지만, 곧 다시금 모두 조용해졌으며, 신의 목소리인 침묵만이 남았다.

장작과 함께 향내가 나라고 월계수 나뭇가지를 한 아름 불에 넣고 나서 나는 다시 호메로스에 몰두했다. 그러나 아카이아 사람들과 트로이아 사람들과 올림포스의 신들은 이제 내 염두에 없었으며, 햇빛을 받은 환상이 나비처럼 날아가 내 시야에서 사라졌다. 또다시 나는 내면에서 흐느끼는 소리를 들었다.

그리스도는 무덤 속에 누워서, 제자들이 뛰어와 바위를 굴려 열고, 어둠 속에 쪼그리고 앉아 그리스도를 부르고, 그러면 다시 소생하게 되기를 기다렸다. 하지만 아무도 오지 않았다. 슬퍼서 그는 흐느껴 울었다.

꺼져 가는 불꽃에서 나는 겁에 질려 다락방에 모인 제자들을 보았다. 「랍비는 돌아가셨도다. 그는 죽었도다.」 그들은 예루살렘을 떠나 뿔뿔이 흩어지기 위해 밤이 되기를 기다렸다. 하지만 한 여자가 벌떡 일어섰다. 그리스도가 그녀의 마음속에서 소생했기 때문에 그녀는 그의 죽음을 믿으려 하지 않았다. 맨발에 머리가 헝클어지고 반나체인 그녀는 날이 밝을 무렵 무덤으로 달려갔다. 그리스도를 볼 것이라고 확신했던 그녀는 그를 보았고, 그리스도가 부활했다고 확신한 그녀는 그를 부활시켰다. 「랍비님!」이라고 그녀가 소리치며 들어가는 소리를 듣고 그는 벌떡 일어나 새벽빛을 받으며 봄의 풀밭을 걸어 그녀에게로 왔다.

내 머릿속은 부활의 환상으로 가득 찼다. 나른하고 지극히 감미로운 열기가 내 눈꺼풀을 내리눌렀고, 관자놀이에서는 피가 맥박치기 시작했다. 바람이 힘차게 불면 구름들이 흩어지고 다시 만나 사람과 짐승과 배로 변하듯, 불가에 앉았으려니까 내 머릿속에서는 시야가 흐려져 그리움과 바람에 흔들리는 인간의 얼굴들이 드러났다. 하지만 얼굴들도 연기처럼 곧 흩어져 버리자, 굳어지지 않는 대상을 굳히려고 처음에는 자신 없이 머뭇거리며, 다음에는 보다 박력 있고 분명하게 어휘들이 떠오르기 시작했다. 나는 정충처럼 잉태하는 힘을 지닌 바람이 내 몸속으로 스며들어 형태를 갖추고, 태아를 만들어, 이제는 밖으로 나오려고 발길질하고 있음을 알았다.

나는 펜을 들어 글을 써서 배설하는 산고를 시작했다.

나는 처음부터 시작하지 않았다. 근심에 차고, 눈물에 흠뻑 젖고, 머리를 풀어헤친 막달라 여자 마리아가 가장 먼저 튀어나왔다. 그녀는 날이 밝기 전에 놀라서 잠이 깨었다. 그녀는 틀림없이 꿈속에서 랍비를 보았다.

짐승을 어르는 사냥꾼처럼 그녀는 그를 부르기 시작했다.

    오 얼마나 신기하더냐!
    세상이 너무 향기로워 머리를 못 들겠구나.
    눈뜨라, 마음이여, 땅을 두드려 열어젖혀라!
    흙으로 빚은 내 어깨가 날개처럼 퍼덕이니
    새벽은 느릿느릿 오고 몸은, 오, 너무나 무겁구나.

옷 입고 내가 가기 전에, 영혼아, 서두르지 마라.
보라, 색시처럼 나는 옷을 차려입고 몸치장을 한다.
손발을 적갈색 부처꽃으로 칠하고
눈에는 엷은 먹칠, 눈썹 사이에는 예쁘게 점을 찍는다.
사랑이 대지를 어루만지듯 웅장한 하늘이 부드럽게
내 가슴을 쓰다듬으니, 나는 머리 숙여
기쁨과 탄식으로 언어를 신랑처럼 맞는다.
그러면 꽃이 만발한 오솔길 따라
그대의 무덤에 마침내 다다라서
버림받은 여인처럼, 그리스도여, 하얀 무릎을 끌어안고
당신이 절대로 떠나지 못하게 하리라……
나는 얘기하고 하얀 무릎을 끌어안고서……
모든 사람이 당신을 싫다 해도, 그리스도여,
나는 가슴속에 불멸의 생명수를 간직했다가
당신에게 주리니, 그대는 죽지 않으리라.
그러면 당신은 다시금 대지로 올라
나와 함께 풀밭을 걸으리라.
나는 눈이 내릴 때 사랑에 빠져 아몬드나무에 앉은 새처럼
부리를 하늘로 치켜들고 나뭇가지에 꽃이 필 때까지
황홀하게 노래하리라.

  얼굴들이 잠깐 동안 굳어졌고, 사도들과 막달라 여자 마리아와 그리스도, 형태를 갖추는 안개, 진실로 변하는 거짓말, 희망의 가장 높은 나뭇가지에 앉아 노래하는 영혼을 너무 늦기 전에 잡아 확실하고 힘찬 언어로 영원히 안정시키고 싶었기 때문에 무척 조바심이 나서 나는 잠을 이루지 못했다.

며칠 밤낮이 지난 다음 연극 원고가 전부 내 무릎에 놓였다. 나는 갓 태어난 아기를 안는 어머니처럼 그것을 꼭 껴안았다.

사순절이 시작되었고 부활절이 가까웠다. 나는 들판으로 산책을 나가기 시작했다. 세상은 천국이 되었고, 올림포스의 백설은 햇빛에 반짝였으며, 밭들은 밑에서 연둣빛으로 빛났고, 돌아온 참새들은 베틀의 북처럼 하늘에 봄을 짰다. 노랗고 하얀 작은 들꽃들이 자그마한 머리로 흙을 밀치며 세상을 보려고 햇빛을 찾아 나오기 시작했다. 누군가 그들 위에서 흙무덤을 벗겼고, 그들은 부활하는 중이었다. 누가? ……누가? 때로는 꽃이고, 때로는 새이거나 포도의 새 움이고, 때로는 밀의 형태를 취하는 신의 수많은 얼굴, 틀림없이 신이었다.

꽃 핀 들판을 거닐던 내 주변의 시간과 장소를 가벼운 현기증이 바꿔 놓았다. 나는 그리스가 아니라 팔레스타인을 걷는 듯싶어서, 내 주변에 높이 솟은 카르멜과, 길보아와, 타보르의 거룩한 산들, 그리고 푸석푸석한 봄철의 흙에 아직도 생생하게 남은 그리스도의 발자취를 찾아보았다. 사람의 키만큼 땅에서 솟아오르는 밀의 줄기들은 무덤에서 소생하는 그리스도였고, 빨간 아네모네는 그리스도의 성스러운 피였다.

언젠가 누가 랍비 나흐만에게 물었다. 「왜 우리들에게 팔레스타인으로 가라고 설교를 하셨나요? 분명히 팔레스타인은 개념에 지나지 않아서, 언젠가는 유대인들의 영혼이 다다를 아득한 이상(理想)입니다.」 나흐만은 화가 났다. 지팡이로 땅을 치면서 그가 소리쳤다. 「아니에요, 아니에요! 내가 얘기한 팔레스타인은 돌과 식물과 흙을 의미합니다. 팔레스타인은 개념이 아니라, 돌과 식물과 흙이에요. 우린 그곳으로 가야 해요!」

나는 그곳으로 가야 한다고 생각했다. 그리스의 산과 들판을 산책하며 상상 속에서만 즐기지 말고, 팔레스타인의 따스한 몸을 만지고 보며, 그리스도가 숨 쉬고 밟고 만졌던 땅과 대기를 숨 쉬고 밟고 만지며, 인간들 사이에 그가 남긴 핏자국을 따르기 위해서. 그렇다, 나는 꼭 떠나야 한다! 아마도 팔레스타인, 그곳에서 나는 거룩한 산에서 헛되이 추구하던 바를 찾을지도 모른다.

또다시 내 마음에 출항의 바람이 불어왔다. 언제까지 이럴 것인가? 죽는 그날까지 신이여, 나에게 바람을 베풀어 주소서! 마른 땅을 벗어나 떠나는 벅찬 기쁨! 정착의 줄을 끊어 버리고, 싹둑 잘라 버리고 떠난다! 사랑하는 사람들과 산들이 멀리 사라지는 모습을 뒤돌아보고!

성주간(聖週間)이 가까웠다. 기독교 세계 어디에서나 그리스도는 십자가에 못 박히고, 불멸의 다섯 상처가 다시 터지고, 막달라 여자 마리아는 또다시 죽음과 싸움을 벌인다. 마음이 어린아이와 같아져서, 밤샘 동안에 레몬꽃으로 뒤덮인 신의 육체가 십자가에서 몸부림치는 모습을 보고 고통을 겪으며, 먹지도 못하고, 잠자지도 못하고, 눈물도 가누지 못하는 행복감! 성당의 열린 창문으로 봄이 들어오고, 무척이나 젊었던 그는, 첫사랑의 소녀를 사랑해서 예수의 수난일 정오에 만나 십자가에 못 박힌 그리스도의 발에 입을 맞춤으로써 함께 경배하기로 약속했고, 신의 몸을 통해 여인과 입술을 마주 댄다는 죄를 범하는 기쁨 또한 더욱 크지 않으랴.

호메로스를 덮고 나는 불멸의 할아버지 손에 입을 맞추었지만, 감히 머리를 들어 그를 빤히 쳐다보지 못했다. 그를 뒤에 남겨 두고 그의 큰 적인 성서를 집어 드는 순간, 나는 그를 배반하고 있음을 너무나 잘 알았으므로 부끄럽고 두려운 생각이 들었다.

천국과 대지는 아직 잠에서 깨지 않았고, 지붕 위의 수탉만이 동쪽으로 목을 길게 뽑고는 (너무나 오랫동안 밤이 계속되었던 터라) 태양을 불러 댔다.

늙은 할아버지가 들을까 봐 조심하며 나는 도둑처럼 살그머니 문을 열고는 항해를 떠나기 위해 항구로 가는 길로 들어섰다. 나처럼 팔레스타인으로 가서 예수의 묘지에 경배하기 위해 떠나는 남자들과 여자들이 한 무리 여러 마을에서 내려왔다. 부드러움과, 감미로움과, 자비로움 — 나는 출항하던 저녁을 영원히 잊지 않으리라. 구슬프고 부드러운 보슬비가 내렸고, 머리를 들어 하늘을 보면 눈물이 가득한 신의 얼굴이 나타났다.

배의 갑판에는 여러 빛깔의 더러운 요와 담요가 깔렸다. 늙은 여자들이 바구니를 열고 무엇인가 먹느라고 입을 우물거렸으며, 사방에서 어란(魚卵)과 쪽파 냄새가 났다. 백발이 길게 자라고 뺨이 발그레한 나이 많은 남자가 한가운데 서 있었다. 몸을 앞뒤로 흔들며 그는 시를 읊는 듯한 목소리로 그리스도의 생애와 연민, 예루살렘으로 가던 신랑, 그리고 다음에는 마지막 만찬의 그리스도와 제자들, 서둘러 자리를 뜬 배반한 제자, 〈핏덩이처럼〉 이마에서 땀방울을 흘리며 올리브나무 산을 오르던 예수 얘기를 읽었다.

까만 외투를 걸친 키가 작은 노파들이 한숨을 짓고 머리를 흔들고 감격하여 귀를 기울이면서도 양처럼 소리 없이, 차분하고 끊임없이 무언가를 우물거리며 씹어 댔다. 그들의 소박한 마음속에서 신은 다시금 형상을 갖추고 십자가에 못 박혀 인류를 구원했다. 어린 양치기가 여자들에게 등을 돌린 채 열심히 얘기를 들으며 주머니칼로 지팡이 꼭대기에다 새의 머리를 팠다.

그리스도가 목이 타서 결국 못 참을 만큼 갈증을 느끼며 「목이 마르구나!」라고 외치자 젊고 통통한 여자가 갑자기 벌떡 일어나

예루살렘 333

미친 듯 소리쳤다. 「오, 내 아들아!」 어머니처럼 깊은 여인의 외침을, 신을 아들이라고 부르는 그녀의 목소리를 듣고 나는 얼마나 당황했던가!

우리들은 이제 에게 해를 뒤로하고 근동(近東)으로 향했다. 오른쪽에는 보이지 않는 아프리카가 위치했고, 키프로스는 왼쪽 수평선 위에 놓였다. 바다는 불타오르며 빛났다. 나비 두 마리가 삭구 위로 날아 올라갔다. 작고 굶주린 새가 우리들을 따라오더니 앞으로 달려 나가 나비 한 마리를 잡아먹었다. 창백하고 나긋나긋한 소녀가 안 된다고 소리를 지르자 누군가 말했다. 「다 그런 거니까 신경 쓰지 마라. 넌 하느님이 뭐 상냥한 귀부인이라도 되는 줄 알았니?」

우리들은 옛날에 인간의 마음을 태워 하나의 불꽃이 나자렛의 초라한 오두막에서 새롭게 타올랐던 영광된 땅에 가까워졌다. 2천 년 전과 마찬가지로 오늘날의 삶은 다시금 붕괴되는 상태였지만, 이성과 감정 사이의 균형을 깨뜨리는 최근의 문제들은 훨씬 복잡하고, 해결은 훨씬 어려우며 처절했다. 그러다가 지극한 다정함에 담긴 소박한 의미가 발견되고, 봄철처럼 구원이 대지의 표면으로 솟아올랐다. 보다 단순하고 달콤한 의미는 발견되지 않는다. 아마도 그 의미가 아직도 우리들을 구원할지 누가 알겠는가? 그렇기 때문에 우리들은 마리아의 아들이 하는 얘기를 다시 한 번 들으려고 예루살렘으로 찾아가는 길이다.

밤이었다. 나는 잠을 청하려고 갑판에 길게 누웠지만, 아래 배칸에서 격렬한 토론이 벌어지기에 귀를 기울였다. 목소리로 판단하건대 젊은 남자인 누군가가 오늘날의 경제적·사회적 삶의 불의와 부정직함에 대해서 맹렬히 비난했다. 위대하고 권력을 지닌 자들이 재산을 마구 모으는 동안 민중은 굶주린다. 여자들은 몸을 팔고, 성직자들은 믿지를 않으니, 천국과 지옥이 나란히 세상에 존재한다. 내세는 존재하지 않으니, 정의와 행복은 현세에서 찾아야 한다……. 외치는 소리들이 들려왔다.「그래요, 그래요, 당신 말이 맞아요!」「횃불과 도끼를 들어야 합니다!」오직 한 사람만이 반박하려고 나섰다. 읊조리는 어투로 보아 나는 그가 우리들과 함께 여행하는 부제(副祭)임을 알았다. 그러나 그의 목소리는 고함과 웃음소리에 휩쓸려 들리지 않았다.

베개에서 머리를 들고 나는 열심히 귀를 기울였다. 배의 짐칸은 또다시 온통 세상을 뒤엎으려고 음모를 꾸미기 위해 노예들이 — 오늘날의 노예들이 — 모인 지하 묘지 같았다. 무서운 일이었다. 우리 여행의 목적은 너무나 상냥하고, 너무나 고통을 받고, 영원한 삶의 희망으로 넘치는 신의 다정하고 낯익은 모습을 섬기려는 것이었다. 키가 작고 늙은 여자들은 신성한 빵과, 은으로 만든 봉납물과, 초와, 눈물과, 기도를 신에게 가지고 갔다. 높다란 일등 선실에서는 신앙이 없고 제멋대로 살아가는 사람들이 정치 얘기를 하고 잠을 잤으며, 여기 아래쪽 짐칸 깊은 곳에서는 우리들이 새롭고 위험하지만 아직 이룩되지 않은 우주 창조라는 무서운 선물을 가져가는 중이었다.

사랑스러운 신성불가침의 세계가 위험에 처했으니, 온통 진흙과 불길로 이루어진 참혹한 또 하나의 세계가 인간의 마음에서 터질 듯한 생명력과 함께 솟았다. 짐칸 깊숙이 숨어서 그것은 모든 배에 실려 여행했다.

이튿날 아침, 우리들은 처음에는 수평선 위에 우윳빛 안개 속에서 보이지 않는 아득한 선이었다가 다음에는 회색이더니 점점 엷은 푸른 빛깔로 바뀌고는 결국 대낮의 힘찬 빛에 가려 사라진 유대 땅의 나지막한 산들을, 약속의 땅을 보게 되었다. 키가 작은 노파들이 몸을 일으켰다. 보통이를 한데 모아 놓고 검은 두건으로 머리를 맨 그들은 성호를 긋고 울기 시작했다.

모래와 쾌적한 과수원들과 튼튼하고 더러운 여자들과 선인장과 대추야자나무들, 숨 막히는 버스를 타고 거룩한 도시로 가는 오름길. 갑자기 모든 사람의 가슴이 마구 방망이질을 한다. 성벽과 망루와 성문들, 똥과 향료와 썩은 과일의 냄새. 흰 젤라브[1]와 사납고 굵은 목소리들. 살해당한 모든 선지자들의 그림자가 흙에서 솟아났고, 돌들은 살아나서 온통 피로 덮인 채 소리쳤다.

예루살렘이다!

나는 그해의 성주간을 회상하고 싶지 않으며, 섣불리 그럴 수도 없다. 희망과 사랑, 배반과 희생, 〈아버지시여, 아버지시여, 당신은 왜 나를 버리시나이까?〉라는 외침 — 인간의 모든 비극적 모험은 7일 동안에 마침내 현실이 되었다. 그리스도가 아니라 인간이 — 모든 올바르고 순수한 인간이 — 배반을 당하고, 고통을 받고, 신이 도움의 손을 내밀지 않는 동안 십자가에 못 박혔다. 여인의 따스한 마음만 없었더라면 정말로 신은 인간이 무덤 속에 영원히 묻히도록 내버려 두었으리라. 우리들의 구원은 한 가닥 실에, 사랑의 외침에 매달렸다.

밤이 밤을 뒤따랐고, 마침내 부활절의 새벽이 찾아왔다. 부활의 신전은 거대한 벌집처럼 시끄러웠다. 그곳은 빛과 인간의 땀 냄새가 넘쳤고, 그리스도의 무덤에서 거룩한 빛을 뿜어 우주가 창조되는 순간을 기다리며 신전의 둥근 천장 밑에서 밤을 보낸 남자들과 여자들의 하얗고, 갈색이고, 검은 겨드랑이는 땀에 젖

---

[1] 이슬람교도들이 즐겨 입는 치렁치렁한 옷.

었다. 어디에서나 밀랍과 썩은 기름의 시큼하고 짙은 악취가 풍겼다. 성상들 밑에서는 주전자의 커피가 끓었고, 어머니들은 젖을 꺼내 아기들에게 먹였다. 흑인 여자들은 머리카락에 양 기름을 발랐는데, 그것이 녹아내려 양 같은 냄새가 났다. 남자들은 숫염소의 참지 못할 악취를 몸에서 뿜어냈다.

순례자들이 줄줄이 도착해서 신전에 가득 넘쳤다. 어떤 사람들은 기둥으로 기어올라갔고, 특별석에 걸터앉기도 했다. 또 어떤 사람들은 여인들의 법석에 밀려 의기소침하게 앉아 감격한 눈으로 당장이라도 성스러운 빛이 뿜어 나올 성당 중앙의 작은 성실(聖室)을 응시했다. 축축한 눈이 이글거리고, 온갖 빛깔의 젤라브를 걸치고, 페스 모[2]를 쓴 아비시니아 사람들, 베두인들, 흑인들, 인류의 온갖 종족이 소리치고, 웃고, 한숨짓고, 기절한 젊은 남자가 들려 나가 널빤지처럼 뻣뻣해진 채 마당에 눕혀지고, 새하얀 수단복을 입고 빨간 어깨띠를 두른 나이 많고 호리호리한 마론파[3] 성직자가 입에 거품을 물고 길에 깔아 놓은 돌무더기에 쓰러졌다.

갑자기 군중이 잠잠해졌다. 불타는 눈들이 사방에 가득했다. 황금빛 옷을 걸친 주교가 나타났다. 그는 아무 말도 없이 혼자서 머리를 숙이고 성당 중앙의 성실 밑으로 걸어갔다. 어머니들은 아이들을 어깨에 올려 앉혀 구경을 시켰고, 펠라[4]들은 입이 벌어질 정도로 압도를 당했다. 순간순간이 큼직한 물방울처럼 머리 위로 떨어졌고, 분위기는 긴장이 고조되다가 결국 북 가죽처럼 울리더니, 보라! 성스러운 닫집에서 광채가 쏟아졌으며, 주교는 손에 불타는 하얀 촛불을 한 무더기 쥐고 나왔다. 순식간에 신전

---

2 검은 술이 달리고 양동이를 엎어 놓은 모양의 빨간 모자.
3 동방 의식을 따르는 시리아의 로마 가톨릭 교파.
4 이집트나 아라비아의 농부.

예루살렘

은 꼭대기부터 바닥까지 불길이 홍수를 이루었다. 구경꾼들은 하얀 초를 들고 모두 빛을 받으러 주교에게로 몰려들었다. 그들은 불길에 손을 넣었다가 얼굴과 가슴을 문질렀다. 여자들은 소리를 질렀고, 남자들은 춤을 추기 시작했다. 아우성을 치며 모두들 밖으로 나가려고 문 쪽으로 밀려갔다.

신전이 텅 비었다. 무서운 신음과 미친 듯한 군중과 온갖 빛깔의 옷 — 모두가 신기한 꿈만 같았다. 그러나 오렌지 껍질과, 올리브 속씨와, 깨진 병들 따위 열광의 찌꺼기들을 돌바닥에서 본 나는 모든 환상이 사실이었음을 확인했다.

나는 신선한 공기를 쐬기 위해 마당으로 나갔다. 나는 멀리 가서 앞에 보이는 고적하고 헐벗은 산에 올라 태양과, 달과, 돌멩이 이외에는 아무것도 보지 않으며 한없이 걷고만 싶었다. 도취된 군중이 줄곧 내 주변에서 열광했고, 기쁨에 취해 황홀해진 신자들은 앞으로 달려 나가면서 무덤에서 나오라고 그리스도를 부르고 명령했으며, 나는 도취되지 않으려고 자제했다. 육체와 마찬가지로 영혼도 겸양을 알아서 남들 앞에서는 옷을 벗으려고 하지 않았다. 그러나 혼자 남게 되자마자 나는 속으로 소리쳤다. 가거라, 가거라! 황야로! 그곳에서는 타오르는 바람처럼 신이 불어올지니, 나는 옷을 벗고 신으로 하여금 내 몸을 태우게 하리라!

「영혼이라는 이름의 부인이여, 떠나지 마오.」 신이 말했다. 「나에게서 무엇을 바라시나이까?」 「나는 당신이 옷을 벗기 바라오, 영혼 부인.」 「저한테서 어찌 그런 것을 바라시나이까? 저는 부끄럽습니다.」 「영혼 부인, 우리들 사이는 아무리 얇은 베일일지언정 아무것도 가로막아서는 안 되오. 그러니 부인, 당신은 옷을 벗어야 하오.」 「됐나이다. 저는 옷을 벗었습니다. 저를 가지세요.」

신과 사랑을 나누는 영혼의 불멸한 언어를 속으로 노래하며 나는 사해(死海)로 가는 길을 나섰다. 나는 잠겨 버린 두 죄악의 도시가 파놓은 나락을 보길 갈망했다. 회색, 노랑, 장밋빛 바위들은 사납고 끈끈한 태양이 내리쬐어 아지랑이를 피웠다. 뜨거운 바람의 숨결이 내 입과 영혼을 자꾸만 모래로 가득 채웠다. 돌멩이들은 불이 붙었다. 꽃 한 송이 없고, 물 한 방울 없고, 나그네를 맞거나 비웃어 쫓으려고 노래하는 새 한 마리도 없었다. 하늘에는 신이, 오직 신만이 칼처럼 홀로 걸렸다.

이곳의 신은 그리스도가 아니라고 나는 전율하며 생각했다. 그는 다정하고 친절한 목소리로 얘기하는 마리아의 아들 같지 않았다. 그는 사람을 잡아먹는 무서운 여호와였다. 나는 이것을 찾다가 저것을 발견했다. 나는 신의 침묵이라는 어둡고 철벽 같은 지역을 지금 어떻게 해야 벗어날 수 있을 것인가?

사막이 나를 깊이 삼킬수록 점점 더 나는 머리에서 불이 타올랐다. 나는 모습을 보이면서 나에게 얘기를 하라고 신을 부르기 시작했다. 그는 인간인 나를 창조하지 않았던가? 인간은 회의하는 동물이 아니던가? 그러니 나는 묻고, 신은 대답해야 한다. 나는 뜨거운 바람 속에서 신에게 조용히 말했다. 「신이여.」 나는 고백했다. 「저는 어려운 순간을 맞았나이다. 어찌해야 합니까? 내 입에다 불붙은 숯을, 말을, 구원을 가져오는 간단한 말을 넣어 주소서. 깊은 우물로, 빛이 넘쳐 앞이 보이지 않는 우물로 제가 내려온 까닭은 바로 그것 ─ 당신과 얘기하기 위해서입니다. 모습을 나타내소서!」

나는 기다리고 또 기다렸다. 대답이 없었다.

우리 집 마당에서 성인들의 전기를 읽던 어린 시절 이후 줄곧 나는 지금 밟는 땅에 발을 디디려는 욕망으로 불타올랐고, 그리스도가 밟은 흙과 돌을 밟으며 그의 목소리를 듣게 되기를 갈망했었다. 나는 (지금도 아직 그렇지만) 항상 신에게 할 얘기를 간직했었다. 그렇다, 그는 대답하리라! 세계는 굴러가면서 의문과, 고뇌와, 악마들을 변모시킨다. 따라서 그리스도는 새로운 상처를 아물게 하고, 사랑에 새롭고 힘찬 얼굴을 부여할 어떤 새로운 말을 가지고 있다.

혼자 이런 생각을 하며 나는 선지자들이 숨 쉬었던 모래와 열기로 이루어진 사막의 공기를 숨 쉬며 나아갔다. 협곡 깊숙이 이르자 녹인 납처럼 잿빛으로 꼼짝 않으며 미끈거리고, 덩어리지고, 끈끈한 물로 가득한 사해가 갑자기 내 앞에서 반짝였고, 거기서부터 갈대와 성류(檉柳) 사이로 팔레스타인 쪽으로는 푸르스름한 요르단 강이 흘렀다. 기다란 셔츠를 입은 남자들이 무리를 지어 성호를 그었다. 성직자 한 사람이 강둑에서 찬송하는 동안에 그들은 성스러운 물에 들어가 하드지[5]가 되었다.

강둑에는 갈대를 짜서 만든 지붕 밑에 술집이 있었다. 고물 축음기가 아랍의 연가를 시끄럽게 빽빽거리면 온통 땟국에 찌든 젤라브를 걸친 뚱뚱한 술집 주인은 양의 간을 튀기면서 요란한 목소리로 축음기를 따라 노래했다.

발걸음을 재촉하여 나는 사해의 독기 서린 바닷가를 돌아 사막으로 다시 들어갔으며, 흥분하고 놀란 내 눈은 밑바닥에 가라앉은 쌍둥이 도시를 찾아내려는 듯 생명이 없는 물에서 떨어지지 않았다. 그렇게 쳐다보는 동안에 노란 섬광이 내 마음을 스쳤다. 나는 보았다 — 나는 어떤 전능한 발이 이곳으로 와서 격노하여 소돔과 고모라 두 도시를 짓밟아 불속에 처넣는 장면을 보았다. 나는 가슴이 철렁했다. 언젠가 우리들 자신의 소돔과 고모라가

---

5 *hadji*. 메카의 순례를 마친 이슬람교도.

어떤 전능한 발에 짓밟힐 터이며, 신을 잊고, 비웃고, 흥청거리던 세상은 또 다른 사해로 변하리라. 모든 시대의 끝에 신의 발이 이렇게 와서 너무 포식한 배와 너무 발달한 이성의 도시들을 짓밟으리라.

나는 두려웠다. (때로는 세계가 신이 지나가기 직전의 또 다른 소돔과 고모라처럼 여겨졌다. 나는 무서운 발이 벌써 다가오는 소리가 들리는 것만 같다.)

나는 낮은 모래 언덕 위에서 걸음을 멈추고 끈적끈적한 뱃속에서 매혹적인 죄악의 도시를 토해 내려고 애쓰는 저주받은 물을 한참 동안 응시했다. 나는 도시들이 내가 힐끗 살펴볼 동안만이라도 햇빛 속에서 잠깐 다시 빛나기를 바랐다. 그런 다음에 눈을 감으면 도시들은 다시 사라지리라.

소돔과 고모라는 서로 입 맞추는 두 명의 창녀처럼 강둑을 따라 누웠다. 남자들과 다른 남자들이, 여자들과 다른 여자들이, 남자들과 암말들이, 여자들과 황소들이 교미를 했다. 그들은 〈삶의 나무〉를 먹고 과식했으며, 〈지혜의 나무〉에서 과일을 너무 많이 따 먹고 과식했다. 성상들을 때려 부순 그들은 그것이 나무와 돌멩이에 지나지 않음을 깨달았고, 사상을 때려 부순 그들은 그것이 바람으로만 가득함을 깨달았다. 신에게 가까이, 아주 가까이 온 그들은 〈신은 두려움의 아버지가 아니라, 두려움의 아들이로다〉라고 말하고는 공포를 잊었다. 그들은 도시의 네 성문에 노란 글씨로 커다랗게 〈이곳에는 하느님이 없도다〉라고 써놓았다. 〈이곳에는 하느님이 없도다〉라는 말은 무엇을 뜻하는가? 그것은 우리들의 본능에 굴레가 없으며, 선에 대한 보상과 악에 대한 처벌도 없고, 은공과 수치와 정의도 존재하지 않으며, 우리들은 발정한 암컷 수컷 늑대들임을 의미한다.

신은 화가 나서 아브람을 불렀다.

「아브람아!」

「주여, 명령을 내리소서!」

「아브람아, 네 양과, 낙타와, 개와, 남녀 하인과, 아내와, 아들을 데리고 떠나라! 떠나거라. 나는 결심했노라.」

「당신의 입술이 〈나는 결심했노라〉고 말하면 그것은 〈나는 죽이리라〉를 뜻합니다.」

「그들의 이성은 지나치게 교만해졌고, 그들의 마음은 지나치게 즐거워졌으며, 배가 지나치게 불렀으니, 나는 그들이 역겹구나! 그들은 불멸하다는 듯 돌과 쇠로 집을 짓는다. 그들은 용광로를 마련해서 불을 때고 금속을 녹인다. 나는 바라는 바가 따로 있기 때문에 지구의 표면에다 문둥병처럼 사막을 깔아 놓았지! 그런데 저 아래 소돔과 고모라의 사람들은 사막에 물을 끌어넣고, 거름을 주어 그곳을 꽃밭으로 바꿔 놓더구나! 물과 쇠와 돌과 불이라는 불멸의 요소들은 그들의 노예에 지나지 않는다. 그렇다, 나는 이제 더 이상 못 참겠다! 그들은 지혜의 나무를 먹었고 사과를 땄으니 죽어야 하느니라.」

「모든 사람이 말입니까?」

「모두. 나는 전능하지 않더냐?」

「아닙니다, 하느님, 당신은 의롭기 때문에 전능하지 못합니다. 당신은 옳지 않고, 정직하지 않거나, 사리에 맞지 않는 행동을 하나도 하지 못합니다.」

「흙으로 만들어 놓아서 흙을 먹고 살다가 흙으로 돌아가는 벌레들인 너희들 가운데 누가 과연 옳고 그름을, 정직함과 거짓을, 논리와 부조리를 아느냐? 내 뜻은 헤아릴 길이 없으니, 속속들이 알고 나면 너희들은 공포에 떨게 되리라.」

「당신은 천국과 대지의 주인이고, 삶과 죽음을 한 손에 올려놓고 마음대로 택하십니다. 나는 흙과 물에 지나지 않는 벌레이지만, 당신이 입김을 불어넣으니 흙과 물에서 영혼이 나왔습니다. 그러니 나는 말하겠나이다! 소돔과 고모라에는 먹고, 마시고, 맵시를 내고, 웃고, 조롱하는 사람들이 수천이고, 저 아래에는 뱀처럼 몸을 부풀려 하늘을 향해 쉿소리를 내며 독을 뿜는 뱀이 수천입니다. 하지만 만일 마흔의 올바른 영혼이 그들 가운데서 나온다면, 당신은 그들도 불태우시겠나이까?」

「이름! 이름을 대라! 그 마흔이 누구이더냐?」

「그럼 스물이라면, 올바른 영혼이 스물이라면 어찌하겠나이까?」

「나는 이름을 알고 싶다! 나는 헤아려 보려고 손가락들을 펼쳤도다.」

「그럼 열이라면, 올바른 영혼이 열이라면 어찌하겠나이까?」

「아브람아, 건방진 입을 닥치거라!」

「긍휼히 여기소서. 당신은 올바를뿐더러 선하기도 하나이다. 당신이 오직 전능하기만 하다면 화가 미칠 터이고, 당신이 올바르기만 해도 화가 미칠 터입니다. 우리들은 모두 길을 잃게 됩니다. 하지만 당신은 선하시니, 그런 까닭에 사람들이 아직 일어설 수가 있나이다.」

「무릎을 꿇고 내 무릎에 매달리려고 팔을 벌리지 마라. 나에게는 무릎이 없다! 내 마음을 감동시키려고 통곡하지 마라. 나에게는 마음이 없도다! 나는 뻣뻣하고 딱딱한 검은 화강암 덩어리이니, 어떤 손도 나에게 감동을 주지 못한다. 나는 결심했으니, 소돔과 고모라를 불태우겠다!」

「서둘지 마옵소서. 죽음의 문제인데 어찌 서두르시나이까? 잠깐만요! 하나를 찾아내었습니다!」

「흙을 파헤쳐 무엇을 찾아냈느냐, 벌레인가?」

「올바른 영혼요.」

「그게 누구냐?」

「제 형제 하란의 아들 롯이옵니다.」

모래 언덕에 꼼짝 않고 서 있으려니까 나는 관자놀이가 지끈거렸다. 나는 나의 내면에서 인간의 목소리와 씨름을 벌이는 신의 목소리를 들었다. 잠깐 동안 공기가 응결되는 듯싶더니 이마에서 불길이 솟아오르고, 수염을 휘날리며 사나운 맨발의 롯이 내 앞에 나타났다. 그러나 그는 구약에서처럼 노예 신분의 롯이 아니었다. 그는 도망쳐서 구원을 받으라는 신의 명령을 거역하려는 반항아였으며, 꿋꿋한 롯이었다. 그는 매혹적이고 죄 많은 도시들을 동정했고, 자유 의사에 따라 불 속에 몸을 던져 함께 죽으려 했다.

「저는 떠나지 않겠다고 전해 줘요!」 그는 아브람에게 소리쳤다. 「저는 곧 소돔과 고모라이니까, 떠나지 않겠다 하더라고 말하세요. 그는 제가 자유라고 말하지 않았던가요? 그는 저에게 자유를 주었다고 말했으며, 그것을 자랑으로 삼지 않았던가요? 그렇다면 전 제 마음대로 하겠어요. 전 떠나지 않겠어요.」

「난 손을 떼겠다, 반항아야. 잘 있거라.」

「미덕의 샘이여, 안녕히. 하느님의 어린양이여, 안녕히! 그리고 롯이 안부 전하더라고 당신 두목에게 말해 주세요. 그는 의롭지 않고, 선하기만 하다는 말도 해주시고요. 그는 전능해요. 그냥 전능하기만 할 따름이죠!」

이제 해는 기울었다. 빛은 조금 부드러워졌고, 내 관자놀이가 가라앉았다. 결사적인 투쟁을 방금 벗어난 듯, 나는 심호흡을 하고 뒤를 돌아다보았다. 그런 반항아가 어떻게 내 뱃속에서 튀어

나왔을까? 무서운 일이었다. 제멋대로 행동하는 야만적인 영혼은 내 마음속, 신의 뒤, 어디에 숨어 있었을까? 나는 믿음이 깊고 순종하는 족장인 아브람과 함께였다. 그런데 어째서 나는 그를 저버리고, 성서를 짓밟고, 이런 롯을 창조하여 그와 하나가 되었던가?

교만한 악마는 내 몸속 깊이 웅크리고 숨었다가 영원한 적인 신에게 뻔뻔스러운 행동을 저지르기 위해서, 내 머리가 순간적으로 잘못되는 순간을 기다려 뚜껑 문을 열고 빛으로 뛰쳐나와서는 열쇠를 던져 버렸다.

나는 뱃속을 퍼내어 늑대와 원숭이와 여자를, 사소한 미덕과 사소한 기쁨과 성공을 쫓아내고, 하늘을 향한 불길만 남겨야 할 필요성을 느꼈다. 이제 나는 어른이었으니, 어릴 적 우리 집 마당에서 그토록 열망하던 바를 행동으로 옮기려 했을 따름이었다! 사람은 한 번 태어날 뿐이니, 나에게는 또 다른 기회가 주어지지 않으리라!

내가 다시 예루살렘에 도착했을 때는 이미 밤이었다. 별들은 인류의 머리 위에 매달린 불꽃들 같았지만, 경건한 예루살렘 거리의 사람들은 아무도 눈을 들어 별을 보고 무섭다며 죽지 않았다. 하찮은 정열과, 사소한 걱정과, 음식과, 지갑과, 여자들이 엄청난 공포를 정복했다. 그래서 사람들은 두려움을 잊고 잠잠하게 살아가게 되었다.

딱딱한 이부자리에서 몸을 뒤척이며 나는 결정을 내려야 하고, 신의 젖이 아직 내 입술에서 채 마르지도 않았던 어릴 적에 예견했던 바를 완수해야 할 때가 왔다고 생각했다.

아토스 산에서 어느 수사가 내 손을 잡고는 손바닥을 살펴보더니 내 운세를 얘기해 주마고 했다. 그의 얼굴은 정말로 집시 같아서 검고 질겼으며, 입술은 염소처럼 두툼했고, 눈에서는 불이 튀었다.

「난 당신의 점을 믿지 않아요.」 나는 웃으면서 그에게 말했다.

「그건 상관없어요.」 그가 말했다. 「내가 믿는다는 사실이 중요하죠.」

그는 내 손금에서 별과 십자가와 주름살을 보았다. 한참 살펴보고 나서 그가 말했다. 「다른 사람들의 일에 끼어들지 말아요. 당신은 행동을 위해 태어나지 않았으니까 멀찌감치 물러나도록 해요. 당신은 싸우는 순간에도 적이 옳을지도 모른다는 생각을 자꾸 하고, 그가 무슨 짓을 하더라도 당신은 용서할 테니까, 사람들과 싸울 수가 없어요, 아시겠어요?」

「계속하시죠!」 내가 말했다. 나를 한 번도 본 적이 없는데도 그의 말이 옳았기 때문에 나는 조금 불안해졌다.

그는 다시 한 번 내 손을 조심스럽게 살펴보았다.

「당신은 여러 가지 근심에 사로잡혀서 바라는 바도 많고 질문도 많아요. 당신은 속을 썩이는군요. 하지만 해답을 찾기 위해 너무 애쓰지 말라는 내 충고를 따르도록 해요. 해답을 찾아 나서면 안 되고, 그것이 당신을 찾아올 겁니다. 찾아올 테니 내 말을 듣고 마음을 편히 가져요. 언젠가 윗사람이 나한테 이런 말을 했답니다. 〈어느 수사가 평생 동안 신을 추구했는데, 마지막 숨을 거둘 때에야 그는 줄곧 신이 그를 찾아다녔음을 깨달았느니라.〉」

그는 다시 내 손을 들여다보았다. 그러더니 그는 툭 불거진 눈으로 나를 노려보았다. 「당신은 늙으면 성직자가 되겠어요.」 그가 말했다. 「웃지 말아요. 당신은 수사가 될 테니까.」

때로는 거짓된 예언이 이루어지기도 하니, 믿는 도리밖에 없다. 내가 태어났을 때 나를 빛에 비춰 보고는 「언젠가 이 아기는 주교님이 될 거예요!」라고 했던 산파의 예언이 생각났다.

겁에 질려서 나는 「아뇨, 아뇨, 난 수사가 되고 싶지 않아요.」라고 소리치고는 위험을 예감한 듯 손을 움츠렸다.

나는 여러 해 동안 그 수사의 말을 잊어버렸다고 생각했었는데, 갑자기 그날 밤 다시 불현듯 머리에 떠올랐다. 나는 웃으려고 했지만 웃음이 나오지 않았다. 그의 말은 줄곧 은근히 나에게 영향을 주어, 내가 가고 싶지 않은 쪽으로 밀어 대었다. 이제는 웃어넘길 일이 아니었다.

나는 잠이 들어 도피하기 위해 눈을 감았다……. 갑자기 나는 커다란 도시의 길거리에서 쫓기는 반항아가 되었다. 나는 붙잡혀서 재판을 거쳐 사형 선고를 받았다. 집행관이 어깨에 도끼를 메고 뒤에서 따라오며 나를 앞장서서 걷게 했다. 나는 뛰기 시작했다. 「왜 뛰는 거야?」 숨이 차서 헐떡거리며 집행관이 물었다. 〈난 시간이 없어요〉라고 내가 말했더니 훈훈한 산들바람이 불어와 집행관이 사라졌다. 그것은 집행관이 아니라 검은 구름이었는데, 이제는 구름이 흩어져 사라졌다. 나는 계속해서 달려가고 싶었지만 마음대로 되지 않았다. 내 앞에 산이 솟아올라 길을 가로막았다. 그것은 온통 단단한 부싯돌 바위였고, 꼭대기에서는 커다랗고 빨간 깃발이 나부꼈다. 더 나아가려면 이곳을 올라가야겠다고 나는 생각했다. 그것이 신의 뜻이라면, 좋다! 성호를 그은 다음 나는 오르기 시작했다. 나는 징을 박은 장화를 신었으므로 징이 부싯돌에 부딪치면 불똥이 튀었다. 나는 기어오르고 또 올랐으며, 미끄러지고 쓰러졌으며, 다시 기운을 차려 또 조금 기어올랐다. 그리고 꼭대기가 점점 가까워지자 나는 산꼭대기에서 흔들리던 깃발이 불길임을 알게 되었다. 정상에서 눈을 떼지 않으면서 나는 계속 올랐다. 아니다, 그것은 불길도 아니었고 — 지금은 확실히 보이는데 — 신이었다. 그러나 아버지인 하느님이 아니라 무시무시한 여호와였고, 그는 나를 기다렸다.

나는 피가 얼어붙었다. 잠깐 동안 나는 얼른 되돌아서려고 했지만, 창피한 생각이 들었다. 「이제는 멈추기에 너무 늦었으니, 앞으로 나아가자.」 나는 나지막이 혼잣말을 했다. 「무섭지 않아?」 내면의 여성적인 목소리가 물었다. 「그래, 무서워!」 나는 너무나 고뇌에 차서, 큰소리로 외치고는 놀라서 잠이 깼다.

나는 침대에서 일어나 앉았다. 눈앞에서는 여전히 꿈이 어른거렸다. 나는 따져 보고 또 따져 보았지만, 꿈을 해석할 수가 없었다. 왜 반항아인가? 왜 집행관이 나타났는가? 왜 깃발이, 불길이, 신이? 나는 머리를 저었다. 질문을 멈추어야 해답이 나오기 시작한다고 나는 마음을 진정시키며 자신을 타일렀다. 따지기 좋아하는 두뇌로부터 내려와 질문이 마음과 사타구니로 스며들기 시작할 때에야 해답이 나타난다.

「오, 목마른 자를 위한 샘터여. 그대는 얘기하는 모든 자에게는 닫히고, 평화로운 자에게는 열리도다. 오, 샘이여, 침묵하는 자가 찾아와서 그대를 발견하고 마신다.」 이 옛 영구불변의 말이 그날 고맙게도 내 입술에 올랐다.

내 방의 창 밑으로 종교 행렬이 지나갔다. 하늘은 향과 노래로 그윽했다. 불현듯 나는 행복감을 느꼈으며, 어두운 마음속에서는 어떤 비밀의 결심이 영글었다. 나는 구체적인 윤곽은 알지 못했지만 신념을 가지게 되었다.

나는 일어나서 옷을 입고 창문을 열었다. 하늘은 불타올랐고, 아래쪽 길에는 온갖 사람들이 저마다 서두르며 넘쳐흘렀다. 하늘은 향과, 썩어 가는 과일과, 인간의 답답하고 역겨운 악취를 풍겼다. 구운 옥수수를 담은 바구니를 머리에 인 아랍 여자가 햇빛에 이를 하얗게 반짝이며 째지는 목소리로 손님을 불렀다. 구레나룻이 길고 지저분한 유대인들은 집의 담벼락들을 따라 어슬렁거리며 매부리코에서 독을 뚝뚝 흘렸다. 가톨릭, 정교, 그리고 아르메니아 성직자들이 길에서 서로 스쳐 지나가면서도 인사는 주고받지 않았다. 그들의 손에서 그리스도는 증오의 깃발로 타락했다.

나는 길거리로 내려가서 시내를 돌아다녔다. 나는 모든 것을 처음으로 눈여겨보면서 작별을 고했다. 가게 진열창에서 시나이 산의 낡은 판화를 보았다. 머리에 왕관을 쓴 성 카테리나가 가운데 섰고, 왼쪽과 오른쪽에는 거대한 날개처럼 시나이와 성 에피스테메 두 산이 나란히 붙어 있었다. 그녀는 한 손에 깃털을 들었고, 다른 손으로는 그녀의 순교에 사용된 도구인 바퀴를 부드럽게 쓰다듬었다. 밑에는 고대 그리스어로 이런 말이 적혔다. 〈그대 남은 산들아, 그대들은 무슨 가치가 있더냐? 풀로 뒤덮이고, 나무로 둘러싸이고, 젖이 진하다고 해서 어찌 그대는 뽐내는가? 우거지고, 묵직하고, 경건하고, 짙고, 거룩하고, 명예롭고, 덕망을 지니고, 순수하고, 빼어나고, 영적이고, 천사 같고, 신성한 산은 하느님이 밟았던 시나이 산 하나, 오직 하나뿐이더라.〉

오랫동안 나는 글에서 눈을 떼지 않았다. 그리고 그것을 들여다볼수록 점점 더 나는 꿈이 조금만 더 계속되었더라면, 만일 내가 〈그래, 무서워!〉라고 소리치며 깨어나지만 않았더라면, 내가 기어오르던 산은 한 쌍의 날개가 되었으리라고 확신했다. 그 까닭은 부싯돌과 불꽃의 산은 내 투쟁의 오름길이었고, 만일 한계점에 다다르면 투쟁은 날개가 되어 빨간 깃발이건 불길이건 신이건 간에, 정상에서 불타오르던 것과 하나가 되었을 터이기 때문이다.

꿈과, 어릴 적의 열망과, 엉뚱한 예언들이 내 눈앞에서 시나이의 그림이라는 현실과 뒤섞였다. 내 머릿속에서 무르익던 숨은 결심이 갑자기 형태를 갖추었다. 「저것이 내가 따라야 할 길이다!」 나는 소리내어 말했다. 「나는 할 바를 알았으니, 시나이로 가리라. 그곳에서 나는 눈을 뜨리라!」

〈2권에 계속〉

옮긴이 **안정효** 1941년 서울에서 태어났다. 서강대학교 영문학과를 졸업한 뒤 「코리아 헤럴드」 기자, 한국 브리태니커 편집부장 등을 역임했다. 지은 책으로 『하얀 전쟁』, 『은마는 오지 않는다』, 『헐리우드 키드의 생애』 외 다수의 소설 작품과 『걸어가는 그림자』, 『인생 4계』, 『글쓰기 만보』, 『신화와 역사의 건널목』 등이 있다. 니코스 카잔차키스의 『최후의 유혹』, 『오디세이아』, 『전쟁과 신부』, 가브리엘 가르시아 마르케스의 『백년 동안의 고독』, 버트런드 러셀의 『권력』, 알렉스 헤일리의 『뿌리』, 조르지 아마두의 『가브리엘라, 정향과 계피』, 저지 코진스크의 『잃어버린 나』 등 150권가량의 작품을 번역했으며, 제1회 한국번역문화상을 수상했다.

영혼의 자서전 ❶

발행일	2008년 3월 30일 초판 1쇄
	2025년 12월 5일 초판 9쇄
지은이	니코스 카잔차키스
옮긴이	안정효
발행인	홍예빈
발행처	주식회사 열린책들

경기도 파주시 문발로 253 파주출판도시
전화 **031-955-4000** 팩스 **031-955-4004**
홈페이지 **www.openbooks.co.kr** 이메일 **literature@openbooks.co.kr**

Copyright (C) 주식회사 열린책들, 2008, Printed in Korea.
ISBN 978-89-329-0816-8 04890
ISBN 978-89-329-0792-5 (세트)

이 도서의 국립중앙도서관 출판예정도서목록(CIP)은 서지정보유통지원시스템 홈페이지(http://seoji.nl.go.kr)와 국가자료공동목록시스템(http://www.nl.go.kr/kolisnet)에서 이용하실 수 있습니다.(CIP제어번호 : CIP2008000598)